Niclas F. Sturm

Die Erben des Boccaccio

Niclas F. Sturm, Jahrgang 1997, studiert Rechtswissenschaften in Heidelberg. In seiner Freizeit liest er gerne und unternimmt Spaziergänge durch die malerische Altstadt. Inspiration findet er unter den schattigen Bäumen des Tessins. 2015 erschien sein erster Roman: »Das Feuer des Himmels«.

NICLAS F. STURM

DIE ERBEN DES BOCCACCIO

Roman

Bibliografische Information der Deutschen Nationalbibliothek: Die Deutsche Nationalbibliothek verzeichnet diese Publikation in der Deutschen Nationalbibliografie; detaillierte bibliografische Daten sind im Internet über dnb.dnb.de abrufbar.

© 2017 Niclas Frederic Sturm
Herstellung und Verlag: BoD – Books on Demand, Norderstedt

ISBN: 978-3-7431-9741-1

Das Werk, einschließlich seiner Teile, ist urheberrechtlich geschützt. Jede Verwertung ist ohne Zustimmung des Verlages und des Autors unzulässig. Dies gilt insbesondere für die elektronische oder sonstige Vervielfältigung, Übersetzung, Verbreitung und öffentliche Zugänglichmachung.

www.nfsturm.com

Für meine Familie

Der Stadt Florenz und ihren Bewohnern

Der Reisende

1. Buch

Viele Menschen fliehen vor anderen, doch manche fliehen vor sich selbst.

Exposition

Schriftsteller sind Schöpfer und Zerstörer zugleich. Der Mann stand einsam am Fenster. Er beobachtete den Arno, der sich langsam wie eine silberne Schlange durch die Nacht zog. Er lächelte und nippte an einem Glas Whisky seines Geburtsjahrgangs. Im Hintergrund spielte klassische Musik, eine Klaviersonate von Chopin. Der Teppich seiner Bibliothek verschluckte vollkommen die Schritte, die er zum großen Bücherregal zurücklegte. Dort war eine ganze Reihe schwerer Bände einsortiert, ordentlich nach Farbe und Alter geordnet. Akkurat und korrekt war er, eine fast schon zwanghafte Veranlagung. Die in edles Leder eingebundenen Bücher waren mit einfachen, wenngleich wohlklingenden Namen wie »Schwanenmord« beschriftet und standen direkt neben großen Werken der Weltliteratur, neben dem »Decamerone« Giovanni Boccaccios, der manischen Literatur von Balzac und der dichten Prosa Hemingways, so, als besäßen sie einen natürlichen Platz neben diesen Büchern. Seine Werke hingegen waren seine persönlichen Schöpfungen. Jede einzelne davon war sorgfältig ausgearbeitet worden, zu einem Meisterstück großgezogen. Der Mann fuhr sanft über die weichen Buchrücken, in Erinnerungen schwelgend. In gewisser Weise waren sie seine Kinder. Sie entsprangen seinem Geist. Ja, in jedes Einzelne dieser Kostbarkeiten hatte er sehr viel Zeit und Mühe investiert und er hatte sich Zeit gelassen, um sie zu genießen. Immer wieder zog er einzelne Bücher hervor und las in ihnen. Sie waren besser als jede Literatur, denn was er in diesen Büchern geschrieben fand, war wirklich. Jedes Wort hatte sich so in der Wirklichkeit ereignet, jedes abscheuliche, einzelne Wort.

Doch er wusste, dass sein nächstes Werk sein Letztes werden würde, die Krönung all seiner Bemühungen. Es sollte etwas ganz Persönliches werden, das hatte er sich fest vorgenommen. Noch wusste er noch nicht ganz, was auf ihn zukäme, doch dies war ein Teil des Vergnügens. Bis dahin war es noch ein langer Weg, jedoch würde er jeden einzelnen Schritt in der Deckung genießen. Die Handlung trug er schon lange in der Innentasche seines Jacketts. Wie ein Raubtier lag er in den heißen Schatten der Stadt auf der Lauer und wartete auf den richtigen Moment, um anzugreifen. Es bedürfte nur einer einzigen, etwas zu neugierigen Natur und sie wäre gefangen.

Sein Opfer würde er langsam quälen, Stufe um Stufe würde er tiefer in dessen Seele eindringen, bis er zum Kern vorgestoßen war. Dort würde er ein solch fürchterliches Chaos anrichten, es mit Gewalt und Leiden überziehen, es mit seinen Krallen zerfleischen. Ein wohliger Schauer des Schreckens überlief ihn, wenn er daran dachte. Für eine Weile würde er untertauchen müssen, sich in einer scheinbaren Normalität verbergen. So sah es der Plan vor. Menschen waren doch so berechenbar. Sie zu täuschen war seine Spezialität. Ruhig und geduldig würde er abwarten, bis sich eine Gelegenheit ergäbe. Ein gutes Weinfass brach man auch nicht verfrüht an.

Ein letztes Mal wandte er sich um, betrachtete die Stadt, die unter ihm glitzerte und holte das Büttenpapier aus dem Jackett. Brillant. Er konnte sich nur selbst gratulieren für die wahrhaftig genialen Einfälle. Nichts konnte schiefgehen. Er war ein Meister seines Fachs. Der Mann stellte das Glas Whisky auf seinem Schreibtisch ab, klopfte zweimal mit der Faust auf den Tisch, warf sich einen dünnen Abendmantel über die Schultern und verließ den Raum.

Er verließ das Gebäude durch einen geheimen Gang, den er nicht vor allzu langer Zeit entdeckt hatte. Dieser führte direkt bis in einen öffentlichen Park, der Eingang lag verborgen hinter dichten Rosmarinsträuchen.

Er zündete eine Fackel an und durchquerte den engen Gang, durch den er geduckt laufen musste. Oft wunderte er sich, wie viele diesen Gang schon durchquert hatten. Der nasse und moosbewachsene Stein verlieh dem Gang eine merkwürdige Schwüle. Jemand hatte ihn offensichtlich vor vielen Jahren für private Zwecke anlegen lassen. Vielleicht, um ungesehen fliehen zu können, im Fall von Gefahr. Besser gefiel ihm die Idee, dass dieser Gang dafür verwendet worden war, junge Geliebte in das Haus einzuschleusen, ohne die Unannehmlichkeiten und Störungen durch Öffentlichkeit zu riskieren. Ihm war, als könne er dumpf das Stöhnen und die leisen Einflüsterungen der Liebenden hören, die sich hier in diesen Gängen begegnet waren. Dramatisch und voller Gefühle. Jeder Ort, jeder Gegenstand hatte eine eigene Geschichte. Dem Mann gefielen solche kleinen, pikanten Details. Ein Gefühl von grausiger Wärme breitete sich in ihm aus.

Der Mann musste unwillkürlich lächeln. Dieser Gang wäre ein perfekter Schauplatz für seinen neuen Roman. Zu schade, dass er ein Geheimnis bleiben musste.

Nach einer Weile beinahe völliger Stille hatte der Mann den unterirdischen Tunnel durchquert. Von Ferne hörte er Glockengeläut. Noch eine Viertelstunde bis Mitternacht. Er musste sich beeilen. Hastig und doch elegant wie ein Panther schlüpfte er aus dem winzigen Ausgang und sah sich vorsichtig um. Niemand durfte ihn beobachten. Doch der Park war wie ausgestorben. Einzig die Bäume schienen zu leben. Mystisch rauschten sie im kalten Nachtwind. Die Straßenlaternen warfen ein bleiches Licht. Der

Mann durchquerte so schnell er konnte die vom Nachtlicht in grau getauchten Gärten des Palazzo Boboli. Im Sommer und im Frühling ging der Mann hier gerne spazieren, genoss die Aussicht auf Florenz im Morgengrauen. In dieser Nacht jedoch war sein Ziel eine kleine, kaum beachtete Kapelle in der Nähe des Palazzo. Sie lag am Ende einer engen Seitengasse, die vom Palazzo her nach links abknickte. Sie war derart schmal gebaut, dass der gewöhnliche Flaneur sie leicht für einen normalen, vielleicht etwas zu groß geratenen Spalt zwischen zwei Häusern halten konnte. Der Mann zwängte sich eilig hindurch. Staub und Putz rieselten von oben auf ihn hinab und als er auf die Eingangspforte der Kapelle zuging, klopfte er sich kurz den Staub von der Kleidung. Immer gepflegt musste er sein, egal wohin er sich begab. Anstand war eines seiner obersten Prinzipien. Er stellte sich vor die Pforte der Kapelle und flüsterte gedämpft das Wort »Pater«. Seine Stimme war kaum hörbar, doch jemand, der hinter der Tür der Kapelle stand, war sehr wohl imstande diese Parole zu vernehmen. Sodann wurde die Tür leise geöffnet. Dahinter stand eine in eine schwarze Kutte gehüllte Person. Das Gesicht lag im Schatten. Der Mann trat ein.

Weitere Gestalten traten an ihn heran. Der Mann übergab einer Person seinen Mantel. Eine Person hielt eine rauschende Fackel und gebot dem Mann, ihm die Treppe herunter zu folgen. Er wurde exakt sieben Stufen hinab in die Katakomben der kleinen Kapelle geführt, einen engen, stickigen Raum, in dem es nach feuchtem Stein und Staub roch. Aus einer großen Lampe in der Mitte des Raumes strömte jedoch der wohltuend betäubende, beinahe narkotische Geruch von Weihrauch. Der Mann ließ sich andächtig auf die Knie sinken, den Kopf hatte er gesenkt. Nach und nach entblößte er sich jeder Kleidung, bis er nur noch ein weißes Tuch um seinen Unterkörper trug. Er hörte eine fremde Stimme, die Worte in einer fremden Sprache sprach. Sie schienen zunächst von weit entfernt zu kommen, doch sie drangen immer näher an sein Ohr, bis er das Gefühl hatte, der Sprecher stünde unmittelbar neben ihm. Dann vernahm er einen Schrei, der sein eigener war. Er spürte einen plötzlichen, schmerzlosen Stoß in seinen Rücken. Eine warme Flüssigkeit ergoss sich über seinen Körper. Es war Blut. Nicht sein eigenes, doch es fühlte sich genauso an.

»Erwache« hörte er die Stimme nun sagen. Der Mann erhob sich bedächtig und sah nach oben. Dort hing ein toter Stier, dessen Bauch kunstvoll aufgeschlitzt war. Blut tropfte hinunter. In der Ecke des Raumes wachte eine überlebensgroße Statue, die ihn mit roten, glühenden Augen anschaute.

Der Mann lachte laut auf. Er war verändert. Seine Haltung, seine Mimik. Er kam sich verjüngt vor. Der Mann fühlte sich prächtig. Dann hörte er die Glocken. Mitternacht war soeben vorüber. Das Spiel konnte beginnen.

Im Himmel über Florenz

Der Himmel über der Stadt klarte langsam auf. Die zarten Wolkenschleier glitten auseinander und gaben den Blick auf Florenz frei. Wie ein Relikt aus einer vergangenen Zeit thronte die Stadt in der Landschaft, umgeben von sanft geschwungenen Hügeln und kleinen Tälern. Von hier oben konnte man die vielen Weingüter außerhalb der Stadt beobachten und die sanft abfallenden Hügel, an denen die kostbaren Reben gepflanzt waren.

Das Leben, das sich unter ihm abspielte, schien ihm ein Glückliches zu sein. Die Anschnallzeichen unter den Gepäckklappen leuchteten auf und aus den Sitzreihen war das metallische Klicken zu hören. Das Flugzeug begann mit dem Sinkflug und glitt elegant wie ein Vogel hinab. Der Reisende lächelte. Er hatte es geschafft, er war geflohen. Unter ihm eröffneten sich neue Perspektiven. Vor ihm lag ein italienischer Sommer. Unter schattigen Arkaden sitzen, durch die Landschaft der Toskana flanieren, endlose Möglichkeiten lagen vor ihm. Wo er herkam, hatte er sich selbst zerstört. Sie würden nur ein leeres Haus vorfinden und nicht den geringsten Hinweis darauf, wohin er gegangen war. Er hatte alles arrangiert. Offiziell war er tot. Vom einen auf den anderen Tag war er zu einem Phantom geworden.

Eine neue Identität sollte ihn vor den Gefahren des Lebens beschützen. Er ballte die Fäuste. Dabei war er unschuldig. Unter ihm regte sich die Stadt. Der Morgen war angebrochen und die Menschen wagten sich wieder auf die Straßen. Träge setzten sie sich in Bewegung. Er würde eins mit ihnen werden. Selten hatte er sich so befreit gefühlt. Neben ihm rührte sich jemand. Sein Sitznachbar, der beinahe den gesamten Flug über geschlafen hatte. Der Reisende war überzeugt davon, dass er immer wieder beobachtet worden war. Selten sprach er auf Reisen mit anderen Passagieren; er fürchtete, sich zu verraten. Misstrauisch beäugte er den etwas unförmigen Mann, der sich neben ihm in den Sitz gekrallt hatte und dabei fast von seinem Sitz gerutscht war. Er trug eine Schlafmaske und erwachte schmatzend aus dem Schlaf.

»Wo sind wir? Sind wir schon da?«, fragte er, seine Arme knackend von sich streckend.

»Allerdings«, erwiderte der Reisende knapp und wandte sich wieder dem Fenster zu. Er spürte wie die Augen des Fremden in seinen Rücken stachen. Noch immer konnte er es nicht ertragen, anderen Leuten für eine längere Zeit in die Augen zu sehen. Es war, als ob Fremde erkennen könnten, dass er nicht echt war, sondern nur ein Geschöpf seiner eigenen Phantasie. Mit einem flauen Gefühl im Magen sehnte der Reisende die Landung herbei. Ohne weitere Schwierigkeiten setzte die Maschine am Boden auf. Der Reisende verließ als einer der ersten das Flugzeug und setzte seine Sonnenbrille auf. Seine Glieder waren durch den langen Transatlantikflug steif geworden. Es war beinahe unerträglich heiß. Die Wolkendecke hatten sich vollständig aufgelöst. Eine schwache Brise zog auf. Sein sandfarbener Anzug knatterte im Wind. Schnell eilte er zu einem der bereitstehenden Busse. Er konnte seinen Sitznachbar nicht sehen und er ihn hoffentlich auch nicht. Mit hektischen Schritten holte er sein Gepäck und verließ das Flughafengebäude, nicht ohne sich jedoch vorher eine aktuelle Tageszeitung zu besorgen. Seine Flucht war bis ins kleinste Detail geplant, auch wenn dies eigentlich nicht sein Stil war. Da er mittlerweile ein sehr akzeptables, beinahe akzentfreies Italienisch sprach, fiel es ihm leichter, mit den Menschen zu reden, und da er ihre Sprache sprach, nahmen sie ihn als einen der Ihrigen an. So konnte er sich verbergen, bis genügend Zeit vergangen war und niemand mehr wusste, wer er einmal gewesen war. Zufrieden mit sich selbst schlug er die erste Seite der Zeitung auf: *Mord in Florenz. Täter und Motiv unbekannt.* Der Reisende lächelte. Dies waren Neuigkeiten nach seinem Geschmack, denn er liebte die Gefahr. Ohne den langen Schatten einer Bedrohung fühlte er sich nicht wohl. Er ging hinüber zu einem der wartenden Taxen. Sein Fahrer war ein sehr gesprächsbereiter Mann mittleren Alters, der vermutlich aus Einsamkeit mit seinen Fahrgästen plauderte und darüber hinaus erstaunlich gut informiert war.

»Sind Sie zum ersten Mal in *Firenze*, Signore?«, fragte er und wandte seinen Kopf dem Reisenden zu, während er scheinbar blind in den Verkehr hineinsteuerte.

»Ja«, gab der Reisende zurück und wandte sich wieder seiner Zeitung zu. Dann sprang ihn der Gedanke an, dass er sich etwas verdächtig verhielte und schob schnell nach:

»Das ist mein erstes Mal in Florenz.«

Der Taxifahrer lächelte freundlich. »Florenz ist eine wunderschöne Stadt, Signore, manchmal denke ich, ohne sie könnte ich nicht atmen. Sie ist so voller Geschichte, wunderschöner Gärten, ein Ort zum Verlieben, glauben Sie mir. Im Moment jedoch...«, sein Gesicht verfinsterte sich schlagartig, »schleicht ein dunkler Schatten durch die Stadt. Seien Sie vorsichtig. Sicher haben sie davon schon in der *Gazetta* gelesen.«

»Meinen Sie den Mord? Das ist doch nichts Ungewöhnliches. Verrückte gibt es überall«, winkte der Reisende gespielt lässig ab, obwohl er von Euphorie geflutet wurde.

»Manchmal sind es nicht Verrückte, sondern ganz normale Menschen, die dazu werden, aus Not, aus Zwang oder aus purer Lust, glauben Sie mir.

Ich habe die Geschichte um das Monster von Florenz damals in den Achtzigern mit eigenen Augen erlebt. Diese Morde jedoch sind anders, als alles, was ich bisher erlebt habe.«

»Was hat es genau damit auf sich? In der Zeitung standen keine Details.« Der Taxifahrer schluckte und sprach zögerlich. »Es geht um den *Bildermörder*. Er tötet immer nur junge Paare, meistens kaum mehr als dreißig Jahre alt. Er tötet die Frau mit einem einfachen Stich in den Hals. Der Mann wird brutal misshandelt. Beiden Opfern reißt er die Augen aus. Am Tatort lässt er immer ein Bild von den beiden zurück, das er anscheinend vor dem Mord aufgenommen hat. Er hinterlässt keine Spuren.«

Danach schwieg der Mann für die weitere Fahrt. Der Reisende sah aus dem Fenster und die Häuser an sich vorbeiziehen. Eine Kakophonie aus hupenden Autos, quietschenden Reifen, läutenden Kirchenglocken drang in seine Ohren. Dies war die Stadt, die durch ihre Geschichte lebte. Immer wieder fuhren sie an dunklen Seitenstraßen vorbei, die derart dicht bebaut waren, dass sie auch tagsüber vollkommen im Dunklen lagen. Die Fahrt dauerte eine knappe Stunde, während die Straßen zusehends leerer wurden und in der Ferne bereits die lockenden Hügelkuppen der Toskana warteten. Der Reisende war auf dem Rücksitz eingeschlafen. Die lange Reise zollte ihren Tribut. Der Fahrer bog in die *Via del Risorgimento* ein, eine von Zitronenbäumen gesäumte Allee, die geradewegs auf einen kleinen Palazzo zuführte. Der Taxifahrer hielt direkt vor dem schmiedeeisernen Eingangsportal.

»Ist das Ihrer?«, fragte er mit unverhohlener Bewunderung. Der Reisende nickte und stieg aus. Den Blick auf das Gebäude gerichtet, hob er sein Gepäck aus dem Kofferraum und gab dem Taxifahrer ein großzügiges Trinkgeld. Dieser sagte ihm noch:

»Denken Sie an meine Worte. Florenz ist vielleicht eine Stadt der Kunst, aber auch eine Stadt der Nacht.« Mit diesen Worten wendete er und fuhr die Allee zurück. Der Mann war seltsam. Wusste er vielleicht, wer er wirklich war? Der Reisende verwarf diesen Gedanken, es war komplett ausgeschlossen. Die Welt war riesig, wie sollte ihn ein einfacher Taxifahrer in Florenz erkennen? Der Reisende war noch nie ein Freund der Unmöglichkeit gewesen, aber er musste realistisch bleiben. Er durfte sich nicht unverwundbar fühlen. Kurz vor Mittag hatte er einen Termin mit dem Vorbesitzer des Palazzos, einem alleinstehenden, älteren Herrn, der zu alt geworden war, um sich noch um das Anwesen zu kümmern. Er betätigte die Klingel und wartete geduldig. Es dauerte nicht allzu lange, ehe die schwere, hölzerne Eingangstür aufgezogen wurde. Ein weißhaariger Herr mit kurzer Shorts, etwas ausgetretenen Lederslippern und buntem Polohemd trat heraus und ging dem Reisenden freudig entgegen.

»Mister, auf die Minute pünktlich. *Fantastico!* Kommen Sie doch herein. *Venga, venga.*« Ein wenig übereifrig bat der ältere Herr den Reisenden herein. Die Lachfältchen um seinen Mund deuteten an, dass er ein lebensfroher Mann war und schon viele heitere Abende erlebt hatte. Er besaß eine gesunde Gesichtsbräune und einen kräftigen Händedruck.

»Sie müssen Signor Folcia sein, nehme ich an?« Der alte Mann lachte mit rauchiger Stimme auf.

»Das nehmen Sie ganz richtig an. Folgen Sie mir doch, ich zeige Ihnen meinen Schatz.«

Der Reisende merkte ihm an, dass er den Palazzo nur ungern aufgab. Mit melancholischer Stimme beschrieb er die vielen Facetten des Hauses. Der über die Jahre verwahrloste Vorgarten sandte die köstlichsten Gerüche aus, die er je gerochen hatte. Der Duft von Zitronen- und Frangipanibäumen erfüllten die Luft. Der Mann konnte seine Gedanken anscheinend lesen und sagte:

»Ein wunderschönes Fleckchen Erde. Ich bin mir sicher, Sie werden gut damit umgehen. Behandeln Sie ihn gut, behandelt er sie gut, der Palazzo. Seit dem Tod meiner Frau ist mir das Haus zu groß geworden, zu viele Räume für einen alten Mann.« Der Reisende folgte ihm weiter in das Innere des Hauses. Im Inneren war die Luft etwas staubig und es roch nach altem Zedernholz. In der Mitte des Raumes stapelten sich Umzugskartons.

»Hier sind Ihre persönlichen Gegenstände, sie wurden heute morgen angeliefert.« Der Reisende quittierte diese Bemerkung mit einem Nicken, schenkte jedoch der Eingangshalle größere Beachtung. Einige abgedeckte Möbel standen wahllos im Raum. Sie schienen lange nicht benutzt worden zu sein. Der Boden war mit dickem, von Motten zerfressenem Teppich belegt. An den Wänden löste sich langsam die Tapete ab und gab den Blick auf uraltes Fundament frei, das an vielen Stellen verschimmelt oder zerbröckelt war. Der Reisende sah sich um. Das diffuse Sonnenlicht fiel durch beinahe blinde Fenster. Einige Ecken und Winkel des Raumes blieben ganz im Dunklen. Ein allgegenwärtiger Geruch von stickiger Luft durchzog das Haus.

Folcia ließ ihn den Raum gründlich betrachten und führte ihn in den nächsten Raum, die alte Bibliothek. In den Regalen stapelten sich alte Bücher, oftmals Unikate, wie Folcia wiederholt betonte. Am meisten faszinierte ihn jedoch die ausgedehnte Gartenanlage. Skulpturen und Statuen zierten den von schmalen Kieswegen durchgezogenen Garten, dessen Ränder mit hoch aufragenden Pinien bepflanzt war, die in den heißen Sommermonaten Schatten spendeten. Am Ende des Grundstücks befand sich eine halb zerfallene Laube, deren einst kunstvoll verziertes Dach ausgeblichen und brüchig geworden war und erste Risse zeigte. Kühl glitzernd lag in der Mitte des Gartens ein Swimmingpool, der verlockend funkelte. Es war Mittag geworden. Die Sonne stand an ihrem höchsten Punkt und schien wie ein Wächter über dem Reisenden zu hängen. Die beiden Männer betrachteten den Garten. Folcia seufzte wehmutsvoll.

»Sie müssen wissen, dass es mir nicht leichtfällt, diesen Ort herzugeben. Ich habe hier viele glückliche Stunden verbracht. Ich bin mit diesem Haus auf eine eigenartige Weise verbunden, wenn ich auf Reisen war, schien es mich zu rufen. Es verlangte mir viel ab, ihn aufzugeben, Sie sehen, was die Schönheit dieses Ortes ausmacht.« Er wies auf die Parkanlage. Der Reisende nickte.

»Ich bin überzeugt. Ich kaufe den Palazzo. Ich werde ihn gut behandeln, das versichere ich.« Er reichte Folcia seine Hand. Dieser ergriff sie ebenfalls und sie besiegelten den Kauf. Sodann überreichte er dem Reisenden einen antik aussehenden Schlüsselbund. Die Vielzahl der daran befestigten Schlüssel bedurften selbst einer ausführlichen Erklärung, doch Folcia zog nur zwei Schlüssel hervor und erläuterte ihre Funktion. »Haupteingang und Schlafzimmer. Den Rest dürfen sie für sich herausfinden«, sagte er mit einem schelmischen und seltsam geheimnisvollen Lächeln.

»Ist das alles, was ich wissen muss?«, fragte der Reisende skeptisch.

»Nicht ganz, da wäre noch eine Sache. Hat weniger mit dem Haus zu tun, als mit der Stadt selbst. Schließen Sie nachts Ihre Zimmertür ab. Es sind unruhige Zeiten hier. Florenz hatte schon immer eine düstere Geschichte. Eine reine Vorsichtsmaßnahme.« Der Reisende begleitete Folcia noch bis zum Eingangsportal. Der alte Mann blickte noch ein letztes Mal zurück auf das Haus und ging durch das Portal. Der Reisende sah zu, wie der Mann in seinen alten Jaguar stieg und den Motor anwarf. Ihm schien es anscheinend wichtig zu sein, sich schnell von dem Ort zu entfernen, zu dem er über viele Jahre eine emotionale Verbindung aufgebaut hatte, um nicht doch der Versuchung zu erliegen, ihn zu behalten. Dröhnend beschleunigte er und fuhr die Allee hinunter. Der Reisende sah Folcia solange nach, bis dieser hinter einer Straßenbiegung verschwunden war und auch das Motorengeräusch allmählich verstummt und mit der Umgebung verschmolzen waren. Mit der Stille schwiegen auch die Vögel in den Baumwipfeln. Nun war er allein.

Der alte Palazzo konnte sich noch nicht mit dem Gedanken anfreunden, dass nunmehr ein Fremder der neue Eigentümer war. Die Bodendielen ächzten unter seinen Schritten. Das ganze Haus schien zu leben, Treppen knarzten, obwohl sich sonst niemand im Haus aufhielt. Der Reisende erkundete weiter das Haus und stieg die engen Treppenstufen in den Keller hinab. Dort entdeckte er mit Spinnweben überzogene, jedoch ungeöffnete Weinflaschen eines alten Jahrgangs, die in einem schattigen Gewölbe gelagert wurden. Ein nettes Geschenk, dachte sich der Reisende und nahm einige der Flaschen mit. Das Haus war tatsächlich, wie es Signor Folcia gesagt hatte, erstaunlich groß. Es gab vier Schlafzimmer, von denen nur eines länger benutzt worden war. In diesem befand sich ein wunderschönes Himmelbett, das Füße aus goldüberzogenen Löwenköpfen besaß. In die Stangen, auf denen das Baldachin ruhte, waren mythische Motive eingearbeitet. Die anderen Zimmer dagegen waren seit Jahren nicht mehr gelüftet worden und die Luft war staubig. Die Betten darin waren auch kleiner. Es waren wohl die Kinderzimmer von Folcias Kindern, die vor vielen Jahren ausgezogen sein mussten. Als erste Maßnahme öffnete der Reisende sämtliche Fenster, um den Muff der vergangenen Jahre zu entfernen. In den nächsten Tagen würde er ein wenig aufräumen und das Haus vom Staub befreien. Vielleicht. Er hatte Zeit. Ihm gefiel das Haus, so wie es war. Er begnügte sich mit drei Zimmern sowie der Küche und dem Bad.

Solange es dort einigermaßen sauber war, war er zufrieden. Der Staub verlieh dem Palazzo seinen eigenen Charme, eine Geschichte, nach der er so dringend suchte. Der Ort, an dem man lebte, verlieh der eigenen Biographie ein besonderes Narrativ und stiftete Sinn. Abends setzte er sich mit einer Flasche des gefundenen Rotweins auf die Terrasse und entzündete stark rußende Fackeln, die interessante Schattenspiele erzeugten. Er packte aus einem der Umzugskartons einen alten Plattenspieler aus. Sein wertvollster Besitz.

Er legte eine Schallplatte seines Lieblingskomponisten Francesco Nicoletti auf. Nicoletti war eine mysteriöse Gestalt der italienischen Geschichte, ein Mann voller Widersprüche. Er lebte um die Zeit der italienischen Einigungskriege, die er stark ablehnte und die Rolle Italiens als Geburtsort der Renaissance betonte, die vor allem durch den Wettbewerb der Stadtstaaten ermöglicht worden war. Mit der Moderne habe die antike Einheit Italiens ihre Berechtigung verloren. Als Sohn eines verarmten Tuchhändlers im Veneto geboren, hatte er jeden Grund zu einem Revolutionär zu werden, der er jedoch nie wurde. Nicoletti hatte selbst ein romantisches Bild von seinem eigenen Land, das er nie unter einer einzigen Flagge vereint sehen wollte. Die Schwermut und das süße Leben wollte er um jeden Preis erhalten und damit auch die Teilung der italienischen Halbinsel. Seine Kompositionen und Opern, die er verfasste, waren manchmal wild und aufbrausend, ungemütlich zum Hören.

Sie luden zum Handeln ein, zu einer Revolte. Gleichzeitig aber komponierte er Opern über Natur, über das Landleben, über vergangene Jahrhunderte. Oft griff er geschichtliche Ereignisse auf und komponierte Symphonien, in denen einzelne Teile des Orchesters in eine Art Wettkampf gegeneinander traten. Nicoletti selbst litt zeitlebens darunter, im Schatten des großen Giuseppe Verdis zu stehen, der alles andere unter sich begrub. Während der Revolutionskriege verhielt er sich neutral und war so weder ein Nutznießer noch ein Verlierer der Einigung Italiens, in dieser Zeit verlor sich auch größtenteils seine Spur. Gegen Ende seines Lebens zog er sich vereinsamt und verarmt in die Berge der Apenninen zurück. Sein Tod wurde erst Wochen später bemerkt, als einem Schäfer der Verwesungsgeruch aufgefallen war. Er war vergessen worden. Zurück blieb nur seine Musik, die auch in Fachkreisen kaum bekannt war. Zufällig war der Reisende in den Besitz einer der wenigen Schallplatten gekommen, auf denen Nicolettis Musik zu hören war. Die Notenbücher waren nach seinem Tod in alle Winde zerstreut worden. Viele Exemplare hatte der Reisende auf Antiquitätenmärkten erworben. Es existierten nur wenige Abschriften, die selten vollständig waren. Der Reisende war sofort von den außergewöhnlichen Symphonien eingenommen gewesen. Er schloss die Augen und genoss die *Toscana No. 1*, eine der bekannteren Werke. Der uralte Rotwein wog schwer auf seiner Zunge und ließ ihn in rauschhafte Tagträume absinken. Er besaß ein rauchigeres Aroma, als er es gewöhnt war. Vor ihm versank die Sonne langsam hinter den Hügeln der Toskana. Ihr Licht tauchte den Garten in ein herbstrot, als sei der Sommer schon vorüber. Ein Gefühl von Zufriedenheit breitete sich in ihm aus. Hier fühlte er sich willkommen.

Erst sehr spät löschte er die Fackeln, schloss die Türen so gut es ging ab und begab sich in sein Schlafzimmer. Die Nacht hindurch schlief er unruhig. Unerwartet kalter Wind wehte in das Zimmer und die Vorhänge tanzten im eiskalten Atem des Himmels. Ohnehin schien die Temperatur im

Haus nachts stark abzusinken. Der Reisende zog sich die schwere Bettdecke bis an Kinn und versuchte zu schlafen. Durch die Fenster hindurch schien das orangene Licht der Laternen. Erst gegen Mitternacht erloschen diese und mit ihnen das letzte, menschliche Leben in den Straßen. Es wurde totenstill. Als er es endlich geschafft hatte, einzuschlafen, hörte er plötzlich das Klingeln eines Telefons. Er schreckte aus dem Schlaf hoch, setzte sich auf und eilte ins Erdgeschoss. Eine entnervte Wut stieg in ihm auf. Wer wagte es, ihn zu derart später Stunde anzurufen? Er ging zum Telefon, das auf einer Kommode in der Nähe der Eingangstür stand. Er kniff die Augen wegen des schummrigen Lichtes zusammen, um die Nummer lesen zu können. Überrascht riss er die Augen auf. Er kannte diese Nummer, nur wie war es möglich, dass die am anderen Ende wussten, wo er sich befand? Vielleicht war es auch eine andere Nummer, sie war nur schwer zu entziffern. Er wartete bis das Klingeln verstummt war. Gleich am nächsten Tag würde er veranlassen, die Telefonnummern ändern zu lassen. Kein weiterer Anruf folgte. Beruhigt legte sich der Reisende wieder ins Bett und fiel in einen unruhigen Schlaf.

Das Mädchen mit der Violine

Am nächsten Morgen brach der Reisende in die Stadt auf, um einen alten Freund zu treffen, der hier seit vielen Jahren lebte. Als einer der wenigen hatte der Reisende ihn über sein Verschwinden unterrichtet und hierfür absolutes Stillschweigen eingefordert. Er hatte sich ein Fahrrad ausgeliehen und fuhr damit in Richtung Innenstadt. Der große Dom von Bruneschelli überragte alle anderen Gebäude und stach wie ein weißes Monument aus dem Gewimmel von mediterranen Häusern und Renaissance-Palästen hervor. Aus der Ferne betrachtet erschien die Stadt noch immer in einer anderen Zeit gefangen. Er sah geschäftiges Treiben auf den Straßen. Die Ponte Vecchio brummte vor Leben. Der Reisende durchquerte staunend die Straßen, die oftmals noch mit Pflastersteinen belegt waren.

Bereits jetzt war es unerträglich warm. Der Arno führte eine ungesunde grüne Farbe und der Geruch von brackigem Wasser stieg dem Reisenden in die Nase. Er hatte noch etwa eine halbe Stunde Zeit bis zu seinem Treffen und so nahm er sich die Zeit, sich die Stadt etwas anzusehen. Die Architektur von Florenz unterschied sich zum Teil beträchtlich. Es fanden sich Renaissance-Palazzi mit klaren, geometrischen Formen und den charakteristischen Pilastern an den Fensterbögen, aber auch einfache, kastenförmige Wohnhäuser mit stilistisch praktischen Elementen. An einem Brunnen hielt er kurz an und spritzte sich kaltes Wasser ins Gesicht. Es tat gut, hier zu sein. Der Reisende trug möglichst unauffällige Kleidung. Ein wenig Paranoia hatte noch niemandem geschadet. Seine Sonnenbrille schirmte ihn vor fremden Blicken ab, dazu hatte er seinen Panamahut tief ins Gesicht gezogen, sodass es im Schatten lag. Er liebte es, Menschen zu beobachten. Er ließ sich am Fuß des Brunnens nieder und schaute in die Menschenmenge, die vor ihm vorbeizog. Dort entdeckte er einen hektischen Geschäftsmann, dessen wilde Gestik und angespanntes Gesicht auf eine harte Verhandlung hindeuteten. Ein wenig rechts von ihm entdeckte der Reisende zwei junge Touristen, die scheinbar orientierungslos die Stadt erkundeten. Ihr weit aufgefalteter Stadtplan war dabei offenbar nur von geringem Nutzen. Er musste unwillkürlich lächeln, verschluckte es jedoch sofort wieder. Man sollte sich nicht über ihn wundern. Was ihn schon immer an diesem Land fasziniert hatte, war die spielerische Lebenslust seiner Bewohner, die ohne ein Karrierestreben, von Erfolg oder Misserfolg, niemals einem Lebensüberdruss erlagen, sondern stets eine Frische und Eleganz behielten. Ihr modischer Standard war selten übertroffen, noch seltener erreicht. Ihre Würde speiste sich nicht nur aus ihrem Verhalten, ihrer Kleidung, sondern auch aus ihrer gemeinsamen Geschichte als Begründer der Renaissance.

Trotz dieser vermeintlichen Ruhe fühlte sich der Reisende beobachtet. Es war wie eine Krankheit. Seine Haut fing an zu kratzen, er verspürte einen plötzlichen Bewegungsdrang. Ihm wurde schwindelig. Er sprang auf und schwang sich auf sein Fahrrad und legte strampelnd die wenigen Kilometer bis zur *Piazza della Signoria* zurück, dem Herzen der Stadt nahe der alten Festung, dem Palazzo Vecchio. Sobald er wieder in Bewegung war, verschwand das mulmige Gefühl. Der Reisende kettete sein Fahrrad an einer Straßenlaterne an und ging hinüber zur Piazza. Ein Absperrgitter vor dem Palazzo Vecchio deutete an, dass hochrangiger Besuch zu Gast in Florenz war. Umso besser, das lenkte von ihm ab. Er sah auf die Uhr. Es war kurz vor Mittag. Jeden Moment müsste die alte Turmuhr im Campanile läuten. Irgendwo in der Menschenmenge um ihn müsste sein Freund auf ihn warten. Ihm war unwohl. Er mochte keine große Menschenmenge. Zu viele Elemente, auf die er keinen Einfluss hatte. Eine gesellschaftliche Gleichung, die niemand zu lösen vermochte. Er spürte, wie sich seine Nackenhaare aufstellten. Etwas stimmte hier nicht. Abrupt drehte er sich um und schaute in das freundliche Gesicht von George Wellesley, seinem alten Studienfreund, der ihn etwas entrückt ansah. Die Turmuhr schlug Zwölf. George sagte etwas, es ging aber im Läuten der Glocke unter.

»Wie bitte?«, entgegnete der Reisende.

»Willkommen in Florenz, alter Freund«, sagte George und gab dem Reisenden eine freundschaftliche Umarmung. »Die Stadt wird dir gefallen. Für mich als Kunstfreund ist es das Jerusalem-Syndrom der etwas anderen Art. Ich sehe, du hast dir auch deinen Bart abrasiert. Du gefällst mir besser so«, meinte er schelmisch und zwinkerte. Als der Reisende nicht reagiert, sondern starr in Richtung des Campaniles sah, rüttelte er ihn an der Schulter. »Alles in Ordnung, du wirkst so blass.« Jegliche Farbe war aus dem Gesicht des Reisenden gewichen und sein Gesicht bebte.

»Raben...«, murmelte er und wies auf die Spitze des Turms. Ein Schwarm von Raben erhob sich in jenem Moment krächzend vom Sims und zerstob just dann, als der Reisende darauf wies.

»Ich glaube, du könntest einen Espresso vertragen. Eher zwei.«

Die beiden steuerten auf das *Café della Libertà,* eines der bekanntesten Cafés der Stadt, das vermutlich den besten Espresso der ganzen Stadt servierte, was einiges zu heißen hatte, in dem Land, das nachweislich diese Kaffeesorte erfunden hatte, wie George ausdrücklich beteuerte. Die beiden setzten sich nach draußen und ließen sich auf bequemen Korbstühlen nieder. Nachdem der Reisende zwei doppelte Espressi sowie ein großes Stück Kuchen verspeist hatte, gewann sein Gesicht an Farbe zurück. »Ich weiß nicht, was eben über mich gekommen ist. Es war wie eine schreckliche Eingebung«, sagte er und bestellte sogleich ein Glas stilles Wasser. George sah ihm direkt in die Augen.

»Verrate mir bitte eines, ist *sie* tot?«, fragte er bestimmt und legte die Finger abwartend aneinander. Der Reisende nickte langsam.

»*Sie* ist tot. Und wird auch nicht zurückkehren. Das ist jetzt vorbei. Ich dagegen, lebe. Man wird mich nicht finden. Ich habe alle Spuren verwischt«, der Reisende seufzte. »Ich bin hierhergekommen, um mich zu bessern, weißt du? Ich möchte nicht mein ganzes Leben gefangen sein. Auf Dauer würde ich es nicht aushalten.«

»Ich verstehe...«, sagte George. »Tröste dich damit, dass du weißt, dass es sein musste. Es gab keinen anderen Ausweg. Verstehst du? Es ging nicht anders. Die Notwendigkeit war zwingend.«

Der Reisende nickte langsam. Er nahm einen Schluck Espresso und gab ein erfrischtes Zischen von sich. Er schien nicht weiter darüber reden zu wollen. »Sag mir, George, wie geht es dir in Florenz? Es muss doch wirklich großartig sein hier zu leben. Das Wetter, die beinahe mittelalterlichen Straßen...« George zögerte ein wenig, bevor er antwortete.

»Unterschätze sie nicht. Sie ist sehr störrisch und wehrt sich gegen alles Neue, was hier eindringt. Du hast von den Morden gehört. Seit Wochen halten sie die Stadt in Atem. Für gewöhnlich versinkt die Stadt in einem schwermütigen Trott, doch sobald etwas passiert, ändert sich dies. Sie wird launisch, schlägt um sich, tritt wild aus. Ich lebe schon sehr lange hier, ich kenne viele Mysterien dieses Ortes.«

George Wellesley kannte den Reisenden bereits sehr lange. Er pflegte zu sagen, dass sie sich schon kannten, als sie sich noch nie begegnet waren.

George war jemand, der das ruhige, geistig erfüllte Leben einem aufreibenden, fordernden Leben vorzog und seine Zeit lieber in seiner eigenen Welt des Geistes verbrachte. Seine selbst gewählte Armut rührte aber noch von einem ganz anderen Ereignis her, das sich vor vielen Jahren an der Universität ereignet hatte. Für eine Zeitlang war George Wellesley ein gesuchter Kunstdieb gewesen, der kostbare Gegenstände unter der Mithilfe des Reisenden stahl. Ming-Vasen, römische Diatretgläser und andere Artefakte hatte er höchstbietend verkauft. Es war wie ein Zwang. Er selbst studierte die Kultur der Gegenstände, die er stahl und heimlich verkaufte und doch musste er sie der Öffentlichkeit entziehen. Irgendwann hatte ihn seine Schuld eingeholt, er hatte sein Vermögen verschenkt und hatte sich dem Leben eines armen Gelehrten zugewandt. Nur ein einziges Stück hatte er behalten: Einen Papyrusband mit Schriften Hypatias, Platos und vieler anderer antiker Denker. Dies war sein persönliches Tor zur Vergangenheit.

Der Reisende dagegen hatte sich für ein anderes Leben entschieden. Doch auch er hatte seine Neigungen nicht unterdrücken können. Er lebte recht spärlich ausgestattet und ohne ausladenden Luxus in einer Wohnung nahe des Arno, vielleicht auch, um seinen Schuldkomplex zu verarbeiten. Nachts konnte er nicht nur das leise Rauschen des Flusses hören, sondern auch die Phantome der Nacht, Liebende, die sich in der Nähe des Wassers trafen, Kriminelle, die nur im Schein der Straßenlaternen dunkle Geschäfte abschlossen und sonstige Wesen, die die Nacht dem Tag vorzogen.

George lehrte an der Universität von Florenz Antike Geschichte, eine Entscheidung, für die ihn der Reisende oft kritisiert hatte. »Kultur sollten wir in uns tragen und nicht nach außen zur Schau stellen«, pflegte dieser zu sagen. Georges Spezialgebiet waren die antiken Mysterien, religiöse Kultgemeinschaften, die bis zum Ende der Antike wegen Verfolgung und

Schweigepflicht nahezu aussterben sollten. Er wohnte je ein halbes Jahr in Florenz und die andere Jahreshälfte verbrachte er in Rom. Seine eher schlechte Gesundheit ließ nicht zu, dass er viel reisen konnte. Kein Arzt hatte ihm jemals sagen können, woran er genau litt. Geradezu mit gespenstischer Pünktlichkeit überfielen ihn jedes Jahr um die Herbstzeit starke Krämpfe und hohes Fieber peinigte ihn, welches ihn tagelang an sein Bett fesselte. Er delirierte wie im Wahnsinn. Nach zwei Wochen dann war alles wieder vorbei. Der Reisende merkte ihm an, dass er mittlerweile stark durch die Krankheit gezeichnet war. Sein Gesicht besaß keine gesunde Bräune, sondern war eingefallen und fahl. Er aß nur sehr wenig. Sein linkes Augenlid zuckte beständig, ein eigenartiger Tick, der ebenso wenig erklärbar war. In einem nervösen Waschzwang gefangen, umgab ihn stets eine duftende Wolke aus Limetten und frisch geschnittenem Zitronengras.

George wirkte seltsam aus der Zeit gefallen. Wenn Sie in der Stadt unterwegs waren, hielt er an nahezu jeder Straßenecke an und spulte enzyklopädisches Wissen über dieses historische Gebäude oder jenes Denkmal ab, eine irritierende Angewohnheit. Sich selbst umgab er mit Gegenständen aus der Vergangenheit, seine Abstammung aus einem alten, jedoch unbedeutenden Adelsgeschlecht aus der Grenzregion zu Schottland tat ihr Übriges. Traditionen waren ihm sehr wichtig und er trank jeden Tag seinen Nachmittagstee, ungeachtet der unbeschreiblichen Hitze und stickigen Luft, die in den engen Seitengassen von Florenz im Sommer herrschte.

Die Gegenwart bildete seiner Meinung nach keine unüberwindliche Barriere zur Vergangenheit, sondern war ein aus ihr gewachsener Prozess. Ohne sie verstünden wir weder uns selbst, noch die Zukunft.

»Hast du Pläne für die Zeit hier?«, fragte George. Der Reisende setzte seine Sonnenbrille auf.

»Vielleicht wird es nicht nur ein kurzer Aufenthalt, George, vielleicht bleibe ich hier, so genau kann ich das noch nicht sagen. Ich möchte das tun, was ich anderswo nicht konnte: Leben. Genießen. Kultur erleben. Diesen Luxus konnte ich mir sonst nie leisten.«

George lächelte sanft. Er wusste, worauf der Reisende anspielte.

»Dann wirst du hier viel zu sehen wissen. Die Uffizien bieten eine große Auswahl an Meisterwerke italienischer Kunst. Ich hoffe, du fängst dir nicht das Stendhal-Syndrom ein«, er lächelte verschlagen.

»Die ganze Stadt ist wie ein riesiges Freilichtmuseum. Gerade morgen Abend habe ich etwas Interessantes für uns...«, er nestelte an der Tasche seines Jacketts herum. Er zog zwei, auf dickes Papier gedruckte Karten hervor. »In weiser Voraussicht. Die Rolle wird dir sicherlich gefallen«, meinte er zwinkernd und überreichte dem Reisenden eine davon. »Einladung zum Maskenball im Palazzo Amato. 20.00 Uhr. Príncipe Rosso« stand dort in golden perforierten Lettern. »Giovanni Amato ist Florenz reichster Bewohner. Ein Verleger, Philanthrop und Schriftsteller. Eine mysteriöse Person. Es kommt nur sehr selten vor, dass er sich der Öffentlichkeit zeigt. Er lebt sehr zurückgezogen.« Der Reisende schien sehr interessiert.

»Wenn das ein schwerreicher Upper-Class-Mann ist, wie bist du dann an die Karten gekommen? Die werden ja wohl nicht vom Himmel fallen.« George hob unschuldig die Hände. »Ich habe da so meine Kontakte an der Universität.« Seine Augen leuchteten. »Die Bälle im Palazzo Amato sind berühmt-berüchtigt. Maskierte Menschen, die ihre Hemmungen verlieren sind kein rein venezianisches Phänomen. Hier in der Toskana zelebrieren wir eine ganz besondere Form des Karnevals in der schwülen Hitze der Nacht.«

Der Reisende sah hinunter auf seine Einladung.

»Was hat es mit dem *Príncipe Rosso* auf sich, ist das Teil einer Folklore?«, fragte er skeptisch.

»Das wird deine Verkleidung für morgen sein. Ich bin der *Erudito Azzurro,* der blaue Gelehrte«, erwiderte George mit strahlendem Gesicht. Er liebte das Spiel aus Täuschung und Wahrheit und besaß die tief sitzende Überzeugung, dass es wirkliche Mysterien gebe, denen nur mit Staunen begegnet werden könne, nicht mit wissenschaftlicher Ratio. Die beiden unterhielten sich noch eine Weile über dieses und jenes und verabschiedeten sich anschließend. George überreichte dem Reisenden die Visitenkarte eines Kostümverleihs. »Der beste, den ich kenne«, wie er nachdrücklich hinzufügte.

»Wir treffen uns am besten auf der *Piazza della Repubblica,* sie liegt am zentralsten. Von dort können wir zu Fuß zur Kirche Sant'Ambrogio laufen. Der Palazzo Amato befindet sich dort ganz in der Nähe. Ist kaum zu übersehen. Ein gewaltiger Komplex.« Der Reisende war beeindruckt von Georges Lebenswillen. Die Stadt schien ihn zu einem besseren Menschen gemacht zu haben, als er es jemals war. Viel wurde über die kalmierende Wirkung von Bildung und Kultur geschrieben, als ein Weg jene Glückseligkeit zu erlangen, die von antiken Philosophen als das finale Ziel im Leben anzusehen sei. Er flanierte eine Zeit lang durch die Straßen und gönnte sich ein Caprese-Sandwich in einer kleinen Bar mit pittoresker Fassade. Einige Male ertappte er sich dabei, wie er entspannt seufzte. Es tat gut, die unnützen Sorgen hinter sich zu lassen. Er fühlte sich wie neugeboren und war sich sicher, in die richtige Stadt gereist zu sein. Sie hatte ihn in ihre marmornen Arme genommen und fest darin begraben.

Am Nachmittag suchte er dann den Kostümverleih auf, den George ihm empfohlen hatte. Es lag - wie die meisten guten Geschäfte - abseits der touristischen Ströme in einer Seitenstraße. Über der Eingangstür prangte in geschwungenen, silbernen Buchstaben der Name des Inhabers: *Spalanzanis Kostüme*.

Das Schaufenster war mit in barocke Gewänder gehüllten Puppen dekoriert. Der Reisende öffnete die Tür und trat ein. Als er über die Schwelle trat, erklang ein Glockenspiel. Er war erstaunt über die Unordnung des Geschäfts. Von außen wirkte es unscheinbar und beengt, doch im Inneren eröffneten sich Dimensionen ungeahnten, ja unmöglichen Maßes. Über und über schaute er auf Regale und Vitrinen voller Kostüme aller Epochen. Der Verkaufstresen ächzte unter den Bergen von Stoff und Seide, die sich auf ihm türmten. Eine enge Treppe führte hinauf in den ersten Stock. Vorsichtig erklomm der Reisende die fürchterlich quietschenden Stufen. Ein ätherisch riechender Nebel quoll ihm entgegen, sodass er husten musste. Seine Augen fingen an zu tränen. »Signor Spalanzani!«, rief er in den Nebel hinein. Plötzlich öffnete sich eine Tür und der Nebel klärte langsam auf. Ein Mann steckte den Kopf aus der Tür. Er trug einen langen, weißen Bart, der ihm weit unter die Brust reichte. Seine Augen waren klein, aber wach. Er trug einen fleckigen Kittel.

»Entschuldigen Sie, Signore. Ich habe Sie nicht gehört.« Spalanzani öffnete die Tür, dass der Reisende einen Blick in das Zimmer werfen konnte.

Dort standen allerlei Pflanzen sämtlicher Couleur, Glaszylinder und Brenner. Aus einem Gefäß quoll auch der angenehm riechende Nebel. Eine Flamme loderte zischend grün auf. Spalanzani fluchte und eilte hinüber. Er erstickte die Flamme mit einem Tuch. Als er den kleinen Brandherd gesichert hatte, wandte er sich endlich dem Reisenden zu. Er wischte sich die Stirn mit seinem Kittel ab.

»So, nun bin ich da. Was kann ich für Sie tun?«

»Ich suche ein Kostüm für einen Ball«, sagte der Reisende. Spalanzani sah ihn neugierig an.

»Für welche Art Kostüm interessieren Sie sich denn? Ich bin ein Meister meines Fachs und habe in Venedig gelernt. Folgen Sie mir doch kurz herein.«

Er gebot dem Reisenden mit einer eindringlichen Handbewegung einzutreten. Er drehte die Brennerflamme unter einem blubbernden Glaszylinder herunter und setzte sich dann in einen Sessel am Fenster, das er, bevor er sich erschöpft niederließ, öffnete. Der Reisende versah die exotisch anmutenden Apparaturen mit einem skeptischen Blick.

»Ich bräuchte ein Kostüm als *Príncipe Rosso*.« Dieser nickte wissend.

»Ah, der Príncipe Rosso. Eine großartige Figur.« Der Kostümmacher schien das Kostüm zu kennen und hakte daher nach.

»Was hat es genau mit dieser Figur auf sich?« Spalanzanis Augen funkelten verschlagen und faltete die Hände.

»Nun, Sie sind wohl nicht von hier. Ich gehe davon aus, dass Sie einen Ball im Palazzo Amato besuchen...«, der Reisende nickte. »Das habe ich mir gedacht. Nun, Giovanni Amato ist nicht nur ein schwerreicher Mann und Kunstliebhaber, sondern auch ein erfolgreicher Schriftsteller. Einer seiner berühmtesten Werke war ein Theaterstück namens *La Città Colorata*. Jede Person darin besitzt eine bestimmte Farbe. Das Ganze hat über zweitausend Seiten und Dutzende von Figuren. Der rote Fürst ist ein reisender Adeliger, über den nicht viel bekannt ist. Viele Geheimnisse ranken sich um ihn und seine Maske ziert ein geheimnisvolles, aber zugleich irres Grinsen. Da die Stadtbewohner nicht über die Hintergründe der Figur nicht viel über den Fürsten wissen, beginnen sie wild zu spekulieren. Einige vermuten, er sei ein gemeiner Hochstapler, andere sehen in ihm einen gefallenen König und einige wenige meinen im Fürsten eine zutiefst zynische Figur zu erkennen, die die Oberflächlichkeit der Bewohner offenlegen möchte. Als die Gerüchte überhandnehmen und einige Bewohner versuchen, ihm die Maske vom Gesicht zu reißen, flieht er überstürzt aus der Stadt und hinterlässt einen eisernen Berg aus Rätseln und Geheimnissen«, erklärte Spalanzani.

»Jetzt, wo Sie es sagen, erinnere ich mich daran. Ich hatte davon gehört, es lief in allen großen Theatern der Welt. Sogar eine erfolgreiche Fernsehserie wurde daraus gemacht.« Der Kostümmacher nickte kurz.

»So ist es. Kommen Sie her, ich möchte Ihnen etwas zeigen.« Spalanzani geleitete den Reisenden zu einem Experimentiertisch, auf dem in langen Reihen kleine, akribisch beschriftete Reagenzgläser standen.

»Sehen Sie, es ist wie Magie.« Der alte Mann nahm eines der Gläschen heraus, entstöpselte es und breitete auf dem Tisch eine großes Stück Stoff auf. Vorsichtig, geradezu liebevoll tröpfelte er die rötlich schimmernde Flüssigkeit des Gläschens auf den Stoff. Zunächst geschah nichts, die Tropfen wurden gierig vom Stoff aufgesogen und der Reisende hätte sich desinteressiert abgewandt, wäre in diesem Moment nicht etwas Erstaunliches geschehen: In einer wilden Explosion der Farben entfaltete sich das wässrige Rot in ein Feuerwerk der kräftigen Rottöne. Wie ein Vater sein Kind betrachtete, so erfüllt von Stolz sah Spalanzani hinunter auf den Stoff, aus dem er Träume fertigte. Einem Fraktal gleich durchdrang die Flüssigkeit das Tuch und färbte es ein. Spalanzani seufzte.

»Das ist meine wahre Kunst. Ich erschaffe Kleidung aus vergangenen Zeiten, mit den gleichen Farben und Stoffen, denn nur so können ihre Träger überzeugend in ihre Rollen schlüpfen. In jedes Teil lege ich ein Stück von mir selbst. Diese Gewänder sind meine Kinder.«

Spalanzani vermaß den Reisenden gründlich von Kopf bis Fuß und versprach, das Kostüm bis zum nächsten Tag anzufertigen, da er immer einige Muster für den kurzfristigen Bedarf aufbewahrte.

»Sie werden sehr zufrieden sein«, versicherte der Kostümmacher. Der Reisende verließ zufrieden das Geschäft. Der Kleidermacher hatte ihm eine kolorierte Skizze des Kostüms mitgegeben, sodass er sich es bereits vorher ansehen konnte. Es war ein langes, rötliches Gewand mit einem dünnen, übergeworfenen Mantel, der an der Brust von einer Fibel zusammengehalten wurde. Das Gewand war mit spiralförmigen Ornamenten bestickt. Er begab sich in die nächste Buchhandlung und kaufte eine edel eingebundene Ausgabe von Amatos *La Città Colorata*, ein Werk, das durch seinen großen Seitenumfang schwer in der Hand wog. Ein wenig blätterte er durch die unzähligen Kapitel. Dann schlug er die letzte Seite auf, da sich dort meistens ein Bild oder Porträt des Autors befand. Hier jedoch nicht.

Nur eine kleine Notiz über Amatos Werdegang. Nicht einmal Geburtsort oder Geburtsjahr fand sich dort.

»Dieser Signore ist ein Phantom«, murmelte der Reisende und klappte das Buch zu. Er nahm sich vor, das Buch so bald wie möglich zu lesen.

Später am nächsten Tag holte er in Spalanzanis Geschäft sein Kostüm ab. Es sah wirklich nobel aus. Der Kostümmacher hatte nicht zu viel versprochen. Er probierte es direkt an und stellte zu seinem Vergnügen fest, dass es wie angegossen saß. Ihm war, als sei er tatsächlich eine andere Person, als legte sich eine fremde Haut über die seinige. Spalanzani packte ihm freudestrahlend das Kostüm in Seidenpapier ein, das er mit einer schwungvollen, roten Schleife dekorierte.

»Ich wünsche Ihnen einen großartigen Abend, Signore«, sagte Spalanzani und klopfte dem Reisenden jovial auf die Schulter.

»Den werde ich sicherlich haben«, versicherte der Reisende. Spalanzani geleitete ihn noch bis vor die Tür, wo er sich – eilig verneigend – verabschiedete. Es wartete noch Arbeit auf ihn. Die Nachfrage nach Mitteln der Kultur war ungebrochen. Der Reisende hatte vor, noch eine Runde im Pool schwimmen zu gehen, um sich zu erfrischen. Es war kaum ein Uhr nachmittags und die Straßen lagen wie ausgestorben vor ihm, wie Gräber aus totem Stein. Träge schlurften die Bewohner durch die Straßen, um sich in die Kühle ihrer Häuser und Wohnungen zu retten. Die Cafés und Geschäfte waren weitestgehend geschlossen. Er hatte recht schnell herausgefunden, dass die mittägliche Apathie und Trägheit zum Leben hier dazugehörte. Es war keineswegs verwerflich, sondern ließ diese Stadt aus Sandstein und Kultur ein wenig verschnaufen, um von Neuem zum Leben zu erwachen. Mit dem Ende der Mittagszeit geschah eine neue Renaissance.

Nun strömten die Menschen wieder auf die Straßen, lachend und schwebend. Der Reisende hatte Derartiges noch nirgendwo beobachtet.

In den großen Städten seiner Welt herrschte ein unruhiges, gedankenloses Chaos, eine Gesellschaft wie Treibsand. Wer erst einmal darin war und gegen das Absinken ankämpfte, wurde nur noch tiefer nach unten gezogen. Kultur brachte kein Geld, sondern kostete nur. Ein Luxus. Hier hingegen erschien dem Reisenden das Leben besser, intensiver und ästhetischer. Vergnügt pfeifend fuhr der Reisende auf seinem Fahrrad zurück zu seinem Palazzo, seiner ganz persönlichen Festung. Ihm schien, das Haus habe ihn endlich als Besitzer anerkannt. Die Fensterbögen schauten ihm nicht mehr grimmig entgegen und auch das Eingangsportal schien ihm freundlich zuzulächeln. Er fühlte sich, als sei er endlich angekommen. Er war erstaunt über die wohltuende Atmosphäre des Palazzos. Vielleicht verstand er diesen Ort nun besser, nachdem er den Hintergrund des Hauses kannte. In einem neben dem Kamin in der Bibliothek versteckenden Regal hatte der Reisende einige uralte Bücher gefunden, die luftdicht verpackt waren. Unter größtmöglicher Vorsicht hatte er sie geöffnet und inspiziert. Es waren Tagebücher. Tagebücher einer jungen Frau aus dem 15. Jahrhundert, die zur Zeit des Bußpredigers Girolamo Savonarola gelebt hatte. An dem Platz, wo sich nun der Palazzo befand, hatte einst ihr Landhaus gestanden. Sie war reich gewesen. Sie hatte ein luxuriöses Leben geführt. Doch unter den Einwohnern der Stadt hatte sie einen anrüchigen Ruf. Sie stand im Verdacht, mit mehreren Männern zu verkehren, obwohl sie verheiratet war. In Wahrheit aber liebte sie nur einen Mann und ausgerechnet dieser wurde ihr genommen. Der Räuberfürst Federico war ein verstoßener Adeliger. Er war ihr Geliebter. Dass sie den Mann, mit dem sie verheiratet war, nicht lieben konnte, war klar: Sie war als Kind aus politischen Gründen verheiratet worden. Ihre vermeintliche Dekadenz zog den Argwohn der neuen Stadtregierung auf sich, die einem derartigen Lebenswandel ablehnend gegenüberstand. Als eines Abends Savonarolas berüchtigte »Kinderpolizei« vor den Toren ihres Palazzos stand, wurde ihr Leben zerstört. Ihr Geliebter hatte ohne Abschied zu nehmen fliehen müssen und konnte nie wieder zurückkehren. Sie selbst war ihrer Güter beraubt worden. Sie schrieb, dass sie bittere Tränen vergossen hatte. Nicht nur, weil sie alles verloren hatte, sondern auch weil die Liebe ihres Lebens hatte fliehen müssen. Sie lebte einige weitere Wochen in dem leergeräumten Palazzo, einsam und nur mit einer Zofe. Sie wurde nicht wieder glücklich. Eines Tages beschloss sie, Florenz zu verlassen. Sie verlud ihre verbliebenen Besitztümer auf einen Wagen, zündete das Haus an und verschwand, ohne zu sagen, wohin es sie verschlagen hatte. Ihre Tagebücher versteckte sie in den ausgebrannten Ruinen. Um das Jahr 1497 brachen die Aufzeichnungen ab. Von Folcia wusste der Reisende, dass der jetzige Palazzo zur Zeit des Barock errichtet worden war. Die Ruinen hatten also hunderte Jahre einsam am Rand der Stadt geruht. Dies war also die tragische Geschichte, die sich hinter den unschuldigen Wänden des Hauses verbarg. Vielleicht war es nur eine Einbildung, doch dem Reisenden war, als würde er selbst für den geflohenen Geliebten der Frau gehalten werden. Vielleicht fühlte er sich deswegen so heimisch.

Sobald er den Palazzo betrat, umströmte ihn ein lieblicher Duft und ihm war, als würde ein leichter Wind an seinen Kleidern zerren. Wenn der Wind einmal nicht wehte, meinte er ein glockenhelles Lachen zu vernehmen. Hatte die florentinische Dame ihren Liebhaber so begrüßt? Tatsächlich befand sich im ersten Stock des Palazzos ein altes Porträt, das eine schöne, junge Frau zeigte. War sie die ehemalige Herrin des Palazzos? Der Gedanke lag nahe, aber auch Folcia hatte nicht erklären können, woher das Bild stammte. Auch als er eingezogen war, hing es bereits dort. Es schien ihn immerzu anzulächeln. In Gedanken versunken begab sich der Reisende in die Küche. Er bereitete sich eine frische Limonade zu und ging weiter in den Garten. Er warf seine Kleidung von sich und sprang in das kühle Wasser, das ihn von allen Seiten umfing. Niemand würde ihn hier beobachten. Unter Wasser erwartete ihn ein wunderbare Stille. Über ihm schien die Sonne von ihrem Sockel hinab. Als er wieder an die Oberfläche zurückkehrte, vernahm er die fernen Klänge einer Geige. Er war überraschter, die sehnsüchtigen Töne von Nicolettis Geigensolo *Napolitana No. 3* zu hören, als dass hier jemand Geige spielte und mit einer solchen Virtuosität und Feinfühligkeit. Der Reisende trocknete sich ab und warf sich leichte Kleidung über. Ein kühler Wind ließ ihn plötzlich frösteln, als er sich der Musik näherte. Sie schien vom Ende des Gartens zu kommen.

Er näherte sich vorsichtig, eigenartigerweise darauf bedacht, leise zu sein, um die Quelle der Musik nicht zu verschrecken. Zu seiner Verwunderung fand er am Ende des Gartens ein hinter der dichten Hecke verborgenes Tor, das er leise aufschob.

Es gab keinen Ton von sich. Vor ihm öffnete sich die ganze Pracht der toskanischen Landschaft. Saftige grüne Täler erstreckten sich bis an den sichtbaren Horizont, der in einen dünnen, purpurnen Nebelschleier gehüllt war. Und inmitten einer antiken Ruine aus verfallenen Marmorsteinen saß ein junges Mädchen, das auf der Geige spielte. Sie trug ein weißes Kleid, das durch einen goldenen Gürtel an der Hüfte zusammengehalten wurde. Ihre Gesichtszüge waren entspannt und ihre Aufmerksamkeit galt allein ihrem Instrument, dessen Saiten sie liebevoll strich. Es war unmöglich ihr Alter zu schätzen. Sie war sicherlich noch recht jung, aber die Schönheit ihrer Musik ließ auf große Lebenserfahrung schließen, denn dieses Stück von Nicoletti galt als sehr anspruchsvoll und er hatte in seinem Leben erst wenige Menschen gesehen, die es derart gut beherrschten.

So wie sie dort saß, strahlte sie eine jugendliche Harmonie aus. Er setzte sich ins Gras und lauschte einfach der Musik, solange bis es anfing zu dämmern. Als die Sonne hinter den Hügeln versank, stand das Mädchen auf und wanderte davon, ehe sie schließlich im langen Schatten der Abendsonne verschwand.

Das Fest

Am Abend des gleichen Tages traf sich der Reisende mit George an der Kirche Sant'Ambrogio. Beide trugen ihre Kostüme. Georges *Erudito Azzurro* hatte große Ähnlichkeit mit einem klassisch-griechischen Philosophen. Der Saum seines nachtblauen Gewands war mit aufgestickten Mäandern versehen. Seine Maske besaß einen angedeuteten Bart und ein betont nachdenkliches Gesicht.

»Da bist du ja. Ich sehe, du bist meiner Empfehlung nachgekommen. Signor Spalanzani ist ein wahrer Meister seiner Kunst.« Der Reisende nickte zustimmend. »Ein wenig kauzig zwar, aber ein echter Sohn seiner Stadt«, meinte er. In den Straßen trafen sie auf immer mehr Menschen mit ähnlichen Kostümen in allen möglichen Farben: Grün, gelb, purpurn und golden. Sie bogen in südliche Richtung Santa Croce ab. Sie waren nicht weit vom historischen Kern der Stadt entfernt. Die backsteinerne Kuppel des Duomo überragte noch immer die Dächer der anderen Häuser, die sich wie vor einem König aus Marmor zu verneigen schienen. Die Stimmen um sie wurden immer lauter. Schon bald war Musik zu hören, die die Menschen wie magisch anzog. Und schließlich, wie auf einer Prachtstraße, erhob sich der Palazzo Amato in den Himmel. Der achtstöckige, in florentinischer Gotik errichtete Komplex, wäre eines Fürsten würdig gewesen. Die Fenster wurden von unten nach oben hin kleiner und verengter, um den Eindruck einer größeren Höhe zu erwecken. Dabei wäre dieser architektonische Trick nicht nötig gewesen, auch so stellte der Palazzo ein imposantes Bauwerk dar. Das Gebäude war etwas nach hinten versetzt, um einem gepflegten, hoch ummauerten Vorgarten Platz zu bieten, der für sich genommen, bereits größer war als der des Reisenden. Dort befand sich eine exquisite Auswahl antiker Skulpturen. Es durfte davon ausgegangen werden, dass sie echt waren. Die Spitzen des Schmiedezauns waren mit Messing vergoldet und funkelten im Licht der Fackeln, die in regelmäßigem Abstand an der Mauer befestigt waren. Am Eingang erwarteten sie schwarz livrierte Bedienstete mit weißen Handschuhen und kontrollierten die Einladungskarten. Mit emotionslosen Gesichtern schleusten sie die Massen durch die Tore. Von drinnen heraus setzte Gläserklirren und fröhliche Musik die Luft in Schwingung. George und der Reisende traten ein. Ihre ohnehin kaum zu hörenden Schritte wurden von dicken, kostbar aussehenden Perserteppichen verschluckt. Der Reisende ließ seinen Blick durch den luxuriösen Saal schweifen. Ein Bienenstock voller Stimmen, zusammengehalten durch den Wunsch des enthemmten Vergnügens. Die Raumausstattung war exquisit und dennoch exzentrisch.

    Die Decken waren mit feinen, in Gold gefassten Fresken bemalt. Kristallene Kronleuchter illuminierten leicht, ohne zu blenden. Zwischen den Gästen standen moderne Skulpturen und Plastik, die dem Stil der Antike nachgebildet waren. Sie zeigten ausnahmslos Szenen der Gewalt oder einen sexuellen Akt. Von den oft irrsinnig grinsenden Figuren gebannt, starrte der Reisende sie einige Minuten lang an, bevor ihn George aus seinem Stupor holte. »Diese Skulpturen bilden Szenen aus Amatos Roman *La Città Colorata* ab. Ich habe sämtliche seiner Werke gelesen. Oft sind sie verstörend realistisch, er ist ein wahrer Meister der Psychologie. Seine Charaktere, obgleich häufig wahnsinnig, sind so real, dass man sie beinahe für echte Menschen halten könnte. Einer seiner Romane ist aus der Sicht eines Serienmörders geschrieben, ein ziemlich kranker Mensch, und ich habe mich selbst dabei ertappt, wie ich mit ihm mitgefiebert habe. Eine gruselige Erfahrung«, George schüttelte sich.

»Ich lasse dich mal alleine. Genieße den Rausch, mein Freund«, sagte er weiter und griff sich ein Weinglas von einem Tablett der omnipräsenten Bediensteten, die still und flink zwischen den Menschen hin- und her huschten. Er setzte sich seine Maske auf und tauchte in die Menge ein.

Der Reisende blieb alleine zurück. Er fühlte sich desorientiert, die Kakophonie aus Stimmen, Gläserklirren, Musik und anderen Geräuschen wühlten ihn auf. Mit schmerzverzerrtem Gesicht biss er die Zähne aufeinander.

Hilfesuchend griff er nach einem Glas des Weins, in der Hoffnung, er würde seine Schmerzen lindern. Als er das Glas zum Mund hob, fiel ihm die eigenartige Farbe auf. Der Wein hatte eine rote, fast purpurne Farbe, wie sie der Reisende noch nie gesehen hatte. Mit geschlossenen Augen stürzte er den Wein in einem Zug hinunter. Er spürte den Effekt erst einige Minuten später. Sein Sichtfeld begann an den Rändern zu verschwimmen, die Farben der Gewänder erschienen plötzlich viel intensiver und kräftiger. Er setzte sich seine Maske auf und wurde eins mit der Menge. Die Musik wurde schriller. Sie tat nicht in seinen Ohren weh, sondern beschleunigte nur seinen Puls. Bald schon bildete er sich ein, die Menschen würden ihn anstarren und mit ihren Blicken ausforschen. Er verlor sich ganz in seiner Rolle und wanderte durch den Palazzo, als wäre er wirklich mehrere hundert Jahre in der Vergangenheit, seinen Kopf trug er voller fremder Gedanken. In allen Gängen sah er Menschen. Entweder blickten sie missbilligend von schweren, jahrhundertealten Ölgemälden auf ihn herab oder sie tanzten durch versteinerte Masken enthemmt an ihm vorbei. Der Boden vibrierte vom Stampfen der Menge. Das Licht wurde immer mehr herabgedunkelt, bis beinahe nur ein schwacher Kerzenschein die Säle und

Gänge illuminierte. Aus vielen dunklen Ecken vernahm er lustvolles Stöhnen. Die klassische Musik war satten, dunklen Beats gewichen, die den Herzschlag hochjagten. Eine merkwürdige Schwüle und Hitze lag in der Luft, die ihn zu ersticken drohte. Schwer atmend kämpfte er sich durch das Durcheinander der menschlichen Leiber, die eng verschlungen tanzten. So sehr er auch gegen sie drängte, es gelang ihm nicht aus der Umklammerung auszubrechen. Panik breitete sich in ihm aus und schnürte ihm weiter den Atem zu. Ein Schwindelgefühl setzte ein. Dann, endlich war er frei und erkannte den bleichen Schein des Mondes, der am wolkenklaren Himmel wie ein wohlmeinender Wächter leuchtete. Der Reisende ging durch das weit aufgerissene Portal ins Freie, von wo ihm kühle Nachtluft entgegenschlug.

Trotz der Tatsache, dass der Palazzo mitten in der Stadt lag, war der Garten erstaunlich weitläufig. Von allen Seiten war er durch schwere Steinmauern begrenzt und schirmte dieses Kleinod gegenüber der Außenwelt ab. Kieswege führten durch den Garten, die von zierlichen Olivenbäumen gesäumt waren. Hier und da glänzte ein Granatapfelbaum im silbrigen Licht des Mondes. Auch hier zeigte sich der exzellente Kunstgeschmack des Eigentümers. Antike Statuen und Skulpturen verschiedenster Motive ragten aus den Grasflächen auf. Oft waren es Abbildungen griechischer und römischer Gottheiten. Sie zeigten Artemis bei der Jagd, Apollon wie er die Lyra spielte und die Geburt der Aphrodite wie sie sich lasziv aus marmornem Meerschaum erhob. Daneben boten kleine Gartenlauben Orte der Ruhe. Ein künstlicher Fluss durchzog den Garten und verbreitete ein angenehmes Plätschern. Er war nicht alleine im Garten. Ganz in der Nähe hörte er jemanden leise singen. Neugierig näherte er sich auf leisen Sohlen, um herauszufinden, woher die Stimme kam. Hinter einer Säule entdeckte er den weißen Saum eines Kleides. Er drängte sich mit dem Rücken an die andere Seite der Säule und lauschte einige Minuten, bis die Stimme zu sprechen begann.

»Du musst dich nicht verstecken, ich weiß, dass dort jemand ist«, sagte sie. Der Reisende schwieg.

»Bist du stumm oder warum sagst du nichts?«

Die Person wandte sich um und trat hinter der Säule hervor. Er erkannte nicht, wer sie war, wohl aber ihre Rolle, die sie spielte. Er hatte das Theaterstück Amatos gelesen. Sie war die *Ballerina Bianca,* eine begnadete Tänzerin, die wegen ihrer hohen Kunstfertigkeit von einem Schleier der Mystik umgeben ist und von den Bewohnern der Stadt argwöhnisch beäugt wird.

Man sagt, sie sei eine Zauberin, die ihr Publikum durch dunkle Magie in ihren Bann ziehe. Ihr wurde schließlich der Prozess gemacht, bei dem sie grausam auf dem Scheiterhaufen verbrannt wurde. Die Frau trug eine Maske und verdeckte damit ihr Gesicht.

Trotz des spärlichen Lichts verfingen sich die Blicke des Reisenden in den Augen der fremden Frau. Sie waren von einem durchdringenden Sturmgrau. Er bildete sich ein, er könne in diesen Augen Gewitter und grässlich zuckende Blitze erkennen. Unwillkürlich wich er einen Schritt zurück. Nie wieder sollte er diese Augen vergessen.

»Hast du etwa Angst vor mir?«, fragte sie mit spitzem Lächeln.

»Nie. Warum sollte ich auch?«, erwiderte er kühl.

»Eine reine Gewissensfrage. Angst lähmt uns viel zu häufig«, sagte sie und streckte sich hin zu einem Granatapfelbaum, dessen Äste zum Haus ragten. Beherzt pflückte sie einen Apfel und ließ ihn zwischen ihren Händen wandern. »Diese Frucht ist eine des Zorns. In der griechischen Mythologie muss Persephone, die Tochter der Göttin Demeter wegen sechs Granatapfelkernen ein Drittel des Jahres in der finsteren Unterwelt bei Hades verbringen. Diese Kerne erinnern mich bis heute daran, dass, wie so viel im Leben, von Schicksal abhängt und sich unserem Einfluss entzieht. Dass wir Teile unseres Lebens in Dunkelheit verbringen und verbringen müssen, bevor wir wieder zurück in die schöne Oberwelt gelangen und unseren Frühling und Sommer des Lebens erfahren«, sprach sie wehmütig. Sie brach den Granatapfel und pickte sich sechs Kerne heraus. »Auf dass uns bald der Sommer besucht.« Sie zwinkerte freundlich dem Reisenden zu und wandte sich ab. Sie verschwand im Schatten des Gemäuers. Der Reisende wollte ihr nachrufen, unterließ es aber doch. In diesem Moment trat eine weitere Person über die Schwelle und atmete erleichtert aus. Der Mann setzte seine Maske ab und war überrascht, noch jemanden vorzufinden.

»Noch jemand, dem die ganzen Farben zu Kopfe steigen«, meinte er grinsend. Der Mann war wesentlich älter als der Reisende, dieser schätzte ihn auf etwa Mitte sechzig. Ihm schien eine gewisse Eitelkeit anzuhaften, denn trotz seines fortgeschrittenen Alters waren seine Haare von einem satten Kastanienbraun, mit nur einigen grauen Ansätzen an den Schläfen. Der Reisende fühlte sich an das Abbild einer römischen Marmorbüste erinnert. Der Mann wirkte aus der Zeit gefallen. »Mein Name ist übrigens Visconti, Alessandro Visconti. Es ist schön, mal ein neues Gesicht hier zu sehen, den *roten Prinzen* findet man eher selten. Ungewöhnlich, dass sich ein Mann in Ihrem Alter dem Treiben da drin entzieht. Rausch und Vergnügen sind doch heutzutage das echte Opium fürs Volk. Wer kein Hedonist ist, wird schief angeschaut«, er schüttelte dem Reisenden kräftig die Hand, der sich ebenfalls vorstellte und die Maske abnahm.

»So? Sie sind wohl nicht von hier. Was verschlägt Sie nach Florenz? Fernweh? Verlorene Liebe?«, fragte Visconti.

»Darüber möchte ich nicht sprechen«, erwiderte der Reisende mit spitzen Lippen. Niemanden weihte er ein. Visconti nickte verständnisvoll.

»Es ist auch nicht weiter wichtig. Im Laufe der Jahre hat es viele Tausend nach Florenz getrieben, ob aus Sehnsucht, aus Verzweiflung oder der Bewunderung für die Vergangenheit. Einige haben hier ihr Glück gefunden, andere stürzten in einen noch tieferen Abgrund und nahmen sich das Leben. Diese Stadt verlangt von ihren Bewohnern viel ab. Wer es nicht schafft, dem Druck standzuhalten, der wird untergehen.« Als der Reisende Visconti in die Augen sah, fühlte er sich an irgendjemanden erinnert. Eine Person, die er vor langer Zeit gekannt hatte, deren Gestalt jedoch in den Windungen seines Gehirns vergraben war. Diese Erinnerung war mehr ein flüchtiger Schatten und verschwand auch schnell wieder in seinem Unterbewusstsein. In diesem Moment eilte einer der Bediensteten an ihnen vorbei, hielt kurz inne und bot zwei Gläser Wein an. Ein Angebot, dass beide Männer dankend annahmen. Es war erstaunlich frisch draußen geworden. Nur von innen drang ein Rest von Wärme ins Freie.

»Was machen Sie beruflich, Signor Visconti?«, fragte der Reisende, nachdem er einen großzügigen Schluck Wein genommen hatte.

»Ich bin Psychologe, lehre aber gleichzeitig als Professor an der hiesigen Universität. Ich erforsche die düsteren Seiten des menschlichen Geistes. Ein wirklich spannendes Feld, das kann ich Ihnen versichern. Ich habe schon viele Kriminalfälle in Zusammenarbeit mit der Polizei gelöst. Ich denke, dass der menschliche Geist, wenn man sich seiner ungeheuren Komplexität annimmt, berechenbaren Gesetzen folgt«, Visconti tippte sich mit dem Zeigefinger an die Stirn. Der exquisite Wein zeigte auch in ihm seine Wirkung. Es schien, als greife er nach den Worten, oftmals traf er ins Leere.

»Eine unheimlich schwierige Aufgabe, das kann ich Ihnen sagen, aber spannend. Es gibt Abende, da sitze ich bei einem guten Glas Wein in meinem Sessel und studiere Fallakten. Bei den Gräueltaten, die darin beschrieben werden, gefriert mir oft das Blut in den Adern und ich schalte im Haus jede verfügbare Lampe ein, auch wenn ich anschließend schlafen gehe«, gestand er ein.

»Aber es sind doch unsere Schwächen und Ängste, uns zu den Individualisten formen, die wir sein sollen. Wer sich zu sehr anpasst, wird bald feststellen, dass er seine Persönlichkeit verloren hat«, sagte der Reisende bestimmt.

Visconti lachte auf und versetzte dem Reisenden einen freundlichen Hieb in die Seite. »Sie gefallen mir, sie gefallen mir wirklich. Ich bin damals in einem vom Krieg zerstörten Italien aufgewachsen und meine Eltern gaben mir Idealismus mit auf den Weg. Wie konnten sie auch anders? Alles lag in Trümmern. Im Laufe der Jahre habe ich eingesehen, dass ich mich nicht damit identifizieren konnte. Idealismus war meine Schwäche gewesen. Und nun erforsche ich die Untiefen der menschlichen Seele.«

»Über meinen Beruf spreche ich wohl besser nicht«, der Reisende bleckte die Zähne. »Dann würde ich auch noch zu Ihrem Studienobjekt.« Visconti lachte.

»Haben Sie für morgen Abend schon etwas vor?«, fragte er. Der Reisende verneinte. »Ich bin ein Reisender. Ich lebe oft einfach in den Tag hinein. Hier finde ich Ruhe. Hier kann ich ein Mensch sein«, sagte der Reisende und fuhr sich mit einer an Eitelkeit erinnernden Geste durch die Haare.

»Ah, das Leben eines echten Weltbürgers. Wissen Sie...es ist vielleicht eine etwas ungewöhnliche Frage, aber mögen Sie Ballett? Wir haben hier in Florenz eine großartige Gruppe, für die Aufführung morgen habe ich noch eine freie Karte. Ich bin der Überzeugung, dass auch die Art und Weise, wie sich ein Mensch körperlich ausdrückt, seinen Charakter ausmacht. In äußerlicher Schönheit ist vielleicht nicht die tiefste, aber zweifellos die erregendste Freude zu finden«, sagte Visconti begeistert. Es war dem Reisenden erst nicht aufgefallen, doch Visconti strahlte eine eigenartige Aura aus und verbreitete ein zu dunklen Taten verleitendes Gefühl.

Für sein Alter besaß er einen jugendlichen Esprit, der beinahe schon an Dekadenz grenzte. Ihn umgab ein schwerer, orientalischer Duft, der dem Reisenden tief in die Nase stieg und seine Sinne benebelte. Es war kein unangenehmer Schleier, der seinen Geist umwirbelte, sondern einer, der sein Erlebnisstreben bestärkte.

»Gerne begleite ich Sie. Dieses Angebot kann ich schlecht ausschlagen. Ich bin zwar nicht *Lost in Translation,* aber ziellos durch die Straßen möchte ich nicht schweifen.« Visconti lächelte. »Großartig! Wir treffen uns morgen im *Teatro Maggio.* 22 Uhr. Sie werden es genießen!« In diesem Moment ertönte ein lautes Trampeln und eine Woge von Menschen strömte aus dem Gebäude heraus, unter dem Bann von Gesang und Tanz brach sich die zügellose Frivolität Bahn. Der Reisende verlor Visconti aus dem Sichtfeld und war sich für einen Moment nicht sicher, ob diese Begegnung nur seiner Einbildung entsprungen war. Um ihn herum war alles voller Menschen. Ein Mahlstrom von Eindrücken drängte auf ihn ein. Die ohnehin eigenartige Wirkung des Weins schien sich in der drückenden Hitze der Nacht potenziert zu haben. Die Gäste schienen die Fähigkeit zur sprachlichen Artikulation verloren zu haben. Im Schutz der Masken vollführten Männer eindeutige Bewegungen. Es schien als seien auf einmal alle Frauen vom gleichen Strom durchflossen, der sie dazu brachte, verführerisch die Hüften kreisen zu lassen und ihre Köpfe manisch nach vorne und nach hinten zu werfen. Mit Körpern auf engsten Raum gedrängt war Körperkontakt unvermeidlich und jeder schien die ungewohnte Intimität zu genießen. Plötzlich rieselte es goldenen Staub vom Himmel, der den Garten in einen glühenden Ort verwandelte. Der Reisende ließ sich durch die Menge treiben, schloss die Augen und drehte sich im Kreis. Die Menge zog in mit, er wurde frei von Zwängen. Er gab sich einer Sünde hin, die am nächsten Tag vergeben und vergessen sein würde.

So wie er die Augen öffnete, war sein Blick auf eines der Fenster gerichtet, die zum Innenhof hinunterschauten. Dort stand eine Person, deren Anblick ein Gefühl von Beklemmung und Atemnot in ihm auslöste. Sie war nur schemenhaft zu erkennen, nicht viel mehr als eine fahrige Silhouette, aber die Gesichtszüge der Person waren ebenso markant wie beängstigend:

Ein alter, hagerer Mann sah hinunter auf das goldene Treiben und lächelte grausam. Sein Gesicht war eine von Kaltblütigkeit geprägte Fratze.

Ihre Blicke trafen sich und der Mund des Mannes verzog sich zu einem mörderischen Lächeln, das im Reisenden ein klammes Gefühl der Angst auslöste. Dann verschwand der Mann wieder hinter schweren Vorgängen, durch die kein Licht drang. War dies der geheimnisvolle Gastgeber? War dies Giovanni Amato? War er der Schöpfer derjenigen Rollen, die sie spielten und bis zum Äußersten betrieben? Er schien der einzige gewesen zu sein, der die Gestalt am Fenster bemerkt zu haben schien. Für diesen kurzen Moment war er alleine gewesen, gefangen in einem Spinnennetz. Mit einem Mal war alles um ihn herum wieder da, als hätte jemand die Lautstärke per Knopfdruck reduziert. Rasch verlor sich der Reisende wieder im Ozean aus Menschen und gab seinen innersten Trieben nach, bestärkt durch den Rausch und die Gewissheit, dass ihn niemand kannte.

Die Straße des Schriftstellers

Es war George und nicht der Reisende, der sich aus der Ekstase befreien konnte. Irgendwann spät in der Nacht wurde er von George am Arm gegriffen und aus dem Treibsand der Menge gerissen. Je weiter sie sich vom Palazzo entfernten, desto mehr klarte der Verstand des Reisenden wieder auf. George führte ihn in eine verlassene und trotzdem gut beleuchtete Piazza, wo sich der Reisende an den Rand eines Brunnens setzte, um wieder zu Atem kommen zu können. Eine bleierne Müdigkeit lag auf ihm. Doch schon nach einigen Minuten an der frischen Luft und außerhalb der Hörweite der Musik fiel sie von ihm ab, als sei nichts passiert. Er fühlte sich in der Tiefe entspannt, wie nach einem Tag am Meer. »Ich verstehe es nicht«, meinte der Reisende, »Ich habe noch nie etwas Derartiges erlebt.«

Er konnte nicht beschreiben, was in ihm vorging. In ihm ruhte eine unvergleichliche Wärme, die auf seinen ganzen Körper ausstrahlte. Er konnte unangestrengt lächeln. »Das ist der Grund, warum ich dich mitgenommen habe. Ich kann dir auch nicht sagen, was es ist, dass das Wahnsinnige in uns hervorbringt. Dieser Ort kann süchtig machen, dies ist seine große Gefahr, die du kennen solltest, alter Freund.«

Nicht nur die Bewohner, sondern die Stadt selbst schien sich im Tiefschlaf zu befinden. Die Schritte der beiden verhallten in den leeren, grauen Straßen. Hier und da ertönte der nächtliche Schlag der Kirchenglocken. Sie bewegten sich in Richtung des Arno, der die Stadt wie eine Lebensader durchfloss. Der Reisende war gerade erst zwei Tage in der Stadt und verirrte sich ständig im Straßengewirr aus engen Gassen und Plätzen. Die beiden befand sich in der Nähe des Palazzo Strozzi. Stille war zwischen ihnen,

Erinnerungen an die vergangene Nacht begannen zu verschwimmen. Auf einer kleinen Piazza blieb der Reisende plötzlich stehen und legte eine Hand ans Ohr. »Was ist?«, fragte George ungeduldig.

»Psst!«, zischte es zurück und George verstummte. Tatsächlich drang eine eigenartige Melodie, die er so noch nie gehört hatte, an sein Ohr. Es waren tiefe, seltsam körperlose Flötentöne, die aus einer der im Schatten verborgenen Seitengassen zu kommen schienen. Eine furchtbarer Verdacht drängte sich im auf. Wie in Trance ging der Reisende auf die Straße zu. Auch mehrfaches Rufen hielt ihn nicht zurück. George rannte zu ihm hinüber und packte ihn am Kragen seines Gewands. »Geh da nicht hin!«, rief er. Der Reisende blickte irritiert.

»Was ist? Ich habe doch nur den Trommeln zugehört.« Er schien nicht bemerkt zu haben, dass er den halben Platz überquert hatte.

»Genau das ist es ja, diese Trommeln.« Er ließ den Reisenden los. Dessen Gesicht wirkte durch das bläuliche Licht der Straßenlaternen abwesend und leer.

»Du hast bestimmt von den Morden in Florenz gehört?«, fragte George. Der Reisende nickte. »Es gibt viele Gerüchte darüber, wer hinter den Morden und noch einer ganzen Reihe obskurer Vorgänge stecken könnte. Ich höre immer wieder von einer *Via del Scrittore,* einer Straße, die ich auf keiner einzigen Straßenkarte gefunden habe! Eine Straße, die angeblich Unglück bringen soll. Manchmal wird sie auch einfach nur *die Straße* genannt.«

Der Reisende schüttelte spöttisch mit dem Kopf. »Das sind Gerüchte, George. Denen kann man nicht trauen. Denk rational.« George wirkte ernst. »Es ist nur so ein diffuses Gefühl..., ich kann es gar nicht so richtig beschreiben. Geh nicht in diese Straße...« Der Reisende wandte sich um und schaute die Straße hinunter, die sich vor ihnen auftat. Ihre Seiten waren durch dicht gedrängte Wohnhäuser begrenzt, die fast vollständig im Schatten lagen. Sie war mit altem, beinahe vermodertem Pflaster belegt, das an vielen Stellen schon brüchig war. Die Straße wirkte wie ein Fremdkörper. Es fand sich keine Beschilderung, die andeutete, wie sie wirklich hieß. Ein angespanntes Kribbeln machte sich in ihm breit. Die Versuchung war zu groß. Er musste diesen Ort erkunden. Die Musik, die noch immer durch die Straße hallte, kam ihm seltsam vertraut vor. Er hatte sie erst vor kurzem gehört. Sein Wille wurde schwach gegenüber der starken Macht, die die Musik auf ihn ausübte. Wie ein Schlafwandler taumelte er in die Straße hinein. George seufzte und schaute ihm sorgenvoll nach, folgte ihm schließlich doch. Der Reisende blieb stehen und drehte sich mit einem Grinsen im Gesicht um.

»Du bist wirklich abergläubisch. Kein Wunder, wenn du dich den ganzen Tag mit antiken Mysterien beschäftigst. In deinem Kopf spukt es. Du bist paranoid, diese Straße ist ein Mythos.« Mit einem mulmigen Gefühl ging George über das kalte Pflaster. Ohne Zweifel war dieser Ort anders als die umliegende Stadt. Aus den Poren der Häuserwände drang eine Feindseligkeit, die einschüchterte. Ein Schatten flog knapp über den beiden hinweg. Instinktiv duckte sich George und legte schützend seine Hände über den Kopf. Ein Rabe hatte sich auf einer der Fensterbänke niedergelassen und fixierte ihn mit gelb leuchtenden Augen und gab ein höhnisches Krächzen von sich. George hatte das eigenartige Gefühl, die Straße würde immer enger hinter ihm, als schnitte sie ihnen den Fluchtweg ab.

Die Straße wurde nur von flackernden, mit barocken Fratzen verzierten Lampen erhellt. Am Ende der Straße konnte er eine kleine Piazza erkennen, in dessen Mitte sich ein kleiner Brunnen befand, der in trügerischer

Idylle plätscherte. Der Himmel über ihnen war pechschwarz, nur das fahle Licht des Mondes fand den Weg hinunter. »Ich habe diesen Platz noch nie gesehen«, sagte George im Flüsterton. Eine seltsam bedrückte Atmosphäre lag über dem Platz. Der Reisende ging auf den Brunnen zu. Dort lagen zwei aufgeschlagene Bücher. George zog die Augenbrauen hoch.

»Was hat das zu bedeuten?« Der Reisende antwortete nicht, sondern ging auf den Brunnen zu. Mechanisch griff er nach dem aufgeschlagenen Buch und drehte es um, sodass er den Einband sehen konnte.

»Ernest Carlton. *Life of an American*. Ein echter Klassiker. Als ich noch jünger war, habe ich es bestimmt fünfmal hintereinander gelesen«, murmelte er. George trat neben ihn und nahm das andere Buch.

»*Capricorn*. Francois Moreau. Das habe ich vor vielen Jahren einmal gelesen. Ein sehr trauriges Buch.« Er blätterte ein wenig durch die Seiten. Als er die letzte Seite des Buchs erreicht hatte, hielt er kurz inne. In geradezu monströsen, roten Lettern stand dort das Wort: *Mors* – Tod. Ein Schauer überlief ihn ein.

»Was steht bei dir?«, fragte er den Reisenden.

»Anima«, antwortete dieser. *Leben*. George fröstelte. Sie fühlten sich beobachtet.

Nur wenige Fenster der Häuser, die den Platz von allen Seiten einschlossen, waren beleuchtet. Eines stand offen und markerschütterndes Geschrei und Gezeter drang nach draußen. Unheimliche Silhouetten tauchten am Fenster auf und verschwanden wieder. Schreie der Lust strebten dem nächtlichen Himmel entgegen. Plötzlich ertönten ein ekelhaft schmatzendes Geräusch und dann ein langgezogener Schrei. Dann herrschte wieder Stille. Auch hinter anderen Fenstern spielten sich eigenartige Szenen ab.

Der Reisende sah zu einem Erdgeschossfenster hinüber, hinter dessen Vorhängen anscheinend eine Person mit Hut stand und zu gruseliger Musik seltsame körperliche Verrenkungen vollführte. Es schien, als würde der gesamte Platz von einer dämonischen Kreatur gepackt. Irre, spitze Schatten tauchten hinter den Vorhängen auf. Der Reisende wurde das Gefühl nicht los, dass er beobachtet wurde. Mit einem Mal war es wieder ruhig und nur das Rauschen des Wassers im Brunnen war zu hören. Der Reisende riss seine Augen weit auf und zeigte mit geöffnetem Mund auf die Wasseroberfläche. Auch im nächtlichen Mondlicht war es gut zu erkennen, das Wasser hatte eine rötliche Farbe angenommen. Im glitzernden Spiegel wurden die Gesichter der beiden zu grässlichen Fratzen verzerrt.

»Das kann doch nicht mit rechten Dingen zugehen!«, stieß der Reisende aus. Seine Stimme zitterte mehr, als ihm lieb sein konnte, war er es doch gewesen, der diese verhängnisvolle Straße zuerst betreten hatte. Der Boden schien zu vibrieren.

»Was passiert hier?«, schrie der Reisende in die Nacht.

»Das Spiel hat begonnen! Lass uns so schnell wie möglich von hier verschwinden!«, zischte George. Ihre Schatten schienen immer kürzer zu werden, als würden sie selbst schrumpfen und das rettende Ziel – die Straße – in immer weitere Ferne rücken. Wie von einer tödlichen Gefahr verfolgt, rannten beide los. Sie achteten nicht mehr auf das, was sie umgab. Die bröckeligen Häuserwände zogen wie ein Tunnel an ihnen vorbei. Über ihnen zog ein Schwarm Raben vorüber, als könnten selbst diese düsteren Tiere es nicht mehr auf dem Platz aushalten. Die Strecke schien kein Ende zu nehmen und als sie keuchend aus dem Schatten der Straße hervorbrachen, fiel die Angst von ihnen ab.

»Was war das?«, brachte der Reisende außer Atem hervor.

»Auf diesem Ort muss ein Fluch liegen. Es war beklemmend. Die Straße hat mir die Luft abgeschnürt.« George sah ihn niedergeschlagen an.

»Ich hatte dich gewarnt. Ich hatte dich vor dieser Straße gewarnt.« Darauf wusste der Reisende keine Antwort. Ihm kamen keine Worte in den Kopf, die die zurückliegenden Minuten beschreiben konnten. Er konnte nichts entgegnen. Undeutliche Bilder flackerten vor seinem inneren Auge auf. Ein fürchterlicher Albtraum, mehr nicht. Eine Illusion. Mehr konnte es nicht gewesen sein. Der Wein, ja, der teuflische Wein musste es gewesen sein. Sicherlich war er ihnen zu Kopf gestiegen. Ihr stiller Kompromiss war, nicht mehr darüber zu sprechen, sondern demütig zu schweigen. So schnell es ihre Schritte erlaubten, entfernten sie sich von der Straße. Als sie das Ufer des Arno erreicht hatten, trennten sich die beiden. Der Morgen dämmerte bereits herein. Rötlich-gelb stieg die Sonnenscheibe hinter den Häusern auf. Sie verabschiedeten sich. Im Licht des hereinbrechenden Tages wirkte George gebrechlich und fahl. Die Nacht hatte ihn sichtlich mitgenommen. Immer wieder hatte er sich gefragt, warum George so exzessiv lebte. George hatte ihm erzählt, dass er oft tagelang nicht richtig schlief, sondern ein gelegentlicher Zusammenbruch aus Erschöpfung seine Wachzeiten unterbrach.

»Ich habe nicht mehr viel Zeit, ich spüre es«, sagte er ihm jedes Mal. »Auch wenn der Rausch sinnlos und gefährlich ist, brauche ich ihn. Ich hänge an seinem Tropf. Meine Krankheit fesselt mich in den schlimmsten Tagen des Jahres ans Bett. Einsam und verlassen warte ich, in meinem eigenen Körper gefangen, bis die Sonne sich hinter den Wolken hervortraut. Deswegen tue ich das.«

Der Reisende überquerte gemächlich die Ponte Vecchio, die alte Brücke der Goldschmiede. Die mysteriöse Straße blieb für ihn nur eine von vielen, fremdartigen Erfahrungen, die er gemacht hatte. Doch weder George noch der Reisende bemerkte, dass sie verfolgt wurden. Schattenhafte Gestalten folgen ihnen verdeckt und überwachten jeden ihrer Schritte. Ein diabolischer Mechanismus war in Gang gesetzt worden. Zahnrad um Zahnrad griff ineinander. Ein grausamer Gigant erwachte und ließ die Stadt vor sich niederknien. Gierig schickte er seine Schatten aus, ihr furchtbares Werk zu verrichten. Es begann der Krieg des *Einen* gegen alle. Er war der Gott der Stadt.

Schwanensee

Nach vielen Stunden wachte der Reisende auf. Er wusste nicht mehr, wie er es in seinen Palazzo geschafft hatte. All das, was passiert war, nachdem er sich von George verabschiedet hatte, war von einem undurchdringlichen Schleier umgeben. Überrascht stellte er fest, dass er seinen Pyjama trug. Wieso konnte er sich an nichts erinnern? In seinem Kopf dröhnte es, jedes Geräusch erschien ihm zu laut. Egal, wohin er seinen Blick richtete, der Raum schien vor ihm zu fliehen. Benebelt stand er behutsam auf und versuchte sein Gleichgewicht zu halten. Er wankte zum Fenster und stieß die Fensterläden auf. Eine Flut aus Sonnenlicht ergoss sich in das Zimmer.

Geblendet hielt er die Hände vor die Augen. Als seine Augen sich an die Helligkeit gewöhnt hatten, trat er ans Geländer und schaute nach draußen.

In diesem Moment wurde ihm klar, dass er nichts bereute. Noch nie hatte er die Schönheit des Gartens so bewundern können. Die Blumen blühten in allen Farben, stolze Pinien wachten über die grüne Pracht. Ihm stiegen die Düfte von Rosmarin und Lavendel in die Nase. In der Ferne zeichneten sich im Dunst des Morgens die Hügel der Toskana ab. Es war ein Paradies.

Der Fluss durchzog den Garten wie eine Lebensader. Jegliche Sorgen fielen von ihm ab und ein Lächeln zauberte sich auf sein Gesicht. Schnell zog er sich um und brach auf zur Pasticceria am Ende der Straße, wo er jeden Morgen frühstückte. Als er das eiserne Gartentor hinter sich zuzog, schaute seine Nachbarin, eine ältere Dame auf und grüßte ihn freundlich. Sie schnitt gerade Rosen. Dieser Ort war wirklich ein kostbares Kleinod, das er nie wieder loslassen wollte. Es erfüllte ihn mit einer inneren Wärme, die er schon lange nicht mehr gespürt hatte. Hier war er fern der kalten Angst der Welt, der Ballast von Sorge und Leid fiel von ihm ab. Die Pasticceria wurde von einer älteren Dame betrieben, die das Geschäft bereits seit mehreren Generationen führte. Signora Rossi war Ende sechzig, ihre Kinder waren längst ausgezogen und hatten ihrerseits Kinder. Gelegentlich kamen die Enkel sie besuchen. Jeden Morgen, wenn der Reisende ihr kleines Geschäft betrat, beschwerte sie sich darüber, dass niemand mehr das einfache Handwerk schätzte. Einen Nachfolger hatte sie nicht gefunden. Sie werde das Geschäft so lange führen bis sie sterben werde, betonte sie immer wieder mit gestischem Nachdruck. Als der Reisende durch die Tür trat, fiel sein Blick auf die Pracht an kleinen Törtchen, Macaronen und Kekse und mit Ganache überzogene Kuchen, die sich auf silbernen Etageren stapelten. Wie jeden Morgen seit seiner Ankunft setzte er sich an den ersten Tisch links der Tür, von dem er einen freien Blick auf die Straße hatte. Auf dem Tisch lag eine Tageszeitung und für einen kurzen Moment überlegte er, sie aufzuschlagen und in der Welt der Katastrophen, Todesfälle und Morde zu versinken, unterließ es aber dann. Er bestellte sich einen Doppelten Espresso, eine Auswahl von Fruchttörtchen und ein Croissant. Das war Dolcefarniente! Ein Vogel landete auf der Fensterbank vor ihm. Ein wenig beneidete der Reisende ihn. Ohne Frage hatte er sich von allem, was er einmal gewesen war, gelöst, hatte sich befreit und doch war er in der Gesellschaft verhaftet. Er konnte nicht wie ein Vogel mit den Flügeln schlagen und davonfliegen, ohne alles aufzugeben. In der Einsamkeit hatte er noch nie Trost gefunden. Während er genüsslich in das Croissant biss und ihm die angenehme Bitterkeit des Espressos auf der Zunge lag, kam ihm ein Gedanke, den er im Rausch der letzten Nacht vergessen haben musste. Er hatte diesen mysteriösen Mann getroffen, Alessandro Visconti, der ihn zu einer Ballett-Vorstellung eingeladen hatte. Der Reisende sah auf seine Armbanduhr. Die Vorstellung war heute Abend. Visconti besaß eine hypnotische Stimme, unterbewusst *musste* er ihm einfach glauben, dass er es ernst gemeint hatte. Für den Tag hatte er ohnehin nicht viel vor. George hatte sich auf seinen Anruf nicht gemeldet.

Vermutlich verbrachte er den Tag in der Universität, wo er forschte. Seine langen Krankheitsphasen lösten in ihm eine regelrechte Manie aus, durch die er sich wie ein Besessener an seine Forschungen klammerte. Die antiken Mysterienkulte waren ein arkanes Thema. Die Kulte schwiegen sich über ihre Riten aus. Selbst Eingeweihten war es nicht erlaubt gewesen, darüber zu sprechen. Der Reisende war stets überrascht, mit welcher Fantasie und Gründlichkeit George die Geschichte rekonstruierte. George war ein grandioser Erzähler.

Der Reisende hatte George vor vielen Jahren einmal in England besucht. Dort hatte er für viele Stunden Georges Erzählungen gelauscht. Geschichten, in denen es noch Helden gab. George hatte sich noch nie viel aus Luxus gemacht. Seine Wohnung war nur karg möbliert. Einzig die Wände waren über und über mit Bücherregalen bedeckt, oft stapelten sich diese auch auf dem Boden. Was George an räumlicher Gestaltung vermissen ließ, kompensierte er durch eine ungeahnte Geisteskraft. Vielleicht war es die Gewissheit, dass er nicht mehr sehr lange leben würde, die ihn zur Genialität anspornte. Unter all den Städten, in die er hätte reisen können, Paris, London, Rom, hatte der Reisende Florenz auserkoren, als die Stadt, die seine neue Heimat werden sollte, dort, wo er einen Neustart wagen könnte, ohne erkannt zu werden. Immerhin war ihm dort George als Teil seiner Vergangenheit geblieben, die George nie erwähnte, wofür ihm der Reisende sehr dankbar war.

»Sie sehen müde aus«, merkte Signora Rossi an, als sie den Tisch gegenüber des Reisenden abwischte und von Krümeln befreite.

»Es war eine lange Nacht, Signora. Durch einen Freund konnte ich die Feier im Palazzo Amato besuchen.« Die alte Dame riss die Arme dramatisch nach oben. »Von diesen Abenden schwärmt heimlich ganz Florenz. Meistens geben die Leute nur zögerlich zu, dass sie dort waren. Ich finde, das sind lasterhafte Veranstaltungen. Das Einzige, was dort zählt, ist der Rausch. Junge Leute *töten* für Einladungskarten. Der einzige Sinn dieser Veranstaltungen ist es, die Leute einzulullen. Es passiert so viel Schreckliches in Florenz...Aber wer hört schon auf mich?« Sie schüttelte mit dem Kopf und fuhr mit ihrer Arbeit fort. Der Reisende bezahlte das Frühstück und gab ein großzügiges Trinkgeld.

»Packen Sie den Rest ein, Signora, ich fühle mich nicht so gut.«

Am Abend stand er vor einem der deckenhohen Spiegel des Palazzos und zog zum zehnten Mal das Jackett seines Smokings zurecht. Er hatte noch nie eine Ballettaufführung besucht und wusste nicht, was er zu erwarten hatte. Sein Augenlid zuckte nervös. Aus Angst jemand könnte in das Haus eindringen, verriegelte er alle Fenster und Türen. Hier und da ließ er eine Lampe brennen, um den Anschein zu erwecken, er sei im Haus. Draußen war es bereits dunkel geworden, ungewöhnlich für diese Jahreszeit. Der Reisende zog vorsichtig das eichenhölzerne Eingangsportal zu und sah sich in alle Richtungen um. Er besaß eine Art sechsten Sinn, der es ihm erlaubte, zu bemerken, dass er beobachtet wurde. Ein kaltes Gefühl breitete sich dann in seinem Körper aus und er meinte, dass von überall kleine, spitze Nadeln auf ihn einstießen. Glücklicherweise blieb diesmal das Gefühl aus. Geduckt eilte er auf die Straße und blieb so lange im Schatten, bis er in der Nähe einer entfernten Straßenlaterne das Taxi erkannte, das er gerufen hatte. Er richtete sich auf und ging betont lässig über das Straßenpflaster, das niemand Verdacht schöpfen könnte, er würde im Palazzo am Ende der Straße wohnen. Wortlos und ohne Gruß stieg er in das Taxi ein. Der Taxifahrer wusste bereits, wohin er fahren sollte. Als das Taxi losfuhr, war nur das Knirschen des wenigen Kieses zu hören, das Windböen von den Gärten der die Straße säumenden Häuser auf die Straße getragen hatten. Der Motor brummte leise und der Reisende lehnte während der gesamten Fahrt seinen Kopf an die eiskalte Fensterscheibe. Es war zwar noch nicht allzu spät, doch die Stadt wirkte bereits wie im Tiefschlaf.

Nach den Erfahrungen der letzten Nacht wollte er sich nicht noch einmal alleine auf die Straßen begeben. Zumindest jetzt noch nicht. Noch war er in Florenz nicht willkommen, das merkte er. Die Stadt hatte ihn noch nicht in ihr Herz geschlossen. Wenn er aus dem Fenster blickte, starrten ihn die gelblichen Lichter der Wohnhäuser an wie die Augen eines lauernden Jaguars, der im Schatten darauf wartete, zuzuschlagen und ihn zu verschlingen. Die Straßenlaternen wurden für ihn zu Wachtürmen, die jeden seiner Schritte überwachten. Das dichte Netz aus Straßen, Nebenstraßen und kleineren Gassen machte auf ihn den Eindruck eines Spinnennetzes, in dessen Fänge er geriet. Nur wer webte es? Noch war er immer noch der Reisende. Heimatlos, ein Nomade der Welt. Etwa eine Viertelstunde später – es könnte aber auch wesentlich mehr oder weniger Zeit vergangen sein – hielt das Taxi vor dem Teatro Maggio, dem größten Opernhaus der Stadt. Er stieg aus, bezahlte den Fahrer und ging auf die große Eingangstreppe zu. Die Fassade des Theaters war durch Scheinwerfer hell erleuchtet. Kleine Menschengruppen gingen wie er die Stufen hinauf. Einige achteten nicht darauf, wohin sie traten und wandelten fröhlich lachend auf den Eingang zu.

Sie mussten häufiger hier sein. Der Reisende sah ältere Herren in Anzügen aus vergangenen Zeiten, die für sie nie verstrichen waren, edle Damen in Abendkleidern und vornehmen Roben, junge Männer, die junge Mädchen ausführten, für die es ein Initiationsritual in die höhere Gesellschaft war.

Die Kultur trat hinter den Namen der Gäste. Ihm schien es, als machten die Leute einen Bogen um ihn, um jemanden, der nicht zu ihrem Kreis gehörte, ein Fremder, der sich in ihre Welt geschlichen hatte. Aus der kühlen Nachtluft trat er hinein in die angenehme Wärme des Hauses. Kristallene Kronleuchter warfen ihr altehrwürdiges Licht auf die versammelte Gesellschaft. Der Reisende sah sich um. Leere in den Gesichtern und künstliches Lachen. Eine Hand berührte ihn an der Schulter. Er fuhr herum.

»Habe ich Sie erschreckt?«, fragte Visconti mit einem schiefen Lächeln. Er trug einen eigenartig sandfarbenen Anzug, der ihn aus der Menge aus dunklen Kleider hervorstechen ließ. Niemand schien daran Anstoß zu nehmen.

»Kommen Sie mit an die Bar. Sie sind früh dran, die Vorstellung beginnt erst in einer halben Stunde.« Der Barkeeper war mit Visconti offenbar vertraut, sie schüttelten sich freundschaftlich die Hand. Visconti bestellte für sich einen klaren Cognac, der im Licht des Kronleuchters leicht bläulich schimmerte. Der Reisende selbst orderte einen Mojito.

»Mögen Sie Hemingway?«, Visconti sah auf das Glas in der Hand des Reisenden. »Hemingway ist einer meiner Lieblingsschriftsteller. Ich fühle mich zu Künstlern mit tragischem Lebenslauf hingezogen. Ich denke, dass nur diejenigen, die echtes Leid oder echte Liebe erfahren haben, auch etwas darüber schreiben können.« Visconti nickte zustimmend und nippte an seinem Glas. »Eine interessante These.«

Sie nahmen auf einem der bequemen Sessel in der Vorhalle Platz. Der Reisende umklammerte sein Glas.

»Fühlen Sie sich nicht ganz wohl?«

Er musste sich eingestehen, dass Visconti ein wenig unheimlich war. Jede Geste, jede Bewegung vermochte er zu deuten, als könnte er in die Tiefen seiner Psyche blicken, ohne sich dafür auch nur anzustrengen.

»Ich kenne niemanden hier, außer Ihnen, Signore«, gab der Reisende wahrheitsgemäß zurück. »Dem kann ich Abhilfe schaffen. Sehen sie den etwas gedrungenen Mann dort hinten, mit der angehenden Glatze? Das ist der Bürgermeister von Florenz. Er kommt jede Woche hierher. Er denkt wohl, dass er ein *Mann des Volkes* sei.« Visconti drehte sich um und zeigte auf eine Person, die hinter dem Reisenden stand.

»Das ist Giuseppe Bernardi, einer der profiliertesten Künstler der Stadt, ein Bildhauer.« Er stellte dem Reisenden noch eine ganze Reihe anderer Personen vor und machte ihn mit einigen wichtigen Persönlichkeiten bekannt.

»Es schadet nie, *Amici* zu haben«, meinte Visconti. Plötzlich traf den Reisenden wieder das Gefühl des Beobachtet Werdens. Unauffällig sah er um sich, konnte jedoch nicht feststellen, aus welcher Richtung die Blicke auf ihn gerichtet waren. Er hatte auch keine Zeit mehr, dem Gefühl weiter nachzugehen, denn in diesem Moment ertönte ein Gong, der den Beginn der Aufführung ankündigte. Die Menschenmenge begann, sich langsam in Richtung der Eingänge zu bewegen. Visconti hatte zwei Logenplätze reserviert, die einen hervorragenden Blick auf die Bühne boten. Der Reisende ließ sich in die gemütlichen, mit rotem Stoff bezogenen Sitze fallen.

Das Theater schien erst vor kurzem aufwendig renoviert worden zu sein. An den Wänden glänzten aufwendige Stuckverzierungen und die Decke war mit farbenfrohen Fresken bemalt. Verwundert hielt der Reisende inne. Das Motiv des Freskos war ihm gänzlich fremd. Es wies Ähnlichkeiten zu Botticellis berühmten Gemälde *Primavera* auf, einem frühen Meisterwerk der Renaissance. Hier war noch eine weitere Figur hinzugefügt worden.

Ein bleicher, abgemagerter Reiter auf einem weißen Pferd befand sich auf der linken Seite des Bildes. Es war der erste der vier apokalyptischen Reiter, der die Erde heimsuchen sollte. Der Reisende konnte sich nicht erklären, wieso der Reiter ein Teil des Freskos war. Er tippte Visconti an die Schulter.

»Entschuldigen Sie, wissen Sie, wer die Renovierung des Theaters bezahlt hat?« Visconti nickte. »Das war Giovanni Amato. Er ist ein großzügiger Mäzen. Er hat nicht nur die Künstler und Theater der Stadt unterstützt, sondern auch die Universität mit regelmäßigen Zuwendungen bedacht.« Amato also. Wie eine Spinne saß er im Zentrum von Florenz und warf sein Netz in alle Richtungen aus. Für den Reisenden erschien es gefährlich, wenn ein einziger Mann derart viel Einfluss besaß. Niemand anderes als der reiche Verleger konnte es gewesen sein, der den weißen Reiter im Deckenfresko verewigt hatte.

Die Tänzerin

Die Aufführung begann. Das Licht wurde langsam gedimmt. Eines der berühmtesten Stücke wurde aufgeführt: Schwanensee von Pjotr Tschaikowsky, die Geschichte um einen Fürsten und einer verzauberten Schwanenprinzessin. Eine zeitlose Geschichte. Am Ende wird der Fürst vom bösen Ebenbild der schönen Prinzessin verführt, die jedoch zusammen mit dem Zauberer verschwindet und den Fürsten verzweifelt zurücklässt. Der Reisende war gespannt, für welches Ende sich die Macher hier entschieden hatten, für das Glück oder den Tod. Das Orchester begann mit der donnernden Ouvertüre. Gänsehaut erfasste den Reisenden. Wohin er auch seine Blicke durchs Publikum schweifen ließ, jeder und jede Anwesende starrten wie gebannt auf die Bühne. Auch der Reisende konnte seine wachsende Faszination nicht verbergen. Noch nie hatte er eine derartige Anmut und körperliche Eleganz gesehen, die mit einem unfassbaren körperlichen Ausdrucksvermögen einherging. Die Tänzerinnen waren fast unwirklich schön, ihre Gesichter in Harmonie und Symmetrie eingefroren.

Kein Künstler hätte diese weiblichen Körper formen, gar abbilden können. Haut wie Marmor, Körper aus Stahl und eine schier unbegreifliche Selbstbeherrschung. Wie die Tänzerinnen ihre Körper verformten, so wurden sie vor den Augen der Zuschauer zu echten Schwänen, die ihr weißes Gefieder aufplusterten. In perfekten Drehungen wirbelten sie über die Bühne. Ekstatisch verschmolzen ihre Körper zu weißem Licht, das immer heller zu strahlen begann. Die Musik ließ die Luft erzittern und setzte sie in Schwingung. Ein Kribbeln durchlief seinen Körper, als wäre er von der Magie der Darbietung verzaubert. Das Rauschen und Wirbeln der weißen

Kleider versetzte ihn in eine fast rituelle Trance. Nachdem der erste Akt vorüber war, war er nicht der einzige, der begeistert von den Sitzen aufsprang und lautstark applaudierte. Auch Visconti war von dem Fieber angesteckt, das das Publikum in seiner Macht hatte. Von allen Rängen brandete der Jubel auf, der vielfach in Verzückung überging. Einige fielen in Ohnmacht, kollabierten und brachen vor Erschöpfung zusammen. Die Tänzerinnen verneigten sich huldvoll. Das Licht auf der Bühne erlosch.

Der Reisende ließ sich in den Sitz fallen. Ein seltsamer Frieden, eine ungewöhnliche Ruhe breitete sich in ihm aus. Echte Schönheit hatte zum Frieden in ihm geführt.

Während des nächsten Aktes spürte der Reisende, wie er immer unruhiger wurde. Bald stand der Auftritt von Odile, dem lüstern-verführerischen Ebenbild der Schwanenprinzessin Odette, bevor. Diese Rolle galt als eine der schwersten im gesamten Ballett. Seine Finger krallten sich in den Sitz.

Er konnte nicht begreifen, warum der Tanz eine derartige Wirkung auf ihn hatte. Der Vorhang hob sich. Ein Raunen ging durch die Menge. Grelles, rotes Licht richtete sich auf die Mitte der Bühne. Hervor trat der schwarze Schwan, die Hände nach oben gestreckt. Hier und da ertönten Worte der Bewunderung. »*Etereal*«, murmelte Visconti ungläubig. *Himmlisch.* Bis auf den schwarzen Schwan war die Bühne leer und die Tänzerin vermochte es, dass sich alle Blicke auf sie richteten. Tausende Augen beobachteten jede ihrer Bewegungen. Sie spielte damit. Der Fürst betrat die Bühne.

Und nicht nur die Rolle des Fürsten verliebte sich in den schwarzen Schwan, sondern auch der Reisende. Der Fürst jagte ihr nach, versuchte, sie an sich zu ziehen. Sie floh zum Schein, nur um zurückzukommen und sein Verlangen zu verstärken. Ihr schwarzes, enganliegendes Kleid betonte ihre athletische Figur, die eine ästhetische Sinnlichkeit ausstrahlte, die fast schon nach echter Sünde roch. Sie begann, ihre Arme im Kreis zu schwingen, immer schneller und schneller, bis sie wie ein perfekt austarierter Kreisel auf der Bühne umherwirbelte. Zweiunddreißig Mal drehte sie fehlerlos die Fouettes. Nicht nur das Publikum war fasziniert, auch der Fürst verstärkte sein Verlangen nach ihr. Sie gab dem Drängen des Fürsten, der sie für seine Geliebte, das weiße Schwanenmädchen hielt, nach.

Sie warf ihren Kopf zurück und beobachtete dann mit Genugtuung, wie der Prinz ihr einen leidenschaftlichen Handkuss gab. Echte Wut und Eifersucht stieg im Reisenden auf. Er wollte aufspringen, rufen, dass er damit aufhören solle und die Bühne stürmen. Eine beinahe greifbare Spannung lag in der Luft wie vor einem Gewitter. Als die Tänzerin des schwarzen Schwans ihren Kopf dem Publikum zuwandte, kreuzten sich ihre Blicke und die des Reisenden. Er hatte das Gefühl, als würde er durch ihre eiskalten Augen in einen Tunnel gesogen, der von allen Seiten dunkel und hell zugleich war. An dessen Ende sahen ihm wie zwei riesige, meerblaue Aquamarine zwei Augen entgegen. Sie zog ihre Mundwinkel wie zum Spott leicht nach oben.

Ihr Blick war an das ganze Publikum gerichtet, doch der Reisende folgte einem unterbewussten Gefühl und der Hoffnung, dass ihre kalten Engelsaugen nur auf ihm ruhten. Mit dem Schlag der Pauke endete der Akt. Erst passierte nicht, kein Applaus, keine Jubelrufe, nicht einmal ein Husten oder Niesen war zu hören. Die Tänzerin verneigte sich tief nach vorne, beugte sich beinahe mit dem Oberkörper bis zu ihren Füßen hinunter. Sie war die Herrin des Saals, eine Meisterin der Zeremonie. Mit dieser Geste brachte sie die unnatürliche Ruhe zu einem Ende. Wie eine Naturgewalt brach die Ekstase alle Bande. Das Publikum war von einer Stimmung des religiösen Rauschs besessen, als habe man ihr Soma, ein Rauschmittel, eingeflößt. Besonders das männliche Publikum schien in einen vor-zivilisatorischen Zustand zurückgefallen zu sein. Sie sprangen auf, klatschten und ließen ihrer inneren Energie, die durch den Tanz an die Oberfläche gedrungen war, freien Lauf. Hemmungslos warfen sie ihre Köpfe umher, brüllten, johlten, schrien. Auch die weiblichen Gäste waren wie verzaubert. Sie griffen nach vorne, streckten ihre Arme der Tänzerin entgegen, die noch immer tief verbeugt auf der Bühne stand und ohne das Publikum eines Blicks zu würdigen, das Spektakel miterlebte.

Für jeden im Publikum bedeutete die Tänzerin etwas Anderes, sie brachte die tieferliegenden, für viele unentdeckten Seiten ihrer Persönlichkeit hervor. Einige sahen in ihr eine Heilige, eine göttliche Erscheinung. Andere erkannten in ihr die Wiedergeburt eines verstorbenen Familienmitglieds, für andere war sie die lang gesuchte Helena, ein Idol der Schönheit. Andere erkannten in ihr die Verkörperung des lang ersehnten, nie eingetretenen Sommer des Lebens. Die Tänzerin richtete sich auf. Ruhe kehrte ein. Das Licht erlosch von neuem, der Vorhang senkte sich. Vereinzeltes Schluchzen war zu hören. Die Gefallenen ihrer eigenen Erinnerungen. Der letzte Akt begann, die Krönung des Stücks. Doch die euphorische Begeisterung von zuvor blieb aus. Auch das tragische Ende, durch das die Schwanenprinzessin und der Fürst von einer Welle ertränkt wurden, die der böse Zauberer heraufbeschworen hatte, quittierte das Publikum nur mit einem traurigen Seufzen. Der Sieg des Bösen über die Mächte der Liebe und des Guten wurde zur Banalität, ja zur Notwendigkeit heruntergestuft. Als die letzte Musik verklungen war und die Tänzer in ihren Posen verharrten, wurde zwar ordnungsgemäß applaudiert, aber die bacchantische Begeisterung fehlte dieses Mal. Das Ensemble verneigte sich mehrfach vor dem Publikum. Der schwarze Schwan fehlte jedoch.

Nicht nur der Reisende schien auf den Auftritt zu warten. Endlich betrat die besagte Tänzerin die Bühne. Ein letztes Mal schwoll der Applaus an und sie genoss es sichtlich, umjubelt zu werden. Dem Publikum schien es peinlich zu sein, sich von einer einzigen Rolle derart einnehmen zu lassen. Erneut hatte der Reisende den Eindruck, die Tänzerin richtete ihre Blicke auf ihn. Die Nadel stachen in seine Brust, er spürte es. Das Orchester spielte eine ruhige Auszugsmusik. Visconti wirkte zufrieden.

»Eine großartige Vorstellung!«, sagte er mit zitternder Stimme. Der Reisende fand keine Worte, die seinen Gefühlen Ausdruck verleihen konnten.

Er stieß unangenehm an die Grenzen der Sprache. Noch nie hatte er sich in dem Maß bereichert gefühlt. Sie begaben sich weiter zur Bar, an der kostenloser Wein gereicht wurde. Beide bedienten sich großzügig und fanden an einem der vielen Stehtische Platz. Viele unterhielten sich über das Bühnenbild, die darstellerische Leistung des Fürsten und das Ende, niemand sprach über den schwarzen Schwan. Die Erinnerung hatte sich zweifellos in das kollektive Gedächtnis des Publikums gebrannt und würde nie vergessen werden. Doch darüber zu sprechen war für viele unmöglich. Visconti fand schnell Anschluss unter den Anwesenden. Wie der Reisende zugeben musste, war der Psychologie-Professor ein großartiger Unterhalter, der es vermochte, zu jeder Konversation etwas beizutragen. Während sie gelacht, getrunken und erzählt hatten, war viel Zeit ins Land gegangen.

Zwar lag ein bedeutender Altersunterschied zwischen ihm und Visconti, doch verstanden sie sich auf Anhieb sehr gut. Visconti verfügte über eine umfangreiche Lebenserfahrung, die er bereitwillig mit anderen teilte. Für

Außenstehende wirkte es, als seien die beiden alte Freunde, die sich seit einer Ewigkeit kannten. Zwischen ihm, dem älteren Herrn, dessen Eitelkeit daran zu erkennen war, dass er zwar kastanienbraune Haare hatte, sich an den Schläfen jedoch graue Ansätze verstecken, und ihm, dem Jüngeren, schien ein unsichtbares Band zu bestehen, das sie generationenübergreifend zusammenzog. Trotz des Versuchs unauffällig zu bleiben, stach der Reisende aus der Menge hervor. Er war groß mit dunklen, leicht lockigen Haaren und einem markanten Gesicht, ein Äußeres, das viele den Vergleich zu einem der großen Filmstars des vergangenen Jahrhunderts ziehen ließ. Sein vornehmer Kleidungsstil verstärkte diesen Eindruck. Ihm war es schon passiert, dass er auf der Straße nach Autogrammen gefragt wurde, was ihn ein wenig verwunderte, da niemand die Zeit derart gut konserviert überstand. Sein Lächeln war stets charmant und spitzbübisch, was ihm eine gewisse spitzbübische Ausstrahlung verlieh. Sein Humor war schwarz und es fiel ihm leicht, andere Menschen mit seinen bissigen Kommentaren einzunehmen. Über seinen rechten Arm verlief eine schlecht verheilte Narbe, dessen Ursprung er niemand erklärt hatte und die er beharrlich zu verbergen versuchte. Wenn die anderen Gäste ihm Fragen stellten, antwortete er ausweichend, um Geschichten aus seiner Vergangenheit zu vermeiden. Sie war ihm unangenehm und er sehnte sich nach nichts anderem, als sie zu vergessen. Leider war sie nicht so einfach zu entfernen, wie die Schrift auf einer Kreidetafel. Hätten sie sich ähnlicher gesehen, hätte man sie für Vater und Sohn halten können. Der Reisende und Visconti verabschiedeten sich von ihren Bekanntschaften. Visconti lud ihn noch zu einem kleinen Mitternachtssnack in sein Apartment ein, das nur wenige Laufminuten vom Theater entfernt lag.

»Sind Sie oft im Theater?«, fragte der Reisende auf dem Weg.

»Fast jede Woche. Ich habe so oft mit Morden und skurrilen Persönlichkeitsstörungen zu tun, da brauche ich einfach eine Auszeit«, erwiderte er. »Sei es durch Opern, Ballette oder Konzerte, irgendwie muss ich einen Kontrast zum Grauen meiner Arbeit schaffen. Wenn ich wieder einen Fall habe, bei dem jemand Stimmen hört, die ihn zum Selbstmord auffordern, läuft es mir kalt den Rücken herunter.« Sie waren an einem pittoresken Haus aus durch die Jahre leicht verwitterten Natursteinen angelangt. Die Fensterläden waren grün gestrichen und das Dach schimmerte in einem erdroten Ton. Visconti schloss die Eingangstür auf und der Reisende folgte ihm in den obersten Stock. Während sie die steilen Treppen erklommen, fragte sich der Reisende, was sich wohl hinter den Türen verbarg.

Kein Laut drang hinter ihnen hervor. Fast schon schien es, als höre das ganze Haus ihnen zu. Der Reisende konnte fast spüren, wie fremde Ohren ihren Schritten lauschten. Er war froh, dass Visconti im obersten Stock wohnte und niemand mehr neben oder über ihnen war. Visconti bereitete ihnen einen Teller mit verschiedenen Sandwiches und entkorkte einen seiner besten Weine. Während Visconti in der Küchenzeile stand und das Essen vorbereite, wanderte der Reisende ein wenig durch die Wohnung.

Er öffnete die Balkontür. Die Luft draußen war angenehm rein. Der kalte Luftzug klarte seinen Geist. Ihm fiel auf, wie leer das Appartement eigentlich wirkte. Das Wohnzimmer verfügte über nur zwei Sessel. Eine einsame, fast verblühte Pflanze stand in der Ecke des Raumes und ließ ihre Blüte hängen wie den Kopf eines Gehängten. An den Wänden hingen dagegen geradezu harmonische Bilder. Die Maltechnik war ihm vollkommen unbekannt. Die Formen und Umrisse waren *verwischt*, etwa so, als sei der Künstler nach Beendigung des Malens einmal mit seiner Kleidung darübergefahren. In einem Bild ging das Rot des Gewands einer Person nahtlos in das azurblau des Himmels über. Dem Reisenden gegenüber lag, sich der Leere des Raumes entgegenstemmend, ein wandfüllendes Bücherregal, in dem kein einziges Buch mehr Platz fand. Das Meiste war psychologische Fachliteratur, einige geschichtliche Zeitschriften, aber auch Romane und Werke von Hemingway, Sir Walter Scott und fast vergessener russischer Autoren. Visconti schien sehr sprachbegabt zu sein, denn viele der Werke las er in der Originalsprache. Die Zimmer waren geradezu klinisch sauber. Auch sonst wirkte sie steril und unpersönlich, als wohne Visconti noch nicht allzu lang hier oder er legte einfach keinen Wert auf Ablenkung. Die Auswahl der Möbel und sonstigen Einrichtungsgegenstände war karg, aber exquisit. Der Teppich im Wohnzimmer war ein antik aussehendes Exemplar, dessen meisterhafte Verarbeitung darauf schließen ließ, dass es sich um einen handgewebten, vermutlich persischen Teppich handelte. Wie ein Fremdkörper dagegen wirkte eine Bilderreihe, die sich gegenüber einem Terrakotta-Kamins befand. Tödliche Blicke schossen ihm entgegen.

Sie ließen ihn zurücktaumeln. Die Augen der Personen versprühten ein kaltes Gift, das ihn lähmte. Die Temperatur im Raum sank merklich ab. Eine nicht sichtbare und nicht greifbare Bedrohung ergriff Besitz vom Raum. Ein Taubheitsgefühl umklammerte den Reisenden, der seinen Blick nicht von der Ahnengalerie abwenden konnte. Etwas Finsteres, Schakalhaftes haftete an den Gesichtern. Ein durch und durch böser Persönlichkeitszug schien sich über die Jahrhunderte vererbt zu haben.

Dem Reisenden wurde heißkalt. In diesem Moment trat Visconti in den Raum. Die bedrohliche Atmosphäre war mit einem Mal verschwunden. Er balancierte in der einen Hand ein silbernes Tablett und hielt in der anderen zwei Weingläser mit der zugehörigen Flasche. Er wirkte verwundert und legte den Kopf schief.

»Ist etwas mit Ihnen? Sie sehen so erschrocken aus. Ich hoffe, Ihnen geht es gut. Setzen wir uns doch«, schlug Visconti vor und stellte den Mitternachtssnack auf dem Glastisch zwischen den Sesseln ab. Der Reisende setzte sich und bediente sich bei den Sandwiches, die wirklich köstlich waren. Visconti schenkte Wein ein. »Sie scheinen von den Bildern beeindruckt zu sein«, sagte er. Der Reisende nickte. »Einen solchen Malstil habe ich nur in Ansätzen bei Da Vincis *Mona Lisa* gesehen.« Visconti lehnte sich jovial zurück und faltete die Hände. »Die Maltechnik heißt, *Sfumato,* für *verraucht.* Das Sfumato der Mona Lisa ist weltbekannt. Dabei gab es noch viele weitere Künstler der Renaissance, die diesen Stil verwendeten. Leider sind ihre Namen heute meistens vergessen und in Museen habe ich bisher nur selten solche Gemälde gesehen. Das Bild dort...«, Visconti wies auf das Bild hinter sich, »heißt *Sizilianische Tänzerin.* Es ist mein Lieblingsbild. Erstaunlicherweise haben die Uffizien in Florenz eine kleine, aber feine Auswahl an Gemälden der *Sfumatiker.* Sehr empfehlenswert!«, er nahm einen Schluck aus seinem Weinglas. Sie unterhielten sich noch eine Weile. Die Zeit verloren sie vollkommen aus den Augen. Langsam merkte der Reisende, wie seine Augenlider schwerer wurden, wie sein Rücken zu schmerzen begann. Keine einzige Uhr konnte er in Viscontis Apartment erblicken. Sein Blick wanderte immer wieder zu dem Gemälde hinter Visconti. Die Tänzerin erinnerte ihn an jemanden.

»Wissen Sie, Alessandro, diese Tänzerin sieht dem Schwarzen Schwan von heute Abend sehr ähnlich.« Visconti seufzte. »Ich weiß. Und jedes Mal schmerzt es mich. Ich besaß dieses Bild schon lange bevor ich nach Florenz gezogen bin.« Der Reisende beugte sich und fragte leise, als sei es ein Frevel laut darüber zu sprechen: »Wie heißt sie eigentlich? In der Broschüre stand nichts. Sie hat mich...beeindruckt.« Ein enigmatisches Lächeln, das fast schon nach Zufriedenheit aussah, legte sich auf Viscontis Gesicht. Er fuhr sich mit der Hand durch die dunklen Haare und für einen kurzen Moment konnte der Reisende am oberen Ende seiner Stirn eine kleine, in die Haut gebrannte Sonne erkennen. Bevor er sie jedoch eingehender studieren konnte, kämmte Visconti seine Haare wieder nach vorne und das merkwürdige Symbol verschwand darunter.

»Wenn ich ihren Namen wüsste, würde bei mir den ganzen Tag über das Telefon klingeln. Das Feuilleton der Zeitungen hat sich fast schon in ein Boulevardblatt verwandelt. Niemand scheint sie zu kennen, sie ist ein lebendes Phantom. Die ganze Stadt, vor allem die männlichen Bewohner aller Schichten sind verrückt nach ihr. Ihr eilt ihr Ruf voraus. Zu gerne würde die Stadt eine zweite *Phryne vor dem Areopag* sehen«, sagte Visconti augenzwinkernd.

Verzweiflung machte sich im Reisenden breit. Er schloss die Augen. Eine Sehnsucht wuchs in ihm, die er nicht unterdrücken konnte und auch nicht wollte. Momente wie diesen erlebte er nur selten. Vor seinem geistigen Auge sah er immer wieder die Tänzerin, wie sie sich einem Feuerkreis gleich drehte und sprang. Ihm kam es vor wie ein unnatürlicher Tagtraum.

Er sah sich selbst als einziger Zuschauer in einem riesigen Saal. Von irgendwoher drang der Klang einer traumwandlerischen Spieluhr. Das Bild verblasste schnell wie eine uralte, seidene Erinnerung und der Reisende war sich nicht sicher, ob dies ein Bild aus seinem Leben oder bloß seiner Fantasie gewesen war. Er und Visconti tauschten noch Kontaktdaten aus, dann verabschiedete sich der Reisende. Visconti rief ihm ein Taxi, während sich der Reisende vor einem bronzenen Reiterstandbild in der Nähe von Viscontis Apartment niederließ. Von hier hatte er einen guten Blick auf die nahe Straße, die erstaunlicherweise wie ausgestorben war. Kein einziger Passant war zu sehen. Es war gespenstisch still. In einem der Häuser auf der anderen Straßenseite brannte noch helles Licht. Die Fenster waren demonstrativ geöffnet, die Fensterläden aufgeklappt, sodass das Fenster wie eine Bühne wirkte. Von drinnen vernahm er Stimmen. Eine Frau und ein Mann, die sich unterhielten. Das Schattenspiel ließ viel Spielraum für Vermutungen. Der Reisende war kein Voyeur, doch ein triebhafter Instinkt in ihm ließ ihn aufstehen und auf leisen Sohlen zum Fenster gehen, das nur ein wenig höher als der Boden lag. Er näherte sich immer mehr.

Niemand schien es zu bemerken. Die Stimmen wurden lauter und leidenschaftlicher. Sie wandelten sich wie ein vulkanartiger Paroxysmus in lustvolle Schreie. Animalisch. Der Reisende trat ans Fenster. Er stellte sich auf die Zehenspitzen und sah in das Zimmer hinein, aus dem warme Luft drang. Orangenes Licht tauchte den Raum in ein schummriges Licht. Ein unangenehm süßliches-orientalisches Parfum schlug ihm entgegen. Rauchschwaden stiegen von einer Art Kohlenbecken auf, die den Raum in einen schillernden Nebel hüllten. Der Reisende hatte einen klaren Blick auf das Paar, das sich zwischen den Bettlaken verbarg. Die Frau hatte dunkle, pechschwarze Haare und einen leicht getönten Körper. Sie saß wie eine Reiterin mit gespreizten Bein auf dem Mann. Rhythmisch ließ sie ihre Hüften nach vorne und nach hinten gleiten. Sie riss immer wieder ihren Kopf nach hinten.

Je länger der Reisende zuschaute, desto stärker wurde der Geruch von getrocknetem Schweiß und diesem eigenartig süßlichen Duft, der ihm immer penetranter in die Nase stieg. Das Gesicht des Mannes konnte er nicht erkennen, sein Gesicht lag im Schatten. Der Reisende konnte nicht anders, als die Frau anzustarren. Zwar war er nicht unerfahren, doch er kam sich innerlich vor, wie ein jugendlicher Adept in einem griechischen Tempel, der verbotenerweise Zeuge eines geheimen Rituals wurde. Der Körper der Frau war frei von Makeln. Ihre Figur zog die Blicke des Reisenden unkontrollierbar auf sich und sog seine Augen geradezu in einen Tunnel. Ein dunkles Knurren ertönte und der Mann richtete sich auf. Die Frau krallte ihre Fingernägel in den Rücken des Mannes, der ein wohliges Stöhnen von sich gab. Dem Reisenden entfuhr ein unwillkürlicher, kurzer Schrei. Er biss sich auf Lippen. Plötzlich wandte die Frau ihren Kopf in Richtung Fenster. Der Reisende wich schnell zurück, doch sie schien ihn bereits gesehen zu haben. Zumindest, dass eine phantomhafte Gestalt sie die ganze Zeit über beobachtet hatte und nun in die Nacht davonlief. Die Erregung in ihrem Gesicht wich schnell einer geladenen Wut. Ihre Gesichtszüge entglitten ihr. Sie rollte sich vom Bett und eilte zum Fenster. Der Reisende rannte bereits davon, in geduckter Stellung, um unerkannt zu bleiben.

Sein Jackett hatte er sich über den Kopf gezogen. Er warf nur noch einen einzigen, kurzen Blick über die Schulter zurück. Vor ihm leuchteten bereits die bläulichen Scheinwerfer des Taxis auf, das gerade um eine Ecke bog. Beinahe wären er und das Taxi zusammengestoßen. Gehetzt warf sich der Reisende in den Wagen und nannte dem Fahrer keuchend seine Adresse.

Dieser nickte kurz und trat auf das Pedal, dass der Wagen ruckartig nach vorne setzte. Atemlos lehnte er sich auf der Rückbank zurück, um wieder zu Luft zu kommen. Was ihn mehr verstörte als sein eigener, prickelnder

Voyeurismus war eine einzige Tatsache: Durch einen Spiegel am hinteren Ende des Raumes hatte er das Gesicht des Mannes für den Bruchteil einer Sekunde erkennen können. Der Mann, der mit der Frau geschlafen hatte, hatte ausgesehen wie er selbst. Er hatte sein finsteres Spiegelbild gesehen.

Amarettini

Ohne Fragen hatten die vergangenen Tage zu den ereignisreichsten und zugleich verstörendsten seines Lebens gezählt. Während er oft stundenlang bewegungslos und mit geöffneten Augen in seinem Bett lag, kam ihm die Welt um ihn herum wie ein unnatürlicher, leicht zu durchschauender Traum vor. Er wartete auf Unregelmäßigkeiten, auf Fehler, die jedoch nicht eintraten. Während er vom höchsten Punkt des Palazzos auf die in morgendlichen Nebel gehüllte Stadt sah, kam sie ihm vor wie eine Einbildung, eine wunderschöne, gefährliche Illusion. Ein Netz aus Wassertröpfchen legte sich auf sein Gesicht. Florenz war eine dieser Städte, die groß genug waren, um unerkannt zu bleiben und gleichzeitig klein und gemütlich, um in den Straßen bekannte Gesichter mit einem Lächeln zu grüßen.

Das *Dolce Vita* war das Eau de Parfum, mit dem sich die Stadt jeden Morgen aufs Neue besprühte. In der Ferne erklang das Läuten der altehrwürdigen Kirchenglocken. Vergnügt wandte er sich ab und war gerade im Begriff, die Treppen hinunterzusteigen, als er innehielt. Aus den Augenwinkeln heraus hatte er ein Blitzen bemerkt, wie von einer Kameralinse oder einem Fernglas. Sein Palazzo befand sich am Ende der Straße, um ihn herum waren nur wenige Häuser. Er ließ seinen Blick über die Straße schweifen. Es konnte eine Einbildung gewesen sein. Zufällig fiel sein Blick auf eins der Häuser, das sich links der Straße befand und etwas verfallen aussah, als würde sich der Hausherr nicht sehr gründlich um die Instandhaltung bemühen. Mrs Avercrombie, eine aus England eingewanderte ältere Dame, die ebenfalls regelmäßig bei Signora Rossi ein- und ausging, sagte ihm später im Café, der Palazzo sei verlassen. Noch nie habe sie in den letzten Jahren ein Auto davor parken, geschweige denn Licht hinter den blinden Fenstern brennen sehen. So verfiel das Haus allmählich. Die Fenster waren über die Jahre der Vernachlässigung blind geworden und die Fassade mit Efeu und anderen Pflanzen dicht bewachsen. Der ehemals prächtige Garten war sich selbst überlassen worden. Seit seiner Ankunft hatte er sich nur wenigen Nachbarn vorgestellt und auch nur solchen, die für ihn vertrauenswürdig aussahen. Niemand sollte wissen, dass es ihn gab.

Der Garten des anderen Hauses grenzte an einer Ecke an seinen. Wieder kam ihm das Gefühl, von Nadeln durchbohrt zu werden. Hektisch sprang er die Treppenstufen hinunter. Er begab sich in den Garten, von dem er nur das plätschernde Geräusch des künstlichen Flusses wahrnahm.

Der Reisende ging hinüber zur Stelle in der Hecke, wo er das Verbindungsstück zum anderen Garten vermutete. Er wollte sichergehen, dass er nicht beschattet wurde. Tatsächlich verbarg sich im grünen Dickicht ein fast unsichtbarer Durchgang, der derart schmal war, dass sich der Reisende nur mit der Hüfte voran hindurchzwängen konnte. Auf der anderen Seite stieß er auf ein unverschlossenes Tor, das sich quietschend öffnete. Er klopfte die Blätter von seiner Kleidung und schaute auf. Der benachbarte Palazzo war wesentlich kleiner als sein eigener. Das Dach war mit schwarzen, moosigen Ziegeln gedeckt. Das Gras war beinahe hüfthoch und unregelmäßig gewachsen. Statuen, die einstmals die ausladende Grünfläche säumten, waren umgestürzt und zerbrochen. Der Reisende watete durch das grüne Meer auf die Terrasse zu, deren Fliesen Risse zeigten. Versuchshalber zog der Reisende am Türknauf. Verschlossen. Immerhin konnten Eindringlinge so abgewehrt werden. Er umrundete das Haus.

Obwohl es in einem fürchterlichen Zustand war, schien es doch sicher und geschützt. Vielleicht hatte ein Sonnenstrahl nur eines der intakten

Fenster getroffen und das Licht zu ihm hinüber reflektiert. Als er gerade den Rückweg durch den Garten antreten wollte, fiel ihm doch etwas auf. Unterhalb der Hecke, die in Richtung seines Hauses zeigte, fand er frische Fußabdrücke im Boden, der durch den Regen in der Nacht aufgeweicht war. Die Abdrücke waren recht tief. Jemand hatte hier sehr lange ausgeharrt, möglicherweise die ganze Nacht. Dieser Jemand war vor nicht allzu langer Zeit geflohen. Die Fußabdrücke führten in Richtung Straße, wo sie sich verloren. Auf dem Boden lag zudem noch eine leere Schachtel Zigaretten der Marke Winston.

Ein ganzer Berg aus Zigarettenstummeln lag daneben. Eine weitere Merkwürdigkeit war ein zweiter Abdruck im Boden: Drei Punkte waren in den Matsch gedrückt, in einem regelmäßigen Dreieck angeordnet, wie von einem Stativ. Tatsächlich klaffte in der Hecke an dieser Stelle eine Lücke, die ausreichte, mit einem hochauflösenden Objektiv seinen Palazzo zu beobachten. Der Reisende schüttelte den Kopf. Er konstruierte hier einen unbegründeten Verdacht. Ein leerstehender Palazzo lockte allerlei Leute an.

Unbeobachtet konnte hier dunklen Leidenschaften gefrönt werden. Drogensüchtige, heimliche Stelldicheins verliebter Jugendlicher, mitternächtliche Mutproben, der Palazzo bot den perfekten Ort. Gerade in der Dunkelheit strahlte der andere Palazzo eine düstere Aura aus, die auf viele eine magische Wirkung besaß. Der Reisende verließ das Grundstück wieder.

Seine Entdeckung war zwar seltsam, aber nicht bedrohlich. Allerdings musste er vorsichtiger werden. Die Klauen seiner Verfolger waren scharf und lang. Ihre Schatten fielen auf jeden Punkt der Welt, ganz egal, wo er sich befand. Das Gefühl, verfolgt zu werden ließ ihn nie ganz los. Das Gefühl der spitzen Nadeln kannte er mittlerweile sehr gut. Es war eine Art sechster Sinn. Er konnte nie lange an einem Ort verharren, sondern war ständig in Bewegung. Florenz war in dieser Hinsicht eine Ausnahme. Anders als Roma, die laut, chaotisch und hektisch war, hatte sich Florenz etwas Ursprüngliches bewahrt, eine Leichtigkeit, die er so nirgends auf der Welt fand. Die Stadt war auch anders als Venedig, die Lagunenstadt, die schwermütig, träge und dunkel wirkte, sobald man die bekannteren Plätze verließ. Venedig wurde künstlich am Leben erhalten, in Florenz dagegen blühte es. Der Reisende machte es sich auf der Terrasse gemütlich, zwischen dem Grün der Landschaft und dem süßen Zwitschern der Vögel.

Durch die frühe Hitze völlig verschwitzt, trank er wie jeden Morgen eine Karaffe eisgekühltes Wasser mit Zitronenaroma. Danach erfrischte er sich beim Schwimmen im Pool. Zu seinem großen Vergnügen hatte er nach dem Bezug des Palazzos bemerkt, dass ihm Folcia nicht nur eine große Bibliothek, sondern einen ebenso exquisiten Bestand an außergewöhnlichen Büchern hinterlassen hatte. Besonders faszinierend fand er Reiseromane, die von fremden und exotischen Orten erzählten. Patrick Leigh Fermors Wanderung nach Konstantinopel öffnete ein Fenster in eine andere Zeit und ließ ihn teilhaben an der Magie einer versunkenen, uralten Landschaft durch die bereits die mythischen Titanen gewandelt waren. Rudyard Kiplings Reise durch das Britische Empire zeigte fremde, exotische und bunte Welten der Vergangenheit. Sein Gefühl sagte ihm, er solle hier seine Zelte abbrechen, nur Staub und das Nichts zurücklassen, doch sein Verstand hinderte ihn daran. Er konnte nicht ewig fliehen.

Für den Nachmittag hatte er sich vorgenommen, den Uffizien einen Besuch abzustatten. Er wollte Viscontis Empfehlung folgen und sich die Gemälde der Sfumatiker anschauen, die ihn nachhaltig beeindruckt hatten.

Um 15:00 Uhr hatte er eine Führung gebucht, anschließend wollte er noch ein wenig durch die Räume wandeln und die Kunst auf sich wirken lassen.

Er lächelte in sich hinein, bei dem Gedanken daran, dass er sich wie ein ganz normaler Tourist verhalten würde. Die Uffizien waren eigentlich ein altes Verwaltungsgebäude, in dem seit vielen Jahren jedoch eines der angesehensten Museen Italiens untergebracht war. Meisterwerke der italienischen Renaissance waren dort ausgestellt. Unter den Arkaden wartete bereits die Gruppe, für die er sich unter falschem Namen angemeldet hatte.

Ein Querschnitt der Gesellschaft war dort versammelt. Das junge Ehepaar mit Kind, das dem Sprössling die Wundertätigkeit von Kunst beizubringen versuchte, das ältere Ehepaar mit Kamera um den Hals, die begeisterten Kunststudenten, die diese Tour vermutlich zum wiederholten Mal absolvierten, ein vornehm aussehender Mann, ein Mäzen des Museums, der mit einer stillen Selbstzufriedenheit das bewunderte, was mit seinem Geld erhalten wurde. Während der Führung hörte der Reisende nur mit halbem Ohr zu, er verweilte lieber alleine vor den Werken der alten Meister und ließ die Bilder vor seinem geistigen Auge lebendig werden. Die *Geburt der Venus,* das im Schrei festgefrorene *Gesicht der Medusa,* all diese Werke sprachen zu ihm. Schon bald hatte er die Gruppe verloren, die wie an einem unsichtbaren Band gezogen den einschläfernden und auswendig gelernten Bemerkungen der Führerin folgte. Er verließ die vorgegebenen Pfade und widmete sich den verborgenen Abteilungen und Räumen, für die niemand einen Blick besaß, die mitleidslos übergangen wurden. Es waren Landschaftsbilder, Plastiken und erstaunlich moderne Gemälde darunter. Als er aus der Sammlung der Spätrenaissance in den belebten Gang hinaustrat, streifte ihn jemand am Arm. Er wandte sich um. Eine Frau, deren Kopf mit einem dünnen Seidenschleier bedeckt war, entschuldige sich kurz und ging weiter. Paralysiert sagte er nichts, sondern nickte kaum merklich. Für einen Augenblick hatten sich ihre beiden scheuen Blicke gekreuzt.

Es waren dieselben Augen, die er nie vergessen hatte. Bebendes Sturmgrau war auf sein tiefes Grün getroffen. *Die Tänzerin.* Er löste sich aus seiner Starre und eilte ihr durch die entgegenkommenden Menschenmengen nach. Sie wandte sich am Ende des Ganges nach rechts. Er folgte ihr.

Sie bog in einen kaum besuchten Gang ein und betrat anschließend einen weiteren Raum. Da nun Stille herrschte, hörte er das Klacken der Absätze ihrer roten Schuhe. Sie blieb vor einer Sammlung Bilder stehen. Der Raum war komplett in weiß getüncht und besaß kaum Fenster. Das einzige Licht kam von Tageslichtlampen, die an der Decke montiert waren.

Den ganzen Nachmittag über hatte der Reisende diese Bilder gesucht. Es waren die Gemälde mit den charakteristisch verschwommenen Linien und Formen. Er sagte kein Wort und wusste nicht recht, was er tun sollte. Die Bilder betrachten oder die Frau, die still und ruhig vor den Bildern stand. Abwartend. Sie sah sich gerade ein Gemälde an, das den Titel »Persephones Garten« trug.

»Die Sfumatiker waren eine Minderheit. Die großen Meister der Renaissance verachteten sie, da sie sich nicht an den Idealen der Antike orientierten. Dichter und Poeten hielten sie für Träumer. Keine großen Mäzene fanden sie unterstützungswert. Die Maler waren Einzelgänger«, sagte der Reisende, während er sich der Frau näherte.

»Das weiß ich«, erwiderte sie. Der Reisende schwieg.

»Ich kenne Sie. Sie waren im Palazzo Amato. Sie waren der *Rote Fürst*«, sie wandte sich langsam um. Sein Herz raste. Von Nahem betrachtet war sie noch schöner, noch vollkommener als von Ferne. Die Ausstrahlung, die sie auf der Bühne gezeigt hatte, war um ein Vielfaches stärker, während sie direkt vor ihm stand.

»Ja. Sie haben ein gutes Gedächtnis«, fragte der Reisende. Sie lächelte. Seine Knie wurden weich. »Viele Augen vergesse ich. Manche bleiben mir im Gedächtnis«, sagte sie.

»Sie sind die Tänzerin aus dem Teatro Maggio. An Ihren Augen habe ich es erkannt. Wie heißen Sie?«, die Stimme des Reisenden war ruhig.

»Das sollte ich Ihnen nicht verraten. Wenn Sie es weitererzählen, bin ich nicht mehr sicher. Ich könnte nicht mehr in Ruhe leben. Ich lebe nicht gerne in der Öffentlichkeit.« Der Reisende nickte langsam. Er konnte sich nur zu gut vorstellen, dass, wenn der Name der Tänzerin an die Öffentlichkeit dringen sollte, sie nie wieder in Ruhe leben können würde.

»Ich lebe gerne in Florenz, ich liebe diese Stadt. Die Menschen, die Stimmung. Aber ich lebe lieber unerkannt. Ich brauche niemanden.« Sie warf noch einen letzten, langen Blick auf die Ölgemälde und wandte sich zum Gehen.

»Warten Sie. Wenn Sie mir nicht schon Ihren Namen verraten wollen, dürfte ich Sie wenigstens auf einen Espresso einladen?« Sie blieb stehen und regte sich nicht, als wäre sie versteinert.

»Dagegen habe ich nichts einzuwenden. Wir treffen uns zu meinen Bedingungen. Ich kenne ein schönes Café, ganz in der Nähe von hier. Dort haben wir unsere Ruhe.« Die Frau setzte eine Sonnenbrille auf und zog sich ihren Schleier tiefer ins Gesicht. Der Reisende folgte ihr durch die Uffizien, die sie über einen Seiteneingang verließen. Sie traten gemeinsam auf die Straße. Die Hitze traf den Reisenden wie eine Wand. In den Räumen des Museums hatte eine angenehme Kühle geherrscht. Die Frau setzte sich einen sommerlichen Hut auf und bedeutete ihm, ihr zu folgen.

Sie liefen die viel befahrene Straße entlang und bogen anschließend nach rechts in eine kleinere Straße ab, deren hohe Häuserwände den geplagten Bewohnern Schatten spendeten. Sie steuerten auf ein kleines Café zu, vor dem einige Korbsessel standen. Von Ferne erklangen die Geräusche des vorbeirauschenden Verkehrs. Die Frau ließ sich elegant in den Sessel fallen. Sofort eilte ein Kellner hinaus. »Was darf ich Ihnen bringen, Signora?«, es war als habe er den Reisenden gar nicht bemerkt.

»Zwei Espressi und eine Etagere der Zitronen-Dolcetti für mich und meinen Freund, hier.« Der Kellner schnappte kurz nach Luft, als wäre er über die vermeintliche Ungerechtigkeit empört, dass der Reisende Zeit mit der Frau verbringen durfte und nicht er selbst. Er schluckte seinen Ärger hinunter und nickte knapp, dann ging er schnellen Schritts zurück in das Café.

Die Frau schien nichts von der Verstimmung des Kellners mitbekommen zu haben und wandte ihr Gesicht der Sonne zu. »Auch als Tänzerin darf ich mir gelegentlich etwas Süßes gönnen«, sie lächelte ihn an.

Der Reisende beobachtete sie prüfend. Sie besaß wenige weiche Gesichtszüge, vielmehr machte ihr Gesicht einen strengen Eindruck, der nur durch die Vollkommenheit ihrer Züge abgemildert wurde. Ihr Lächeln ließ ihn an Gemütlichkeit, Wärme und einen warmen Sommerabend denken.

Ihre Stirn war glatt, doch man konnte ihr sofort anmerken, wenn sie wütend wurde. Hohe Wangenknochen verliehen ihr eine fast aristokratische Noblesse. Die unterdrückte Wut in ihrem Gesicht ließ den Gegenüber jedoch vor Schmerzen innerlich aufschreien, wie es nur möglich sei, dass jemand von einer solchen Schönheit düstere Gefühle verspüren konnte. Der Reisende zog den kratzenden Kragen seines Hemds zurecht. Eine Unruhe überfiel ihn. Die Frau sagte immer noch nichts, sondern schaute in die Sonne und schloss genussvoll die Augen.

»Wissen Sie, ich vertraue meinen Namen lieber den Toten an, die nur darüber schweigen können. Ich mache mir einen Spaß daraus, nachts durch die Stadt zu ziehen und meinen Namen den Statuen anzuvertrauen. Sie können mich nicht verraten.« Der Kellner kam gerade heraus, in einer Hand zu Tassen Espresso und in der anderen die Etagere balancierend. Er sagte kein Wort, sondern stellte die Etagere und die Espressi vorsichtig auf den Tisch zwischen den beiden, als sei dieser ein Altar. So wie er sich zum Gehen wandte, warf er dem Reisenden noch einen bösen Blick zu.

»Was fasziniert Sie so am Tod?«, fragte er und tunkte den Amaretto-Keks in die Tasse.

»Der unausweichliche Verfall, der den Körper zerfrisst und uns das nimmt, woran wir uns im Leben am stärksten klammerten«, sagte sie. Ihre Stimme klang vorwurfsvoll. Der Reisende zog seine Mundwinkel nach oben.

»Aber ist dann nicht unser Name das, was nach dem Tod übrigbleibt?« Die Frau schüttelte leicht mit dem Kopf.

»Nein. Ich hasse Namen. Ich vermeide sie, wo ich nur kann. Namen sind reine Willkür. Wenn Sie im Theater einen Schauspieler sehen, der seine Rolle perfekt spielt, welche Bedeutung hat dann sein Name? Namen geben demjenigen Vorteile, der keine nötig hat.« Sie nahm sich ein Zitronen-Dolcetto und fuhr fort. »Was verschlägt Sie aber nach Florenz? Wenn Sie in die Stadt der Toten möchten, müssen Sie nach Rom«, fragte sie.

»Genau das ist es ja. Ich möchte in keine Stadt, in der die Toten regieren, sondern in eine Stadt mit gelebter Vergangenheit. Und das ist Florenz. Als kleiner Junge war ich hier, vor vielen, vielen Jahren und ich kann gar nicht mehr sagen, wann das genau war. Auf jeden Fall hatte ich stets in meinem Kopf märchenhafte Erinnerungen an diese Stadt. Nun bin ich hier und möchte nie wieder hier weg.« Er breitete lächelnd die Arme aus. Sie lächelte süß zurück. Der Reisende sah die Frau an. Er wusste, dass er sie nie vergessen konnte. Ein Band, ein unsichtbares Band, war zwischen ihnen gespannt.

»Kommen Sie heute Nacht zur Statue Boccaccios auf der Piazza Santa Catarina. Die Toten öffnen ihre Augen nur den Lebenden, wie man hier zu sagen pflegt. Dort finden Sie, was Sie suchen.« Sie erhob sich schnell.

Ganz selbstverständlich ließ sie den Reisenden ohne Gruß zurück. Noch nie hatte er auf diese Weise Ablehnung erfahren. Doch war es wirklich das? Eine reine Demonstration von Überlegenheit und zur Selbstbestätigung? Etwas lag in ihren Worten, das ihn mutmaßen ließ, er habe sie nicht zum letzten Mal gesehen. Als sie am Ende der Straße in der Menschenmenge verschwand, schob sich eine Wolke vor die Sonne und verdunkelte den Himmel. Auch nachdem sie fort war, sah er ihr noch lange nach.

Elena

Der Reisende war ratlos. Es war ihm unmöglich, die mysteriöse Tänzerin zu vergessen. Als er abends in den Palazzo zurückkehrte, ertappte er sich dabei, wie seine Gedanken wieder und wieder zu ihr abschweiften. Es war fast so, als würde sie ihn verfolgen. Schatten im Garten nahmen ihre Gestalt an, hinter jeder Tür schien sie auf ihn zu warten. Als er durch einen der Gänge lief, schaute er in einen Spiegel und erschrak. Sie stand direkt hinter ihm, lächelte ihm entgegen und warf ihre Haare zurück, sodass sie ihren Hals entblößte. Eiskalte, stechende Nadeln bohrten sich in seinen Rücken. Er fuhr herum. Der Gang war leer. Panik breitete sich in ihm aus.

Er wurde verfolgt. Irgendjemand oder irgendetwas lauerte in den im Schatten liegenden Ecken seines Palazzos und beobachtete ihn. Dunkelheit fiel über das alte Haus hinein. Unruhig irrte er durch die Gänge und schloss alle Fenster und Türen. Er ließ sich auf sein Bett fallen und starrte regungslos die Decke an. Er spürte eine Berührung. Doch niemand war in dem Raum, außer ihm selbst. Er hörte dumpf die Stimme der Tänzerin. Er hielt sich die Ohren zu und schrie, doch die Stimme verschwand nicht, sondern lachte auf. »Aber warum tust du das, mein Liebster? Ich bin doch immer bei dir.« Er konnte ihr Parfum riechen und spürte, wie ihre Haare über sein Gesicht strichen. Der Reisende riss die Augen weit auf. Doch niemand war dort. Alles drehte sich. Eine furchtbare Übelkeit überfiel ihn. Was hatte die Tänzerin gesagt? Die Statue Dantes auf der Piazza Santa Croce.

Der Reisende wusste, dass diese Frau sein Verderben war. Er war ihr hilflos ausgeliefert. Ohne viel mehr darüber nachzudenken, entschloss er, den Ort aufzusuchen. Er wusste nicht, wer oder was ihn dort erwarten würde. Einzig die unbestimmte Hoffnung, die Frau wiederzusehen und sie in seinen Armen zu halten, hatte ihn dazu bewogen. Er war wie berauscht.

Die Nacht war noch heißer als der Tag. Der Reisende verließ das Haus und machte sich auf den Weg in die Stadt. Längst war es dunkel geworden und das orangene Licht der Straßenlaternen verlieh der Stadt eine unheimliche Atmosphäre. Zwischen den alten Palästen tanzten Schatten. Er fühlte sich an eine andere Zeit erinnert, deren Relikte in Vergessenheit geraten waren. Uralte Pinien erinnerten daran, dass die Welt älter war, als es schien. Jeder Ort, jedes Haus und Straße besaßen eine ganz eigene Geschichte voller Leid und Tränen, Freude und Ekstase. Je näher er der Stadt kam, desto lauter wurden die Geräusche des alltäglichen Lebens.

Gerade an Wochenende pulsierte die Stadt vor Aktivität. Der Reisende mischte sich unauffällig unter die tausend fremden Gesichter. Studenten zog es in die Bars, junge Verliebte zu den historischen Orten, um dort ihre Liebe unter den steinernen Augen Davids zu feiern. Die Hautevolee der Stadt trieb es in die opulenten Opernhäuser, Aufführungen und Ballsäle.

Florenz war eine Stadt, an die viele ihr Herz und ihren Verstand verloren hatten.

Der Reisende schwamm durch den Strom an Menschen, die die Straßen zu einem lebhaften Ort werden ließen. Er wandelte über die jahrhundertealten Steinpflaster und ließ sein Herz im Takt der Stadt schlagen. Hundert Augenpaare waren auf ihn gerichtet, doch zum ersten Mal schien es nicht wirklich zu stören. Befreit flanierte er durch die Straßen, dem mysteriösen Treffpunkt entgegen. Beinahe nur durch Zufall entdeckte er den Platz, der versteckt in der Nähe der Kirche Santa Croce lag und durch die Pracht der weißen Marmorfassade der Basilika überschattet wurde. Erstaunlicherweise war der Platz so gut wie verlassen. In der Mitte ragte jedoch ein mächtiger Brunnen auf, über dem das in Bronze gegossene Antlitz Giovanni Boccaccios, des Autors des »Dekamerone« thronte. Der Brunnen selbst war mit Motiven der antiken Mythologie verziert. Der Wasserspeier war eine Nymphe, um die Satyrn leidenschaftlich tanzten. Unter dem heiteren Motiv reckten Skelette ihr totes Grinsen in Richtung der Lebenden. Sie griffen nach den heiteren Wesen an der Oberfläche. Der Brunnen war mit prächtigen Ornamenten verziert und schien wesentlich älter zu sein, als die moderne Statue des florentinischen Dichters, die kaum mit grüner Patina überzogen war. Die letzten Geschäfte und Restaurants schlossen ihre Pforten. Die nächtliche Kirchenglocke ertönte. Ein Großteil des Brunnens lag in der Dunkelheit verborgen. Der Reisende trat näher an den Brunnen heran und wandte sich Boccaccio zu. »Die Toten öffnen ihre Augen nur den Lebenden«, murmelte er. Dies waren die Abschiedsworte der Frau. Er schaute in die Augen des toten Dichters und folgte ihrem Blick.

Der Blick der Statue war nach unten gerichtet, auf ein Buch, das Boccaccio in seinen bronzenen Händen hielt und wenn man der Blickrichtung weiter folgte, so sah der Dichter zum Ende des Platzes hin. Der Reisende folgte dieser imaginären Linie, an deren Ende er einen vergoldeten Pflasterstein antraf. Eine Inschrift war dort eingraviert: »Die Liebe ist meist stärker als das Schicksal«. Darunter befand sich ein weiterer Spruch:

»Die Schreibfeder des Schicksals ist stets grausam«. Der Reisende zog die Augenbrauen hoch. Der zweite Spruch war seltsam ungelenk in den Goldüberzug geritzt worden, als wäre er ursprünglich nicht vorgesehen. Dunkle Flecken bedeckten die Platte. In diesem Moment befreite sich der Mond aus der grauen Umklammerung der nächtlichen Wolken und warf sein fahles Licht auf den Platz. Die Platte begann mystisch zu leuchten.

Der Reisende vernahm ein leises Flüstern. Erst wusste er nicht, was es war, doch dann wurde es immer lauter und deutlicher. Der leise Gesang einer Frau erklang auf dem Platz und der Reisende folgte den herrlichen Tönen zum Brunnen. Ein dunkelblauer Mantel lag auf dem Beckenrand, daneben ein paar hohe Schuhe. Eine Frau badete freizügig im Brunnen, sie trug nur ein langes, cremefarbenes Kleid, das im Mondlicht glühte. Sie ließ das Wasser des Brunnens über ihren Körper rinnen und legte sinnlich den Kopf in den Nacken. Der Reisende beobachtete sie. Es war die Tänzerin.

Sicher war er sich nicht, doch sie schien ihn längst bemerkt zu haben, fuhr jedoch ungestört fort. Er setzte sich auf eine der den Brunnen umgehenden Steinbänke und sah ihr zu. Das Wasser reflektierte das silbrige Mondlicht und ließ das Kleid funkeln, als sei es mit einer Million Diamanten besetzt.

Sie hatte ihre glänzenden, kastanienbraunen Haare geöffnet, die ihr bis auf die Schultern herunterfielen. Durch das Wasser schmiegte sich ihr Kleid eng an den Körper und überließ nur wenig der Fantasie des Reisenden. Sie schloss die Augen und lief durch das Wasser, das um sie herum aufspritzte. Ihre strengen, dunklen Augenbrauen sorgten für eine fast unnatürliche Symmetrie ihres Gesichts. Die markanten, hohen Wangenknochen stachen hervor. Aus der Nähe betrachtet war die Tänzerin noch viel schöner, so, als wäre sie der Bildhauerwerkstatt des Michelangelo entflohen. Ihre Figur schien wie in Marmor gemeißelt. Sie schien von einem fernen, fernen Ort gekommen zu sein. In diesem Moment wirkte sie kaum menschlich und es fiel leicht zu glauben, sie sei eine göttliche Erscheinung.

Er hätte ihr jedwedes Opfer dargebracht. Ihre Lippen leuchteten in einem verführerischen Rot. Ihre langen Beine verliehen ihr eine vornehme Anmut. Sie blieb stehen und wandte ihren Blick dem Reisenden zu. Seine

Augen trafen auf die ihren. Im tosenden Grau ihrer Augen hatte er sich verloren. Aus ihnen sprachen eine gewaltige Stärke, ein unbändiger Wille. Der Blicke einer Löwin. Sie kam näher. Der Reisende trat an den Brunnen heran. Winzige Tröpfchen des Wasserspeiers sprangen ihm entgegen. Sie standen so nahe zusammen, dass sich ihre Gesichter fast berührten. Für einige Sekunden sahen sie einander einfach nur an. Dann schlang sie ihre Arme um seine Schultern, zog ihn an sich heran und küsste ihn begierig.

Der Reisende wurde in den Brunnen gerissen. Das Wasser war angenehm war. Der Kuss war elektrisierend. Ihre Lippen schmeckten nach Zimt und Honig. Sterne explodierten vor seinen Augen. Er konnte nicht mehr klar denken. Von Glück durchströmt sprang er auf und schloss sie in seine Arme. Sie wehrte sich nicht, sondern suchte im Mondlicht seine Lippen. Wie die Pole zweier Magneten hafteten ihre Körper aneinander. Surreal wirkte die Szenerie, wirkten die Sterne über ihnen, deren goldenes Funkeln den Nachthimmel erhellte. Wie von einem Zauber des Brunnens ergriffen, überließen die beiden ihren Körper ihren Emotionen. Außer dem Rauschen des Wassers und dem intensiven Atem der Frau hörte, außer dem Schlagen seines Herzens spürte er nichts. Er fühlte nur ihren Körper und seine Hände tasteten ihn vorsichtig nach unten ab. Sie schob ihren Kopf leicht nach vorne und biss ihm zart in den Hals.

»Komm mit mir, die Nacht gehört nur uns. Niemand wird uns erkennen«, flüsterte sie ihm leise ins Ohr. Der Reisende ließ sich von ihr mitreißen. Vor seinen Augen begann die Welt zu verschwimmen, Farben lösten sich in Düfte auf. Eine unwiderstehliche Aura der Sinnlichkeit ging von ihr aus. Es war, als würde sein Körper die Bodenhaftung verlieren, langsam anfangen zu schweben und in rhythmischen Kreisen in die Lüfte steigen, wo ein Regenbogen explodierte und den Himmel in tausend Farben tauchte.

»Wie heißt du?«, fragte er, ohne eine Antwort zu erwarten.

»Elena. Ich heiße Elena Donati.«

Träume

Die nächsten Wochen waren in einen eigenartigen, weißen Schleier gehüllt. Elena und der Reisende wurden Liebende. Was dem Reisenden anfangs wie ein Traum erschien, war Wirklichkeit geworden. Was er bis vor kurzem nicht zu hoffen gewagt hatte, hatte sich erfüllt. Die bisherigen Beziehungen in seinem Leben war stets nur von kurzer Dauer gewesen, wohl aus Langeweile oder Neugier, hatte er mit keiner Frau länger als zwei Monate zusammenbleiben können. Ihm war es leichtgefallen, andere aus seinem Leben zu entfernen. Er ging nicht ans Telefon, antwortete nicht auf Nachrichten, wurde zu einem Phantom, das schon bald aus dem Gedächtnis verschwand. Während andere ihn zwar vergaßen, vergaß er nie. Unrecht, das ihm angetan wurde, brannte sich in seine Erinnerung ein, echten Freunden hielt er die Treue. Elena jedoch war anders, als alle Menschen, die er je kennengelernt hatte. Nicht nur hatte sie die Ausstrahlung einer anspruchsvollen Diva, sie war obendrein noch intelligent und kultiviert.

Ein wenig alt fühlte sich der Reisende neben ihr schon. Sie war gewillt, alles für ihre Ambitionen zu tun und war von ihrer Kunst beinahe besessen.

Dagegen nahm er sich träge und ruhig aus. Der Öffentlichkeit verschwieg sie ihre Beziehung, um den Schein der Unnahbarkeit zu wahren, der ihr auf der Bühne Macht über das Publikum verlieh. Den Reisenden störte das nicht, im Gegenteil, er lebte lieber im Verborgenen. Das letzte, was er gebrauchen konnte, waren die gierigen Augen der Öffentlichkeit.

Sie hasste das Establishment, für das sie tanzte. Immer wieder bekundete sie ihren Ärger über die Granden der Stadt, vor allem Giovanni Amato, den sie als »herrschsüchtigen Vampir« bezeichnete. Sie hasste ihn und hasste es, für ihn zu tanzen, damit er sich am Prestige ihrer Darbietung ergötzen konnte, schließlich war er ein großzügiger Mäzen der Kultur. Elena hatte oft das Gefühl, von Amato verfolgt zu werden, obwohl sie ihm noch nie gegenübergestanden hatte. Gerade in Aufführungen fühlte sie Amatos durchdringenden Blick, der aus allen Richtungen zu kommen schien. Er war eine dunkle Bedrohung, die aus den Schatten heraus zuschlug. Sie wälzte sich nachts und wisperte seinen Namen. Ein schmerzverzerrter Gesichtsausdruck lag auf ihren feinen Zügen. Der Reisende rüttelte sie wieder wach und hielt sie in seinen Armen, bis sie sich beruhigt hatte. Über die Wochen staute sich auch im Reisenden eine stumme Wut auf Amato auf, der es wagte, in ihr Glück einzugreifen und Elena heimzusuchen. Sie schworen sich, bald etwas zu unternehmen. Mit Elena als Gefährtin fühlte er sich jugendlich und atmete Freiheit. Er kaufte sich eine Vespa und genoss es, mit Elena, die sich an ihn schmiegte, durch die Straßen von Florenz zu jagen. Sie liebten sich fast jeden Tag. Der Himmel über ihnen war immer blau und nichts deutete darauf hin, dass ihr Glück enden könnte. Ihr jugendlicher Charme verjüngte ihn. Die innere Leere, die sich durch das ständige Flüchten in ihm breitgemacht hatte, verschwand und wurde durch sie gefüllt. Sie verbrachten goldene Nachmittage in den immergrünen Parks der Stadt. Mit ihr in den Armen lag er im sanften, kühlen Gras und schloss die Augen. Die Wärme eines anderen, geliebten Menschen zu spüren verschaffte ihm nie geahnte Glücksgefühle.

Durch Elena lernte er zu lachen und aufrichtig zu lieben. Er begriff den Unterschied zwischen bloßer Begierde in ihrer jugendlichen Irrationalität und einer Form der Liebe, die in Momenten, in denen ihre Körper eins wurden, eine hierogamische Verzückung auslöste. Liebe war der deutlichste Ausdruck der menschlichen Sehnsucht nach der Rückkehr ins Paradies. Das eiskalte Stechen der Nadeln spürte er seit langem nicht mehr.

Er ahnte nur, welche Macht Elena über ihn hatte und in den Stunden, in denen sie nicht bei ihm war, fürchtete er sich davor, sie zu verlieren. Der Reisende hatte es als eine Gunst des Schicksals verstanden, das sie einander getroffen hatten. Dass sich ihre Blicke damals – dabei lag es kaum einen Monat zurück – im *Teatro Maggio* getroffen hatten, erschien aus der Gegenwart betrachtet so unwahrscheinlich, dass sich der Reisende manchmal wunderte, ob ihr Interesse überhaupt ihm galt oder nicht viel eher der Aufregung und Spannung, die sich aus der Beziehung bezog. Doch wenn sie sich unter freiem Nachthimmel, nur mit den Sternen als Beobachter, liebten und er in ihre Augen sah, erkannte er darin nur Aufrichtigkeit und Ehrlichkeit. Er kannte diese Augen mittlerweile sehr gut. Immer öfter hatte er ihre Aufführungen besucht. Besonders wenn sie den schwarzen Schwan spielte oder als Julia in Shakespeares »Romeo und Julia« ihrem Gegenüber ewige Liebe schwor, erkannte er etwas in ihren Augen, das ihn begreifen ließ, dass die Bühne für sie auch wirklich nur eine solche war.

Wenn sie ihm dagegen in die Augen sah, erkannte er einen Glanz, der ihr auf der Bühne fehlte. Die brennende Eifersucht, die er in solchen Momenten empfand, konnte er dennoch nicht unterdrücken. George verschwieg er zunächst ihre Beziehung. Nachdem dieser sich von seiner Krankheit erholt hatte, hatte er sich in seine Studien geflüchtet und verbrachte oft Tage ohne Schlaf in der Universität. Er sprach wirr von einer »ganz großen Sache«, hielt sich mit Details jedoch bedeckt. Manchmal dachte sich der Reisende, dass George viel mehr ein *homo academicus* war, als ein homo societatis. Die komplexen, gedanklichen Gebilde, die sich

George zwecks Forschung errichtete, waren so unzugänglich wie unverständlich für Außenstehende. In dieser intensiven Phase beider Männer, die nicht unterschiedlicher sein konnte, wollte sich der Reisende nicht in Georges Akademanie einmischen. Umso mehr freundete er sich mit Visconti an, den es sichtlich freute, dass sein jüngerer Freund eine Frau gefunden hatte, die alles andere als gewöhnlich war.

»Elena heißt sie also«, hatte er gesagt, als der Reisende ihm die Nachricht überbracht hatte. »Ich glaube, es gibt keinen Mann in Florenz, der nicht mit Ihnen tauschen würde.«

Bei aller Begeisterung zeigte er jedoch auch Skepsis. »Tänzerinnen sind keine normalen Menschen, glauben Sie mir. Sie sind anspruchsvoll und verbergen mehr als sie zugeben. Der enorme Druck, Perfektion zu erreichen zwingt sie in Abgründe. Seien Sie vorsichtig, dass Sie nicht mit hineingezogen werden.« Der Reisende schob Viscontis Einwand beiseite. Der Psychologe war ein vorsichtiger Mensch. Der Reisende seufzte oft entnervt, denn einen Psychologen zum Freund zu haben, konnte sehr anstrengend sein. Sie verstanden mehr, als man selbst und zeigten dies mit einer geradezu peinlichen Präzision. Doch diesmal war er im Recht. Im Moment war die Stadt kein guter Ort für zwei Liebende. Die Morde in Florenz lagen noch nicht allzu lange zurück und die Straßen waren leerer als sonst, die Menschen misstrauischer als zuvor. Doch der Reisende und Elena zelebrierten ihre Leidenschaft ohne Hemmungen. Er liebte Elena und sie lebten ihre Liebe generös aus. Ganz den Schutz der Nacht nutzend, liebten sie sich zu Fuße des großen Erzählers Dante, im Schatten des Campanile, in dunklen Nebenzimmern leerstehender Häuser und auf den alten Landgütern außerhalb der Stadt. Zwar tanzte Elena Ballett, doch das strenge

Korsett an moralischen Konventionen, das an sie gestellt wurde, legte sie in der Nacht ab.

»Was die Gesellschaft von uns erwartet, ist nicht menschlich«, sagte sie. Für sie war die Gesellschaft nur ein Instrument. Sie erzählte oft von ihrer Zeit an der Ecole de Danse de l'Opera-Ballettschule in Paris. Ihr Leben war karg und geprägt von Drill und Disziplin. Bereits als junges Mädchen sei sie dort gewesen, ihr ständiger Begleiter war der erbarmungslose Konkurrenzkampf zwischen den Tänzerinnen. Während für das Publikum die Aufführungen wie der Inbegriff von Harmonie wirkten, wurde hinter den Kulissen gekämpft und intrigiert. Elena hatte es am Ende jedoch geschafft.

Sie lebte schon lange in Florenz, doch ihr großes Ziel war es auf den großen Bühnen der Welt aufzutreten. Paris, New York und Moskau. Amato machte es ihr jedoch schwer, Florenz zu verlassen. »Sei die Erste in Florenz als die Zweite in Moskau oder Paris«, hatte Amato ihr einmal in einem seiner vielen Briefe geschrieben. So sehr sie die Stadt auch liebte, wurde sie für Elena doch immer mehr zu ihrer ganz persönlichen Pandateria.

Über ihre Familie schwieg sie meistens. Nur ihr Vater wurde häufig Ziel einer unkontrollierbaren Wut. Sie sprach im Schlaf. Sie verhielt sich seltsam aggressiv gegenüber älteren Männern. Der Reisende konnte einiges aus diesem Verhalten schließen. Zwischen ihnen bestand die stille Übereinkunft, die Vergangenheit so gut es ging ruhen zu lassen, sollte einer der beiden nicht aus freien Stücken über das Thema sprechen. Unter ihrer kontrollierten Oberfläche steckte eine Wildheit, die sich nur schwer bändigen ließ. Dass der Reisende Kratzwunden und Bisse davontrug, war keine Seltenheit. Ihn störte dieses Verhalten nicht, ganz im Gegenteil, er genoss es.

Sie verlangte viel von ihm und war unersättlich. Ihr Stöhnen und Fauchen erregten den Reisenden. Sie behandelte ihren Körper wie ein Heiligtum, zu dem der Reisende huldvoll Zutritt verlangen musste. Das erste, was der Reisende Elena schenkte, war ein dunkelblauer Mantel aus Vicuña-Wolle. Elena probierte ihn begeistert an und sah mit Genugtuung auf ihren Körper hinab, um den sich der Mantel wie angegossen legte. Sie befanden sich in einem der vielen Schlafzimmer im Palazzo des Reisenden. Dank Elena waren ihm die vielen, leerstehenden Räume nicht mehr wie eine latente Bedrohung vorgekommen, sondern wie ein Geschenk unendlicher Möglichkeiten. Es war Abend und seltsam kühl in den stillen Hallen des Hauses. Ein kräftiger Sturm tobte und lange, spitzfingrige Blitze griffen aus den dunklen Wolken hinab. Schwere Regenschauer trommelten auf das Dach. Der Reisende hatte in einem der Räume, dessen gewölbte Decke dem Sternenhimmel nachempfunden war, den massiven, gotischen Kamin entzündet. Ein wohliges Knistern und das Knacken der verbrennenden Holzscheite verbreiteten eine herrliche Atmosphäre. Dem Reisenden war heiß und er saß nur mit einem dünnen Leinenüberwurf gekleidet in einem der hohen Sessel. Sie hatte ihren marmornen Körper in den Mantel gehüllt und lag zitternd auf einem Chaiselongue aus Nussholz. Er starrte gebannt auf das Schattenspiel an der Wand, das durch die Wechselwirkung zwischen dem Feuer des Kamins und ihrem Körper entstand.

»Ich verstehe nicht«, rief der Reisende zu ihr, »wie du frieren kannst. Bist du nervös?« Zum ersten Mal hatte der Reisende sie in seinen Palazzo geladen. Er betrachtete Elena, wie ein geübter Maler sein Modell ansieht. Die rote Robe, die sie trug, enthüllte weit mehr als sie verbarg. Ihr ganzer Körper verlangte geradezu danach, angesehen und bestaunt zu werden. Von ihren langen, grazilen Beinen, über die Hüfte, an die sich in vollendeter

Form die Taille anschloss bis hin zu ihren wunderbar duftenden Haaren. Ihre Augen glänzten umwerfend im goldenen Licht des Kamins. Wie sie dort auf dem Kanapee lag, erinnerte sie mehr an eine Venus im Pelz als an eine Sterbliche. Der Reisende hätte vor ihr auf die Knie fallen können und dies wäre nichts Ungewöhnliches gewesen, denn er hatte es schon getan.

Viele Male. Wie ein Diener sich vor seiner Gebieterin niederwirft, so verlangte sie nach Aufmerksamkeit und nach Opfergaben. Ihr Körper war ein Tempel, in den nur Auserwählte Einlass erhielten. Dies war Italien, die Heimat der alten Götter. Elena war unzweifelhaft Teil dieses Pantheons. Sie hatte Kerzen entzündet, deren exotischer Duft und ätherischer Rauch ihn und seinen Verstand benebelten. Das schummrige und verrauchte Licht ließ den Raum noch mehr wie einen Altar wirken, auf dem sie als Ikone ihrer eigenen Religion thronte.

Der Reisende wusste, dass er nicht ihr erster Geliebter war, zweifellos aber ein Besonderer. Elena drehte sich träge auf die andere Seite, sodass ihr Rücken in Richtung des Reisenden zeigte. Die Linien ihres Rückens waren in Harmonie angeordnet. Der Vergleich zu antiken Statuen drängte sich förmlich auf. Es war fast so, als wäre eine antike Marmorstatue zum Leben erwacht, hätte den weißen Staub der Zeit von sich geschüttelt, um die Lebenden zu verführen und zu unterwerfen. Denn auch die Toten waren unersättlich. Manchmal fühlte der Reisende sich wahrhaftig an eine Statue erinnert. Ihre Augen wirkten manchmal tot und leer. Elena stand auf und streifte die Robe von sich. In vollendeter Nacktheit stand sie vor ihm und streckte sich, sodass die definierten Muskeln ihres athletischen Körpers anspannten. »Komm, tun wir es.« Der Reisende stand langsam wie willenlos auf. Nicht nur das Publikum war ihr hörig, sondern auch er musste sich ihrem Willen beugen. Elena trat an ihn heran und entkleidete ihn. Der Leinenüberwurf glitt leise raschelnd zu Boden. Sein Blick fiel unwillkürlich auf ihren Nabel, in den ein purpurner Edelstein eingefasst war. Sie folgte seinem Blick.

»Das ist ein Alexandrit, einer der geheimnisvollsten Edelsteine dieser Welt«, sagte Elena.

Sie ließ ihre Hände ihren Bauch hinab gleiten, bis sie bei ihrem Nabel angelangt war. »Alexandrite können ihre Farbe ändern und sich genau in das verwandeln, was man von ihnen verlangt.« Sie schaute dem Reisenden tief in die Augen. Sie packte ihn an den Schultern und zerrte ihn hinüber unter den smaragdgrünen Baldachin des Himmelbetts. Er versank in den weichen Kissen, die ihn von allen Seiten einschlossen. Sie warf sich auf ihn. Er konnte und wollte sich nicht wehren. So sehr er sich auch selbst kontrollierte, der Reisende wurde nun von etwas gepackt, das zu bändigen er nicht mehr imstande war. Er musste ihren Körper an sich spüren. Nicht nur er war von einer ursprünglichen Manie gepackt. Auch sie gierte danach. In dem Moment, in dem *Eros* und *Philia* zusammenfanden, betraten sie die elysischen Gefilde. Jede ihrer anmutigen, gleichzeitig verführerischen Bewegungen steigerte ihren Drang nach mehr und verstärkte die Heftigkeit, mit der sie dem Reisenden begegnete und seinen Körper verschlang. Ihr Zusammensein war nicht nur das Ausleben uralter Instinkte und Triebe, sondern die Zusammenkunft zweier Menschen, die mithilfe ihres Geistes, der unendlich war, und ihrem Körper, der doch so begrenzt war, höhere Sphären zu erreichen, das Bewusstsein auf eine neue Ebene heben, wo sie die reine Ekstase des Augenblicks hemmungslos ausleben konnte. Der Reisende warf einen letzten Blick auf ihre Hände. Ein einzelner Ring zierte ihren rechten Ringfinger. Er bestand aus einem in Rotgold gefassten roten

Diamanten, die Fassung hatte die Form einer Sonne. Fremdartige Ornamente umschlungen die stilisierte Sonne. Der mysteriöse Ring entzündete eine Flamme in ihm, strahlte eine unbegreifliche Hitze aus, die auf Elena überschlug. »Liebst du mich?«, brüllte sie in Ekstase.
»Ja!«, antwortete er ohne seinen Blick von ihrem Körper abzuwenden. Der langgezogene Schrei ihrer Lust riss ihn hinab in die Abgründe der Nacht.

Er schlief unruhig. Immer wieder wurde er von Phasen der Manie ergriffen, in denen er nicht wusste, wo er sich eigentlich befand. Zeit schien sich aufgelöst zu haben. Die Welt schien vor seinen Augen zu zerfließen. Mühsam schaffte er es, zu schlafen. Doch zur Ruhe kam er immer noch nicht. Seine Träume waren grausam und vergiftet von Bildern, die nicht seine Erinnerungen zu sein schienen.

Ein einsamer, verlassener Gang. Der Mond schien durch die verstaubten Fenster. Links und rechts säumten Büsten und Statuen seinen Weg. Er hatte keine Kontrolle darüber, wohin er ging. Er war gefangen in seinem eigenen Körper. Er lief auf das Ende des Ganges zu. Unzählige Gemälde hingen dort an den Wänden. Das Gebäude war anscheinend vollkommen verlassen. Er sah aus den Fenstern. Hier und da brannten einige Lichter hinter den Fenstern. Die Straßen waren verlassen. Von irgendwoher schlug eine Kirchturmglocke fünfundzwanzig Mal. Er bewegte sich immer weiter auf die Bilder zu. Langsam hob er seine linke Hand, die ein Messer fest umklammerte. Wo war er nur? An keiner Wand hingen Schilder oder Hinweise. Er trat unmittelbar vor die Bilder und holte dann aus. Ein grässliches Reißen schallte durch den Raum, als er die Leinwand ermordete. Jahrhundertealte Bilder fielen ihm zum Opfer. Wie von einem bösen Dämon besessen fiel er über die Bilder her und lebte seine schreckliche Wut, die er sich nicht erklären konnte, aus. Es war fast so, als könne er die Bilder schreien hören. Schutzlos waren sie seiner scharfen Klinge ausgeliefert, denn er kannte kein Erbarmen. Blut lief die Bilder hinunter. Er sah hinab auf seinen Körper. Alles war voller Blut. Hinter ihm verlief eine Spur aus Blut. Schreien wollte er, konnte es jedoch nicht. Stattdessen erscholl ein wahnsinniges Lachen. Er selbst war es, der diese Bilder zerstörte. Er spürte kein Bedauern, keinen Schrecken angesichts der Zerstörung. In einem der Fenster erkannte er sein Spiegelbild.

Als er die grässliche Fratze sah, die sein Gesicht sein sollte, zuckte er zusammen.

Der Reisende fuhr aus dem Schlaf hoch. In Schweiß gebadet suchte er mit wirrem Blick den Raum ab. Er befand sich in seinem Schlafzimmer. Es war kalt. Das Fenster stand offen, doch die Fensterläden waren geschlossen. Ein Windhauch blies durch das Zimmer und ließ die Gardinen tanzen.

Er war komplett nackt. Sein Atem ging nur stoßweise. Eine furchtbare Angst erfasste ihn. Aber es war nur ein Traum. Er schaute auf seine Hände. Rein und sauber. Kein Blut klebte an ihnen. Elena lag friedlich und tief schlafend neben ihm. Der Reisende legte sich wieder ihn und schmiegte sich an Elena. Er zog sich die Decke bis an den Hals. Obwohl es nur ein grotesker Traum gewesen war, empfand er eine Schuld für die Tat, die er nicht begangen haben konnte. Er zwang sich, wieder einzuschlafen. Er fürchtete sich davor, zu schlafen und keine Kontrolle mehr über sein Bewusstsein zu haben. Der Reisende versuchte an etwas Gutes und Schönes zu denken, an seinen Palazzo und den malerischen Garten, an eine von Elenas Aufführungen. Unbewusst griff nach Elenas Hand und drückte sie fest. Er war süchtig nach ihr und brauchte sie, so wie ein Süchtiger seine Droge brauchte.

Der Keller

Am nächsten Morgen wachte der Reisende benommen auf. Irritiert stellte er fest, dass er offenbar unter Somnambulismus litt. Er hatte auf der Treppe geschlafen. Sein ganzer Körper schmerzte. Ächzend richtete er sich auf. Unzählige, rote Striemen zierten seine Brust und seinen Bauch. Er wusste nicht, was geschehen war. Hatte er geschlafwandelt? Wenig deutete darauf hin. Die Eingangstür war zwar angelehnt, doch auch Elena war gegangen. Es war fast Mittag. Die Kissen lagen wild verstreut im Bett. Er roch Elenas Parfum, das sich überall im Raum ausgebreitet hatte. Sie hatte ihm einen Zettel in ihrer wunderschönen Handschrift zurückgelassen. »Bis zum Wochenende. Vermisse dich. Elena.« Er seufzte. Ihnen war so wenig Zeit vergönnt. Eine neue Woche hatte angefangen. Der Reisende konnte jedoch das Haus nicht verlassen. Zu sehr brannte das Sonnenlicht in seinen Augen. Auch wenn er es nicht so erlebt hatte, war er am vergangenen Abend betrunken gewesen. Sein Kopf dröhnte. Er brauchte Kühle und er brauchte Dunkelheit. Der Palazzo verfügte über ein Kellergewölbe, das er jedoch noch nie betreten hatte. Selbst Signor Folcia, der vorherige Eigentümer des Palazzos, hatte nur wenige Worte darüber verloren und das Thema auffällig gemieden. Es befänden sich dort einige Flaschen Wein und mehrere Fässer Amontillado des Jahrgangs 1846, doch vielmehr sei dort nicht. Als der Reisende Folcia später noch einmal darauf angesprochen hatte, behauptete dieser, der Keller sei leer und auch von ihm nie benutzt worden.

Der Reisende nahm den Schlüsselbund aus dem Kasten zur Kellerportal und schloss auf. Ächzend stemmte er die schwere Tür auf. Neugier trieb ihn in die verlassenen Gänge. Ein modrig-fauliger Geruch strömte ihm aus dem Kellergewölbe entgegen. Lange suchte er nach einem Lichtschalter. Eine einzelne, flackernde Glühbirne beleuchtete die Treppe hinab in den Keller. Bereits nach wenigen Stufen endeten sie in vollkommener Finsternis. Der Reisende nahm eine Taschenlampe vom Haken. Sie schien noch zu funktionieren. Er legte einen Keil unter die Tür, denn diese war von innen nicht zu öffnen. Vorsichtig stieg er die verstaubten Stufen hinab. Er hörte aus einiger Entfernung ein Tropfen. Die Decke war von Spinnweben übersät.

Die Wände bestanden aus grob behauenen Steinen. Das Fundament musste wesentlich älter sein als der Palazzo selbst. Der Weg hinunter war derart schmal, dass gerade eine Person vorangehen konnte. Er hasste enge Räume. Doch er zwang sich dazu, die immer rutschiger werdende Treppe hinunterzusteigen. Dunkelheit umfasste ihn und er sah sich gezwungen, die Taschenlampe einzuschalten. Der Kegel tanzte an den Wänden hin und her. Nach einiger Zeit hatte er den Fuß der Treppe erreicht. Das Licht der Glühbirne des Eingangs war längst nicht mehr zu sehen. Die Luft war stickig und es roch nach Fäulnis. In die Wände waren kleinere Vorsprünge gehauen. Er konnte altes Kerzenwachs darin erkennen. Der Gang machte einem abrupten Knick in östliche Richtung. Schwere, aromatische Gerüche strömten ihm entgegen. Der Weinkeller. Dutzende Fässer waren übereinandergestapelt. In hoch aufragenden Wandregalen lagerten hunderte Flaschen verschiedenster Formen und Farben. Der Reisende besah sich die Etiketten. Hunderte Jahre alte Flaschen lagerten hier in der kühlen Umgebung des Kellers. Die Hoffnung, jemals wieder das Tageslicht zu sehen, schienen sie längst aufgegeben zu haben. Die Aufschriften waren längst verblasst und einige der Weine rochen bereits verdächtig nach Essig. Andere dagegen luden ihn regelrecht dazu ein, degustiert zu werden. Ihr wunderbares Bouquet war eine Wohltat. Der Reisende nahm ein staubiges Weinglas aus dem Regal und spülte es mit Brunnenwasser aus.

Er trank den Wein erst zögerlich und genießend und ließ das Aroma auf seiner Zunge entfalten. Fast mehr als der tatsächliche Geschmack, faszinierte ihn das Alter des Weins. Eine Flasche entstammte dem Jahr 1913, dem letzten Sommer vor der Urkatastrophe des zwanzigsten Jahrhunderts.

Er konnte die Leichtigkeit, die Unschuld und die Harmonie des Weins geradezu schmecken. Ein weiterer Wein in einer verschnörkelten Flasche war seit den zwanziger Jahren ungeöffnet geblieben. Die tosenden Jahre der Kunst, der Ekstase und der Dekadenz wurden vor seinen Augen lebendig. Ein winziges, mit Heißwachs versiegeltes Gefäß trug die Aufschrift »1453«, das Jahr, in dem Konstantinopel fiel und in dem hunderte Gelehrte aus Griechenland nach Italien strömten, um Europa den Geist der Antike zu bringen. Er ließ das Gefäß versiegelt. Stattdessen kostete er vom Wein der Revolution, betrank sich geradezu daran. 1789 war der Wein verkorkt worden. Er schmeckte lebendig und duftete nach den Jahrhunderten noch immer nach frischen Blumen. Der Reisende verlor sich geradezu im Weinkeller der Geschichte. Angetrunken taumelte er weiter in die Dunkelheit.

Vor ihm ragte eine aus schwarzen Steinen gemauerte Wand auf. Er rief in die Dunkelheit hinein, als würde ihm jemand antworten können. Niemand antwortete. Doch etwas war in diesem Gewölbe verborgen. Er war nicht alleine. Er spitzte die Ohren und vernahm ein leises Wimmern, ein Schluchzen, das aus allen Richtungen zu kommen schien. Die seltsame Akustik des Raums zerstreute Geräusche in alle Richtungen.

»Ist hier jemand?«, rief der Reisende erneut. Ein Pochen drang aus der Mauer vor ihm. Er presste seine Ohren an die Mauer. Ganz sicher, jemand pochte auf der anderen Seite gegen die Mauer. Er verhielt sich still. Das Pochen schien lauter zu werden. Ein anderer Ton mischte sich darunter. Ein Schrei. Als der Reisende versuchte, mit der anderen Seite zu kommunizieren, schlug ihm ein markerschütternder Schrei entgegen. Er fuhr herum. Schwarze Raben stoben aus dem morschen Gebälk. Vor sich sah er einen kleinen Teddybären, dessen linkes Auge fehlte. In seiner rechten Tatze hielt er ein blutendes Messer.

Der Reisende war verunsichert. Sein Herz schlug ihm bis zum Hals. Was hatte es damit auf sich? Von weit entfernt hörte er eine Tür ins Schloss fallen. Dieser Gang hatte nur eine Tür. Er war gefangen. Er stieß sich von der Wand ab und rannte den Gang zurück. Hinter sich wurde das Schreien immer lauter, immer wahnsinniger. Schweiß lief ihm über die Stirn ins Auge. Sein Körper zitterte. Er fühlte sich mit einem Mal so beengt und klein. Er erreichte die Treppen und hetzte die Stufen hinauf. Die Glühbirne flackerte gespenstisch. Ein merkwürdiger Windhauch ließ das Licht tanzen. Er schlug gegen die Kellertür, die nicht nachgab, sondern deren Holz seine Hilferufe erstickte. Dann hörte er ein Schleifen, so als würde sich jemand über den Boden ziehen. Mit pochendem Herzen stieg er die Treppen hinunter, die Taschenlampe vor sich gestreckt. Als der Schein seiner Lampe den Boden abtastete, fiel sein Blick auf ein zusammengerolltes, weißes Bündel, das er zuvor noch nicht gesehen hatte. Er trat langsam näher. Er schob einen Fuß vor und stupste es an. Als es sich entrollte, fuhr er zusammen und ließ die Taschenlampe fallen. Dies war kein Bündel, sondern eine Leiche, die notdürftig in weiße Leinen gehüllt und hier versteckt worden war. Er bückte sich und hob zitternd die Taschenlampe auf. Er wusste, was dies bedeutete. Wie konnte ihm dies hier passieren? So fern des Ortes, wo das denkbar Schrecklichste passiert war? Er beugte sich vor und begutachtete die Tote. Sie war noch nicht lange tot.

Ihr Gesicht war weiß und bleich, der Tod hatte ihr schönes Gesicht zu einer albtraumhaften Maske verzerrt. Die Mundwinkel waren blutig und zu einem grotesken Lächeln aufgeschnitten. Dunkle Flecken waren überall auf ihrem Körper.

Ihr Bauch war aufgeschlitzt. Ihr Körper starrte vor Schmutz und Staub. Sie hielt ein Messer in der Hand, dessen Klinge mit getrocknetem Blut verklebt war, den Griff hatte sie durch die Totenstarre fest umklammert. Ihre Haare waren zerzaust und strohig und wirkten wie eine Perücke. Er kannte diese Frau. Seine Vergangenheit hatte ihn eingeholt. Er war doch nicht jahrelang geflohen. Dabei war es noch nicht einmal er selbst gewesen. Eine grausame Stille senkte sich über das alte Gewölbe. Der Reisende ahnte, dass jetzt etwas Schreckliches kommen würde. Plötzlich riss die Frau ihre Augen auf. Rötliche Fetzen gaben den Blick frei auf das, was einmal ihre Augen gewesen waren. Blut troff aus ihren leeren Augenhöhlen. Sie sprang auf und griff mit ihren klauenähnlichen Händen nach dem Reisenden. Ihre Augen glühten vor Hass. Die Rachsucht klebte an ihren unheimlichen Lippen.

Dieser wich zurück, sich die Hände schützend vors Gesicht haltend. »*Du?* Aber wie ist das möglich? Ich habe dich doch...« Er stolperte und fiel rückwärts um und krachte gegen eines der Weinfässer. Ein stechender Schmerz schoss ihm durch den Rücken. Die Luft wurde ihm aus den Lungen gepresst. Die geisterhafte Erscheinung richtete erst zur vollen Größe, dann überlebensgroß auf und spannte ihr Totentuch weit, als wolle sie ihn darin ersticken. Er schrie, wollte sich zur Seite werfen. Doch sein Körper versagte, der Wille war zu schwach. Die Erscheinung schwebte auf ihn zu und strahlte ein gleißend weißes Licht aus, das den Reisenden blendete.

Er verlor die Orientierung. Es war, als wäre in ihm ein Schalter umgelegt worden. Vor seinem geistigen Auge blitzten Symbole der Sonne auf. Als die Frau ihn erreicht hatte und ihre dürren Armen ausstreckte, um ihm die Todesumarmung zu geben, gab er auf und warf sich ihr entgegen. Erst fühlte es sich an wie ein Stromschlag, dann spürte er nichts mehr. Verzweiflung lag in seinen Augen. Von Todeskampf ergriffen, starrte er die Erscheinung vorwurfsvoll an. Sie öffnete ihren Mund.

»Ich bin es. Endlich habe ich dich gefunden und werde dich zerquetschen...«

Er stürzte in einen immer tiefer werdenden Tunnel, griff ins Nichts. Sein Mund öffnete sich zu einem tonlosen Schrei. Er hörte Stimmen in seinem Kopf. Sie sprachen wirr durcheinander. Er schüttelte verzweifelt den Kopf, um sie loszuwerden, dass sie aus seinem Geist verschwänden. Sie wurden immer lauter. Sie bestürmten ihn. Das Licht über ihm wurde immer kleiner. Ihr hässliches Lachen geleitete ihn in die Dunkelheit.

Nemo me impune lacessit

Ein Schrei. Er schreckte hoch. Das Schreien verstummte, er selbst war es gewesen. War alles nur ein Traum? Er befühlte seinen Körper. Er existierte. Ihm war, als hätte er einen großen Spiegel zerstört, der seine einzige Möglichkeit war, sich selbst zu sehen. Der Reisende sah sich um. Elena schlief friedlich zwischen den Kissen. Er berührte sie sanft an der Schulter. Sie öffnete verschlafen ihre Augen. Als sie ihn ansah, weiteten sich ihre Augen. Sie wirkte erschrocken. »Was ist los mit dir«, flüsterte sie. Ihre Lippen bebten.

»Nichts. Nichts, alles ist wieder in Ordnung«, erwiderte er abwesend. »Schlaf weiter, Elena. Süße Träume.« Er gab ihr einen leichten Kuss auf die Wange. Dann sprang er aus dem Bett und dehnte sich. Er nahm einen dünnen Morgenmantel vom Haken und verließ das Zimmer. Er eilte die große Treppe hinab ins Erdgeschoss. Die Welt war in Ordnung. Die Sonne begrüßte ihn fröhlich, der herrliche Duft der Blumen erfüllte die Halle. Es war alles wie im Traum. Licht durchflutete den Raum. Er öffnete die Tür zum Keller hin. Dort befand sich ein Schalter für elektrisches Licht. Surrend sprangen dutzende Lampen links und rechts der Treppe an. Hell erleuchtet verlor der Gang seinen Schrecken. Unten konnte er bereits die Barriques aus Eichenholz und Weinflaschen sehen. Er fing an zu lachen.

»Ha, mir könnt ihr nichts mehr anhaben. Nemo me impune lacessit«, brüllte er in das Gewölbe hinab. Das Echo verstärkte seine Stimme, ließ sie zu einem beeindruckenden Donnern anwachsen und besiegte die Angst in ihm. Zufrieden begab er sich auf die Terrasse des Palazzos. Aus dem Rosenbeet schnitt er frische Rosen für Elena, die er zu einem duftenden

Strauß für sie zusammenband. Und als sie schließlich mit unnachahmlicher Grazie die Treppen hinunterstieg, in ein luftiges Morgenkleid gekleidet, überreichte er ihr den wunderschönen Strauß, der mindestens ebenso duftete wie sie selbst. Sie fiel ihm um den Hals und versah in mit Küssen.

Er, der Ältere, liebte sie, die Jüngere und sie schien seine Liebe zu brauchen, als hätte es ihr daran gefehlt. Er drückte sie fest an sich. Der Albtraum der Nacht zwang ihn, sich zu versichern, dass er nicht wieder träumte.

»Ich habe heute schlimme Dinge geträumt. Ich habe geträumt, ich würde sterben«, sagte er.

»Ich habe auch Albträume, *tata*. Ich weiß nicht, wie oft ich meinen Tod schon erlebt habe. Was hast du gesehen? Bist du eine Klippe hinuntergestürzt, bist du ertrunken oder bei lebendigem Leib verbrannt worden? Sag es mir. Ich will es wissen«, flüsterte sie.

»Ich...ich kann es dir nicht sagen, Elena. Ich habe eine Art Vision gehabt. Mein altes Leben...plötzlich war es wieder in mir.«

Ihre Züge verhärteten sich. »Die Vergangenheit ist tot. Vergiss sie. Ich tue es auch«, riet sie ihm.

»Du hast recht. Wir haben uns«, sagte der Reisende leise und zufrieden, als hätte es die letzte Nacht nie gegeben. Sie gingen Hand in Hand hinunter in den Garten. Die Sonne schien mild auf sie herab und alles war gut.

Sie setzten sich an den Pool und ließen ihre Füße im erfrischend kalten Wasser baumeln. Wie zwei junge Verliebte sahen sie einander in die Augen. Sie schaute in seine smaragdgrünen Augen, die durch die Sonne freundlich glänzten. Er sah in ihre grauen Augen, hinter denen stets ein Unwetter zu toben schien. Ihre Augen waren kein Spiegel zur Seele. Selbst Wut oder Trauer war darin nicht zu erkennen. Der Reisende mied ihren Blick, denn er war oft grausam, manchmal süß. Doch dieses Mal leuchteten auch die Güte in ihren Augen. Doch in ihren Blicken lag mehr, als sie begreifen konnten. In seinem warmen Blick lag eine fast väterliche Zuneigung zu ihr. Sie dagegen bewunderte den Reisenden. Sie gierte nach dem Leben, war ruhelos und strebte immerzu nach vorne. Er dagegen wollte rasten, wollte das Leben genießen, es hatte ihm schon zu viel Wut und Angst bereitet. So trafen ihre gegensätzlichen Interessen aufeinander, ergänzten sich zu ihrer Verwunderung. Und der Reisende ließ sich ins Wasser fallen, mit dem Gesicht zum Himmel gewandt. Er schloss die Augen und ließ das Wasser seinen Körper umschließen. Sein Kopf schmerzte, sein Körper war verkrampft. Die dunklen Bilder seines Traums hatten tiefe Spure hinterlassen. Sein Körper war von merkwürdigen Wunden und Narben gezeichnet, die er sich nicht erklären konnte. Längst hatte er den Überblick verloren, wie viel Zeit seit seiner Ankunft vergangen war.

Es kam ihm so vor, als läge das Fest in Amatos Palazzo erst wenige Tage zurück. Trotzdem hatte er das Gefühl Elena schon seit einer Ewigkeit zu kennen. Sie zog ihr Kleid aus und sprang elegant zu ihm in den Pool. Das aufschäumende Wasser verstörte den Reisenden. Er konnte nicht erklären, was passierte, doch er rang nach Luft. Sein Körper spielte verrückt.

Alles begann sich zu drehen. Ein roter Vortex öffnete sich vor seinen Augen, blaue Blitze und Wellen tauchten vor seinen Augen auf. Die Welt vor seinen Augen wurde gequetscht, dann langgezogen. Er krümmte und wand sich unkontrolliert. Seine Panik lähmte ihn. Wasser spritzte zu allen Seiten auf und raubte ihm die Sicht. »Elena!«, schrie er verzweifelt. »Hilf mir!« Er kämpfte gegen das Wasser an, das ihn zu ertränken drohte. Er verlor das Bewusstsein.

Er ging alleine durch Arkaden. Sie führten zur Ponte Vecchio, der alten Brücke über den Arno. Es war wieder Nacht. Keine Sterne waren am Himmel zu sehen. Seine Schritte hallten über das steinerne Pflaster. Die Geschäfte auf der Brücke hatten längst geschlossen. Er wusste nicht, was er hier tat. Ein seltsames Rauschen lag in der Luft. Er hörte genauer hin. Es wurde lauter, höher. Eine Stimme, die er nicht zuordnen konnte. Sie schien aus seinem Inneren zu kommen und doch wie von außen hin Befehle zu geben.

»Gehe zur Brücke!«, befahl sie im Tonfall eines Generals. Sein Körper reagierte sofort und setzte sich unverzüglich in Bewegung. Er spürte weder Angst, Anspannung oder Zweifel. Sein Körper arbeitete wie eine Maschine, deren Mechanik perfekt funktionierte. Er war eingeschlossen. Die Straßenlaternen leuchteten hell. Die Stadt am Fluss lag still vor ihm. Fenster glitzerten vereinzelt, ein nächtlicher Nebelschleier lag über der Stadt. Er ging am schwarzen Wasser entlang, auf dem ein öliger Glanz lag. Es flüsterte.

Die Heimat der Juweliere lag schläfrig vor ihm. Was wollte er hier?

»Überquere die Brücke!«, sagte die Stimme. Er wollte widersprechen, doch er sagte »Ja«. Er überquerte die Brücke, die zur Tageszeit so belebt war. Er hörte die ganze Zeit über keine Glocke schlagen. Er trug keine Uhr. In den Auslagen der Geschäfte glänzte das Gold und Platin, doch ihn interessierte das wenig. Am Ende der Brücke erkannte er ein junges Paar. Sie lehnten am Geländer der Brücke, glücklich. Das Blut rauschte in seinen Ohren. Er ging auf sie zu. Seine Empfindungen fingen an, verrückt zu spielen. Ihm war abwechselnd heiß und kalt. Die Frau hatte seine Schritte gehört und drehte sich beiläufig um. Der Mann wandte sich ebenfalls um. »Töte sie!«, sagte die Stimme, mit unverhohlener Grausamkeit. »Guten Abend, Signore«, sagte der Mann höflich. Sie wirkten noch sehr jung und verliebt genug, um den

Zorn der Stimme zu erregen. »Ich hasse es, wenn andere sich lieben«, murmelte sie. Ihre Worte hallten wie ein Echo in seinem Kopf wider. Er grüßte nicht, sondern ging auf sie zu. »Kann ich Ihnen helfen?«, fragte der Mann verwundert. Er stellte sich beschützend vor die Frau. Er wusste nicht, wie ihm geschah: Eine unbändige Wut stieg in ihm auf und er packte den Mann am Kragen.

Die Frau fing an zu schreien. Er versuchte sich loszureißen, doch war zu schwach, dem Griff des Fremden zu entfliehen. Ein gefühlloses Grinsen breitete sich auf seinem Gesicht aus. »Was wollen Sie? Geld? Nehmen Sie alles, was ich habe! Lassen Sie uns gehen!«, röchelte er. Er wurde zu Boden geschleudert. Sein Kopf prallte gegen das Geländer, eine Ader platzte und ein Schwall Blut ergoss sich über sein Gesicht. Die Frau stürzte zu ihm hinunter und hielt seine Hand. Ängstlich wanderte ihr Blick zwischen ihm und dem Fremden hin und her. Doch er war noch nicht fertig. »Töte sie!«, befahl die Stimme immer lauter, sodass er meinte, sein Kopf könnte explodieren. Er war von einer unheimlichen Kraft begriffen, die nicht er kontrollierte, sondern die Stimme in seinem Kopf. Die Frau schluchzte. »Was haben Sie getan? Was haben Sie ihm angetan!« Der Mann rappelte sich auf und ging auf den Fremden los. Dieser packte ihn kalt an der Schulter und verdrehte sie.

Der Mann schrie. Er packte ihn und schubste ihn mit solcher Kraft zurück, dass er über das Geländer stürzte und in den Fluss fiel. Bevor die Frau Zeit hatte zu fliehen, griff er sie am Arm, zog sie zu sich heran und gab ihr einen brutalen Kuss. Er riss ihr die Kette vom Hals, an der ein herzförmiger Anhänger glitzerte. Dann stieß er sie von sich und warf sie über das Geländer zu ihrem Geliebten, der in den Fluten kämpfte. Er wollte schreien, brachte aber nur ein verzweifeltes Gurgeln hervor. Der Fluss wandelte sich *plötzlich in einen reißenden Strom. Der Gott der Stadt verlangte seine Opfer. Die beiden Liebenden klammerten sich aneinander, versuchten sich zu halten, doch das schwarze Wasser war erbarmungslos. Sie gingen unter, tauchten wieder auf, schnappten nach Luft. Der Fremde lachte sie aus, lachte über ihren Kampf gegen den Tod. Er schleuderte die Kette ins Wasser.*

»Gut gemacht!«, *hörte er die Stimme rufen.* »Leben und sterben. Es kann so einfach sein, so schnell gehen.« *Alles in ihm war verzweifelt. Der Teil von ihm, der der Stimme hörig war, lachte und zeigte eine entmenschlichte Freude, der andere Teil weinte, trauerte und war fassungslos. Er ekelte sich vor sich selbst. Er hatte sie Leiden sehen wollen, genoss, wie die Frucht des Lebens verfaulte und langsam abstarb.* »Sie Monster! Mörder!«, *hörte er die Frau verstört schreien. Er schloss die Augen und die Umgebung löste sich auf.*

Er schlug die Augen auf. Er hatte keine Erinnerungen. An nichts. Wer war er? Was machte er hier? Die Umgebung erschien ihm komplett fremd.

Sein Herz klopfte, als er merkte, dass er keinerlei Erinnerungen besaß. Es war, als wäre er gerade neugeboren und ohne Erfahrungen in die Welt gekommen. Eine Frau saß neben ihm, über ihn gebeugt. Sie schüttelte ihn und rief einen Namen, den er nicht kannte. Er versuchte zu atmen, doch er bekam keine Luft. Seine Augen weiteten sich. Schwarze Punkte sammelten sich in seinem Gesichtsfeld. Die Frau reagierte schnell und presste ihre Hände auf seinen Brustkorb. Er hustete Wasser. Weißes Licht zuckte vor seinen Augen auf. Plötzlich war alles anders. Der Reisende erinnerte sich wieder. Sein Gedächtnis kehrte zurück. Es war Elena, die neben ihm kniete. »Was...was ist passiert?«, keuchte er. Ihm war fürchterlich übel. »Du hattest einen Anfall, hast Wasser geschluckt. Plötzlich lagst du auf dem Grund...wie tot«, sagte sie. Sie wirkte mitgenommen. Sie redete weiter, nervös und verängstigt. »Du lagst unten im Pool, bleich wie eine Leiche. Sowas habe ich noch nie gesehen. Ich bin nach unten getaucht und habe dich aus dem Pool gezogen. Dein Herzschlag war ganz schwach. Wir sollten einen Arzt rufen!« Dagegen hatte der Reisende nichts einzuwenden. Er nickte schwach. Sie stützte ihn unter den Armen und begleitete ihn zu einer Liege, auf der er sich vorsichtig niederließ. Seine Worte kamen nur zögerlich, er war müde. »Ich kann mir das nicht erklären«, nuschelte er. Elena rief sofort einen Arzt. Kaum eine Viertelstunde später klingelte es am Eingangsportal. Der Arzt eilte mit einem offensichtlich schweren Arztkoffer auf die Terrasse. Erschöpft hob der Reisende seinen Kopf. Er wollte nur noch schlafen. Der Arzt war ein älterer, erfahrener Mann, der sein Fach hervorragend verstand. Ein weißer Haarkranz legte sich um seinen Kopf.

Seine Augenbrauen waren dunkel und wirkten streng. Ein weißer Bart ließ ihn eher an einen Gelehrten erinnern. Durch seine kreisrunde Brille hindurch beobachtete er den Reisenden. Er horchte seinen Herzschlag ab, testete seine Reaktionsfähigkeit, machte eine schnelle Blutanalyse, untersuchte sogar seine Gehirnaktivität. Doch nichts fand sich. Nach einiger Zeit seufzte der Arzt. »Ich kann Ihnen keine Krankheit nachweisen. Was mir Ihre...«, er sah über die Schulter zu Elena, die mit verschränkten Armen an einer Säule lehnte und der Arbeit des Arztes genau zusah, »Freundin erzählte, klingt nach einem epileptischen Anfall. Aber ich habe keine anormalen Blutwerte feststellen können. Ein kleiner Eisenmangel, aber nichts

Außergewöhnliches. Hatten Sie schon mal einen ähnlichen Anfall?«, fragte der Arzt. Der Reisende schüttelte leicht den Kopf.

»Nie. Das war das erste Mal«, sagte er.

Der Arzt wirkte ratlos. »Ich spritze Ihnen erstmal ein Medikament gegen Bluthochdruck und zur Muskelentspannung. Es wird Sie sehr müde machen. Falls Sie wieder Probleme damit haben, suchen Sie mich unverzüglich auf. Solange das nicht zur Regel wird, ist alles in Ordnung«, erklärte er.

Das Medikament wirkte beinahe sofort und der Reisende entspannte sich und schlief sofort ein. Der Arzt erhob sich und ging zu Elena hinüber, die ihn besorgt anschaute.

»Ich kann mir nicht erklären, was Ihr Freund hat, Signora. Seine Vitalzeichen sind sehr gut. Ich habe ihm hier noch ein paar Tabletten verschrieben, die sollten helfen.« Er übergab Elena einen Zettel. Dann schob er im Flüsterton hinterher:

»Diese Halluzinationen sollten nicht mehr vorkommen. Sie könnten verdächtig sein.«

Er gab Elena noch eine kleine Ampulle mit einer durchsichtigen Flüssigkeit, dann verneigte der ältere Arzt sich kurz und ging. Elena seufzte und setzte sich auf die Kante der Liege, auf der der Reisende friedlich schlief.

Sie streichelte sanft seine Wange und sang leise eine Arie aus »Gianni Schicchi« von Giacomo Puccini, »O mio babbino caro«. Sie lächelte dabei. Warum sie dies tat, konnte niemand sagen.

Ein Mysterium

Nach einigen Tagen ging es dem Reisenden wieder gut. Elena hatte sich – so gut es möglich war – um ihn gekümmert. Er war ihr dafür sehr dankbar. Ihre Beziehung war durch den unseligen Zwischenfall noch enger geworden. Dann hatte die Woche wieder angefangen und Elena musste tanzen. Der Reisenden ließ es nur allzu gerne zu, er schätzte seine Unabhängigkeit und wollte ihr nicht zur Last fallen. Er gönnte sich Ruhe und nahm die vom Arzt verschriebenen Tabletten zu sich. Es folgten keine weiteren Anfälle.

Er lernte die umfangreiche Bibliothek des Palazzos noch mehr zu schätzen. Sie verfügte über eine exzellente Auswahl an belletristischer Literatur, darunter auch viele Werke Giovanni Amatos, auch einen Roman namens »I Peccati della Notte«, die »Sünden der Nacht«. Es war ein faszinierendes Werk von bestechendem Realismus. Die hohe Kunstfertigkeit Amatos konnte der Reisende nicht in Abrede stellen. Doch die bewusste Grausamkeit und die Lust, mit der die Taten des Mörders beschrieben wurden, ließen ihn erschaudern. Es schien dem Verleger regelrecht ein Vergnügen zu bereiten. Er saß auf einer Gartenbank in seinem Palazzo und verfolgte das Treiben des Mörders, der eine italienische Stadt heimsuchte.

Der Reisende wurde von der Handlung gefesselt. Dann runzelte er die Stirn und fuhr mit dem Zeigefinger über eine besonders markante Stelle, die ihm seltsam vertraut vorkam.

Der Mörder lauerte nie seinen Opfern auf. Der Ort und die Uhrzeit der Tat wurde ihm von einer Stimme befohlen. Er selbst glaubte, es sei ein Engel, doch jeder andere würde sagen, es war der Teufel, der zu ihm sprach. Dieses Mal würde es eine Brücke sein. Die Lust am Töten wurde von Mal zu Mal stärker. Am Anfang hatte er Zweifel gehabt, doch der Rest des Guten, das in seinem Körper eingeschlossen war, starb schnell ab. Ein junges Paar stieß er in den Fluss und ließ sie dort ertrinken. Der Fluss wurde zu einem Strom aus Blut.

Die Handlung kam ihm bekannt vor, er selbst hatte während seines Anfalls davon halluziniert. Doch wie konnte er die Handlung kennen, ohne den Roman gelesen zu haben? Er sprang zur Umschlagseite des Buches.

Dort war vermerkt, dass »Sünden der Nacht« das erste Buch Amatos gewesen sei. Es war ein Widerspruch, den er nicht aufzulösen vermochte. Amato schien überall zu sein. Sein Palazzo war der Ort gewesen, wo er zum ersten Mal Elena begegnet war. Das Theater, das er hatte renovieren lassen, war der Ort der Aufführung von »Schwanensee«, durch die er sich in Elena verliebt hatte. Er hatte Visionen von Auszügen aus Amatos Werk.

Im Netz der Vorfälle saß Amato wie eine übermächtige Spinne. Sein Name wurde überall geflüstert, von den dreckigen Gassen bis hin in die höchsten Kreise. Er war der Schatten über Florenz, ihr Herr. Erst jetzt begriff er, dass jede Stadt ihren Gott hatte. Florenz hatte Amato.

Der Reisende hatte George lange nicht gesehen. George hatte sich nahezu unsichtbar gemacht. Weder wusste er, dass der Reisende einen mysteriösen Anfall erlitten hatte, noch wusste er von der Beziehung zu Elena.

Er nahm sich vor, George an der Universität aufzusuchen, wo er sich zweifellos aufhielt. Georges Wohnung war mehr Alibi, denn tatsächlicher Wohnort. Einen Großteil des Jahres stand sie leer. Der Reisende fühlte sich wieder gesund genug, um den Palazzo zu verlassen, dessen prächtiger Garten ihm so viele Stunden der Entspannung geboten hatte. Er fuhr mit dem Fahrrad in die Stadt. Er war bequem zur Mittagszeit zur Universität gefahren, sodass er sich unerkannt unter die Massen von Studenten mischen konnte, die nach der Mittagspause wieder in die Säle strömten. Er hatte sich einen Panama-Hut tief ins Gesicht gezogen und trug eine große Sonnenbrille, die seine Augen vor neugierigen Blicke schützte. Auf dem Weg zur historischen Fakultät kam er am Gebäude der psychologischen Fakultät vorbei. Am Eingang lehnte Alessandro Visconti und rauchte eine Zigarre, deren Rauch er genüsslich in die Luft blies. Er erkannte den Reisenden trotz seiner Verkleidung und winkte ihn zu sich. »Ah, was verschlägt Sie an die Universität? Ausgelernt hat man nie«, er lachte in seinem tiefen Stimmton und nahm einen tiefen Zug an seiner Zigarette.

»Ich besuche einen alten Studienfreund, George Wellesley, kennen Sie ihn?«, fragte der Reisende.

»Wellesley? Nie gehört. Die Universität hat viele Mitarbeiter, ich kenne hier nur sehr wenige. Zu welcher Fakultät gehört er denn?«

»Er ist Historiker.«

»Hm«, Visconti klopfte die Asche seiner Zigarre ab und trat die glimmenden Reste mit der Sohle aus.

»Lassen Sie uns mal wieder essen gehen. Es ist lange her, dass wir uns getroffen haben. Ich kenne ein ganz hervorragendes Restaurant, direkt an der Promenade des Arno. Was halten Sie von nächstem Samstag?« Der Reisende war einverstanden. Er verabschiedete sich von Visconti, der seufzend auf die Scharen von Studenten blickte, die ihm vom Gebäude der Mensa entgegenstrebten. Der Reisende ging weiter auf die historische Fakultät zu, die in einem neu errichteten Campus untergebracht war. Oft hatte er sich gefragt, was Georges Beweggründe waren, antike Mysterienkulte zu studieren. Begeistert hatte ihm George von seinen Forschungen berichtet, die ihn trotz seines gesundheitlich bedenklichen Zustands viel hatten reisen lassen. Er war durch die sturmumtosten Wüsten Vorderasiens gereist, hatte uralte Gräber und Tempel in Griechenland, Zypern und der Türkei ausgehoben. George hatte Schätze und Kostbarkeiten von unschätzbarem Wert gehoben, die alle eine eigene Geschichte erzählten. Bevor er nach Florenz gekommen war, hatte die Vergangenheit dem Reisenden stets fremd und unnahbar gewirkt. Was nicht mehr war, sollte man ruhen lassen. Doch mittlerweile hatte er einen großen Respekt vor Georges Arbeit. Er brachte gelebte Geschichte hervor, die er in bewundernswerter Akribie rekonstruierte und der Öffentlichkeit zugänglich machte.

Er betrat das Gebäude durch eine gläserne Drehtür und fragte beim Portier nach, in welchem Büro George Wellesley, PhD arbeitete. Der Raum befand sich im ersten Stock. Auf dem Weg nach oben kam ihm George in Gedanken versunken entgegen. Hätte ihn der Reisende nicht gewarnt, wären sie unweigerlich zusammengestoßen. George schreckte hoch und ließ einen Stapel Papiere zu Boden fallen, die daraufhin chaotisch durch die Luft flatterten.

»Was machst du denn hier? Mit dir hatte ich nicht gerechnet«, sagte George. »Ich muss mich entschuldigen. Ich war in den letzten Wochen so in meine Studien vertieft, dass ich dir kaum helfen konnte, in Florenz Fuß zu fassen. Wie ist es dir so ergangen? Komm mit in mein Büro, dort haben wir Ruhe. Außerdem habe ich eine eigene Kaffeemaschine.« Sie gingen gemeinsam zurück in Georges Büro. Der Reisende erzählte ihm von seinem Anfall. George war offen bestürzt. »Das ist ja furchtbar! Hast du einen Arzt aufgesucht?«

»Ja, Elena hat einen kommen lassen. Hat aber nichts feststellen können. Ich bin an sich kerngesund.« George sah ihn schelmisch an.

»Wer ist Elena? Davon hast du mir noch gar nicht erzählt.« Der Reisende lächelte. »Das ist eine lange und komplizierte Geschichte. Es fing alles damit an, dass ich einen Psychologie-Professor, Dottor Alessandro Visconti, auf der Party im Palazzo Amato kennengelernt habe. Er hat mich zu einer Ballett-Aufführung eingeladen.«

»Ich dachte, du magst kein Ballett?« Der Reisende nickte. »Dachte ich zuerst auch, aber dieser Abend hat mich eines Besseren belehrt. Ich war fasziniert, vor allem vom ›schwarzen Schwan‹, sie war einfach fantastisch.«

»Und wie hast du sie kennengelernt?«, fragte George.

»Das war verrückt. Ich habe sie in den Uffizien wiedergetroffen. Sie war verkleidet, wir haben uns auf einen Espresso verabredet. Dann ist sie einfach aufgestanden und hat eine Botschaft hinterlassen, ein Ort, zu dem ich abends kommen sollte. Dort war sie dann und...nun ja, du weißt, wie es dann läuft«, der Reisende lächelte gequält. Es war gut möglich, dass George es nicht wusste. Dieser überspielte es souverän. »Wenigstens bist du jetzt glücklich. Danach hast du dich lange genug gesehnt.« Er legte seine Hand um die Schulter des Reisenden. »Du hast deine Frauen, ich habe meine Bücher und Scherben.«

Sie gingen den Gang hinunter, der zu Georges Büro führte. Als sie sich dem Raum näherten, wurde George langsamer.

»Was ist?«, fragte der Reisende.

»Ich habe die Tür eben noch abgeschlossen, soweit ich mich erinnere.«

Tatsächlich war die Tür nur angelehnt, von drinnen ertönte das Rascheln der Blätter, das plötzlich verstummte, als die beiden näherkamen.

»Warte mal kurz«, sagte George. Er stellte sich an die Tür und horchte. George wollte etwas sagen, doch die Tür wurde blitzartig aufgerissen. Die Tür traf George am Kopf. Er wurde zurückgeschleudert. Eine vermummte, in schwarz gekleidete Gestalt hatte die Tür aufgestoßen und rannte den Gang hinunter, in seinen Armen hielt er einige Akten. George setzte sich stöhnend auf. Er hielt sich mit einer Hand den Kopf. Blut lief darunter hervor.

»Schnell, ihm nach«, presste er unter Schmerzen hervor. »Mir geht's gut soweit.« Doch es war bereits zu spät. Ehe der Reisende zum Sprint ansetzen konnte, war der Eindringling am Fenster. Er riss eilig die Fensterflügel auf, kletterte hindurch und sprang ab. Der Reisende hastete noch zum Fenster, um zu sehen, wo der Fremde war, doch dieser war bereits fort. George hatte sich wieder erhoben. Die Wunde war schlimmer als gedacht.

Doch George schien es nicht zu interessieren. Er stürmte in sein Büro, eilte zu seinem Schreibtisch und durchsuchte die Blätter. Immer wieder.

»Verdammt! So ein...«, er ballte die Faust. Seine Nasenflügel bebten. Er nahm eine Tasse vom Schreibtisch und schleuderte sie gegen die gegenüberliegende Wand. Sie zerschlug in tausend Scherben. Er schnaufte vor Wut und wollte sich kaum beruhigen. Blut floss sein Gesicht hinunter. Er ballte die Faust, voller Zorn auf jemanden, den er nicht kannte, denn es gab für ihn nichts Schlimmeres als diffuse Angst.

»Was ist passiert, George?«, fragte der Reisende.

»Dieser elendige Dreckskerl hat meine Forschungsergebnisse gestohlen«, George war außer sich. »Ich habe Monate gebraucht, um sie zusammenzutragen.« Er stand kurz vor einem bitteren Wutausbruch.

»Komm, ich verbinde dir deine Wunde und mache uns etwas zu Trinken.«

Der Reisende bereitete ihnen einen Espresso für sich und einen Earl Grey für George. Mit seiner zugegebenermaßen geringen medizinischen Expertise legte er George einen Verband um die Stirn, um die Blutungen zu stoppen. George beruhigte sich schnell wieder und atmete tief durch, nachdem er einen Schluck Earl Grey getrunken hatte. »Ich sollte zur Polizei gehen.«

»Ich glaube nicht, dass das eine gute Idee ist.«

»Wieso?«

»Es gibt nur wenige Dinge, die sich besser verstecken lassen, als Papierstapel. Die könnten überall sein.«

»Das stimmt auch wieder. Was schlägst du dann vor?«, George hob ratlos die Hände. »Ich kann schlecht hier sitzen und nichts tun.«

»Hattest du nur eine Ausgabe deiner Ergebnisse?«

»Du weißt doch, dass ich Computer nicht mag. Alles handschriftlich. Die großen Erkenntnisse der Vergangenheit wurden ja auch auf Papier niedergeschrieben. Ich habe hier nur noch ein paar Notizen. Der Kerl hätte die Sachen wahrscheinlich auch mitgenommen, wenn wir ihn nicht überrascht hätten.«

Der Reisende seufzte. George drückte eine Zitrone in seinen Tee aus und nippte daran. Zum ersten Mal konnte er Georges Büro begutachten. Es war relativ groß, allerdings war nahezu der ganze Raum mit Bücherregalen und -schränken gefüllt. Es roch muffig, aber zugleich nach dem omnipräsenten, künstlichen Limettenduft, den George so gerne verwendete.

In der Ecke des Raumes stand ein Kleiderständer, an dem benutzte Hemden, Unterhemden und Unterwäsche hangen. Auf der Ablage des Waschbeckens stand noch ein Zahnputzbecher, daneben eine Dose Rasierschaum und ein Eau de Toilette. Sein Waschzwang trat auch hier zutage, da

George sich nahezu jede Minute mit Desinfektionsmittel die Hände einrieb. Tagelang schien im Raum dennoch nicht gelüftet worden zu sein. Der Raum war ein Chaos, jegliche Ordnung lag brach. Ein schwacher Ventilator an der Decke kämpfte verzweifelt gegen die heiße Luft im Raum an.

»George, lebst du eigentlich in deinem Büro?«, fragte der Reisende entsetzt und ließ demonstrativ seinen Blick durch den Raum schweifen.

»Ja, seit einigen Wochen. Ich bin an einer Sache dran, die mich nicht mehr losgelassen hat. Deswegen habe ich mich auch nicht mehr bei dir gemeldet«, George senkte den Blick. »Du musst verstehen, das wäre eine wissenschaftliche Sensation. Das entscheidende Puzzleteil«, er wirkte wehmütig. »Dieser verfluchte Diebstahl wirft mich um Monate zurück.«

»Woran forschst du gerade, dass du dich von der Welt zurückziehst und zum Eremiten wirst?«

George stand auf. »Das erzähle ich dir gleich, als mein Freund kann ich dir vertrauen, im Gegensatz zu den anderen Wissenschaftlern. Kein Geheimnis bleibt lange geheim. Warte kurz...«

Er begab sich zu einer kleinen Kommode und nahm eine Kanüle heraus. Eine silbrige Flüssigkeit schimmerte darin. Er krempelte sein Hemd hoch und setzte die Spritze an. Er sog scharf die Luft ein, als er sich den Stoff injizierte. Der Reisende kannte ihn lange genug, um zu wissen, dass George zahlreiche Medikamente benötigte. Ständig hatte er zudem Kreislauf- und Aufmerksamkeitsprobleme, Eigenschaften, die seiner akademischen Lebensart nicht besonders zuträglich waren. Aufputschmittel waren für George ein notwendiges Übel, die er im Namen des wissenschaftlichen Fortschritts einnahm. Der Reisende hatte in seinem Leben viel Blut und Leid gesehen. Spritzen und Blut waren zwei Dinge, gegen die er abgestumpft war. Die Straßen der Großstädte waren eine gute Schule gewesen.

Doch als George die Spritze aus der Vene herauszog, zuckte der Reisende zusammen. Ein plötzlicher Schmerz durchfuhr seinen Körper, strahlte von seinem Kopf in alle Körperteile aus. Er krümmte sich mit schmerzverzerrtem Gesicht auf dem Stuhl. George eilte zu ihm.

»Was ist los?«, er schüttelte den Reisenden.

»I...ich weiß es nicht. Schmerzen...überall. Kopfschmerzen. Schwindel.«

»Versuch ruhig zu atmen, langsam und gleichmäßig...«

Der Reisende hörte Georges Stimme nur noch dumpf, wie durch Wasser. Der Raum begann sich zu verändern, er wurde in alle Richtungen gedehnt, bis ein weißes Licht ihn verschluckte.

Der Tanz

Eine Straße. Eine Frau stand vor ihm. Ihr Gesicht lag im Schatten. »Dieses Zeug knallt richtig rein, probiert es aus. Für euch Hübsche mache ich einen Sonderpreis.« Neben ihm stand eine weitere Person. Schwarze Flecken lagen über ihrem Gesicht und Körper, als würde in seinen Erinnerungen eine Lücke klaffen. Die Frau trat aus dem Schatten und reichte ihm ein Glasröhrchen mit einer bläulich lumineszierenden Flüssigkeit. »Danke«, sagte er. Er sah die Frau an. Sie sah schrecklich aus. Sie schien einmal schön gewesen zu sein, doch nun war sie zerstört. Ihr Gesicht vernarbt, hervortretende Augen, eingefallenes Gesicht. Aus welchem Grund sie ihre Jugend, ihre Unschuld gegen das eingetauscht hatte, für einen kurzen, vergänglichen Rausch, der sie nur immer tiefer nach unten riss.

»Du zuerst«, sagte die Person neben ihm und nahm ihm das Röhrchen aus der Hand. Sie füllte die Flüssigkeit in eine Spritze. Innerlich leistete er Widerstand. Sein Ich sagte ihm, er müsse gehen, sich retten vor der Gefahr, doch sein innerstes Wesen verlangte nach allem, war unersättlich in seinem Streben nach Lust und Vergnügen, das ihn plötzlich durchflutete. Ehe er etwas tun konnte, spürte er einen kurzen Schmerz im rechten Arm. Er musste hilflos mitansehen wie mit jedem Herzschlag die bläulich strahlende Flüssigkeit sich weiter verteilte und seinen Arm empor wanderte und sich in seinen Blutkreislauf ergoss. Er merkte zunächst nichts weiter als eine eisige Kälte in seinem Kopf, die plötzlich in ein unerträgliches Hitzegefühl umschlug. War dies wirklich nur Einbildung? Alles fühlte sich real und doch fremd an, wie die Erinnerungen eines anderen. Eine seltsame Euphorie

durchströmte ihn. Er ließ seine Sorgen hinter sich. Er fühlte sich unangreifbar, unzerstörbar. Die Welt um ihn herum war intensiver. Gerüche, Farben, sie schienen dichter, greifbarer. Sie verschmolzen zu einer einzigen Wahrnehmung. Noch nie hatte er sich derart großartig gefühlt. Noch nie hatte er es sich so sehr von einem Moment erfleht, dass dieser bliebe und niemals vorüberging. Die Dunkelheit verschwand und alles wurde Licht.

Die Zeit schien sich zu dehnen und sich zu einem einzigen Moment zu verdichten. Bilder voll grellem Licht und stampfenden Bässe an Orten, die er noch nie gesehen hatte, tauchten vor seinen Augen auf. Er befand sich an Orten, fernab von alledem, was er jemals gekannt hatte. Er genoss es hemmungslos.

Die Droge hatte ihn entfesselt, seine dunklen Seiten hervorgebracht. Die Seiten, die er sich nie getraut hatte, zu erkunden, deren triebhafte Stärke nun freibrach. Doch tief in sich fand er eine klebrige Angst. Er wollte es.

Der Drang, dem fremden Wesen, der Substanz nachzugeben erschien schier übermächtig. Er fand sich in einem rot beleuchteten Ort wieder. Nackte Körper überall. Stöhnen. Rauch stieg von überall her auf. Ein säuerlicher Geruch stieg in seine Nase. Hände griffen nach ihm, zerrten ihn in alle Richtungen. Fremde Augen sahen ihn an und ihn störte es nicht. Er warf alle Anonymität von sich. Er wollte gesehen, er wollte gefühlt werden.

Ein Machtgefühl von unbeschreiblicher Intensität versetzte ihn in einen Glückszustand, den er noch nie zuvor gespürt hatte. Was scherten ihn schon Konventionen, was war Moral? Er zertrümmerte alle Zweifel, allen Zwang in sich. Gesellschaft zählte nicht mehr viel, nur das dionysische Vergnügen und die wilde Ekstase. Er lachte besinnungslos. Fremde Körper rieben an seinem. Er spürte und hörte Dinge, die ihm einen Blick auf die unbekannte

Welt eröffneten, die jeder Mensch in sich trug und doch stets verbarg: Das animalische, das wilde Wesen im Menschen. Er war im Zentrum aller Aufmerksamkeit. Männer beobachteten ihn neidvoll, während er von entblößten Frauen umschwärmt wurde. Ihre grauen, trostlosen Gesichter waren das, was er durch die Substanz hinter sich gelassen hatte. Die tristen Existenzen, das eintönige Leben, das war nichts für ihn. Er reckte seine Fans zum Himmel. »Bacchus, ich habe dich übertroffen!«

Kaltes Wasser schlug ihm ins Gesicht. Er riss die Augen auf. Vor ihm stand George mit einem leeren Glas in der Hand. Der Reisende rieb sich das Gesicht.

»Was ist passiert?«, sagte er ablenkend. Niemand konnte er anvertrauen, was er wirklich gesehen hatte. Es versetzte ihn in eine prickelnde Spannung, ein schönes Gefühl, durch das sein Herz noch immer schnell schlug.

»Du warst plötzlich weg. Deine Augen sind nach hinten gerollt. Du hast wie besessen gewirkt, hast gegrinst wie ein Irrer«, sagte George mit der Aufrichtigkeit eines guten Freundes. »Eigentlich dachte ich, dass du gekommen bist, da du dir meinetwegen Sorgen machtest. Anscheinend bist du es, um den ich mir Sorgen machen muss«, stellte er fest. Er setzte sich wieder hinter seinen Schreibtisch und legte die Füße hoch. »Was passiert mit dir? So habe ich dich noch nie erlebt. Ist es die Tänzerin, Elena? Sie macht dich krank.«

»Niemals. Sie ist das Beste, was mir seit langem passiert ist«, der Reisende schüttelte entschieden den Kopf. »Ich habe mich noch nie bei jemandem so wohl, so willkommen gefühlt. Ich wäre nichts ohne sie.«

Sein Gesichtsausdruck war verärgert. »Warum willst du mir dieses Bisschen Glück zerstören? Du weißt, wie unglücklich ich damals war. Oder hast du es vergessen!«

»Nichts will ich dir zerstören. Und ich habe auch nichts vergessen«, George hob abwehrend die Hände. »Aber hör mir doch als gutem Freund zu: Du hast dich verändert. Du bist nicht mehr der Mann, den ich habe in Florenz ankommen sehen. Sicher, du wirkst freundlicher, lebensfroher und das ist ein Verdienst deiner Geliebten. Aber ich merke trotzdem, dass etwas mit dir nicht stimmt. Was ist mit diesen Visionen?«

»Ich weiß es nicht. Sie kommen völlig zufällig. Ich sehe Dinge, höre Geräusche und diese Visionen brechen über mich herein wie eine Flutwelle. Ich kann sie nicht aufhalten. Eben war es die Spritze, im Palazzo war es das Wasser, das sie ausgelöst hat. In diesen Visionen begehe ich Verbrechen, bin gefangen in einem fremden Körper, über den ich keine Kontrolle habe.«

»Was für Verbrechen?«, fragte George.

»Ich zerstörte Bilder, ermordete Menschen, nahm Drogen. Das Erlebnis eben gerade...es war wie ein Höhepunkt, eine Art Belohnung. Ich hatte keine Angst. Ich sehne mich fast danach zurück«, sagte der Reisende.

George wirkte ein wenig irritiert, eher verstört. »Das kann nicht gut sein. Ich bin kein Arzt. Ich kann dir nicht sagen, was gut und schlecht für dich ist. Aber schalte mal einen Gang zurück. So jung bist du auch nicht mehr.«

Der Reisende nickte. Er konnte nicht abstreiten, dass er sich durch Elena auf magische Weise verjüngt fühlte. Ihm ging es in keinster Weise schlecht. Die Anfälle waren Ausbrecher in einer kontinuierlichen Linie aus persönlichem Glück und Jugend. Seine düsteren Gedanken, seine Sorgen waren verschwunden. George faltete die Hände und seufzte. Der Reisende versuchte das Thema zu wechseln.

»George, du wolltest mir schon lange von deinen Forschungen erzählen. Ich bin hochinteressiert. Deswegen bin ich ja schließlich hergekommen.«

George schien beim Gedanken an den Diebstahl noch immer voller Wut zu sein, doch er zwang sich zur Ruhe. Er ordnete die Notizen auf seinem Schreibtisch, legte die Fingerspitzen aneinander und schloss die Augen.

»Du weißt ja, dass ich alte Mysterienkulte erforsche. Kein einfaches Unterfangen und meiner Disziplin wird oft vorgeworfen, wilden Spekulationen nachzugehen. Manche stellen uns sogar in die Ecke von Verschwörungstheorien. Doch das, was ich tue, ist wichtig. Ungeheuer wichtig sogar!« Er riss die Augen auf. »Ich erinnere mich wieder. Alles, was ich schreibe, habe ich zusätzlich noch hier...«, er tippte an seine Schläfe, »gespeichert. Besser als jeder Computer. Sagt dir der Mithras-Kult etwas?«

»Mithras? Sagt mir nicht viel.«

»Umso besser, dann habe ich mehr zu erzählen«, George lächelte verschmitzt. »Mithras ist am ehesten eine Art Sonnengott. Im Zentrum dieses Kults steht der Kampf des Mithras gegen einen Stier, das Symbol der Finsternis. Mithras dagegen ist das Licht. Dieser Kult war in der Antike so weit verbreitet, dass selbst römische Kaiser zu Anhängern wurden. Aber die Natur des Kults war das Geheimnis. Bis heute ist nur wenig über die Riten bekannt. Doch zum Höhepunkt seiner Ausbreitung war der Kult eine ernsthafte Konkurrenz zum Christentum, denn nachdem es Staatsreligion wurde, wurden viele Kirchen auf den Fundamenten der alten Mysterienorte errichtet. Es hätte sehr gut sein können, dass die Geschichte anders verlaufen wäre, wenn der Mithras-Kult damals zur Staatsreligion erhoben worden wäre. Jahrhundertelang glaubte man, dieser Kult sei ausgestorben, doch das ist – wie ich herausgefunden habe – falsch!«, George hob triumphierend die Arme. »Der Mithras-Kult wird auch heute noch praktiziert und ich habe seine Spuren bis in die heutige Zeit verfolgen können.«

George beugte sich vor, als könnte er das, was nun kommen mochte, nur unter Geheimhaltung erzählen. »Ich habe aus dem italienischen Nationalarchiv in Rom Dokumente angefordert, die beweisen, dass es vor allem in Italien noch aktive Sekten gibt, die die alten Rituale praktizieren. Es ist ein Kult der Moderne, über den so gut wie nichts bekannt ist. Das wäre die Enthüllung des Jahrhunderts!«, sagte er betont leise, aber mit einer kaum zu unterdrückenden Begeisterung.

»Was ist das Symbol dieses Kultes?«

»Die Sonne, es ist die Sonne, *amico*. Das ist es, was alles verbindet.«

Der Reisende verabschiedete sich von George, der sich voller Eifer daranmachte, seine Ergebnisse zu reproduzieren. George ermahnte ihn noch, vorsichtiger zu werden. Er habe erst vor einigen Tagen von einem schrecklichen Mord gelesen. Ein junges Paar sei kaltblütig ermordet worden. Sie seien mitten in der Nacht nach einem langen Abend in einer Diskothek hinterrücks überfallen, ausgeraubt und ermordet worden. Vom Mörder fehlt jede Spur. Seitdem berichten die Medien über nichts Anderes mehr.

Wie Haifische stürzten sie sich auf die Geschichte. George wusste, dass der Reisende verliebt war. Etwas, was er selten erlebt hatte. Allerdings wusste er um die Starrköpfigkeit seines Freundes und dessen Hang dazu, einen gutgemeinten Rat zu ignorieren, um einem eigenen Weg zu folgen.

Der Reisende versicherte ihm ausdrücklich seine Achtsamkeit. George sah ihn skeptisch an. Er wusste, dass man in diesen Zeiten vorsichtig sein sollte.

Die Stadt war nicht sicher. Der Bildermörder hatte ein Klima der Angst geschaffen, in dem sich jeder misstraute. Obwohl er George vermutlich länger als jeden anderen kannte, spürte er, dass eine unsichtbare Barriere zwischen ihnen war, die er nicht erklären konnte und die sie voneinander trennte. George schwebte in einer anderen Welt. Ein Geheimbund? Er schüttelte den Kopf. *Wahnsinn.* George war die Arbeit im Elfenbeinturm zu Kopf gestiegen. Beim Gehen wandte er sich noch einmal an George:

»Sei bitte auch aufmerksam, worin du dich verwickelst. Wenn jemand so weit geht, deine Forschung zu stehlen, weiß ich nicht, wie weit dieser Jemand noch gehen würde«, sagte er mit aufrichtiger Sorge. Doch George winkte ab.

Als er das Gebäude der Fakultät verließ, erhielt er eine Nachricht von Elena, ganz untypisch für sie. Sie war spontan und meistens war sie es, die den Reisenden aufsuchte. Doch jedes Wort, das er von ihr erhielt, war wie kleines Geschenk für ihn.

Buona sera amato,

ich habe dir einmal erzählt, wie sehr ich Giovanni Amato verabscheue. Lass uns gemeinsam etwas Verrücktes tun! Du wirst es nicht bereuen. Heute Nacht an der Santa Croce. Ich erwarte dich.

Elena

Den Rückweg in seinen Palazzo legte er über einen Umweg zurück. Es war Markttag in Florenz und der Reisende genoss den Duft des frischen Obsts in den Bastkörben. Die Zeltdächer der Stände knatterten im Wind. Händler boten ihre Waren laut anpreisend feil. Es herrschte geschäftiges Treiben. Der Reisende kaufte sich einen roten Apfel und biss hinein. Das saftige Fruchtfleisch hatte einen süßen Geschmack. Es war ein schöner Tag. Er sah zum Himmel hoch und erkannte einen Schwarm Raben, der erst krächzend über ihm verharrte, schließlich abdrehte und die Sonne für einen kurzen Moment verdunkelte, bevor er vorüberzog. *Raben.* Diese Tiere bedeuteten nichts Gutes. Plötzlich fühlte er sich ganz mulmig. Ein sengender Schmerz durchfuhr seinen Kopf. Zum ersten Mal seit Langem spürte er wieder das stechende Gefühl der Nadeln in seinem Rücken. Mit einem Mal fühlte er sich so fremd in seinem eigenen Körper. Seine Hände schienen nicht seine eigenen zu sein, seine Füße gehorchten ihm nicht mehr und er war auf der Stelle gefangen. Der Reisende fühlte sich losgelöst von seinem Körper, wie ein Geist, der im Körper eines anderen steckte.

Er schüttelte den Kopf und das Gefühl legte sich schnell wieder. Einige Menschen um ihn herum hatten ihm merkwürdige Blicke zugeworfen und er bemühte sich darum, normal zu erscheinen. Er legte an Tempo zu, um sich von diesem Ort zu entfernen. Die Marktstände verschwanden in den wuseligen Straßen. Ein Gefühl von Angst überfiel ihn. Aus irgendeinem Glück ahnte er ein schreckliches Unheil, das in nicht allzu langer Zeit über ihn hereinbrechen würde. Er hoffte inständig, dass er sich täuschte. Der Reisende konnte nicht wissen, dass er beobachtet wurde. Unter einer in Schatten getauchten Arkade stand der Schriftsteller. Er lächelte, als er den merkwürdigen Anfall des Reisenden sah. Alles verlief nach Plan. Wie ein Uhrwerk schritt sein Plan im Takt des Zeigers voran. Tick. Tack. Tick. Tack.

Der Gehängte

Der Schriftsteller saß an seinem Schreibtisch und schrieb. Wie er es immer tat. Neben sich stand ein großes Tintenfass, das eine besondere Tinte trug: Sein eigenes Blut. Neben dem Tintenfass stand eine kleine, aus schwarzem Marmor gefertigte Statuette der titanischen Muse Mneme.

»Euch Titanen hat man in die Dunkelheit gestürzt. Ich werde euch hervorholen und das olympische Licht löschen«, murmelte der Schriftsteller andächtig.

Er besah sich seiner Handschrift. *Grandios*. Das dunkle Rot seines Bluts schimmerte auf dem Pergament, das er selbst herstellen ließ. Als Kind war er einmal Linkshänder gewesen, doch seine Lehrer hatten ihn mit Schlägen gezwungen, seine Schreibhand zu verändern. Das hatte er nie vergessen und nie überwunden. Seine linke Hand war schwach und nicht zu gebrauchen. Sie hob nur ein Glas Whisky zum Mund, zitternd. Die bernsteinfarbene Flüssigkeit brannte herrlich im Rachen. Der Schriftsteller war stolz auf sich. Das Spiel verlief zu seinen Gunsten. Wie sollte es auch anders sein? Er hatte sich selbst zum Herrscher über viele Welten gekrönt.

Er hatte die Kontrolle über Menschen. Er formte die Wirklichkeit, das war ihm seine größte Freude. Er sah durch das Panoramafenster. Es war Nacht über Florenz. Der Mond war hinter dichten Wolken verborgen. Der Schriftsteller lächelte. Die Nacht war seine Geliebte.

Er wohnte direkt an einem öffentlichen Platz. Er beobachtete oft Menschen, die mit dem Telefon am Ohr darüber eilten oder die eine Auszeit nahmen und im Schatten eines der vielen Cafés einen Espresso schlürften. Sie waren alle so unbedarft, so nichtsahnend. Das Tuch aus Schrecken,

Angst und Tod, das er längst über der Stadt ausgebreitet hatte, wollten viele nicht realisieren, seine Herrschaft nicht anerkennen, was ihn wütend machte. Er hatte bereits viel erreicht, aber noch war er nicht am Ende. Sein finsteres Werk hatte er noch nicht zu Ende gerichtet. Er öffnete eine Schublade neben seinem Schreibtisch und zog einige Fotografien hervor.

Darauf waren ein Mann und eine junge Frau zu erkennen, wie sie sich leidenschaftlich küssten. Ein anders Bild zeigte einen Mann wie er über einen öffentlichen Platz lief. »So hat alles angefangen«, murmelte der Schriftsteller und nahm ein weiteres Foto aus dem Stapel heraus. Darauf war ein brennendes Haus zu sehen, davor wieder der gleiche Mann. Der Schriftsteller schob den Stapel beiseite. Ach! Was hatte er nicht schon für schöne Romane erschaffen. Er schwelgte gerne in alten Erinnerungen.

Das Beste war, dass die Öffentlichkeit nicht das Geringste ahnte! Sie ließ sich von seinen rauschenden Feiern, seiner Großzügigkeit und nicht zuletzt durch die Genialität seiner Werke besänftigen und gefügig machen.

Er lehnte sich zurück und verschränkte zufrieden seine Hände hinter dem Kopf. Der Schriftsteller dachte zurück an sein erstes Werk. Ein Psychothriller. Kurz nachdem der Roman veröffentlicht worden war, hatte ein junger Mann damit begonnen, seinem großen Vorbild, dem Mörder des Thrillers, nachzueifern. Er hatte sich durch große Gestalten der Geschichte wie Jack The Ripper und Henry Howard Holmes inspirieren lassen. Monatelang ließen Ritualmorde die Öffentlichkeit stocken und in Panik verfallen. Die Polizei führte er mit geschickt gelegten, falschen Fährten in die Irre. Immer und immer wieder. Es war das erste Mal, dass der Schriftsteller von der seltsamen und dennoch unwiderstehlichen Lust, die ihm das Ausführen seiner Romane in der Realität verschaffte, überwältigt wurde.

Zunächst nur als Nebenbeschäftigung, doch als er reich und mächtig geworden war, konnte er sich seinem Hobby voll und ganz widmen. Romane musste er nicht mehr schreiben. Wenn er schrieb, dann nur noch zu seinem perversen Vergnügen. Seine Verbündeten waren in hohen Positionen und schützten ihn, so wie er sie schützte. Der stinkende Sumpf aus Lügen, kranken Neigungen wurde immer tiefer, je höher er kam.

Durch seine schier unerschöpfliche Kreativität konnte er die Nachfrage hervorragend bedienen. Hohen Tieren, die ein zwanghaftes Tötungsverlangen hatten, verschaffte er Befriedigung. Die Leute, die ihn aufsuchten, wurden immer abhängiger von ihm. Er selbst genoss die Macht, die er ausübte. Er hatte viele Frauen gehabt, die wenigsten davon kehrten lebend aus seinem Palazzo zurück. Eine einzige hatte er wirklich geliebt. Eine Fotografie stand eingerahmt auf seinem Schreibtisch. *Ihre Augen waren so schön,* dachte er. Ein schrecklicher Unfall hatte sie ihm genommen.

Ein heftiger Weinkrampf überfiel ihn. Jedes Mal, wenn er an *Sie* dachte, überwältigten ihn die Emotionen. Die Tränen der Trauer schlugen jedoch schnell in Lachen um. Sein Entschluss zur Umsetzung des großen Plans festigte sich immer mehr.

Der Schriftsteller lachte über die Dummheit der Mächtigen, er lachte sie förmlich aus. Manche Leute waren der fast romantischen Ansicht, die Welt würde von wenigen Mächtigen regiert. In Florenz aber – denn dies war seine Welt – herrschte er uneingeschränkt. Die Rolle, die man ihm zugedacht hatte, die Gesellschaft von innen zu zersetzen, füllte er mit beispielloser Perfektion aus. Er selbst lebte sich aus. Unschuldige Menschen wurden zu Bauern in seinem komplexen Schachspiel aus Emotion, Manipulation und Perfektion, das zuverlässig wie ein Uhrwerk auf den unvermeidlichen Ausgang hin tickte. Das Leiden seiner Opfer, ihre Schreie um Gnade, ihr Schmerz, waren Musik für seine Ohren.

Er bewahrte in seiner Bibliothek eine Bildergalerie der letzten Momente seiner Opfer auf, damit er jeden Morgen nach dem Aufstehen sehen konnte, was er geleistet hatte. Der Schriftsteller sah hinunter auf das mit rot beschriebene Pergament, das aus der Haut seiner Opfer bestand. Genüsslich erhob er sich elegant von seinem Stuhl und begab sich ans Fenster.

Die Piazza war trotz der fortgeschrittenen Uhrzeit noch voll. Sein scharfer Blick suchte den Platz ab. Er wählte einen Mann aus, der unangemessen fröhlich aussah. Dieser lehnte am Sockel eines Reiterdenkmals.

Der Schriftsteller schnaufte. Freude und Glück? Nicht für diesen Mann. Er drückte einen Knopf an seinem Schreibtisch. Eine Stimme meldete sich: »Ja?«

»Der Mann, der am Reiterdenkmal lehnt...legt ihn um.«

»Verstanden«, antwortete die Stimme knapp. Nur Sekunden später ertönte ein Schuss und der Mann brach zusammen. Blut spritzte auf das Denkmal. Schreie gellten über den Platz, eine Menschentraube bildete sich. Ein schneller, effizienter Mord. *Sauber.* Hm. Leider verspürte der Schriftsteller kaum Freude in sich. Viel zu unspektakulär. Gegen solche Banalitäten war er abgestumpft. Gott zu spielen war manchmal eine ermüdende Aufgabe. Früher noch hätte er sich vielleicht noch am Tod des Mannes erfreut. Mittlerweile jedoch brauchte er Heftigeres. Schnell wurde seine Betrübnis dadurch verdrängt, dass in wenigen Wochen der krönende Abschluss seines Lebenswerkes bevorstand. Was danach geschah wusste er noch nicht. Er ging die Glasfront entlang. Eine Seite grenzte an eine

Straße. Er konnte zwei Gestalten erkennen, die an der Grundstücksgrenze entlangliefen. Wohin es sie wohl zog? Sollte er sie verfolgen lassen? Nein. Ihm war gerade nicht danach. Zu seinem Verwundern blieben die beiden stehen und nahmen ihre Rucksäcke von den Schultern und entleerten deren Inhalt auf dem Gehsteig. Der Schriftsteller hob die Augenbrauen als Flammen in den Himmel züngelten. Rauch stieg auf. Die Personen fingen an, hemmungslos zu brüllen. Sie waren so laut, dass der Schriftsteller sie sogar durch das venezianische Glas hindurch hörte. Was taten sie nur?

Die Flammen schlugen höher und höher und erfassten die alten Pinien, die seit vielen Generationen ihre Wurzeln in diesen Boden schlugen. Die Gestalten stellten auch noch eine lebensgroße Puppe auf, die sie ebenfalls anzündeten. Ein Angriff. Er konnte nicht erkennen, wer die beiden waren.

Sie knieten nieder und zogen Spraydosen aus ihren Jacke. Schnell begannen sie damit, die Mauern seines Grundstücks zu besprühen. Der Schriftsteller kniff die Augen zusammen. In diesem Moment sah eine Gestalt zu ihm hoch und durch das fahle Licht der Straßenlaternen sah er in ihre Augen.

Er kannte sie, sehr gut sogar. Schnell wandte die Person ihren Blick ab, als wolle sie ihre Augen verbergen. Doch es war bereits zu spät. Der Schriftsteller eilte zurück zu seinem Schreibtisch und aktivierte die Sprechanlage. Wieder meldete sich am anderen Ende die schwerfällige, mechanische Stimme.

»Was kann ich für Sie tun?«

»Diese Personen vor meinem Grundstück...Vertreibt sie. Und findet heraus, was sie da verbrannt haben. Lasst das Graffiti stehen. Ich will morgen alles in den Zeitungen sehen. Wer das getan hat, soll leiden!«, er ließ den Knopf los. Er sah, wie dunkle Gestalten aus dem Haus stürmten, um die

Fremden zu vertreiben. Sie rannten davon. Die Schatten des Schriftstellers löschten das Feuer. Die Stimme meldete sich zu Wort:

»Erledigt. Kommen Sie herunter. Das sollten Sie sehen.«

»Bin sofort da«, der Schriftsteller verließ sein Arbeitszimmer, ließ sich durch seine stummen Diener einen Mantel anlegen und fuhr mit dem Fahrstuhl hinab ins Erdgeschoss. Auf dem Weg nach unten zog er sich Handschuhe über. Er hasste es, Schmutz zu berühren. Die Eingangstür war für ihn bereits geöffnet. Er lächelte gequält. Seine Diener hörten nicht nur auf sein Wort, als sei es ein Befehl, nein, sie ahnten seine Wünsche vor.

Ganz wie es sein musste. Der Schriftsteller trat hinaus auf die Straße. Ein kalter Wind blies durch die Straßen. Er ließ seinen Blick angewidert über die üblen Beleidigungen auf der Mauer schweifen. Doch die feindseligen Worte waren nicht einmal das Schlimmste. Die noch immer leicht kokelnde Puppe hing in einem Galgen. Wen die Figur darstellen sollte, war offensichtlich. Jemand musste ihn aus tiefster Seele hassen, um derartiges bewerkstelligen zu können. Auf der Mauer stand in krakeliger Schrift:

»Tod für Amato« Der aufziehende Nachtwind trug den Geruch von Asche und verbranntem Holz heran. In schwarz gekleidete Männer standen neben einem Haufen Asche, der noch immer leicht glomm. Es waren Bücher. »Sucht die Straßen nach den beiden ab.« Seine Schergen schwärmten in alle Richtungen aus. Er griff in die Asche. Ein einziges Buch hatte das Feuer überlebt. »*La Città Colorata*«. Er schlug das Buch auf und sprang zu seiner Lieblingsstelle, einer Passage, die wie eine Vorhersehung wirkte.

Und es kam der Tag, an dem die Stadt ihrem Untergang geweiht war. Ein weißes Pferd ritt auf den großen Hügel vor der Stadt. Ein fahles und ein rotes Pferd ritten daneben. Unter ihnen tobte der Tod und verbreitete Zerstörung.

Nichts blieb. Und der Reiter des weißen Pferdes war der Zeuge einer neuen Zeit, einer Zeit ohne Moral, ohne Schuld, eine Zeit des hemmungslosen Exzesses. Der Himmel verdunkelte sich und blendend grelle Blitze griffen zur Erde hinab. Die verzweifelten Schreie der Menschen versuchten den Donner zurückzudrängen, der sie zermalmte. Über das Land zog ein dunkler Sturm, der jeden mit den Schlimmsten seiner Erinnerungen konfrontierte.

Kein Stein blieb auf dem anderen. Der Fürst der Finsternis saß hoch auf seinem Ross und sah hinab auf das Elend, das er heraufbeschworen hatte.

Die Mächte des Bösen hatten gesiegt, das Licht verschlungen und unter Tonnen von Gestein begraben. Auf den Trümmern der Stadt würde er Neues bauen, einen Palast für sich und seine Diener. Er würde die Geschichte der Welt schreiben.

Der Schriftsteller lachte leise in sich hinein. Ein Gefühl von Nostalgie stieg in ihm auf. »So hat also alles angefangen.« Er blätterte ein wenig in den verkohlten Seiten. Jemand tippte ihn an die Schulter. Der Schriftsteller wandte sich um. »Ja?«

»Schauen Sie, was wir gefunden haben. Das hat eine der Personen auf der Flucht verloren.« Der Mann reichte ihm einen goldenen Ring. Der Schriftsteller hielt ihn in das Licht der Straßenlaterne. Der Ring war sehr schön. Das Gold glänzte wie frisch poliert. In der Mitte des Rings war ein roter Stein eingefasst, um den eine stilisierte Sonne in das Metall graviert war. Ein Name stand darauf. Sein Gesicht verfinsterte sich. *Wie konnte sie es wagen?* Dies war der Beweis, den er nie zu finden gehofft hatte. Er ballte die Hand zur Faust und schloss den Ring darin ein. Die Spielregeln hatten sich gerade geändert. Ganze Kapitel mussten umgeschrieben werden. Der Schriftsteller seufzte. Diese überraschende Wendung bedeutete mehr Leid, mehr Tod, aber für ihn mehr Spannung und Vergnügen, verbunden mit ein klein wenig zusätzlicher Arbeit. Niemand hatte ihn bisher ernsthaft herausgefordert. Er würde den Widerstand beseitigen. Nicht einmal das kleinste Gefühl von Triumph würde er den Tätern hinterlassen. Seine Rache würde fürchterlich sein, denn er vergaß nie. Seine Opfer würde er zerreißen. Es würde ein Fest.

Totenmal

Von alledem ahnte der Reisende nichts. Er lag – die Arme und Beine ausgestreckt – auf dem Bett in Elenas Wohnung. Ein überlegenes Lächeln lag auf seinen Lippen. Sie hatten es Amato heimgezahlt. Sie hatten seine Bücher verbrannt. Ihre Tat war der Ausdruck eines Widerstandswillens, der nicht durch Wörter erstickt werden konnte. Mit Genugtuung hatte er zugesehen, wie die kunstvollen, aber grausamen Worte Amatos sich in Kohle und Asche verwandelten, wie der Hals des Schriftstellers in der Galgenschleife hing. Seine Worte erzählten von Zerstörung und Leid. Nicht ein einziges Buch, das eine gute, lebenswerte Welt zeigte. Elena hatte ihm davon erzählt, wie sie begonnen hatte, seine Werke zu lesen. Sie hatte Angst bekommen bei seinen hasserfüllten Worten. Sie hatte es selbst miterlebt, wie ein Buch von Amato veröffentlicht worden war. Es war zwar ein sofortiger Bestseller geworden, doch um den Preis eines öffentlichen Aufschreis. Verherrlichung von Gewalt und Mord, sogar Sympathie für Serienmörder hatte man ihm vorgeworfen. Der Schriftsteller hatte sich nie zu den Vorwürfen geäußert. Er hatte den Sturm überstanden und dafür reichen Lohn geerntet. Kein einziges Foto existierte von ihm. Er zeigte sich nie der Öffentlichkeit. Keine persönlichen Informationen ließen sich über ihn finden, nur eine kurze Biografie, die jedoch nichts über den Mann hinter dem Namen aussagte. Auch Interviews waren rar und wenig aussagekräftig. Doch nun hatten sie den mächtigen Mann herausgefordert. Der Reisende stand auf. Er wanderte durch das Apartment, das Elena, die über einen exquisiten Geschmack verfügte, elegant eingerichtet hatte. Es war klein, aber ihr reichte es. Von einem Balkon aus hatte man einen wunderbaren Blick auf die Basilika Santa Maria del Fiore und ihre berühmte Kuppel des Baumeisters Bruneschelli. Das Apartment lag etwas abseits vom Zentrum, in einer ruhigen Straße unweit eines kleinen Platzes. Elena liebte Florenz, so wie der Reisende die Stadt zu lieben gelernt hatte. Wenn sie könnte, wollte sie hierbleiben, doch ihre Ambitionen zog sie in die weite Welt, in die glänzende Lichterwelt von Paris oder New York. Der Reisende traf Elena auf dem Balkon an. Sie brütete über einem kargen Mahl aus einem Tramezzino, einem Caffè und einem Blutorangensaft. »Guten Morgen!«, grüßte der Reisende vergnügt. Vögel zwitscherten zwischen den Zypressen, die man vor das Apartment gepflanzt hatte. Es würde ein heißer Tag werden.

Elena sah müde auf. Sie wirkte niedergeschlagen. Ihre Augenringe zeugten von einer langen Nacht, die sie arg mitgenommen hatte. Sie biss in ihr Brot und kaute lustlos darauf herum, als müsse sie sich zwingen zu essen. Trotz ihrer erschöpften Erscheinung, sah sie einfach umwerfend aus.

»Es war ein Fehler, ein schrecklicher Fehler.«

»Was meinst du?«

»Die Bücherverbrennung. Der Mann am Galgen. Wir hätten das nicht tun sollen. Wir sind erledigt«, meinte sie resigniert.

»Wieso sagst du das? Was ist passiert?«

»Hier«, sagte sie und reichte ihm eine Tageszeitung. Auf der Titelseite war die Straße abgebildet, in der sich Amatos Apartment befand. Auf dem Bild war der Rest der verbrannten Bücher zu erkennen. Die Puppe war anscheinend entfernt worden. Darum standen uniformierte Beamte. Sie waren umringt von einer großen Menschentraube, die den Tatort begaffte.

Die Überschrift lautete: »Kultur geschändet – Bücher von Mäzen Giovanni Amato verbrannt. Morddrohungen gegen einen ehrbaren Bürger.« Der Reisende schüttelte den Kopf. Kultur? Vielleicht Kultur des

Schreckens. Ehrbarer Bürger? Eher ein Tyrann. Er gab Elena die Zeitung zurück. »Na und? Die Polizei wird niemals auf uns kommen.« Sie reagierte nicht.

»Elena, hör mir zu: Was soll bitte passieren? Wir waren verkleidet, es war Nacht, niemand hat uns erkannt. Wie soll man das mit uns in Verbindung bringen?«

»Eine Sache wäre da. Mein Ring«, sie hielt dem Reisenden ihren Ringfinger hin, auf dem sich ein deutlicher Abdruck zeigte, »ich habe auf der Flucht meinen Ring verloren.« Der Reisende hob die Augenbrauen. Elena fuhr fort. Ihre Stimme zitterte.

»Auf dem Ring stehen meine Initialen. Und da war noch etwas. Ich konnte nicht anders, aber musste einen Blick nach oben werfen. Die Fenster waren ja verspiegelt und trotzdem habe ich *seinen* Blick gespürt, er hat mich geradezu durchbohrt. Ich bin mir sicher, er hat mich erkannt. Amato weiß, dass ich es war.« Sie sah den Reisenden verzweifelt an, »Was soll ich jetzt tun?« Der Reisende versuchte sie zu beruhigen.

»Amato ist vielleicht reich und einflussreich, aber nicht allmächtig. Alle Hinweise deuten in andere Richtungen. Wir sind sicher«, sagte der Reisende. Doch während er sich reden hörte, musste er sich selbst von seinen Worten überzeugen. Nun war er doch zu einem Kriminellen geworden, ganz wie in seinen Träumen. Er erschauderte. »Außerdem«, fügte er hinzu, »stecken wir da beide drin.«

Er drückte ihre Hand. »Ich halte zu dir, egal was passiert.« Elena lächelte schwach. »Das weiß ich.«

Währen der Reisende sich auf den Weg zurück in den Palazzo machte, machte sich Elena auf den Weg zum Ballett. Es fand in einem alten Fabrikgebäude ein wenig außerhalb der Stadt statt. Wie immer hatte sie ihr Gesicht hinter einer großen Sonnenbrille verborgen. Ihre Haare band sie zu einem Pferdeschwanz und versteckte sie unter einer Baseball-Kappe, die sie sich tief ins Gesicht gezogen hatte. Sie packte Spitzenschuhe und Tüllkleid in ihre Sporttasche und verließ ihr Apartment. Sie nahm die Buslinie nach Norden. Es war noch recht früh und der Bus nicht sehr voll.

Aufmerksam beobachtete sie die anderen Fahrgäste. Eine ältere Dame, die sich wohl auf dem Weg zum Markt befand. Mehrere Jugendliche, die sich lebhaft unterhielten. Eine junge Mutter mit Kinderwagen versuchte ihr schreiendes Kind vergeblich zu beruhigen. Bis auf einen laut telefonierenden Geschäftsmann war der Bus ansonsten leer. Elena atmete durch.

Sie war sicher. Der Bus nahm einige Abzweigungen nach Osten und fuhr dann in nördliche Richtungen. Elena sah aus dem Fenster. Häuser und Parks zogen an ihr vorbei wie in einem verwaschenen Film. Einige Leute stiegen ein und aus, doch sie fühlte sich nicht bedroht. Es wurde immer wärmer.

Die letzten verbliebenen Wolken am Himmel verzogen sich. Sie nahm einen Schluck aus ihrer Wasserflasche. Sie dachte an die zurückliegende Nacht. Lange hatte sie auf den Moment hingearbeitet, Amato zu zeigen, dass er nicht allmächtig war und nicht schalten und walten könnte wie er wollte. Elena lebte lange genug in Florenz um zu wissen, wie viel Macht Amato eigentlich besaß. Nicht nur war er phänomenal reich, er kontrollierte ebenso die Medien und den Kulturbetrieb der Stadt. Seine Fänge reichten aber noch viel weiter, über ganz Italien hinaus in die Welt. Die Zeitungen gehörten fast alle ihm. Elena war sich sicher, dass Amato nicht

Ruhe geben würde, ehe er jemanden in das Licht der Öffentlichkeit gezerrt hatte, den er für die Bücherverbrennung beschuldigen konnte. Diesen jemanden würde er anschließend zugrunde richten. Vor einigen Jahren war ein kritischer Zeitungsartikel über das Ausmaß von Amatos Einfluss in einer Zeitung erschienen. Der Autor des Artikels war ein junger Redakteur aus einfachen Verhältnissen gewesen. Er hatte Florenz als *Amatopolis* bezeichnet. Nur wenige Tage nach dem Erscheinen des Artikels hatte Amato den Mann verklagt. Natürlich hatte er gewonnen. Der Redakteur wurde daraufhin entlassen und fand keine Anstellung mehr. Er musste Florenz verlassen und war seitdem in der Versenkung verschwunden. Sie und der Reisende mussten vorsichtig sein. Ihr Telefon klingelt. Sie sah auf die Nummer, aber diese war ihr unbekannt. Sie nahm ab.

»Hallo?«, sagte sie. Keine Antwort. »Hallo?«, wiederholte sie. Am Ende der Leitung war nur ein statisches Rauschen zu hören. Elena wollte gerade auflegen, als sich jemand meldete: »Wir beobachten dich. Du wirst uns nicht entkommen. Du wirst bezahlen für deinen Verrat.« Dann legte die Stimme auf. Elena nahm zitternd das Telefon vom Ohr. Es stimmte. Die Jagd auf sie hatte begonnen. Doch sie ließ sich davon nicht aus der Ruhe bringen. Der Bus hielt und Elena stieg aus. Sie warf Blicke nach rechts und nach links. Niemand schien ihr zu folgen. Sie ging auf die verlassene Fabrikhalle zu. Sie hatte sich für das Ballett einen Künstlernamen zugelegt und sich geweigert, jemals in Zeitungen namentlich genannt zu werden.

Jede Ballerina in ihrem Ensemble tat dies. So bewahrten sie sich den Status der Unnahbarkeit. Die Presse vergötterte sie und tat alles, um ihren wahren Namen herauszufinden. Den jedoch hatte sie nur wenigen verraten. Sie liebte es einfach, im Kulturteil der Zeitungen ihren falschen Namen zu lesen. Freunde hatte sie nur wenige, eine Konsequenz aus ihrem

Leben als Einzelgängerin. Noch nie hatte sie dauerhafte Wurzeln geschlagen. Sie ging auf die Eingangshalle des Gebäudes zu. Normalerweise warteten die anderen Tänzerinnen zusammen mit ihrem Ballettmeister Alexei dort.

Dieses Mal jedoch war sie alleine. Eine unheimliche Stille lag über dem Gelände. »Alexei?«, rief sie, doch niemand antwortete ihr. Sie ging in die Halle hinein. Ein merkwürdig fauler Geruch lag in den Räumen. Elena legte ihre Tasche ab und zog ein Messer daraus hervor, das sie immer zur Selbstverteidigung bei sich trug. Sie ging weiter in das Gebäude hinein.

Die Wände waren aus brüchigem Gips, durch den sich Stahlträger abzeichneten. Der Boden war mit kalten Fliesen belegt. Immerhin war das Gebäude durch die vielen Fenster geradezu von Licht durchflutet. Staub lag in der Luft. Elena betrat die Empfangshalle des Gebäudes. Das Ensemble hatte vor einigen Jahren Teile des Gebäudes für seine Zwecke gemietet.

Die Wände eines Raumes waren komplett mit Spiegeln besetzt, sodass man sich jederzeit selbst sehen konnte. Vor allem aber war es so unmöglich, Fehler zu verstecken. Jeder konnte sie beobachten. Als sie die eigentliche Halle betrat, fand sie am Boden einen ungeordneten Haufen aus Spitzenschuhen und Kleidern aus Tüll.

»Alexei?«, wiederholte sie ihren Ruf. Panik erfasste sie. Irgendetwas stimmte hier nicht. Alexei war immer pünktlich. Er wurde immer jähzornig, wenn jemand einmal nicht pünktlich war. Und wo waren die anderen Tänzerinnen? Sie müsste doch ihre Stimmen hören. Sie wusste aus Erfahrung, dass die Gesprächsthemen der Tänzerinnen sich oft um Sex und ihren Körper drehten, wenn auch diese Konversationen mit vorgehaltener Hand liefen. Denn im Ballett war der Körper das Florett unter den Waffen.

Eine dünne, scharfe Klinge war tödlich für die Ratio des Publikums, sodass die Tänzerinnen ohne Hemmungen mit ihm spielen konnten. Doch das Schärfen dieser Waffe konnte gelegentlich auch dazu führen, dass die Waffe stumpf wurde, gar zerbrach. Der Körper einer Tänzerin fiel schnell dem Verschleiß anheim und wurde immer anspruchsvoller. Er verlangte tägliches Training, eine karge Ernährung und ein Maß an Selbstdisziplin, das an Selbstaufgabe grenzte. Elena lebte für ihren Körper. Sie lebte dafür, ihn so lange wie möglich zu konservieren. Dafür brauchte sie einen starken Geist. Es war kein Wunder, dass es unter den Tänzerinnen des Ensembles üblich war, die harten, körperlichen Anforderungen des Tanzens mit einem wilden, animalischen Akt auszugleichen, während dem sie ihren gebändigten Emotionen und unterdrückten Trieben Ausdruck verleihen konnten. Als Tänzerin ging das Leben sehr schnell vorbei. Elena ging weiter durch die Halle. Ein kalter Windzug erfasste sie von hinten. Sie zitterte.

Ihr Atmen schien lauter als normal. Sie blickte ständig über die Schulter, um das Gefühl abzuschütteln, verfolgt zu werden. Sie folgte einer Spur aus Spitzenschuhen in den Spiegelsaal. Ein eigenartiger Geruch lag in der Luft. Sie rümpfte die Nase. Das Licht im Gang, der zum Saal führte, flackerte leicht. Das war normal, doch dieses Mal fügte es sich in die unheimliche Atmosphäre der verlassenen Fabrik ein. Ihre Schuhe quietschten leise auf dem Betonboden. Der Gang schien immer enger zu werden, sie seitlich einzuschließen. Sie beschleunigte ihre Schritte. Das Licht wurde greller.

Endlich hatte sie die Tür des Spiegelsaals erreicht und drückte sie vorsichtig auf. Die Tür knarrte metallisch. Das Messer fiel ihr aus der Hand. Mit einem Mal schien die Welt um sie zu kollabieren. Sie fiel auf die Knie.

Vor ihr bot sich ein Bild des Schreckens. Sie hatte Alexei und die anderen gefunden. Nur waren sie tot, zu grotesken Marionetten des Mörders verkommen. Ihre Gesichter waren bleich und blutleer. Doch ihr Tod war offenbar nicht genug gewesen. Jemand hatte sich die Arbeit gemacht, sie wie in einem Ballettstück zu arrangieren. Fäden, die von der Decke hingen, hielten die toten Tänzerinnen in ihren extremen Positionen. Da war das Spagat des Todes, die Arabesque des Grauens und das Tendu des Verderbens. Die Mundwinkel hatte man ihnen zu einem irren Lachen aufgeschnitten. Blut troff ihre Gesichter hinunter. Ihre weißen Füllkleider waren blutdurchtränkt. Alexei hatte man eine zufriedene Miene ins Gesicht gezeichnet. Seine Augen waren weit aufgerissen. Er sah auf das Arrangement und hob euphorisch die Arme, so wie er es bei einer richtigen Aufführung zu tun pflegte. Ihnen allen hatte man die Augenlider herausgetrennt, sodass ihre Gesichter sie erschrocken ansahen. Keine Frage, sie waren überrascht worden. Elena schluchzte erst nur leise, weinte stärker und stärker, bis es in ein Heulen umschlug. Sie erkannte das Arrangement wieder. *Schwanensee.* In der Mitte, dort, wo eine auffällige Lücke war, würde sie normalerweise tanzen und die Rolle der Odile einnehmen, des schwarzen Schwans. An ihrer statt hing dort nur ein Seil hinab, an dessen Ende sich eine Schlinge befand. Hier hätte jemand erhängt werden sollen. Elena wurde von einer schrecklichen Angst gepackt, die sie lähmte, die sie in eine Ecke des Raumes kriechen ließ, um zu warten, bis es vorüber war. Sie wünschte sich, dass der Reisende jetzt bei ihr wäre. Er hätte sie in seine warmen Arme genommen und sie getröstet. Er hätte das Unheil von ihr abgewendet. Doch nun war es zu spät. Ein scharfer Wind zog durch die Halle, der die Raumtemperatur schlagartig absinken ließ. Eine dichte Wolkendecke schob sich vor die Sonne und beraubte die Erde ihres tröstenden

Lichts. Es wurde dunkel im Raum und Schatten erwuchsen in den Ecken des Raumes. Schwere Schritte hallten durch die Gänge. Musik ertönte. Die Schwanensee Suite hallte geisterhaft durch die Gänge. Die Schritte kamen näher. Jemand fing an, die Melodie ausgelassen zu summen. Langsam, quälend langsam. Elena wollte fliehen, sie wollte ihrem Schicksal entfliehen.

Doch sie war paralysiert. Ihr Körper versagte ihr zum allerersten Mal den Dienst. Ihre Disziplin war machtlos gegen das Gefühl von Wehrlosigkeit und Angst, das jede Faser ihres Körpers unterwarf. Sie schloss die Augen, um nicht in die kalten Augen der Tänzerinnen zu blicken, die sie geradezu vorwurfsvoll anschauten. Stimmen spukten in ihrem Kopf herum.

»Lasst mich in Ruhe«, zischte sie. Doch sie wurden immer lauter, hämmerten gegen ihren Schädel. Die Stimmen ließen nicht nach. Jeder Widerstand, der sie leistete, machte sie noch viel stärker und hämischer. Dann hielten die Schritte plötzlich inne. Ein fürchterliches Lachen ertönte, dessen Wahnsinn Elena einen kalten Schauer über den Rücken jagte. »Jetzt habe ich dich. Gefangen. Du bist mein.« Das Lachen war so schallend, dass die Spiegel im Saal vibrierten.

»Wer sind Sie? Was wollen Sie von mir?«, rief Elena trotzig zurück. Ihre Stimme war verzerrt vor Aufregung.

»Aber Elena, *Dolcezza*, das weißt du doch längst. Oder erkennst du mich etwa nicht? *Mich?* Ich wäre sehr enttäuscht von dir«, sagte die Stimme in mitfühlendem Tonfall. Wieder ertönten Schritte und Elena schloss wieder die Augen, um nicht sehen zu müssen, wer ihr da gegenübertrat. Die Person betrat den Raum.

»Elena, warum siehst du mich nicht an? Ich bin es«, sagte die Person. Elena reagierte nicht. »Du warst nicht gehorsam.« In der Stimme klang eine bittere Gefühllosigkeit mit.»Du hast meinen Zorn auf dich gezogen. Das weißt du. Dafür wirst du bezahlen. Mit sehr viel sogar.«

Die Person kam näher. Sie kniete sich vor Elena, dass sie ihren Atem riechen konnte. Er roch nach einem scharfen Aftershave.»Wunderschön siehst du aus, Elena. Diese roten Lippen...«, die Person berührte Elena im Gesicht und wischte den Lippenstift ab.»Ich mochte immer deine natürliche Art.«

Elena zuckte verängstigt zurück.»Ich weiß, dass du jetzt Angst hast. Aber das ist ganz allein deine Schuld. Es war deine Entscheidung. Alles hätte so schön sein können.« Die Person lachte amüsiert.

Elena kniff verzweifelt die Augen zusammen und biss sich auf die Lippen, dass sie begannen, zu bluten. Sie konnte der Person nicht in die Augen sehen.»Ich liebe Blut. Ich habe es immer geliebt. Es ist der Saft des Lebens. Ich lebe durch das Blut, in dem ich bade. Gib deiner Versuchung nach und öffne die Augen. Du wirst nichts spüren. Du wirst schreien, vielleicht, dich wehren, aber letztlich umsonst. Wir werden dich mitnehmen.«

Elena hielt es nicht mehr aus. Die Aura der Person hatte sie eingefangen, ihre Seele an sich gerissen. Sie riss die Augen auf. Sie schaute in die Augen eines Monsters. Ein Schrei entfuhr ihr. Eine Hand presste ein feuchtes Tuch auf die Lippen. Sie verdrehte ihre Augen und wurde ohnmächtig.

Das finstere Lachen der Person ließ sie in der Dunkelheit versinken.

Feuer

»Ich muss ja sagen, Alessandro«, sagte der Reisende, »dass dieses Restaurant eine exquisite Wahl war.«

Er nahm genüsslich einen Zug aus seinem Weinglas, in dem der teure Wein rubinrot schimmerte. Alessandro Visconti und der Reisende befanden sich im vornehmen Restaurant an der Uferpromenade des Arno. Sie saßen auf bequemen Korbsesseln auf der Terrasse des Lokals. Eine angenehme Brise blies ihnen um die Nase. Der Reisende saß jovial zurückgelehnt im Sessel und lauschte den faszinierenden Geschichten Viscontis.

Angeheitert durch den exzellenten Wein, den Visconti ausgesucht hatte, konnte sich der Reisende kaum einen besseren Abend vorstellen. Das Wetter war herrlich, das Essen vorzüglich und seine Stimmung hervorragend.

Was ihn ein wenig daran hinderte, den Abend zu genießen, waren die andauernden Schmerzen in seiner Schulter. Seine Gedanken schweiften ab zu Elena. *Was sie wohl gerade tat?* Vielleicht tanzte sie. Vielleicht nahm sie ein Bad. Er stellte sie sich vor, ihren Körper in seiner ganzen Eleganz im Wasser ausgebreitet, den Kopf in den Nacken gelegt. Weißen Rose schwammen auf der Wasseroberfläche. Es roch nach Zimt und Honig.

Ihm wurde heiß. Er war glücklich. Seit einigen Tagen hatte er jedoch nichts mehr von Elena gehört. Hoffentlich war ihr nichts passiert.

»Wissen Sie, Alessandro, ich könnte mir gut vorstellen, mich hier niederzulassen. Vielleicht gründe ich ein Weingut«, sagte er.

»Ein Weingut? Keine schlechte Idee. Den Geschmack dafür haben Sie ja«, Visconti lächelte freundlich.

In diesem Moment brachte ihnen der in Anzug gekleidete und behandschuhte Ober das Dinner. Sie hatten sich für ein Menu mit vier Gängen entschieden. Frisch aus der Boucherie wurde ihnen Stracotto, eine florentinische Spezialität, serviert. Der Reisende war ebenso wie Visconti ein Gourmet. Als sie ihr Dinner beendet hatten lehnte sich der Reisende bequem zurück und faltete die Hände.

»Alessandro, was war eigentlich ihr spannendster Fall?«

Visconti dachte nach. »Hm, das ist keine einfache Frage. Ich habe schon so viele Fälle bearbeitet...Lassen Sie mich überlegen. Mir fiele da der Fall einer Frau ein, die mir von einer Verschwörung berichtete. Angeblich seien die Mitglieder ihrer Familie, ihr Ehemann und ihre Kinder, durch Doppelgänger ersetzt worden.«

»Hat die Sache gestimmt?«

»Natürlich nicht. Ich zeigte der Frau daraufhin eine Reihe von Bildern, Hundewelpen, einen Strand und das Gesicht eines Kindes und fragte sie, welche Gefühle sie beim Betrachten der Bilder habe. Zu meinem Erstaunen konnte sie den Bildern keine gewöhnlichen Emotionen zuordnen.

Aber damit hörten die Merkwürdigkeiten noch nicht auf. Als sie sich nach der ersten Sitzung von mir verabschieden wollte, drehte sie sich von mir ab und versuchte, dem Kleiderständer die Hand zu schütteln. Ich war vollkommen perplex. Ich durchsuchte diverse Datenbanken. Erst tippte ich auf eine Art Schizophrenie. Die Lösung hieß dagegen *Capgras-Syndrom*, ein seltenes Krankheitsbild, durch das Patienten Gegenstände mit Menschen verwechseln. Dieses Beispiel hat mir gezeigt, zu welchen Auswüchsen das menschliche Gehirn fähig ist. Durch die Manipulation eines Sinnes oder einer Nervenbahn kann die Persönlichkeit von Menschen grundlegend verändert werden. Eine echte Gefahr.«

Der Reisende war beeindruck. »Eine interessante Geschichte«, meinte er anerkennend. Er hielt es für angebracht, mit Visconti über eine Sache zu reden, die ihn schon lange belastete. »Könnte ich Ihnen etwas anvertrauen, Alessandro?«, fragte der Reisende leise.

»Natürlich. Worum geht es denn?«

Der Reisende atmete tief durch. »Ich könnte einen Psychologen gut gebrauchen. Seit Wochen habe ich diese eigenartigen Visionen. Mir fällt es unheimlich schwer, einzuschlafen. Ich bekomme richtige Angstzustände. Irgendetwas hält mich vom Schlafen ab. Es sind keine Träume, ich habe sie auch am Tag, in ganz normalen Situationen. Ich sehe einen Kirchturm und plötzlich überfallen mich Flashbacks, die nicht meine Erinnerungen sein können...«

Visconti sah ihn konzentriert an. »Warum können es nicht Ihre sein?«

»Ich begehe Verbrechen in diesen Visionen. Ich morde, ich spritze mir Drogen, ich zerstöre Kunst. Es sind keine bloßen Halluzinationen, alles kommt mir wie die Wirklichkeit vor. Ich kann Dinge riechen, schmecken. Ich spüre den Körper dieses Fremden. Es können nicht meine Erinnerungen sein, es kann einfach nicht sein.«

Visconti nickte. Er sprach langsam und bedächtig. »Ich muss sagen...ich bin besorgt. Erst ihr Anfall letzte Woche, dann diese Visionen...Ich kann leider keine einfache Antwort geben. Am ehesten fielen mir unterdrückte Erinnerungen aus der Kindheit ein. Aber so etwas ist schwer nachzuweisen.«

»Ich habe die Vermutung, es hängt irgendwie mit Elena zusammen«, sagte der Reisende. »Auch wenn es mir wehtut, das zuzugeben.«

»Die Tänzerin?«

»Ja. Seit ich sie kenne, habe ich erst diese Halluzinationen. Da ist irgendetwas mit ihr, dass mich stutzig macht.«

Visconti schien nervös zu werden. Er rutschte unruhig auf seinem Stuhl herum. Seine Stirn war verschwitzt und er wischte sie schnell mit einem Taschentuch ab.

»Zufälle«, sagte Visconti, »es könnten Zufälle sein. Vielleicht ist es auch die Stadt selbst, die diese Visionen auslöst. Sicherlich haben Sie schon vom Stendhal-Syndrom gehört?« Der Reisende nickte. Sein Smartphone vibrierte plötzlich in der Innentasche seines Jacketts. »Einen Moment, bitte.« Der Reisende sah auf den Bildschirm. Eine unbekannte Nummer hatte ihm ein Bild geschickt. Er öffnete die Datei. Es war ein Bild von Elena. Dann folgte eine weitere Nachricht.

Kennst du Sie?

Der Reisende antwortete nicht, sondern starrte verwundert auf den Bildschirm.

Na gut. Du willst nicht reden. Wie schade!

Ein weiteres Bild erschien. Das Blut gefror dem Reisenden in den Adern. Er sah Elena, wie sie gefesselt und geknebelt auf einem Stuhl saß.

An ihrer Stirn klaffte eine stark blutende Wunde. Ihre Augen glänzten vor Angst. Ihre starken, unbeugsamen grauen Augen erschienen matt und kraftlos. Man hatte sie gebrochen.

Das geschieht all denen, die sich uns widersetzen. Merk dir das. Übrigens, dein Palazzo sieht so schön aus, wenn er brennt. Vielleicht findest du ja noch Zeit, Elena zu retten. Vielleicht auch nicht, mal sehen. Dein Weinkeller ist übrigens exquisit. Genieße dein Abendessen.

Der Reisende knallte sein Smartphone auf den Tisch. Visconti sah ihn erschrocken an. »Was...?«, setzte er an, doch der Reisende unterbrach ihn.

»Danke, Alessandro für das Essen. Ich muss weg. Schnell. Elena wurde entführt.«

Ohne weitere Worte stand er und rannte über die Terrasse des Lokals auf die Straße. »Taxi, Taxi!«, schrie er verzweifelt. Als endlich eines der weißen Fahrzeuge hielt, nannte er dem Fahrer im Befehlston die Adresse seines Palazzos. Sein Herz pochte. Sein Körper war in Schweiß gebadet.

Das kann nur ein böser Scherz sein, es kann gar nicht anders sein, versuchte er sich einzureden. Doch je näher er dem Ort kam, desto tiefer sanken seine Hoffnungen. Eine schwarze Rauchwolke kräuselte sich am Himmel. »Geben Sie Gas!«, brüllte er den Taxifahrer an und umklammerte dessen Kopfstütze. Ein verbrannter Geruch stieg ihm in die Nase.

Als der Taxifahrer in die Allee einbog, die auf den Palazzo zuführte, erkannte der Reisende das wahre Ausmaß der Bösartigkeit. Ein großer Teil seines Palazzos stand in Flammen. Der Taxifahrer drückte auf das Gaspedal und brachte den Reisenden bis ans Tor. Dieser riss gewaltsam die Tür auf. »Rufen Sie die Feuerwehr. Rufen Sie die Feuerwehr *verdammt*!«

Der Taxifahrer nickte eingeschüchtert. Der Reisende stieß das schmiedeeiserne Tor auf und rannte zur Tür. Sie war abgeschlossen. Er fluchte und nestelte hektisch in seiner Tasche, bis er den Schlüssel fand. Das Feuer hatte bereits Teile der Eingangshalle erfasst. Dichter Qualm verdeckte ihm die Sicht. Er musste husten. Er zerriss sein Jackett und hielt sich die Stofffetzen vor den Mund. Seine Gedanken galten Elena. Wo war sie? Wo hatten diese Monster sie nur eingesperrt? Er schrie durch das Feuer ihren Namen. Die Flammen leckten gierig an den Möbeln. Funken sprühten, als das Feuer den Sicherungskasten erreichte. Er sprintete die Treppe hinauf und suchte die Räume ab. Er nahm einen Feuerlöscher von der Wand und versuchte sich einen Korridor zu erkämpfen. Doch das blutdurstige Feuer wich nicht zurück, sondern bleckte stattdessen seine Zähne. Seine Verzweiflung wurde von Minute zu Minute größer. Wo konnte sie nur sein? Das Feuer fraß sich wie eine gefräßige Bestie durch das Haus. Der Reisende dachte an das Foto, das ihm geschickt wurde. Elena hatte sich in einem schlecht ausgeleuchteten Raum befunden. Es gab keinen derartigen Raum im Palazzo. Vor Elend brüllte er wie ein verwundetes Tier. Ihm lief die Zeit davon. Die Hitze brannte auf seiner Haut. Er rannte die Treppe hinunter. Seine bitteren Tränen verdampften in der Hitze sofort. Dann kam ihn ein Gedanke. In der Nachricht war ein subtiler Verweis auf den Weinkeller gewesen.

Dies war seine letzte Chance. Er stürmte zur Tür des Weinkellers und warf sich mit Gewalt dagegen. Das dünne Holz zerbarst. Er eilte die Treppenstufen hinunter. Rauch verwehrte ihm die Sicht. »Elena...Elena, kannst du mich hören?«, hustete er. Er gab die Hoffnung nicht auf. Er rieb sich die tränenden Augen. Als er sie wieder aufschlug, erkannte er schemenhaft eine zusammengekauerte Gestalt am Ende des Raumes. Er rannte ihr entgegen. Innerlich atmete er auf. *Elena.* Er kniete sich neben sie, riss ihr den Knebel aus dem Mund und schüttelte ihren Körper. Sie sah furchtbar aus. Spuren der tagelangen Misshandlungen verunstalteten ihren Körper. Schnitte und blaue Flecken überzogen ihren Körper.

»Elena, kannst du mich hören?«, sie öffnete benommen die Augen und war kaum imstande, sie offen zu halten. »Du bist es. Du hast mich gefunden«, sie lächelte abwesend. Ihr Kopf fiel in seine Arme. »Ich bringe dich hier raus«, flüsterte der Reisende. Von oben ertönte ein lauter Knall. Das Dach stürzte ein. Seine Wut über die Ungeheuer, die zu etwas Derartigem fähig waren, verwandelte sich in Stärke. Er hob sie hoch und trug sie aus dem Keller heraus. Das Feuer hatte kein Interesse daran, sie entkommen zu lassen. Sie sollten sterben. Die rote Glut umhüllte ihre Körper, umschloss sie mit einem brennenden Kreis. Unter Aufbietung aller seiner Kräfte trug er Elena in den Armen und bekämpfte das Feuer mit dem Feuerlöscher. Winzige Korridore taten sich auf, durch die er dem Feuer zu entkommen versuchte. Der Reisende schrie vor Schmerzen, doch er kämpfte sich durch das flammende Meer.

Sein Palazzo hatte sich in einen Höllenschlund verwandelt, dessen spitze Fangzähne aus brennendem Holz nach ihm schnappten. Der Weg schien nicht kürzer zu werden. Schritt für Schritt quälte er sich voran. Das Feuer verschlang genüsslich den Sauerstoff und entzog sie der Atemluft des Reisenden. Seine Lungen brannten. Längst schon konnte er die Augen nicht mehr öffnen. Seine Beine und Arme wurden immer schwerer, deliziös redete er wirr mit sich selbst. Er konnte nicht mehr. Sie würden es nicht mehr schaffen. Sie beide würden elendig in diesem Feuer sterben, Arm in Arm.

Er hatte den Helden spielen wollen und war grandios gescheitert. Besiegt durch eine Naturgewalt, die der Mensch nie richtig gebändigt hatte.

Das Feuer loderte umso stärker auf, je mehr sein Lebenswille nachließ.

Er wollte die Augen schließen. Niedersinken. Sich ergeben. Doch in diesem Moment hörte er Stimmen: »Da sind sie. *Eccoli!* Hier rüber, schnell!«

Der Reisende brach zusammen. Er griff nach Elenas Hand, die er auch fand.

»Elena, ich bin bei dir«, sagte er mit letzter Kraft. »Sonne...Tag und Nacht...Taurus...Obelisk«, röchelte Elena. »Das bin ich dir schuldig...Tu es für mich und befreie die Stadt von *seinem* Joch!« Der Reisende wusste mit diesen Worten nichts anzufangen. Er hörte sie kaum und nur gedämpft durch das Knistern des Feuers. Dann spürte er, wie er mit einem Ruck wieder hochgezogen wurde. Er öffnete verträumt die Augen und erkannte die guten Augen eines Feuerwehrmanns, der ihn besorgt ansah.

»Rettet Sie. Rettet die Frau«, keuchte der Reisende völlig entkräftet. Er sah noch wie, Elena hochgehoben wurde. Der Reisende lächelte mild. Sie würde sicherlich überleben. Sie hatte es verdient. Vor seinen Augen wurde es langsam schwarz. Sein Kopf knickte nach hinten.

»Einen Sanitäter! Einen Sanitäter! Sonst verlieren wir ihn!«, brüllte der Mann durch das Feuer. Seine Stimme echote im Kopf des Reisenden, der seine Umgebung nur noch verschwommen wahrnahm. »Der muss wahnsinnig sein!«, hörte er jemanden sagen. Er hörte das Heulen von Sirenen, das Durcheinander von Stimmen. Schreie. Vor seinen Augen sah er ein brennendes, schwarzes Schloss, das rötlich-golden am Horizont glühte.

Davor tanzten schwarze Gestalten und besangen den Untergang. Erst dachte er, es sei wieder eine seiner Visionen, doch dann realisierte er, dass es sein Palazzo war, der da lichterloh in Flammen stand. Er war zu schwach, um darüber nachzudenken. Der Reisende spürte noch, wie ihm eine Maske aufs Gesicht gedrückt wurde. Ruhe. Er sehnte sich nach ewiger Ruhe. Zu viele Sünden hatte er selbst begangen.

Keine Lasten, keine Ängste, nur ein einziges, weißes Licht, das ihn friedlich empfing. Eine körperlose Stimme in seinem Kopf rief nach ihm. Eine süße Finsternis umfing ihn. Bilder seines Lebens zogen an ihm vorbei, er sprang vom einen zum anderen Ort. Die Sanitäter sahen auf den Mann hinab, der bereit war, sein Leben für die Frau, die er liebte, zu opfern. Sie taten, was sie konnten, um den Mann am Leben zu erhalten. Es konnte nicht der Wille des Schicksals sein, jemanden wie ihn sterben zu lassen.

Hinter ihnen brannte der wunderschöne Palazzo. Jeder in der Nachbarschaft hatte den wunderschönen Bau stets bewundert. Wer auch immer für das Feuer verantwortlich war, fand Freude an Zerstörung und Leid.

Die Nachbarn strömten auf die Straßen, um mit schreckensverzerrten Gesichtern das lodernde Feuer zu sehen. In ihren Gesichtern spiegelte sich Angst.

Sie waren nicht mehr sicher. Unter der Menschenmenge, die sich unter dem wolkenlosen, pechschwarzen Himmel versammelt hatte, befand sich auch ein Mann, der einen hoch geschlossenen Mantel trug. Seine Augen hatte er hinter einer großen Sonnenbrille verborgen. Ein großer Hut verdeckte sein Gesicht. Der Geruch von verbranntem Holz und Tod schlug ihm entgegen und er atmete die Düfte genießerisch ein. Es war kalt geworden. Die Blätter der Bäume tanzten im kühlen Wind, der die Allee erfasste. Funken sprühten durch die Luft und drohten, andere Häuser zu erfassen.

Der Mann betrachtete das Spektakel, das sich vor ihm erhob, begleitet vom Krachen und Knirschen des einstürzenden Hauses. Das Feuer spiegelte sich in seiner Sonnenbrille. Er lachte und weinte zugleich. Eigentlich hatte es nicht so laufen sollen, doch er hatte es tun müssen. Ihm war keine andere Wahl geblieben. Tod und Verderben musste über diejenigen gebracht werden, die sich ihm widersetzten, seiner uneingeschränkten Herrschaft über das Leben seiner Opfer. Er hatte an ihnen ein Exempel statuieren müssen. Er wischte sich eine aufrichtige Träne der Trauer aus dem rechten Auge und wandte sich um. Der Schriftsteller hatte triumphiert.

Zeichen

Dunkelheit. In seinem Kopf dröhnte ein teuflisches Lachen. Er konnte sich nur zu gut vorstellen, dass dies die Stimme Giovanni Amatos war, dieses Satans in Menschengestalt. Es war ein Lachen, das nur von jemanden stammen konnte, dessen Herz schwarz und bösartig war. Amato hatte ihn gedemütigt. Amato hatte gewusst, dass er versuchen würde Elena zu retten. Er hatte es vorhergesehen. Er musste etwas gegen Amato unternehmen, den Titanen von Florenz stürzen, der die Stadt in seinem Würgegriff hielt. Jemand berührte ihn an der Schulter. Der Reisende blinzelte vorsichtig.

Ein greller Lichtball tanzte vor seinen Augen. Undeutlich erkannte er dahinter drei dunkle Schemen. Er wollte sich bewegen, doch ein schrecklicher Schmerz fuhr ihm durch den ganzen Körper. Jede Faser schrie durch die abrupte Bewegung. Er stöhnte auf. Er musste sich vorsichtiger bewegen. Sein Blick wanderte durch den weißen Raum, in dem er sich befand. Medizinische Geräte piepsten. Neben ihm stand ein Infusionsbehälter, aus dem in regelmäßigen Abständen eine klare Flüssigkeit tropfte.

Über seinen Unterkörper war eine Decke gebreitet. Rechts an seinem Bett erkannte er verschwommen zwei Personen, eine weitere Person stand über ihn gebeugt und rief seinen Namen. »Er kommt zu sich«, sagte die eine Stimme. Sein Blick klarte sich auf. Neben seinem Krankenbett saßen George und Visconti, die ihn besorgt ansahen. Beide wirkten, als hätten sie eine schlaflose Nacht hinter sich. Visconti war der erste, der das Wort ergriff, doch auch ihm fiel es schwer, die Richtigen zu finden: »Ich...ich bin bestürzt wegen dem, was passiert ist. Brandstiftung, Entführung..., das passt eher in einen Kriminalroman als in das wirkliche Leben«, Visconti lächelte versonnen. Er entlockte auch dem Reisenden ein schwaches Lächeln.

»Das war ein Himmelfahrtskommando, du hättest sterben können! Du warst eine Woche im Koma!«, mahnte George etwas lauter an. »Die Liste deiner Verletzungen ist schier endlos! Verbrennungen dritten und teilweise sogar vierten Grades, Vergiftungen, Lungenschäden, und...Die Unfallchirurgen sagten, noch ein paar Minuten länger in den Flammen und du würdest dich jetzt auf dem *Cimitero degli Inglesi* wiederfinden. Auch wenn du Amerikaner bist.«

»Die Entscheidungen, in den Palazzo zu rennen, war nobel, aber eben auch unfassbar gefährlich! Wer auch immer den Brand gelegt hat, muss zur Verantwortung gezogen werden«, pflichtete Visconti bei. »Ich verstehe einfach nicht, was mit der Stadt im Moment los ist. Erst die Morde, dann die Verbrechen überall...es sind unruhige Zeiten. Man scheint nirgendwo mehr sicher zu sein.«

Eine schreckliche Ahnung drängte sich dem Reisenden auf, sodass er sich ruckartig aufsetzte. Sein Körper protestierte. »Bewegen Sie sich nicht!« Die Krankenschwester wollte ihn wieder zurück in das weiche Kissen drücken. »Sie müssen mindestens noch eine Woche hierbleiben. Wir müssen ihre Haut an einigen Stellen komplett ersetzen.«

Der Reisende war empört. »Lassen Sie mich zu meiner Freundin!«, er sah George an. »Wie geht es Elena? Ihr geht es bestimmt gut. Genauso wie mir. Bitte sag mir, dass es ihr gut geht.«

George seufzte niedergeschlagen und an seinem Gesichtsausdruck konnte der Reisende bereit erkennen, dass er keine guten Nachrichten erwarten konnte. »Elena ist...sie ist...«, er rang nach Worten, »sie hat es nicht geschafft. Die Rauchvergiftungen waren zu schwer. Es gab Komplikationen...ihre Brandwunden haben sich entzündet. Die Ärzte waren machtlos. Es tut mir leid.«

Innerlich brach für den Reisenden eine Welt zusammen. Er konnte es nicht glauben, dass ihm so etwas angetan werden konnte. Was hatte er verbrochen, damit Elena sterben musste? Er machte sich Vorwürfe. War er nicht schnell genug im Keller gewesen? Sie hätten niemals Amato provozieren sollen. Ganz sicher hatte dieser scheinbar allmächtige Mann sein Leben ruiniert. Stets aus dem Schatten heraus, noch nie hatte er Amato wirklich gesehen. Es machte ihn wütend, nicht zu wissen, wem er sein Unglück zu verdanken hatte. Elenas Tod hinterließ in ihm eine Leere, die er nur mit Tränen füllen konnte. Eine salzige Träne rann seine Wange hinunter.

»Kann ich sie sehen? Ich möchte mich von ihr verabschieden«, fragte er die Krankenschwester. Er fühlte sich plötzlich wieder stark genug, sich zu bewegen. Sie wollte den Kopf schütteln, doch der Reisende sah sie mit Entschlossenheit an. »Das schulde ich ihr.«

George und Visconti begleiteten den Reisenden in das an die Klinik angeschlossene Leichenschauhaus. Man setzte den Reisenden in einen elektrischen Rollstuhl und fuhr ihn in das kalte Gebäude. George und Visconti verabschiedeten sich, denn sie wollten dem Reisenden in Ruhe und alleine Abschied nehmen lassen von der Frau, die er aufrichtig und leidenschaftlich geliebt hatte und die gewaltsam aus dem Leben gerissen worden war. George begleitete ihn noch bis zur Tür der Halle, in der Elena aufgebahrt war. Er legte seine Hand mitfühlend auf die Schulter des Reisenden.

Dieser haderte mit sich selbst, ob er sich dies wirklich antun mochte.

»Tue es. Das wird das letzte Mal sein, dass du sie siehst«, sagte George. Die Tür öffnete und George wollte sich gerade zum Gehen wenden, als dem Reisenden noch ein Gedanke kam, den er in seinem Unterbewusstsein vergraben hatte. »George, warte«, rief der Reisende, ohne sich umzudrehen.

»Was gibt es?«

»Ich bitte dich, über etwas Nachforschungen anzustellen. Du hattest mir doch vor einiger Zeit von diesem Mithras-Kult erzählt, oder?

George trug einen skeptischen Gesichtsausdruck. »Als du mich noch verlacht hast?«

Der Reisende seufzte. »Ja und ich bereue, dass ich es getan habe. Denn als Elena und ich von den Feuerwehrleuten gerettet wurden, flüsterte sie mir noch drei Worte zu: ›Sonne, Tag und Nacht, Taurus und Obelisk‹. Sagt dir diese Kombination etwas?«

George strich sich über das Kinn. »Also die Sonne ist das traditionelle Symbol des Mithras-Kults. Das Wort ›Taurus‹ heißt ›Stier‹ auf Latein. Der Stier ist der mythische Gegner des Mithras. Aber was hat Elena mit diesen Symbolen zu tun?«

Der Reisende kratzte sich an der Hand. »Elena hat immer einen Ring getragen. Und dieser Ring zeigte die Abbildung einer Sonne. Und über allem schwebt Amato, ein gesichtsloses Phantom…George, ich glaube, deine Forschung ist doch nicht so abwegig, wie ich dachte.«

George schürzte die Lippen. »Das freut mich zu hören. Das sollten meine Geldgeber auch mal sagen…Ich verspreche dir, ich werde dieser Spur nachgehen, alter Freund! Du hast Schlimmes durchgemacht, Grauenhaftes gesehen. Wir werden dieses Rätsel lösen!«

»George, bevor du gehst, muss ich dir etwas verraten«, der Reisende senkte den Kopf. »Ich weiß nicht, warum ich mich darauf eingelassen habe, aber…«

»Worum geht es?«

»Ich habe mit Elena zusammen die Bücher vor Amatos Palazzo verbrannt. Ich habe mitgemacht. Ich mache mir schreckliche Vorwürfe deswegen. Hätten wir es nicht getan, würde sie vielleicht noch leben.«

George sah seinen Freund an. Er wollte sich vor ihm, der in tiefer Trauer steckte, keinen Wutanfall riskieren. Aber wütend war er über die impulsive Tat, die vermutlich verantwortlich für sein jetziges Leid war. Er sprach ruhig, aber bestimmt: »Ich glaube, dass war der größte Fehler, den man in dieser Stadt machen kann. Amato ist überall, er *ist* diese Stadt. Ohne Amato gäbe es nicht das Florenz von heute. Wer sich gegen ihn stellt, hat mit Konsequenzen zu rechnen. Aber in Florenz, der ehemaligen Republik und Wiege der Renaissance, darf so etwas nicht passieren. Amato hat dein Leben zerstört. Wir werden ihn drankriegen, das verspreche ich.«

Damit verabschiedete sich George, dessen Gedanken schon wieder vollends mit Abstraktion beschäftigt waren. War dies die Spur, auf die er so viele Jahre gehofft hatte? Es war nicht nur ein persönliches Interesse an dem, was ihm der Reisende soeben anvertraut hatte. Er schuldete seinem Freund diesen Dienst. An den Verbrennungen würde er noch Wochen zu leiden haben. George ballte die Hände zur Faust. Wer auch immer seinem Freund das angetan hatte, würde dafür bezahlen!

Der Reisende atmete tief ein und rollte auf die Bahre zu, auf der er Elenas weißes Totentuch sah. Der zuständige Mediziner deckte ihren Körper bis zur Hüfte auf. Man hatte sie aufbereitet und mit Make-Up versucht, die schrecklichen Wunden, die ihren Tod verursacht hatten, zu verdecken.

Ihre Augen waren geschlossen und sie sah fast friedlich aus, im Einklang mit sich selbst. Ihre Arme waren auf der Brust gekreuzt. Trotz der blauen

Flecken in ihrem Gesicht, Würgemalen am Hals und der blutleeren Haut strahlte sie eine Erhabenheit aus, die den gesamten Raum erfasste. Der Mediziner konnte seinen Blick kaum von ihr lösen. Ihre Haare rahmten ihr Gesicht wie das steinerne Abbild einer Göttin ein. Der Reisende schloss resigniert die Augen. Wie so oft schon, wollte er vor ihr niederfallen. Er konnte den Anblick ihres versteinerten Körpers nicht mehr ertragen. Dabei sah sie auch jetzt noch so lebendig aus, als könne sie sich jeden Moment grazil aufschwingen und von ihrem Bett herabsteigen.

»Hat sie leiden müssen?«, der Reisende hob seinen Kopf und sah den Mediziner eindringlich an. Dieser schüttelte mitfühlend den Kopf. »Nein, wir konnten nicht mehr viel tun. Sie war deliriös. Sie hat Ihren Namen dabei immer wieder gemurmelt. Noch in derselben Nacht ist sie friedlich eingeschlafen. Ich glaube, ich habe noch niemanden gesehen, der einen derart befreiten Gesichtsausdruck auf seinem Totenbett hatte.«

»Haben Sie Ihre Familie kontaktiert?«, fragte der Reisende.

»Wir haben es versucht. Aber wir haben niemanden gefunden. Keine Eltern, Geschwister oder sonstige Angehörige. Sie war alleine.«

Den Reisenden überfiel eine plötzliche Melancholie, eine tiefe Trauer, die ihn lähmte und jede Hoffnung nahm. Auch er war jetzt allein. Noch nie hatte er jemandem so vertraut wie ihr. Er hatte ihr Geheimnisse anvertraut, die er selbst George nicht erzählt hatte. Die Erkenntnis, dass er die Frau verloren hatte, mit der er die schönsten Stunden seines Lebens verbracht hatte, war erst eine verschwommene Ahnung gewesen, doch jetzt brach sie unbarmherzig über ihn hinein. Er weinte bitterlich. Es war als hätte man ihm sein Innerstes entrissen. Die Last der Jahre kam zurück und er fühlte sich um Jahre gealtert. Er war ein Wrack. Das Feuer hatte sich mit grausamer Lust über seinen Körper hergemacht. Er schaute auf sich hinab.

Schwarze Flecken und lange Narben zogen sich über seine Haut. Seine Haare waren verbrannt. Die Hoffnung, dass Elena doch überlebt hatte, der Traum, sie wieder in seinen Armen zu halten hatte ihm am Leben gehalten. Sein Äußeres war zerbrochen. In sich fühlte er nichts mehr. »Ich danke Ihnen. Halten Sie mich bitte wegen der Ermittlungen auf dem Laufenden. Ich...ich werde gehen. Ich brauche Zeit, um nachzudenken.« Der Reisende nahm den kalkweißen Arm von Elena, beugte sich vorsichtig hinunter und küsste ein letztes Mal ihre tote, marmorne Hand. In diesem Moment war sie nicht lebendiger als die ewigen Statuen der Antike, mit denen er sie immer verglichen hatte. Er würde nie wieder ihr pochendes Herz an seiner Brust fühlen. Jegliches Gefühl der Rache trat hinter die tiefe Trostlosigkeit zurück, die seine Gedanken beherrschte. Er konnte nicht mehr, wollte nicht mehr. War dies das Gefühl, wenn man feststellte, dass Gott tot war?

Seine Flügel waren gebrochen. Auch im Tod hatte sie noch ihre noble Schönheit bewahrt, als letzten Widerstand gegen das Wüten des Giovanni Amato, des ungekrönten Herrschers über Florenz.

Nachdem George im Anschluss an seinen Besuch im Krankenhaus noch den Rest des Tages in der Bibliothek verbrachte hatte und nun bei Sonnenuntergang in seine Wohnung zurückkehrte, legte er sich ausgelaugt auf seinen reich verzierten Diwan aus Zedernholz, den er bei einer Expedition in den Nahen Osten als Geschenk erhalten hatte und schloss die Augen.

Hunderte Gedanken schwirrten in seinem Kopf herum, die er nicht ganz zu ordnen vermochte. Er musste die Ereignisse der letzten Wochen erst einmal begreifen. Lange schon hatte er gesehen, dass Florenz nicht mehr sicher war, seit die grausame Mordserie die Stadt in Atem hielt. Niemand schien vor dem Monster, das ungestört durch die Straßen schlich, sicher zu sein. Die Polizei leuchtete in Nebel. Zwar wurden immer wieder Verdächtige festgenommen, doch schon nach wenigen Tagen wieder auf freien Fuß gesetzt. Die Spuren wiesen ins Nichts. Die Visionen, die ihm der Reisende geschildert hatte, hatten ihn zutiefst verstört. Sie alle ähnelten den Geschichten, die man in den Zeitungen hatte lesen können. Kleinere Variationen in dem, was ihm der Reisende erzählt hatte, sorgten dafür, dass George nicht komplett an seinem Verstand und seinem ältesten Freund zweifelte. Sein Freund - ein Mörder? Dieser Gedanke kam ihm so fremd vor, dass er sich fast schon schämte, ihn auch nur zu denken. George hatte eine geradezu detektivische Gabe, Spuren und Hinweise – unabhängig davon, wie weit sie auseinanderlagen – zusammenzuführen. Er wusste, dass er an einer ganz großen Sache dran war, einer solchen, nach der er sein Leben lang geforscht hatte. Bereits einmal hatte man ihn bestohlen und Forschungsergebnisse entwendet. Der Dieb hatte jedoch nicht bedacht, dass George sämtliche Informationen detailgenau in seinem Kopf, in einem nur für ihn zugänglichen Palast, abgespeichert hatte und jederzeit abrufen konnte. George richtete sich auf. Er musste vorsichtig sein. In dieser Stadt lag eine silberne Schlange auf der Lauer, die bereits den Reisenden und Elena in den Abgrund gerissen hatte. Sie verdeckte und beschützte eifersüchtig die Wahrheit, das Rätsel, das Amato und die eigenartigen Vorgänge in der Stadt erklärte. Er kochte sich einen Tee und setzte sich trotz der späten Stunde an seinen Schreibtisch. George musste zunächst die Worte, die die sterbende Elena dem Reisenden zugeflüstert hatte, deuten. Er schrieb die vier Wörter und Phrasen auf.

Sonne

Tag und Nacht

Taurus

Obelisk.
Die ersten drei Worte standen ohne Zweifel mit dem Mithras-Mythos in Verbindung. Der Sonne kam im Mythos eine große, symbolische Wirkung zu. Die Sonne als das Symbol des Triumphs des Lichts über die Finsternis. Mithras selbst war eine Figur, die am ehesten mit dem griechischen Sonnengott Helios zu vergleichen war. Tag und Nacht als der ständige Wandel – Geburt, Tod und Wiederkehr. »Taurus« war das lateinische Wort für »Stier« und zudem noch eines der Sternzeichen. Das Wort »Obelisk« jedoch passte nicht ganz in den Kontext. George zerbrach sich stundenlang den Kopf darüber. Draußen wurde es immer dunkler und er knipste seine Schreibtischlampe an. Als er für einen kurzen Moment innehielt und den Schreibfüller aus der Hand legte, fiel ihm erst seine überwältigende Müdigkeit auf. Er hatte fast eine Woche nur wenig geschlafen.

Das Leben seines Freundes hatte lange Zeit auf Messers Schneide gestanden. Tag und Nacht hatte er darauf gewartet, dass die erlösende Nachricht einträfe, dass die Lage seines Freundes stabilisiert sei. George hatte den Reisenden jahrelang nicht gesehen. Er war untergetaucht und hatte George nie wirklich erzählt, was passiert war. Stets hatte er nur durch Andeutungen folgern können, was passiert war. Er legte sich auf sein Bett, eines der wenigen Möbel seiner Wohnung und schlief sofort ein. Seine Träume kreisten um einen Stier, der zum Wendepunkt von Tag zu Nacht von einer lichtumfluteten Gestalt niedergerungen wurde. Im Hintergrund ragte ein riesiger Obelisk auf, dessen langer Schatten alles unter sich begrub – vielleicht auch die Wahrheit.

George stand am nächsten Morgen früh auf. Über Nacht war ihm ein genialer Gedanke gekommen. Viele mochten sagen, dass er wie ein Einsiedler lebte – als typischer, armer Gelehrter – doch er sah das anders. Seine große Stärke war sein Geist. Er ließ sich nicht gerne ablenken. Überflüssiger Raumschmuck und Luxus lenkte ihn von seinen Aufgaben ab. Er trank eine große Tasse Earl Grey mit einem Schuss Zitronensaft und verließ dann die Wohnung. In der morgendlichen Kühle machte er sich auf den Weg in den Giardino Boboli, den weitläufigen Park des Palazzo Pitti im südlichen Teil der Stadt. Es gab nur einen Obelisken in Florenz, der ein Geheimnis bergen konnte: Der Obelisk Ramses des Zweiten, den man aus der Villa Medici in Rom in den Garten hatte bringen lassen. George eilte den Vorplatz zum Palazzo Pitti hinauf, dessen mächtige Renaissance-Front ihn argwöhnisch aus hunderten Fenstern beäugte. Als Historiker an der Universität von Florenz hatte er jederzeit kostenlosen Zugang zu allen historischen Stätten der Stadt. Er zeigte dem Pförtner seinen Ausweis und betrat den Garten, dessen Schönheit und antike Eleganz er immer noch faszinierend fand. Vor ihm teilte sich der mit Kieselsteinen bestreute Weg.

In der Mitte ragte der Obelisk aus dem alten Ägypten auf, der rundherum mit Hieroglyphen beschrieben war, den eigenartigen Zeichen, die über Jahrhunderte Gelehrten Kopfzerbrechen bereitet hatten. Auf der Spitze ruhte eine vergoldete Kugel. Langsam ging er darauf zu. Der Kies knirschte unter seinen Schuhen. Wie der Zeiger einer großen Sonnenuhr stach der Obelisk in den Himmel. Er war in der Mitte eines stilisierten Amphitheaters aufgestellt. George wusste nicht recht, wonach er suchen sollte. Er lief um den Obelisken herum und suchte die Oberfläche nach Hinweisen ab.

Die Inschrift in der fremdartigen Sprache der Hieroglyphen war nicht allzu aufschlussreich. Wie sollte sie auch? Der Obelisk war wesentlich älter als der Mithras-Kult selbst. Jemand musste Jahrhunderte, vielleicht sogar Jahrtausende später dem Obelisken eine geheime Nachricht anvertraut haben. George trat näher. Eine Stelle weckte sein Interesse. Er kniff die Augen zusammen. Eine der Hieroglyphen schien seltsam aus dem Rahmen zu fallen. Optisch fügte sie sich perfekt in das Gesamtbild ein, doch diese Hieroglyphe sollte nicht existieren: Sie zeigte die Stiertötungsszene der Mysterien um Mithras. George hatte ein derartiges Zeichen noch nie gesehen. Es war anzunehmen, dass dies ein neuzeitliches Produkt war. George sah sich vorsichtig um. Es war noch sehr früh am Morgen und kein Besucher streifte durch den Park, der ihn beobachten konnte. Indes musste er sich beeilen.

George ließ seinen Rucksack herab und nahm einen kleinen Schaber aus seinem Rucksack, um das Relief genauer zu betrachten. Vorsichtig setzte er das Werkzeug an und fuhr über die Gravur. Darunter befand sich eine dünne Schicht aus weißem Marmor, die nicht zum Rest des Obelisken passte. Buchstaben kamen zum Vorschein. George lächelte aufgeregt.

Diese Art von Arbeit gefiel ihm viel besser als das Durchstöbern von Büchern. Stück für Stück befreite er das Relief von der Beschichtung. Die Buchstaben wurden zu Wörtern und die Wörter zu Sätzen. Nach einer halben Stunde feinmotorischen Arbeitens hatte er die volle Inschrift unter dem Relief freigelegt. Sie lautete:

Die Nacht wird zum Tag.
Über alles strahlt die allmächtige Sonne.
Ein Geheimnis in den Händen des Stiergottes.
Wo sich Brüder neu versammeln, raucht der neue Gott duftendes Harz.
Das Vermächtnis trägt durch alle Zeiten des Sol Invictus Cautopates.
Am Tag der Aufnahme der Jungfrau im Monat der Ernte soll

das geschriebene Wort überleben auf den Pflastern der Straße des Poeten.

George notierte sich die Inschrift auf einem Block und überpinselte das Relief wieder mit Farbe, um keinen Verdacht zu erwecken. Er jubelte innerlich. Zum ersten Mal hatte er eine handfeste Spur, die auf den Mithras-Kult hindeutete. Die alten Hysterien hatten wohl doch bis in die Gegenwart überlebt. Gerade noch rechtzeitig hatte er die Stätte verlassen, denn die ersten Touristen und Besucher strömten durch das Eingangstor in den Park. Er ging in die entgegengesetzte Richtung und setzte sich in eines der Straßencafés, die den Palazzo umgaben. Er versuchte, sich möglichst unauffällig zu verhalten. Er bestellte einen Cappuccino und einen Teller Cantuccini. Doch er konnte nicht wissen, dass er trotz aller Vorsichtsmaßnahmen beschattet wurde. Ein Mann hatte sich auf eine Bank vor dem Palazzo gesetzt und täuschte vor, in einer Zeitung zu lesen. Er ließ George nicht aus den Augen. Überzeugt, unbeobachtet zu sein, breitete dieser Inschrift vor sich aus und schirmte sie vor neugierigen Blicken ab:

Die Nacht wird zum Tag.
Über alles strahlt die allmächtige Sonne.
Ein Geheimnis in den Händen des Stiergottes.
Wo sich Brüder neu versammeln, raucht der neue Gott duftendes Harz.
Das Vermächtnis trägt durch alle Zeiten des Sol Invictus Cautopates.
Am Tag der Aufnahme der Jungfrau im Monat der Ernte soll
das geschriebene Wort überleben auf den Pflastern der Straße des Poeten.

Er ordnete den einzelnen Versen Bilder zu. Zweifellos sprachen die Verse über den Mithras-Kult. Der Stiergott war niemand Anderes als der Gegner des Mithras. Viele Mysterienkulte der Antike orientierten sich an astronomischen Ereignissen und deuteten sie in einem religiösen Kontext.

Doch die letzten vier Verse konnte er nicht zuordnen. George legte die Fingerspitzen aneinander, schloss die Augen und versuchte in seinem Gedächtnis eine Erinnerung zu finden, doch da war nichts. Eine graue Leere.

Er ließ sich vom Ober die aktuelle Tageszeitung bringen. Auf der Titelseite war neben Tod und Zerstörung auf der Welt ein großes Foto des Lokalteils. Es zeigte die ausgebrannte Ruine des Palazzos des Reisenden. *Brandmord – Hat das Monster wieder zugeschlagen?* George schmunzelte. Einen Schlag für reißerische Überschriften hatte die Zeitung. Er blätterte weiter und las den Artikel. Anscheinend hatte die Polizei Brandsätze gefunden, die die Vermutung nahelegten, dass es Brandstiftung gewesen sei. Unklar sei allerdings weiterhin, ob die Tat tatsächlich vom »Monster von Florenz« begangen worden sei, das in den letzten Monaten die Stadt in Atem hielt. George erinnerte sich daran, dass in den letzten Wochen die Polizeipräsenz nahe den Kulturstätten massiv verstärkt worden war. Geholfen hätte dies nichts. Der Mörder schlich noch immer unbehelligt durch die Straßen. Ein Schaudern überlief ihn. Er konnte überall sein.

George ließ seinen Blick über den Platz schweifen. Mittlerweile war die Straße gut besucht und Touristen strömten auf den Vorplatz des Palazzos, aßen Eis oder genossen die Sonne. Es wirkte alles so harmlos. Sein Blick fiel auf eine kleine Randnotiz der Zeitung: *Hoher Besuch – Fest der Renaissance in Florenz.* Alljährlich richtete die Stadt ein Fest zur Feier des fünfzehnten Augusts aus, auch *Ferragosto* genannt. *August* - Tag der Ernte. *Aufnahme der Jungfrau* - Mariä Himmelfahrt. Alles ergab einen Sinn. Ferragosto war am nächsten Tag. Die Stadt würde abends ein großes Feuerwerk veranstalten, um den Menschen, die an den Feiertagen nicht in die

Berge oder an die Küste gefahren waren, Trost zu spenden. Die perfekte Zeit, um geheimen Ritualen nachzugehen. Die Stadt würde zu einer Geisterstadt werden.

Vor Schrecken weiteten sich seine Augen. *Die Straße des Poeten* – Die Straße des Schriftstellers. Jener unglückliche Ort, an den der Reisende und er nach der Feier im Palazzo Amato geraten waren. Jene Straße, die auf keiner Straßenkarte verzeichnet war, die jedoch jeder Bewohner von Florenz kannte. Sie war ein Mythos, der eine furchtbare Wahrheit in sich trug.

Dort hatten die eigenartigen Vorgänge ihren Anfang genommen. George bezahlte die Rechnung und verließ eilig das Café. Er musste sich vorbereiten.

George war sich sicher, die nächste Nacht würden seine Fragen lösen. Die langen Jahre der Forschung konnten nur auf diesen Moment hingeführt haben. Vielleicht würde er sich endlich den wunderbaren, kleinen Palazzo in Rom kaufen können, von dem er so lange schon geträumt hatte, mit Blick auf die mythischen sieben Hügel der Stadt und auf Vater Tiber.

Er seufzte. Danach sehnte er sich seit Jahren. Wer wusste schon, wie lange er noch zu leben hatte? George wusste, dass seine Krankheit tödlich war.

Es war eine Frage des »wie bald«, nicht eine Frage des »wann«. Selbst dem Reisenden hatte er nicht anvertraut, was ihm sein Arzt vor wenigen Wochen mitgeteilt hatte. »Es sieht nicht gut aus, Mr Wellesley. Ihnen bleibt vielleicht noch ein halbes Jahr, im günstigen Fall. Vielleicht sind es nur noch einige Monate. Genießen Sie das Leben und tun Sie Gutes, bevor es Ihnen zwischen Ihren Händen zerrinnt«, hatte man ihm gesagt. George war entschlossen, dem nachzukommen. Er würde einem Freund helfen, ein menschliches Monster zur Gerechtigkeit zu bringen. Heute Nacht würde er mit eigenen Augen sehen, wie der Mithras-Kult sich aus dem Staub der Geschichte erhob. Sein größter Moment stand bevor.

Ferragosto

Am nächsten Tag war die Stadt wie verwandelt. Ein nie gesehener Exodus setzte ein. Um den August herum leerten sich die großen Städte ohnehin, doch dieses Jahr trieb die Angst die Bewohner aus ihren Häusern, mitsamt Koffern. Sie suchten das Weite, möglichst weit weg von der Stadt. Die Menschen schauten misstrauisch um sich und scheuten voreinander. Angst war ansteckend wie eine Krankheit. Oft reichten bereits bloße, brutale Worte aus, um Angst zu erzeugen. Angst frisst sich in die Herzen der Menschen, setzt sich dort fest und lässt sich kaum mehr entfernen. Eine unbestimmte Furcht geißelte die Stadt. Auch George konnte sich der eigenartigen Stimmung nicht entziehen. Ungewissheit lag vor ihm. Er wusste nicht, was ihn in der Nacht erwarten würde. Übelkeit stieg in ihm auf. Seine Stirn war heiß. Er schluckte ein gutes Dutzend Tabletten, bevor er seine Wohnung verließ. Dieser Tag fühlte sich wie ein lang aufgeschobener Abschied an. Er flanierte durch verlassene Straße und über ausgestorbene Plätze und sah in die leeren Gesichter der Menschen, die in der Stadt geblieben waren.

Die Fensterläden vieler Häuser waren geschlossen. Polizei patrouillierte durch die Straßen. In der Ferne hörte George eine Sirene heulen. Immer wieder kamen ihm Leute entgegen, aber sie trugen eiligst ihre Koffer mit sich und strebten aus der Stadt heraus, die einen traurigen Anblick bot.

Die sonst so belebten und pulsierenden Plätze waren tot, die prächtigen Gebäude hielten still Wache. Geschäfte und Cafés hatten geschlossen. George nutzte die Zeit, um ein wenig Stadtluft zu atmen. Kein einziges Auto sah er auf den Straßen und er war die Stille, die über der Stadt lag, nicht gewöhnt. Normalerweise konnte er nachts kaum schlafen. Der nicht enden wollende Verkehr hielt ihn wach. Doch an diesem Tag wirkte die Stadt wie aus der Zeit gefallen. Die Straßen waren leer und nur wenige Menschen, deren Silhouetten wie dürre Striche schienen, bevölkerten die Straßen. George lief in Richtung Santa Croce. Er wollte noch einmal Giovanni Amatos Anwesen betrachten. Der imposante Bau überragte die umliegenden Bauten wie eine Festung. Der Gebäudekomplex machte einen einschüchternden Eindruck auf Passanten. Die gotischen Spitzbogenfenster verliehen dem Palast die Aura einer Kathedrale. George erinnerte sich an den Maskenball. Nur wenige Räume und Gänge des Palasts waren der Öffentlichkeit zugänglich gemacht worden. Manche vermuteten, dass der Palast älter war als alle anderen Gebäude der Stadt und die ersten Steine noch in der Spätantike gesetzt wurden. Im Gesims des Gebäudes waren rotgolden glänzende Elemente verbaut, sodass der Palast nachts zu glühen schien. Die Fenster waren in ungleichmäßigen Abständen angeordnet, sodass ein Passant das Gefühl hatte, von den Fenstern verfolgt zu werden. Im Sinken hinter die grünen Hügel der Toskana tauchte die Sonne die Stadt in ein bedrohliches Rot, als bräche die Apokalypse an. In diesem Moment erkannte George ein Muster an der Fassade des Palazzos, das sonst verborgen geblieben wäre. Die Linien liefen im Kreis und fransten an den Rändern aus. Vor seinen Augen schimmerte eine golden glänzende Sonne.

George kehrte zurück in seine Wohnung und zog die Gardinen zu. Sein Herz klopfte beim Gedanken daran, was ihn erwartete. Er schrieb alles nieder, was er über die Vorgänge um den Reisenden und den Mithras-Kult wusste und versteckte die Blätter unter einer geheimen, losen Bodendiele. Falls er beobachtet wurde, wollte er sichergehen, dass diese Informationen nicht in die falschen Hände fielen. Bevor er sich auf den Weg machte, versuchte er den Reisenden zu erreichen. Am Ende der Leitung nahm jedoch niemand ab. Er hinterließ ihm eine Nachricht auf dem Anrufbeantworter. Die Nacht war schon hereingebrochen. Er trug dunkle Kleidung, um ganz mit der Dunkelheit zu verschmelzen. Das Licht in seiner Wohnung ließ er an. Er versuchte so gut es ging, den Weg zur Straße des Schriftstellers zu rekonstruieren, denn dorthin fand man nur, wenn man seinen innersten Ängsten folgte. Das Straßengewirr der Innenstadt mutete labyrinthisch an und er verlief sich mehrfach. Die Straße des Schriftstellers schien ihm auszuweichen. Raben flogen über ihn hinweg und landeten auf Straßenlaternen neben den Wegen, auf denen er ging. Sie krächzten laut und es schien als wollten sie ihn verraten. Sie starrten in seine Augen, als könnten sie jederzeit von ihrem Posten herunterfliegen und sie ihm auspicken.

George beschleunigte seine Schritte. Er überquerte die Ponte Santa Trinità und fand sich in der Nähe der Basilika Santo Spirito wieder. Plötzlich blieb er stehen. Von nicht allzu weit entfernt ertönte ein dumpfes Dröhnen. Es waren die gleichen Töne, die er in jener Nacht gehört hatte, als der Reisende und er sich in die Straße verirrt hatten. Er folgte den dunklen Tönen, die seltsamerweise niemand außer ihm zu bemerken schien. Je näher er dem Ursprung der Schwingungen kam, desto leerer wurden die Straßen. Die wenigen Fußgänger verschwanden und er war alleine. Und dann lag sie vor ihm. Bedrohlich und angsteinflößend lag die Straße des Schriftstellers vor ihm. Ihr Eingang war so schmal, dass man ihn fast nicht wahrnahm. Nur eine kleine, angelaufene Bronzeplatte wies den Straßennamen aus. Er versuchte den Ort mithilfe seines Smartphones zu lokalisieren, doch aus einem unerfindlichen Grund hörte der Kompass des Geräts nicht auf sich zu drehen. Die Nadel, die seine Position anzeigte, sprang immer wieder auf der Karte umher. *Merkwürdig*, dachte sich George. Die Nacht war mittlerweile spürbar und der Himmel war schwarz wie Teer. Es war schwül. George suchte sich ein Versteck in der Nähe der Straße, sodass er sehen konnte, wer sie betrat. Er sah auf die Uhr. Es war elf Uhr, eine Stunde vor Mitternacht. Er würde sich noch eine ganze Stunde gedulden müssen.

Um Viertel vor Zwölf wurde George plötzlich wach. Er war zwischenzeitig eingeschlafen. Er rieb sich die Augen und richtete seinen Blick auf die Straße. Mindestens zwei Dutzend in schwarz gekleidete Gestalten versammelten sich. Ihre Gesichter waren durch lange Kapuzen verhüllt. Einige von ihnen trugen Fackeln. Sie summten unverständliche Gesänge, die George archaisch vorkamen. Sie stellten sich in einer langen Schlange auf, sodass in jeder dritten Reihe ein Fackelträger stand. Dann setzte sich der Zug langsam in Bewegung und hielt auf die Straße zu. George erhob sich aus seinem Versteck. Er tastete sich langsam im Schatten der Gebäude vor und bewegte sich nur dann, wenn die Köpfe der Gestalten gerade nach vorne zeigten. Seine weichen Sohlen schluckten die Schritte. Die Straße war beängstigender als zuvor. Sie lag in vollkommener Dunkelheit. Nur die Fackeln spendeten Licht. George rechnete jeden Moment damit, entdeckt zu werden. Er wagte kaum zu atmen. Das Summen des Zuges schwoll an.

George hielt einen Sicherheitsabstand und ließ sich zurückfallen. Etwas schoss flatternd aus der Dunkelheit auf ihn zu und er musste schnell abtauchen. Für den Bruchteil einer Sekunde hatte er in die Augen eines Raben geschaut. Nervös schaute er auf die vermummten Gestalten, die anscheinend keinen Verdacht schöpften. George wischte sich die Stirn ab. Ein unnatürliche Feuchte lag in der Luft. Kleine Wassertröpfchen perlten die glatten, dunklen Mauersteine hinunter. Die Prozession erreichte den Platz am Ende der Straße und teilte sich am Brunnen in der Mitte des Platzes.

George blieb stehen und presste seinen Rücken an die Mauer und warf einen vorsichtigen Blick auf den Platz. Die Gestalten strebten einer unauffälligen, gemauerten Wand entgegen, die nach außen hin der Rückseite einer Kapelle glich. Ein in den Stein gehauenes Relief weckte seine Aufmerksamkeit. George kniff die Augen zusammen. Es waren zwei Männer, die jeweils eine Fackel trugen. Einer der beiden Männer hielt seine Fackel umgedreht, der andere aufrecht. George verstand. Dies waren Cautes und Cautopates, die Fackelträger der Mithras. Es waren Zwillingsbrüder, die den Sonnenauf- und -untergang symbolisierten. Eine Gestalt trat aus der Masse hervor und machte sich am Relief zu schaffen. *Was taten sie da?*

Georges Blick war versperrt. Zu seinem Erstaunen hörte er ein Knirschen, als würde Stein auf Stein aufeinander mahlen, und er sah wie die Mauer nach außen klappte und ein hölzernes Portal freigab, durch das die Gestalten einströmten. Sie ließen die Mauer offen und strömten in eine Art Gang hinein, der unter die Erde führte. Der Gesang wurde leiser und das Licht der Fackeln immer schwächer. Das Eingangsportal schloss sich langsam. George sprintete über den Platz und schaffte es im letzten Moment, die Tür einen Spalt breit geöffnet zu halten, um hindurch zu schlüpfen.

Die Tür fiel hinter ihm ins Schloss. Er befand sich in einer Art Kapelle. Die Wände bestanden aus kaltem Stein. Es roch nach Weihrauch. Dünne Rauchschleier schwebten durch die Luft. George schaute nach oben. An der Decke der Vorhalle befand sich eine Karte in der Art eines Freskos.

George erkannte den abgebildeten Ort wieder: *Florenz*. Die Karte war sehr alt und zeigte die Stadt noch in ihren alten Stadtgrenzen. Überall in den vier Quartieri fanden sich kleine, mit kreisrunden Rubinen markierte Stellen. Anscheinend war dies nicht der einzige Kultort. George sah sich weiter um. Vor ihm führte eine Treppe hinab, die die Prozession ebenfalls hinuntergegangen war. Vorsichtig stieg er die bröckeligen Stufen hinab.

Kleinere Vorsprünge waren in die Felsen gehauen, in denen Kerzen flackerten. George atmete die ätherischen Dämpfe ein, die ihm von unten entgegenwehten. Dieser Ort musste uralt sein. Die Stufen waren stark abgetreten.

In die Wände waren lateinische Sätze gemeißelt. Die Mauersteine waren durch den Ruß über die Jahrhunderte schwarz geworden. George war sicher: Dieser Kultort war mindestens zweitausend Jahre alt. Am Ende der Treppen verbreiterte sich der Gang. Vor ihm öffnete sich eine riesige, in den groben Stein geschlagene Höhle. An den Wänden loderten Fackeln und tauchten den Raum in ein orangenes Licht. Als sich seine Augen an das Zwielicht gewöhnt hatten, leuchteten seine Augen angesichts dessen, was er sah. Die Decke war mit kostbaren Fresken aus Goldpigmenten verziert. An den Wänden hatte man Mosaike angebracht. Sie zeigten die Stiertötungsszene, die Tauroktonie. George war sprachlos. Er befand sich in einem echten Mithräum und das mitten in Florenz! In der Mitte der Höhle hatte sich die Gruppe versammelt und führte ein Ritual durch, das George in seinen Forschungen immer wieder beschrieben hatte. Von der Decke der Höhle herab hing ein toter Stier, dessen Bauch aufgeschlitzt worden war. Ein roter Schauer aus Blut regnete auf die Gruppe hinab. Von den Wänden tropfte ständig Wasser hinunter. Vermutlich befand sich die Höhle unter dem Fluss. George hatte sich hinter einen Felsvorsprung in einiger Entfernung geduckt und beobachtete aus der Deckung heraus die Anhänger des Kults.

Er war angespannt. Einerseits konnte er seinen Blick kaum von der Versammlung abwenden, andererseits war er ein Eindringling. Wenn er entdeckt wurde, wusste er nicht, was ihm blühen würde. Einer der Mithras-Anhänger ergriff das Wort. »Brüder, heute ist ein historischer Tag. Mein Werk ist nahezu vollendet. Wir haben die Stadt in den vergangenen Wochen mit einem nie da gewesen Terror überzogen. Der Bildermörder hat ganze Arbeit geleistet.« Die Menge jubelte dem Mann zu, dessen Stimme George vertraut vorkam. Irgendwo war er der Person schon einmal begegnet. Aber die Worte, die der Mann sprach, kamen ihm sonderbar falsch vor.

War nicht die Botschaft des Kults der Sieg über die Finsternis, Freundschaft und die charakterliche Weiterentwicklung? Die Mithras-Anbeter schwärmten aus und hingen ihre Fackeln an die Wände, die Licht auf einen Altar warfen. George stockte der Atem. Aus der Dunkelheit heraus wurde eine riesige Statue erkennbar, eine löwenähnliche Gestalt mit über der Brust verkreuzten Armen, um die sich eine Schlange mehrfach wand und auf dem Kopf des Löwen ruhte. Die Augen des Löwen bestanden aus riesigen Rubinen, die im schwachen Licht der Fackeln unheimlich lebendig wirkten. In seiner linken Klaue hielt die Gestalt einen langen Stab, eine Art Zepter, an dessen Ende die Abbildung einer Sonne befestigt war. Die überlebensgroße Statue stand auf einer Kugel, die den Erdball symbolisierte. George wusste, wer das war. Und es bewahrheitete seine schlimmsten Befürchtungen. Dies war nicht Mithras, sondern der Dämon Ahriman, der Hüter der Unterwelt, der in alten Mythen als die personifizierte Zerstörung gefürchtet wurde. »Werft euch nieder vor unserem Gott«, befahl der Mann, der eben bereits gesprochen hatte. Wie in einer perfekten Choreografie warfen sich die Anhänger des schrecklichen Dämons vor der Statue nieder und murmelten unverständliche Gebete. Ein Raunen ging durch die Reihen. George hörte einen Ton, als würde einer Klinge aus einer Schwertscheide gezogen. Schreie hallten durch die Höhle.

»Vergießt euer Blut!«, brüllte der Mann schrill. Er klang fanatisch. In diesem Moment passierte etwas, dass George nie wieder würde vergessen können. Wie aus einer göttlichen Fügung heraus begannen die Augen des grausamen Gottes zu glühen. Blendend rotes Licht erhellte die Höhle.

George beschirmte seinen Augen. Es schien, als würde die Statue sprechen. Rufe der Verzückung gellten durch die Höhle. Der Boden bebte leicht. Das Beben konnte kein Zufall sein, dachte George. Mitten in Florenz existierte ein Orden, der sich einem Gott verschrieben hatte, der eine Allegorie für Zerstörung, Chaos und Tod war. George konnte seine Erregung jedoch kaum verbergen. Dass sich in der rationalen Welt eine letzte Insel der Irrationalität bewahrt hatte, versetzte ihn in Hochstimmung. Dieser Ort dagegen war eine Perversion dessen, wie er sich immer die antike Welt vorgestellt hatte: Ein Ort, an dem die Tugendhaftigkeit als Ideal umgekehrt wurde und nicht das Gute, sondern das Böse in sich zu suchen war. Und doch war diese Erfahrung für ihn nicht neu.

Er selbst hatte auf einer Ausgrabung vor einigen Jahren im Mittleren Osten eine Figurine des Ahriman aus einer Kammer unter der Erde gefunden.

Die Augen des Wesens bestanden aus wertvollen Edelsteinen. Der Rest der Höhle war ebenso wie diese mit kostbaren Mosaiken und Gemälden geschmückt, die die Jahrtausende überlebt hatten. Kein einziger Grabräuber hatte sich an die Höhle herangetraut. Zumindest hatte keiner überlebt.

Als George und die Expeditionsgruppe die Höhle vorsichtig betreten hatten, waren sie nach den ersten Metern auf zahlreiche Skelette gestoßen, an denen oft noch Stoffreste hingen. George hatte bereits zahlreiche Mithräen erforscht, doch eine Kultstätte des Ahriman war ihm damals noch nie begegnet. Sofort hatte er die feindselige Atmosphäre gemerkt, die den Raum umgab und auch die anderen Mitglieder seiner Expedition hatten das ungute Gefühl geteilt. Die Reliefs an den Wänden zeigten Bilder von Folter und grausamen Ritualen. Ein Kommilitone von George war sogar krank geworden, nachdem er von einer giftigen Schlange gebissen worden war, die sich in einer dunklen Ecke der Höhle verborgen hatte. Sie hatten allerlei wertvolle Kultgegenstände geborgen, darunter goldene Teller und Becher, Schmuck und verzierte Waffen aus dem mysteriösen Damaszener-Stahl.

Sie hatten die Ausgrabung eilig abgeschlossen und hatten sich weit von dem offenbar verfluchten Ort entfernt. Als sie in alten Chroniken Hinweise darauf entdeckt hatten und sie in die bergige Region gereist waren, hatte sich kein Einheimischer bereit erklärt, sie zu dem Ort zu führen.

Sie hatten sich selbst tagelang über karge Bergplateaus schlagen müssen, durch die kein Wasser floss und mussten steile Felswände hinabsteigen, um den Kultort überhaupt zu finden. Nun, in der Gegenwart, hatte George genau das gleiche, mulmige Gefühl, das ihn schon damals beschlichen hatte. Die Öffentlichkeit musste davon erfahren, was sich unter ihrer Stadt befand. Qualm zog auf. Weihrauch verbrannte in Schalen, die vor der Statue aufgestellt worden waren. Der beißende Geruch stieg George in die Nase und er musste den Hustenreiz unterdrücken, der ihn vermutlich verraten hätte. Geisterhafte Chöre, die den Namen ihres Gottes sangen, ließen George erschaudern. Das konnte nicht mit rechten Dingen zu gehen. Er war sich sicher. Eine höhere Macht musste hier am Wirken sein.

Das Beben hörte plötzlich auf und nach einigen Augenblicken erhoben sich die Ordensbrüder. George erkannte, dass um ihre Hüften Klingen hingen, von denen Blut tropfte. Ahriman dürstete es nach Blut. Die Anhänger zogen sich ihre Kapuzen vom Kopf, bis auf die Person, die eben gesprochen hatte. Zu seinem Erschrecken musste George feststellen, dass sich unter den Anhängern des Kultes einige Personen befanden, die er kannte, sogar seinen Dekan der Historischen Fakultät. Einer der Ordensbrüder musste Amato sein, anders konnte das Symbol der Sonne auf der Fassade des Palazzos nicht gedeutet werden. Er war schockiert, dass diese hochrangigen Leute sich verschworen hatten, um die Stadt mit Angst zu überziehen.

Doch wofür? Warum taten sie dies? Er holte sein Smartphone heraus und schirmte dessen bläuliches Licht ab. George schrieb eine Nachricht an den Reisenden. Die Stimme begann plötzlich erneut zu sprechen.

»Brüder, ich ziehe es vor, mit unseren Ritualen fortzufahren, wenn wir wieder ungestört sind.« George zuckte zusammen. Eine furchtbare Ahnung ergriff ihn: *War er entdeckt worden?* Er sah sich nach einem Ausgang um und ärgerte sich über seine Leichtsinnigkeit. Ihn trennten nur etwa vierzig Meter vom Tunnel, der aus der Höhle hinausführte. Es war so still, dass man eine Nadel fallen hören konnte. Er wog fieberhaft seine Optionen ab. Flucht war immer noch die beste Chance. George sprang auf und sprintete dem Ausgang entgegen, begleitet vom Aufschreien der Anhänger, die auf ihn zu rannten. Sie waren viel zu weit weg, um ihn einholen zu können.

Er verzog angestrengt das Gesicht und versuchte keinen Blick zurück zu werfen. Das wütende Brüllen hinter ihm wurde lauter. Er war zuversichtlich. Der Tunnel kam näher und näher. Sein Blick sprang auf und ab. Er bog gehetzt in den Tunnel ein und sprintete, bis ihm aus einer dunklen Nische heraus eine kalte Klinge an den Hals gehalten wurde. »Keinen Schritt weiter«, sagte eine Stimme. George wandte langsam seinen Kopf.

Seine Augen weiteten sich. »*Du*? Wie ist das möglich? Ich dachte...« Doch bevor er seinen Satz zu Ende bringen konnte, stach ihm die Person mit der scharfen Klinge in den Hals. Mit chirurgischer Präzision traf sie eine Ader. George konnte sich nicht mehr auf den Beinen halten. Er gurgelte. »Du...« Die Person lachte nur grausam. George sank in sich zusammen. Er kippte nach vorne. Ein Knacken ertönte. Sein Kopf rollte zur Seite.

George verdrehte die Augen. Nach nur einer Minute des hilflosen Zuckens rührte er sich nicht mehr. Seine Augen – in Verzweiflung gebannt – starrten dem Ende des Tunnels entgegen, das Freiheit bedeutet hätte. Sein Körper war nicht vielmehr als ein Haufen Materie.

Stampfende Schritte näherten sich. Die Person sah auf. »Er ist tot. Es ging schnell.«

»Gut gemacht. Wo wir können, muss den Armen Leid erspart werden«, sagte die Stimme ohne einen Anflug von Ironie und nickte den Leuten zu. »Schafft ihn in die Höhle. Wir haben noch etwas besonders mit ihm vor.«

Georges Leiche wurde in die Höhle getragen und auf einen steinernen Altar gelegt. Der Zeremonienmeister, an dessen Robe sich ein rötlicher Saum befand, trat mit einem großen, an der Spitze abgeknickten Messer an den Körper heran. Normalerweise war es dazu gedacht, seinem Opfer größtmögliche Schmerzen zu bereiten und Wunden zu schaffen, die nicht heilten. »Für Ahriman!«, stieß er aus und wartete erhobenen Armes, bis seine Brüder einstimmten. »Für Ahriman!«, riefen sie wie aus einem Mund.

Der Zeremonienmeister stieß die Klinge in den toten Körper. »Lassen wir sein Blut auf uns herabregnen«, rief er. Unter der Kutte lächelte der Zeremonienmeister. Das Blut, das aus Georges Körper lief, troff den Altar und sammelte sich in einer Rinne, die um den Altar gelegt war. Der Zeremonienmeister schöpfte mit beiden Händen aus dem Strom aus Blut und übergoss sich damit. Er liebte den metallischen Geschmack auf seinen Lippen, bis Georges Körper nur noch eine bloße Hülle war. Wenn er könnte, würde er darin baden. »Noch ist es nicht vorbei!«, schrie er fanatisch. »Es wird noch viel besser!« Nicht einmal die Umstehenden wussten, was der Schriftsteller damit meinte.

Ende des ersten Buches

Der Staatsanwalt

2. Buch

Gerechtigkeit zu verwirklichen ist die vornehmste Aufgabe der Menschheit, sie zu verwirklichen unmöglich.

Exposition

Roberto Giusti war ein ehrgeiziger Staatsanwalt. Nach dem Studium der Rechtswissenschaften und dem obligatorischen Doktor der Jurisprudenz hatte er sich aus Überzeugung in den Staatsdienst gestellt. Nur wenige andere Positionen waren prestigeträchtiger und die regelmäßigen öffentlichen Auftritte schmeichelten seinem – wie einige sagten – grenzenlosen Ego. Seine ersten Verfahren waren einfache Verkehrsdelikte gewesen, die seinem bestechenden Verstand jedoch nicht zu schmeicheln vermochten.

Die Richter hatten seine aus trotziger Ironie in veraltetem Italienisch vorgetragenen Plädoyers zähneknirschend akzeptiert, wobei die Reaktionen zwischen humanistischer Zuneigung und frostiger Duldung changierten. Giusti selbst hatte die furchtbar ermüdenden Fälle stoisch ertragen und einen Posten bei der Staatsanwaltschaft Florenz in Kriminalsachen erhalten – ein Lottogewinn.

Schnell hatte er die Karriereleiter erklommen, war jedoch nach ein paar Jahren auf eine undurchdringliche Schicht gestoßen, die er nicht durchbrechen konnte. Ein Wall des Schweigens, die der Gerechtigkeit ins Gesicht spuckten. Orwellsche Ausreden, um ihn nicht zu befördern. Immer wieder fiel ein Name, den er – seit er in Florenz Dienst tat – geflüstert hörte: Giovanni Amato, ein reicher Verleger, dessen Name sich wie die gierigen Tentakeln eines Kraken über die Stadt ausgebreitet hatte und anscheinend Allmacht besaß. Giusti war frustriert. Seine Karriere hatte raketenhaft begonnen, so wie es durch den Status seiner Eltern vorbestimmt war. Giusti lächelte. Mit Vergnügen hatte er gesehen, wie er durch Beziehungen seine

Konkurrenten ausgestochen hatte. Er verstand es als Recht, nicht als Privileg oder Frucht seiner eigenen Hände Arbeit, ganz oben zu landen, in einem erlauchten Kreis aus Richtern, Staatsanwälten, Premierministern und Senatoren. Er seufzte. Dann würde er es allen heimzahlen können, die ihm Steine in den Weg gelegt hatten. Doch bevor er sich weiteren Tagträumen hingeben konnte, hielt der Wagen unsanft an. Giusti wurde in seinen Gurt gedrückt. »Mannaggia! Was sollte das?«, blaffte er seinen Fahrer an. »Wir sind da, Capo. Die Straße, zu der Sie wollten.«

»Ganz richtig«, Giusti nickte und stieg aus. Er klopfte sich seinen maßgeschneiderten Anzug ab und rückte seine Frisur zurecht. Die Gerechtigkeit musste schließlich stets apart aussehen. Vor Lumpen fürchtete sich das Verbrechen nicht. Der Tatort war abgesperrt. Schwarz uniformierte Beamte der Carabinieri sicherten die Straße in der Nähe der Uffizien vor neugierigen Blicken. Giusti näherte sich. »Staatsanwaltschaft Florenz. Ich wurde gerufen.« Er liebte diesen Satz. Der zuständige Commissario wandte sich an Giusti. »Roberto, das ist schon der dritte Mord diese Woche. Wieder ist es ein junges Paar, wieder ist es die gleiche Tötungsart. Die Frau ist nahezu unversehrt, nur ein hauchdünner, aber tödlicher Schnitt am Hals. Der Mann dagegen wurde übel misshandelt. Die Augen von beiden wurden entfernt«, der Commissario nickte mit dem Kopf zur abgedeckten Leiche des Mannes. »Sollten Sie sich lieber nicht ansehen, ist wirklich nicht schön.« Giusti hätte sich die Leiche ohnehin nicht gerne angesehen. Sein Anzug hätte beschmutzt werden können.

»Die Bilder der Opfer lagen auch erneut bei den Leichen«, sagte der Commissario und zeigte dem Staatsanwalt die Bilder, die man neben den Toten gefunden hatte. Es waren Polaroid-Bilder, die die beiden Opfer zeigten, wie sie sich umarmten und küssten. In dieses scheinbare Glück war der

Täter gestoßen und hatte dem ein Ende bereitet. Die Presse nannte ihn mittlerweile »den Bildermörder« und die Zeitungen überboten sich gegenseitig mit abenteuerlichen Spekulationen über den Mörder.

»Irgendwelche Hinweise auf den Täter? Ich will nicht immer so früh aufstehen«, lamentierte Giusti und gähnte demonstrativ. »Bringen Sie mir einen Espresso«, wies er seinen Fahrer an, der beflissen nickte und davoneilte. »Tja, die Strafabteilung ist nicht ganz so entspannt wie die Zivilfälle, mit denen Sie sonst zu tun haben, aber hier tun Sie wenigstens wirklich etwas für die Gerechtigkeit«, meinte der Commissario listig. »Und nein, ich habe keine Hinweise auf den Täter.«

Giusti war außer sich. »Ich kann nicht mehr Strafanträge gegen Unbekannt stellen! Was sollen die Leute von mir denken!« Ihm waren erst vor einigen Wochen die mysteriösen Morde in Florenz als Fälle übertragen worden. Während er sich zu Beginn noch enthusiastisch um die Fälle bemüht hatte, war er mittlerweile übermüdet und verzweifelt. Seine Vorgesetzten wollten endlich Resultate sehen und auch die Öffentlichkeit durstete nach der Präsentation eines Täters, um endlich wieder ruhig schlafen zu können. Der Commissario hob abwehrend die Arme. »Ich kann auch nicht mehr tun, glauben Sie mir! Ich gebe mein Bestes. Ich habe selbst Kinder in diesem Alter.«

Giusti stieg vorsichtig über die Leiche des Mannes und sprach mit den Carabinieri. »Haben Sie schon Zeugen vernommen, falls es dieses Mal welche gibt?«, fragte er ein wenig entnervt. Einer der Beamten schüttelte den Kopf.

»Niemanden. Die Straße schien komplett verlassen zu sein, als die Tat geschah.«

Das wurde ja immer besser, dachte sich Giusti. Nervös dachte er daran, dass von diesem Fall viel abhing. Seinem Streben nach Prestige und Ruhm wäre ein Misserfolg und ein Serienmörder in Florenz auf freiem Fuß nicht sehr zuträglich. Vor allem deswegen nicht, weil er der Öffentlichkeit vor einigen Wochen noch vollmundig eine baldige Aufklärung versprochen hatte. Er biss sich auf die Zunge. Er hatte sich einfach nicht zurückhalten können. Es war wie verhext. Nicht nur häuften sich die Morde in der Stadt, die eigentlich für Kunst und Kultur gerühmt wurde, sondern es entstand auch ein Klima der Angst, das er in der Form noch nie irgendwo gesehen hatte. Noch schoben die Menschen ihre Bedenken beiseite, doch Giusti mutmaßte, dass sich dies bald ändern würde. Giusti versuchte sich stets, in das Gehirn des Mörders einzudenken. So hatte er schon einige Fälle gelöst.

Doch bei diesem Mörder versagte die Methode. Es gab einfach keinen objektiven Sinn. Es waren manchmal junge Paare, manchmal einzelne Personen. Das einzige, was die Fälle verband, war der Tathergang. Die unmenschliche Brutalität, mit der oft Männer angegriffen wurden, ließen auf einen möglichen Hass schließen, aber auf der anderen Seite wurden auch Frauen brutal ermordet. Einmal musste sich Giusti sogar übergeben.

Ihm war das furchtbar peinlich gewesen, doch niemand der Anwesenden hatte es ihm übelgenommen. Wie ein Mensch solche Taten begehen konnte, entzog sich seiner Vorstellungskraft. Sein eigener Großvater war Soldat im Zweiten Weltkrieg gewesen. Jedes Mal, wenn er ihn besucht hatte, hatte dieser dem jungen Roberto eingeschärft, gegen Gewalt vorzugehen. »Sie hat uns schon zweimal in den Abgrund gestürzt, mein Junge, und sie wird es immer wieder tun, wenn es nicht starke Menschen gibt, die dagegen vorgehen.« Giusti hatte die Worte seines Großvaters, eines großartigen Mannes, nie vergessen. Nach den dutzenden Mordfällen, die er mittlerweile übertragen bekommen hatte, fühlte er sich jedoch innerlich abgestumpft. Zum ersten Mal begriff er, was die »Banalität der Gewalt« eigentlich bedeutete. Der Gedanke, dass ein grausamer Serienmörder sich in den dunklen Ecken der Straßen herumtrieb und auch an seine Tür klopfen könnte, erfüllte ihn mit trotziger Furcht. Nicht zuletzt auf seine Initiative hin war die Polizeipräsenz in Florenz massiv verstärkt worden, was ihm unter der Hand den Spitznamen »Eitler Hardliner« eingebracht hatte.

Denn so sehr sich Roberto Giusti auch der Gerechtigkeit verpflichtet fand, besaß er einige gravierende Charakterfehler, über die man in der Regel aufgrund seines enormen Talents und Fähigkeiten hinwegsah. In seiner Jugend hatte er für einige Zeit als Model gearbeitet. Seine Anzüge ließ er sich maßschneidern und seine herablassende Art hatte nicht nur einen Kollegen verärgert.

Unter den weiblichen Staatsanwältinnen besaß er einen infamen Ruf. Giusti störte das nicht. Jetset und Justiz waren für ihn eng ineinander verwoben. Schließlich besaßen die Staatsanwälte in Italien nicht umsonst weitreichende Autonomie. Nachdem der Commissario ihm die Fakten geliefert hatte, machte sich Giusti wieder auf den Weg zum Justizpalast.

Frustriert sah er durch das Fenster seiner Dienstlimousine. Er würde sich auf ein hartes Gespräch mit seinem Vorgesetzten einstellen müssen, der ihn vermutlich absichtlich auf den Schleudersitz gesetzt hatte. Allzu großer Ehrgeiz wurde selten belohnt, viel häufiger dagegen bestraft. Er wusste, dass an der Sache irgendetwas faul war. Gerade in diesem Fall arbeiteten die Behörden verdächtig langsam. Es war nicht das erste Mal. Bereits einige Monate früher, in einem Fall von Wirtschaftskriminalität, in dem es um dubiose Auftragsvergaben ging, waren ihm Mittel erst sehr langsam bewilligt worden, Ermittlungsakten frühzeitig vernichtet. Bei nicht nur einem seiner Kollegen hegte er erhebliche Zweifel an der Unbestechlichkeit. Beweise ließen sich dafür aber nie finden. Er wusste, dass ein internes Ermittlungsverfahren ihm unwiderruflich den Makel eines »Nestbeschmutzers« einbringen würde. Seine Karriere könnte er dann abschreiben. Also gab er sich mit dem faulen Kompromiss zufrieden, nach besten Kräften zu ermitteln und ein wachsames Auge auf seine Kollegen zu haben. In diesem Fall wog seine Eitelkeit und Geltungsstreben schwerer als die Würde des Amtes. Er wollte schließlich nicht so enden, wie die zahlreichen Staatsanwälte, die bei Ermittlungen Anschlägen der Mafia zum Opfer gefallen waren.

Seine Gedanken wanderten zum Bildermörder. Insgeheim hegte er fast schon Bewunderung für die bösartige Rationalität, mit der der Mörder die Taten beging. Sie waren perfekt orchestriert. Einsame Straßen ohne Zeugen, keine Fingerabdrücke oder ähnliche Hinweise. Dazu eine Pressewirksamkeit, die die Polizei und Staatsanwaltschaft unter immensen Druck setzte.

Das perfekte Verbrechen. Der Mörder spielte mit ihnen. Immer näher hatte er sich an das Stadtzentrum herangewagt. Dies war der schwerste Fall seiner noch jungen Karriere. Über die Zeit war die Verzweiflung in ihm zu einem Geschwür angewachsen, das ihn nicht mehr ruhig schlafen ließ.

Sämtliche Versuche, den Mörder zu stellen, waren fehlgeschlagen. Einmal hatte er nach einem gescheiterten Versuch mit der bloßen Hand eine tiefe Kerbe in seinen Schreibtisch geschlagen. Er schloss die Augen. Wenigstens würde er heute Abend ein wenig Abwechslung genießen können.

Eine »Schwanensee«-Aufführung im Teatro Maggio, die exzellente Kritiken erhalten hatte, insbesondere die Tänzerin des Schwarzen Schwans. Giusti Stimmung hob sich ein wenig. Statt den ganzen Tag die Banalität des Bösen analysieren zu müssen, konnte er sich heute Abend der Ästhetik des Schönen hingeben.

Sein Vorgesetzter, Francesco Marinelli, ein bekannter Staatsanwalt, der sich in den Mani Pulite-Untersuchungen in den Neunziger Jahren hervorgetan hatte und entsprechend seines Selbstverständnisses sehr langsam sprach, war in der Tat wenig erfreut über die schlechten Nachrichten. Er war abgehärtet in einem Geschäft, das nur Tod und Brutalität kannte. Bei seiner Beschreibung des Mordes rümpften sie nur kurz die Nase. »Glauben Sie mir, Procuratore, ich habe schon viel Schlimmeres gesehen. Bei den damaligen Mordfällen in den Fällen um das ›Monster von Florenz‹, ist mir das jeden Tag widerfahren.«

»Sie übertreiben, Signore«, wandte Giusti ein.

»Wie dem auch sei...«, fing Marinelli an und faltete in seinen Ledersessel gelehnt die Hände, »zählen wir doch mal die ›Erfolge‹ der vergangenen Wochen auf: Fünf Morde, keine Hinweise und einen öffentlichen Aufschrei, von dem so mancher untreue Premierminister nur träumen könnte. Ich bin etwas enttäuscht, Roberto.«

Giusti ärgerte sich jedes Mal, wenn ihn sein Vorgesetzter demonstrativ mit dem Vornamen ansprach. Zerknirscht antwortete er:

»Das ist ein Mörder, wie ich ihn noch nie erlebt habe...Genial, brillant will ich sagen. Die Polizei ist machtlos gegen ihn. Ich habe die Polizeipräsenz verstärken lassen, Patrouillen durch die äußeren Stadtbezirke routinemäßig angeordnet...aber nichts hat geholfen.«

Der Oberstaatsanwalt sagte nichts, sondern wippte nur in seinem Stuhl hin und her. »Hm«, murmelte er. «Finden Sie, dass Sie mit dem Fall überfordert sind, Roberto?«

»Auf keinen Fall, Signore. Ich werde den Täter der Gerechtigkeit ausliefern. Ich brauche jedoch mehr Mittel. Meine Kollegen bei der Polizei brauchen Durchsuchungsbeschlüsse, mehr Personal...«

Marinelli unterbrach ihn barsch. »Bene, ich werde mich dafür einsetzen. Aber ich will Ergebnisse sehen. Möglichst bald. Es würde schon helfen, wenn die Zahl der Morde sänke.«

»Ich werde mein Bestmögliches geben«, sagte Giusti mit Überzeugung.

»Da bin ich mir sicher«, Marinelli lächelte enigmatisch.

»Wäre es das dann?«, fragte Giusti.

»Eine Sache wäre da tatsächlich noch. Ich empfehle Ihnen ein Buch, von einem Florentiner Psychologen. Sein Name ist Alessandro Visconti. Es heißt ›Ästhetik des Verbrechens‹. Ein echter Klassiker! Schauen Sie in der Kriminalbibliothek nach, da sollte es noch einige Ausgaben geben.«

Giusti folgte dem Rat seines Vorgesetzten und suchte die Bibliothek des Justizpalasts auf, in der eine umfangreiche Sammlung zum Kriminalstrafrecht, Kriminologie und Psychologie lagerte. Giusti lieh sich ein neueres Exemplar des Buchs von Alessandro Visconti aus. Er nahm es mit in sein Büro, das sich im Westflügel des Justizpalasts befand. Aufgrund der eher kargen Ausstattung hatte er Geld investiert, um es ein wenig mehr dem Amt angemessen zu gestalten. Eine kleine Minibar, verborgen in einem grauen Schrank, gefüllt mit exquisiten Getränken heiterte allzu ereignislose Arbeitstage auf. Hinter seinem Schreibtisch hatte er einen deckenhohen Bücherschrank mit aktueller juristischer Lektüre aufgestellt. Ein kleines, goldenes Schild mit der Aufschrift »Dr. Roberto Giusti, Staatsanwalt« erinnerte Besucher daran, dass vor ihnen ein Mann von Bedeutung saß. Er ließ sich einen Cappuccino kochen, legte die Füße auf den Schreibtisch und schlug das Buch auf. Die Biographie des Autors war beeindruckend:

Professor der Psychologie und Doktor der Kriminologie, Träger diverser Preise, Berater des Justizministers. Er blätterte weiter zur Einleitung.

»*Verbrechen*«. *Wie nie zuvor bedeutet dieses Wort nicht nur den Gesetzesbruch an sich, das Übertreten der von der Gesellschaft gesetzten Spielregeln, sondern besitzt eine starke psychologische Komponente. Die Geschichte zeigt, dass für die Gesellschaft einige Verbrechen, d.h. die Personen, die für die Verbrechen verantwortlich sind, nicht zwangsläufig verdammenswert sind. Ein Vater, der den Vergewaltiger seiner Tochter umbringt, hat zwar einen Mord begangen, wird vielfach jedoch sozial entlastet. Verbrechen ist ein Phänomen des sozialen Kontexts. Menschen können aus vielen Gründen das Gesetz angreifen. Armut, Verzweiflung, Hunger können den Einzelnen dazu verleiten, das Gesetz zu brechen, um seine schreckliche Lage zu überwinden. Gleichzeitig gibt es Verbrechen, die nicht aus Zwang oder aus dem Affekt begangen werden, sondern die sorgfältig und akribisch geplant werden und mit der Präzision einer Maschine ausgeführt werden. Es sind Verbrechen, deren Genialität erstaunen lässt. Ich möchte solche Verbrechen beschreiben, die von Personen ausgeführt werden, die ihre Taten als Kunst sehen und nicht als Gesetzesbruch.*

Giusti war fasziniert. Zum ersten Mal in vielen Wochen hatte er das Gefühl, verstanden zu werden. Visconti beschrieb in seinem Buch genau das Phänomen, an dem er sich die Zähne ausbiss: Das Verbrechen als vollendete Kunst. Ein Mörder, der seine Opfer vorher fotografierte, um sie dann kaltblütig umzubringen, passte genau in das Schema. Visconti, der laut den Auskünften der Autorenbiographie lange Jahre als Psychologe gearbeitet und immer wieder mit der Strafverfolgung zusammengearbeitet hatte, war davon überzeugt, dass manche Täter nur aus Geltungssucht Verbrechen begingen.

Manche Täter der Geschichte haben offenkundig den medialen Aufschrei durch ihre Verbrechen für sich nutzen können und sich selbst zu Legenden stilisiert. Beispiele dafür sind Jack The Ripper oder Charles Manson. Das Sendungsbewusstsein einiger Täter ist sogar so stark ausgeprägt, dass sie sich freiwillig stellen, um die Öffentlichkeit zu genießen. Einige betreiben ihre Verbrechen mit einer Hinwendung, dass sie ihre Taten als Freizeitbeschäftigung ansehen, die hinter einer bürgerlichen Fassade ausgeübt wird. Die Grausamkeit der Handlungen wird oft mit einer handwerklichen Präzision wie der eines Künstlers ausgeführt.

Giusti las bis spät in den Nachmittag hinein die Studie. Erst als das rötliche Licht der angehenden Sonne sein Gesicht streifte, wurde ihm klar, wie sehr er die Zeit vergessen hatte. Er legte das Buch auf seinen Schreibtisch und verließ sein Büro. Der Justizpalast hatte sich merklich geleert.

Das monumentale Gebäude, das sich im nordwestlichen Teil der Stadt befand, glitzerte in der Abendsonne. Normalerweise summten die Gänge und Büros der Staatsanwaltschaft vor Aktivität. Gerüchte über Kollegen, Angebereien waren an der Tagesordnung. Die Staatsanwaltschaft war ein Biotop, das sich von der Welt draußen stark unterschied. Es war ein stetiges Ringen und es galt das Recht des Stärkeren. Ruhm und Prestige waren schließlich keine Dinge, die einem einfach zufielen. Roberto Giusti würde niemals den Fall abgeben. Er war besessen damit. Eher würde er das Ende seiner Karriere trotzig ertragen, als den Fall einem anderem zu überlassen.

Giusti wies seine Sekretärin ruhig, aber bestimmt darauf hin, dass er für die nächsten neun Stunden nicht gestört werden wolle. Er ließ sich zu seiner großzügigen Penthouse-Wohnung chauffieren. Er nahm ein Bad und suchte seinen besten Anzug aus seinem Schrank heraus. Für einen Abend wollte er sich nicht durch seine eigenen Instinkte leiten lassen, sondern durch das Protokoll der Gesellschaft.

Ekstase

Die Vorstellung wurde zu einem unvergesslichen Ereignis. Giusti fühlte sich euphorisiert und verführt durch den Auftritt des schwarzen Schwans, dessen darstellerische Leistung sein Gehirn in Ekstase versetzte. Die Bewegungen riefen seine schönsten Erinnerungen hervor und erweckten zugleich in ihm eine Lust an düsteren Taten; er ließ sich regelrecht durch das Böse des Charakters der Odette infizieren. Ihre dunkle Aura strahlte auf das Publikum aus. Wie Giusti vorab erfahren hatte, war dies keineswegs ein Einzelfall, sondern die Regel. Die Tänzerin war derart hypnotisch, dass Zuschauer nach der Vorstellung sagten, wenn ihnen die Tänzerin befohlen hätte, zu töten, hätten sie es getan. Giusti war gleichermaßen schockiert und fasziniert von diesem Gedanken. Er saß in der Ehrenloge des Theaters.

Er beobachtete die Tänzerin. Doch sie schien nicht das ganze Publikum anzusehen, sondern vielmehr eine einzelne Person, die rechts neben ihm auf einem anderen Logenplatz saß. Giusti konnte nicht erkennen, wer es genau war, doch in ihm stieg eine unbändige Eifersucht auf, dass er am liebsten aufspringen wollte, um die Ballerina anzubrüllen, er sei es wert angesehen zu werden und nicht ein beliebiger Anderer. Er war sich noch nicht einmal darüber bewusst gewesen, dass er derart intensive Emotionen verspüren konnte. Giusti konnte mit Zurückweisung nicht umgehen. Er vergab nicht leicht und ein einzelnes Unrecht konnte sich in eine lebenslange Feindschaft verwandeln. So hatte er es bis hierhergeschafft. Sein Traum war es, Generalstaatsanwalt am Kassationsgerichtshof zu werden, dem höchsten Gericht der Italienischen Republik. Er stammte aus einer alten, reichen römischen Familie, die gerne mit dem Gedanken kokettierte, ihre Blutlinie bis in die Antike zurückverfolgen zu können. Das Selbstverständnis, das er von Geburt an eingeflößt bekommen hatte, war, dass er auf alles einen Anspruch haben könnte, wenn er nur bereit war, soweit zu gehen und ihn auch einzufordern. Auf sein Gehalt als Staatsanwalt hatte er generös verzichtet. Das ferne Amt des Staatspräsidenten als Schlusspunkt seines Lebens war einer solcher Träume, die Giusti bereits seit seiner Jugend gefasst hatte. Die Vorstellung endete und Giusti fand sich schweißgebadet in seinem Sessel wieder. Er verließ den Saal und genehmigte sich zwei doppelte Whisky, die er nahezu in einem Schluck austrank. Er fühlte sich furchtbar. Er bestellte sich noch einen weiteren Whisky. Tief in sich wusste er, dass dies keine gute Idee war, aber ihm war es egal. Er hatte den plötzlichen Drang, in Tränen auszubrechen, was ihm unangenehm peinlich war. Anscheinend war er nicht der einzige, dem es so erging. Andere saßen oder standen an Tischen und sahen nachdenklich ins Leere, ihre kontemplative Haltung nur durch einige Schlucke Alkohol unterbrochen. Mit einer leicht depressiven Stimmung kehrte er in sein Apartment zurück. Der viele Alkohol ließ seinen Kopf kreisen und damit hörte es nicht auf. Ein seltsames Sirren raubte ihm den Schlaf. Sein Körper zuckte willkürlich. Nachdem er bei brütender Hitze zwei Stunden wach gelegen hatte und auch die Klimaanlage keine Linderung verschafft hatte, entschloss er sich zu einem Schritt, dem er eigentlich abgeschworen hatte, doch er sah keine Wahl. Er schwang sich aus seinem Bett und ging zu einer Schublade an seinem Schreibtisch, deren Schlüssel er auf einem Schrank versteckt hatte. Er atmete tief durch und öffnete die Ablage. Darin lagen mehrere Tüten eines weißen, pulverigen Stoffes. *Kokain*. Er musste seinen angestauten Stress mit einem Mal loswerden. Giusti hatte sich vor zwei Jahren dem weißen Teufel entsagt und hatte gehofft, seinen Vorsatz auch einhalten zu können. Doch außergewöhnliche Situationen, verlangten extreme Antworten. Der Druck, der auf ihm lastete war enorm, noch nie war er derart gefordert gewesen. Sein normaler Arbeitstag umfasste mittlerweile zwölf Stunden, an manchen Tagen sogar sechzehn. Er würde dieses Tempo nicht mehr lange aufrechterhalten können. Giusti griff mit zitternder Hand nach dem Tütchen und hielt es gegen das Licht. Die Substanz glitzerte wie ein Kristall. Er riss die Tüte auf und verteilte den Inhalt regelmäßig in Linien auf seinem Schreibtisch. Zuvor schloss er sämtliche Türen und Fenster seines Apartments. Er wusste nicht, wie er nach der langen Zeit im Entzug darauf reagieren würde. Er hielt sich ein Nasenloch zu und sog das Pulver mit einem kräftigen Zug durch seine Nase ein. Die Wirkung setzte sofort ein. Ein Feuerwerk aus Farben, Emotionen und Gerüchen explodierte in seinem Kopf, das ihn beinahe vom Stuhl riss. Ein unglaubliches Gefühl von Stärke überwältigte ihn.

Eine Linie nach der anderen zog er durch und die künstlichen Glücksgefühle überschwemmten sein Gehirn. Er begann zu fantasieren, von einer Menschenmenge direkt gegenüber von ihm, die ihm hemmungslos zujubelte. Dann, wie diese Menge nur aus Frauen bestand, die sich entkleideten. Er führte intensive Selbstgespräche vor einem Spiegel. Die Zeit wurde zu einer gelartigen Masse, die er selbst in seinen Händen formen konnte.

Er bewegte sich vor und zurück in der Zeit. Es schien ihm, als würden sich alle Geheimnisse dieser Welt vor ihm entfalten. Sein Verstand spielte verrückt. Mit einem Mal schien sich der Raum zu verdunkeln. Das Licht flimmerte. Eine Stimme begann zu sprechen, obwohl sich Giusti sicher war, dass er der einzige in der Wohnung war. Eine schemenhafte Silhouette saß auf einem Stuhl am gegenüberliegenden Ende des Raumes und rauchte genüsslich.

»Ah, Roberto, du jagst mir also nach...«, die Stimme lachte höhnisch. »Wie willst du mich schon fangen? Ich bin unbesiegbar und das weißt du.« Giusti schluckte. »Wer sind Sie? Und was machen Sie in meiner Wohnung?«

Die Stimme sprang im Raum umher. Giusti wandte den Kopf. »Das ist eine meiner leichtesten Übungen. Ich schlage aus dem Schatten heraus zu, wie eine Raubkatze. Arr...«, schnurrte die Stimme. Giusti sprang auf und rannte in die Ecke des Raumes, wo er die geisterhafte Stimme vermutete.

»Nicht hier«, antworte sie aus einer anderen Ecke. »Ich werde dich kriegen. Und wenn ich dafür alles opfern muss«, knurrte Giusti. Die Stimme lachte nur höhnisch auf. »Ich bin ein Phantom. Ich bin die Hand vieler. Du kannst mich einmal fangen und ta-da! Ich bin wieder zurück. Doch egal wer ich bin, ich mache mir immer zwei Bilder von meinen Opfern. Eins für Leute wie dich und eins für meine Pinnwand.« Schwaden von Rauch vernebelten seine Sicht. Giusti wurde wütend. Er stürmte auf die Silhouette zu und warf sich ihr entgegen, doch als er unsanft den Boden berührte, war sie verschwunden. Der Raum war wieder ganz normal. Das eigenartige Piepsen in seinem Ohr war von einem leisen Rauschen abgelöst worden. Giusti fühlte sich erschöpft. Er schaffte es kaum mehr, sich in sein Bett zu legen. Er blieb an der Bettkante stehen und fiel kopfüber auf die weichen Kissen.

Als er am nächsten Tag viel zu spät und übernächtigt sein Büro betrat, wartete seine Sekretärin schon auf ihn. »Buon giorno«, murmelte Giusti und schlurfte träge zur Tür in sein Zimmer hinein. »Signore, jemand hat ein Paket für Sie abgegeben. Ich habe es nicht geöffnet. Es riecht ein wenig säuerlich, vielleicht eine Delikatesse?«

»Mal sehen«, meinte Giusti und zog die Tür hinter sich zu. Das erste, was ihm in seinem Büro tatsächlich auffiel, war ein stechender, säuerlicher Geruch, dessen Quelle auf seinem Schreibtisch direkt neben der kleinen, italienischen Flagge stand: Ein einfach verpacktes Paket, um das lieblos eine rote Schleife gewickelt war. Giusti hob die Augenbrauen. Wer schickte ihm denn ein Geschenk? Er ließ sich in seinem Bürostuhl nieder und nahm einen Brieföffner, mit dem er das Paket aufschnitt. Der Gestank wurde immer stärker, doch Giustis Neugier war stärker. Im Paket befand sich eine Box aus Holz. Er hob den Deckel an und ließ ihn gleich darauf wieder fallen. Er stieß einen spitzen Schrei des Entsetzens aus. In der Box befanden sich zwei glitschige Augen, die ihn schleimig ansahen. Die Iris war von einem verwaschenen Blau. An den Nervenenden klebte noch Blut. Sie mussten frisch sein. Daneben lag ein Brief, der in einer weißlichen Flüssigkeit schwamm. Angeekelt holte Giusti den Brief heraus. Die Buchstaben waren mit der Schreibmaschine geschrieben und leicht verwischt.

Lieber Roberto,

wie ich sehe, hast du meine Verfolgung aufgenommen. Nun, ich muss dir sagen, dass der Versuch scheitern wird. Ich bin ein Genie und du nur ein arroganter Schnösel. Du kannst es aber trotzdem gerne versuchen, ich lasse mich gerne auf dieses Spiel ein. Hier ist ein schönes Geschenk aus meiner Sammlung. Sieh dich nur vor!

Grüße aus der Hölle

Dein Freund

Seine Sekretärin hatte den Schrei gehört und hatte die Tür aufgerissen.

»Ist etwas mit Ihnen?«, fragte sie entsetzt.

Giusti riss sich zusammen. »Mit mir nicht, aber mit der Post.« Er zeigte auf das Paket. Die Sekretärin rümpfte erst nur die Nase. Dann erschrak sie und schlug sich die Hand vor den Mund. »Mein Gott!«, rief sie schockiert. »Wer hat Ihnen nur so etwas geschickt?«

»Der Bildermörder. Eine kleine, feine Aufmerksamkeit, sozusagen«, sagte Giusti. »Bringen Sie das zur forensischen Abteilung, vielleicht können die daraus was machen«,

»In Ordnung«, sagte sie zögerlich und trug das Paket mit spitzen Fingern weg. Giusti ärgerte sich. Er hatte Schwäche gezeigt. Garantiert würde sein Verhalten das Gesprächsthema unter seinen Kollegen werden. Sein Magen krampfte sich beim Gedanken an die aus den Augenhöhlen heraus getrennten Augen zusammen und er unterdrückte mit Not einen Würgereiz.

Er würde es dem Bildermörder, dieser armseligen Kreatur, schon zeigen. Niemand legte sich ungestraft mit Roberto Giusti an.

Die Paketsendungen hörten nicht auf. Nahezu jeden dritten Tag bekam Giusti ein Paket. Der Bildermörder hatte wohl ein großes Vergnügen daran, sich an den Augen seiner Opfer sattzusehen. Es waren immer Exemplare in verschiedensten Farben. Giusti tat es im Herzen weh, derart bezaubernde Augen tot vor sich liegen zu sehen. Er sah ein wunderschönes Haselnussbraun, leuchtendes Saphirblau und Blassgrün. Eines verband die Augen jedoch: Aus ihnen sprach der Tod und das Leiden, das ihren Besitzern angetan worden war, als die Augen grausam entfernt worden waren.

Stets fanden sich in den Paketen Nachrichten vom Bildermörder, der Giusti verhöhnte. Er stand unter enormen Stress. Die Presse rückte ihnen zu Leibe und wollte Ergebnisse sehen. Nahezu jeden Tag musste er Kokain konsumieren, um überhaupt die Belastung bestreiten zu können. Stundenlang las er Fallakten, verhörte Verdächtige und schüchterte sie mit Wutausbrüchen ein. Erfolglos. Nicht ein Hinweis fand sich. Der Bildermörder tanzte ihm auf der Nase, verfolgte ihn in seinen Träumen. Als der Mord an einem jungen Paar, das sich auf der Ponte Vecchio getroffen hatte, an die Öffentlichkeit drang, gab es einen Aufschrei, wie ihn die Staatsanwälte im Justizpalast noch nie erlebt hatten. Zeitungen und Fernsehsender überschwemmten die Büros mit Interviewanfragen. Selbst der Bürgermeister der Stadt sah sich gezwungen, die Justiz scharf zu kritisieren. Peu à peu ließen die Medien Details des Mordes an die Öffentlichkeit durchsickern. Details, die eigentlich unter Verschluss waren. Jemand aus dem Ministerium hatte sie durchsickern lassen. Die Frau war mit einem einfachen Stich in den Hals getötet worden. Der Mann dagegen wurde brutal misshandelt.

Ihre Leichen hatte man in einer Mülltüte im Arno entsorgt. Ein Obdachloser hatte die Leichen am Ufer angespült gefunden. Die Menschen waren außer sich. Man verlangte Antworten. Und zwar schnell. Schließlich gab Giusti dem Druck nach und gab eine Pressekonferenz. Sorgsam klaubte er juristische Begriffe und Phrasen zusammen, um das Versagen seiner Behörde zu rechtfertigen. Man hatte ihn als Bauernopfer ins Blitzlichtgewitter geschickt. Er zupfte seine Krawatte zurecht und hob den Kopf. Die Journalisten beobachteten ihn aufmerksam, bereit jeden seiner Fehler zu verreißen.

»Sehr geehrte Damen und Herren, schreckliche Monate liegen hinter uns. Ein Monster hat unsere schöne Stadt befallen und viele unserer Mitbürgerinnen und Mitbürger kaltblütig ermordet. Der Zynismus dieses Täters ist kaum zu übertreffen. Die Staatsanwaltschaft arbeitet intensiv mit allen anderen Organen des Justizwesens zusammen, um die Taten aufzuklären. Die Ermittlungen laufen. Bisher kann mit Sicherheit gesagt werden, dass dem Täter mehrere Morde mit besonderer Grausamkeit zur Last gelegt werden. Dafür wird es keine Gnade geben. Die Republik wird sich derer erwehren, die sich gegen unsere Art zu leben stellen.« Giusti holte Luft: »Ich möchte daher zur Ruhe aufrufen. Bleiben Sie in Ihren Häusern, gehen Sie nach Einbruch der Dunkelheit nicht auf die Straße, meiden Sie abgelegene Straßen. Wir werden in den nächsten Wochen die Polizeipräsenz in den Straßen massiv verstärken. Jeder dienliche Hinweis auf den Täter wird mit einer großzügigen Geldsumme belohnt. Bürgerinnen und Bürger, es ist unsere Aufgabe als Gesellschaft, dem Schrecken nicht tatenlos ins Auge zu sehen, sondern ihn zu bekämpfen. Das Böse wird nicht siegen!«

Giusti hob während des letzten Satzes beschwörend die Arme. Spontaner Applaus brandete auf. Die Leute hatten ihm seine Rede anscheinend abgekauft. Er beantwortete sämtliche Fragen sachlich, aber vage. Seine emotionalen Worte hatten die Journalisten beruhigt. Kritische Fragen wurden ihm nicht gestellt. Er sah sich schon auf den Titelseiten der großen Zeitungen als »Held von Florenz«. Nach der Pressekonferenz ließ er sich in der Dienstlimousine zu seinem Apartment fahren. Er hatte für einen Tag die Aufgaben an einen Kollegen übertragen.

Den nächsten Tag hatte er sich frei genommen. Giusti musste sich von den Strapazen der letzten Wochen erholen. Er gab seinem Fahrer für den nächsten Tag frei und entledigte sich seines Anzugs. Giusti liebte Nächte, die er ganz für sich hatte. Für heute hatte er sich etwas besonders vorgenommen: Vor einiger Zeit war er durch eine diskrete Empfehlung eines Kollegen aus dem Justizministerium mit ähnlichen Interessen auf einen Ort gestoßen, wo er seine unterdrückten Sehnsüchte ausleben konnte. Genau diesen Ort würde er an diesem Tag aufsuchen. Die Republik zu retten war eine anstrengende Aufgabe.

Weit geschlossene Augen

Ein Taxifahrer setzte ihn in der Nähe des Bahnhofs ab. Zu seinem Schutz trug er an seiner Hüfte einen antiken Revolver, ein altes Familienerbstück aus den italienischen Revolutionskriegen. Auch wenn die Treffsicherheit der Waffe nicht sonderlich groß war, machte sie doch genug Lärm und Rauch, um jeden Angreifer das Fürchten zu lehren. Es war eine finstere Gegend, in die sich gerade durch seine Warnung nur wenige bei Nacht wagten. Dunkle Gestalten trieben sich in den durch orangenes Licht erhellten Straßen herum. Gestalten mit tiefen Narben, die von der Erpressung lebten. Prostituierte boten in den Straßenecken ihre Dienste an. Heruntergekommene, aus ausgezehrten Gesichtern schauende Drogendealer verkauften ihre Ware. Die Straßen waren dreckig, es stank nach Unrat und Urin. Selbst die Polizei schreckte davor zurück, sich in diese Gegend zu wagen. Die Häuser verfielen. Die Autoscheiben der Autos waren eingeschlagen. Graffiti zierte die Fassaden der Häuser. Die Bewohner hatten sich mit ihrem Los abgefunden. Giusti hatte immer seine Hand an den Revolver gelegt, um rechtzeitig reagieren zu können, sollte jemand versuchen, einen Überraschungsangriff auf ihn zu wagen. Sein Ziel war ein Etablissement mit dezenter, leicht angekratzter Fassade, die kaum darauf schließen ließ, was sich darin verbarg. Das einzige, was sich von draußen erahnen ließ, war das leichte Wummern der Musik, die durch die Wände drang.

Giusti sah sich in alle Richtungen um und klopfte dreimal an der schweren Metalltür. Ein Sichtfenster wurde quietschend aufgeschoben. Grimmig sah ihn der Torwächter an und verlangte nach einem Codewort. *Amenaide.* Der Mann nickte und entriegelte die Tür. Giusti betrat einen rötlich beleuchteten Vorraum. Neben dem Torwächter befanden sich noch zwei weitere, vernarbte Männer im Raum, die ihn aufmerksam musterten. Links und rechts führten Gänge ab, die zu Umkleideräumen führten. Der Mann streckte Giusti seine Hand von der Größe einer Pranke entgegen. »Das Geld«, sagte er mit tiefer Stimme. Giusti griff in die Innentasche seiner Jacke. Der Wächter zuckte kurz, doch als Giusti ein ordentliches Bündel Geldscheine hervorzog, milderten sich seine harten Züge.

»Gut. Sie wissen ja, wie es funktioniert.« Giusti nickte und bog in den linken Gang ab. Die Türen waren abschließbar. Der Boden war mit Teppich ausgelegt, der jegliche Schritte verschluckte. Er ging in einen der Räume und entkleidete sich. An Garderobenhaken mit vergoldeten Spitzen konnte man seine Kleidung aufhängen. Am Ende des Raumes befand sich eine Duschkabine. Giusti setzte sich eine der goldenen Masken auf, die sich in einem kleinen Schrank befanden und zog sich ein weißes Leinentuch um, das seinen Intimbereich verdeckte. Er verließ die Kabine und schloss sie ab. Dazu tippte er einen Code, der nur ihm bekannt war, auf das Tastenfeld neben dem Schloss ein. Ein sirrendes Geräusch verriegelte seine sonstige Identität von der, die er hier annahm. Am anderen Ende des Ganges befand sich eine weitere Tür. Stampfende Bässe drangen dahinter hervor. Giusti atmete tief durch und drückte die Klinke hinunter. Er trat ein in eine Welt aus teuren Getränken, nackten Körpern und warmer, feuchter Luft. Es war eine surreale Atmosphäre. Der Raum war gefüllt von anderen, die wie er hier versuchten, der Routine des Alltags zu entkommen. Ausnahmelos jeder trug eine Maske und war nur leicht bekleidet. In die Mitte des Raumes zog sich ein langer Laufsteg, auf dem silbern glänzende Stangen nach oben ragten, an denen sich nackte Frauen lasziv räkelten. Stumme Kellner liefen umher und verteilten Dragees, nach denen es hier jeden lechzte. Auch Giusti nahm sich eine vom Tablett und besah kurz die Tablette, die er in den Händen hielt. Im pulsierenden Licht glühte sie rötlich. Niemand wusste, wer dieses Wunderzeug produzierte, aber es war auch nicht wichtig. Die Droge erweiterte das Bewusstsein, streifte die sterbliche Hülle ab und ließ den Konsumenten grenzenloses Glück erleben. Mit einem schnellen Wurf beförderte Giusti das Dragee in seinen Mund, schloss die Augen und wartete, bis die phänomenale Wirkung eintrat. Sie ließ nicht lange auf sich warten und sein ganzer Körper spannte sich an. Er riss die Augen auf und fühlte sich wie ein anderer Mensch. Stärker, intelligenter und potenter. Es gab eine grell ausgeleuchtete Tanzfläche, auf der sich die maskieren Massen tummelten. Sie verrenkten grotesk ihre Körper, warfen ekstatisch ihre Köpfe in den Nacken, schrien archaische Wörter, nicht viel mehr als animalische Laute. Giusti mischte sich unter sie und spürte, wie sein Körper allmählich mit dem der anderen verschmolz. Er genoss es. Das Zaubermittel befreite ihn von allen Hemmungen. Sein unterdrücktes *Es* trat zum Vorschein und war sichtlich begeistert, ohne Zweifel und Sanktionen seinem triebhaften Werk nachzugehen. Giusti sah in die Augen der Menschen um sich. Ein Mann mit stechenden, smaragdgrünen Augen presste seinen Körper an den einer aufreizend attraktiven jungen Frau, die ihre weiblichen Reize spielerisch zur Geltung brachte. Er sah in ihre eisblauen Augen und ließ seinen Blick über ihren wohlgeformten Körper wandern. Sie musste eine Tänzerin sein. Das rote, verführerische Licht verlieh ihrem Körper eine Anmut und Selbstbestimmtheit, die er noch nie gesehen hatte. Die Menge packte plötzlich den Mann und hob ihn in die Höhe. Es war kurz vor zwölf, die Zeit, zu der jegliche Konvention oder Zurückhaltung endgültig aufgegeben wurde. Die

Droge war so dosiert, dass pünktlich um Mitternacht ihre eigentliche Wirkung erst einsetzte. Ein dunkler Gong verkündete den Beginn des neuen Tages und einer Nacht ohne Reue. Die Menschen schleuderten die letzten Kleidungsstücke von ihren Körpern, nur die Masken behielten sie auf. Die Elite der Stadt lebte hier ihre Sehnsüchte aus, die die Konvention ihnen in der Öffentlichkeit verbot. Der Mann wurde von der Menge in die Luft gehoben und wieder aufgefangen. Sie wurden zu einer anonymen, lüsternen Masse und umringten ihn. Verschwitzte Körper stießen aneinander oder berührten sich unfreiwillig. Niemand protestierte. Sie alle wollten es.

Giusti liebte diesen Ort. Hier sprach man sich nur mit Codenamen an, die man selbst wählte. Er selbst nannte sich Morpheus, nach dem griechischen Gott des Traumes. Offiziell war es verboten, über seinen persönlichen Hintergrund außerhalb dieser Wände zu sprechen, doch insgeheim wusste jeder, dass hier mehr als eine mächtige oder reiche Person anwesend war und das bacchantische Treiben genoss. Giusti konnte darüber nur lachen.

Er fand es faszinierend, dass sich hinter jeder noch so polierten und künstlichen Fassade eines Mächtigen ein zerbrechlicher Mensch befand, der einem hedonistischen Streben nachging. So war es immer und so würde es immer sein. Nachdem er eine Weile ausgelassen dem besonderen Pläsier nachgegangen war, ließ er sich auf einem der Sessel nieder und von der auf der Bühne tanzenden Stripteusen unterhalten. Er verschränkte die Hände hinter seinem Kopf und genoss das Spektakel. Er bestellte einen exklusiven Longdrink. Er wusste, dass dieser Abend ein teures Vergnügen war, doch er war nur zu gerne bereit, jeden Betrag hierfür auszugeben. Er rief eine der Tänzerinnen zu sich, die seinem Wunsch nur zu gerne nachkamen. Sie wussten, dass er gut zahlte. Jeder, der hier einer Tätigkeit nachging, tat dies freiwillig. Giusti delektierte sich an einem vorzüglichen Tanz auf seinem Schoß und gab der Tänzerin großzügig einen Drink aus und gab ihr ein kleines Bündel Geldscheine, das sie dankend in ihr Dessous steckte. Sie nahm sein Angebot auf eine Unterhaltung dankend an. Jede der Tänzerinnen besaß eine umfassende Bildung und man konnte sich kultiviert auf hohem Niveau mit ihnen parlieren, ein Genuss, den er nicht missen wollte.

Im Laufe des Abends zogen sie und Giusti sich diskret in einen separaten Raum zurück. Er hatte diesen magischen Ort vor nicht allzu langer Zeit entdeckt und es war für ihn zur Routine geworden, ihn in regelmäßigen Abständen aufzusuchen und sich den Kopf von der anstrengenden, verantwortungsvollen Position als Staatsanwalt freizumachen. Staatsanwälte waren Personen des öffentlichen Lebens und man erwartete von ihnen eine moralische Unfehlbarkeit und Integrität, die unnatürlich war. Kein Mensch war perfekt. Heilige waren eine Illusion. Für die Öffentlichkeit spielte Giusti gerne den mustergültigen Staatsanwalt, doch auch er konnte die uralten Triebe in sich nicht bändigen. Die Nacht zog weit bis in den nächsten Tag hinein. Giusti überfiel die Müdigkeit, die sich durch das lange Feiern angestaut hatte. Die Wirkung der Droge ließ langsam nach und auch der Raum leerte sich. Auch der Mann, der vor einigen Stunden wie in einem geheimnisvollen Ritual mit der unbekannten Schönen zusammen getanzt hatte und sie ihn mit einem langen Kuss belohnt hatte, war verschwunden. Er dachte es, es sei an der Zeit zu gehen.

»Du willst schon gehen, Morpheus? Sonst bleibst du doch auch länger«, sie räkelte sich wie eine schläfrige Katze auf dem Sessel.

»Nein, ich muss gehen. Ich kann nicht ewig hierbleiben. Aber ich würde mich freuen, wenn du mich für den Rest der Nacht begleitest«, er reichte ihr seine Hand.

»Aber gerne doch«, sagte sie fröhlich und sprang auf.

Als Giusti zum ersten Mal diesen mysteriösen Ort betreten hatte wurde ihm unmissverständlich klargemacht, dass ein gewisser Ehrenkodex galt.

Eine Übertretung würde sofort und unsanft geahndet. Normalerweise lud er sich nach einer Nacht in diesem Club noch eine der Frauen in ein vornehmes Hotel ein. So hatte er es am Anfang immer gemacht. Doch dann hatte sich alles geändert. Aurora – so hieß seine Begleiterin – war seine inoffizielle Geliebte. Sie befand sich selbst in einer Beziehung mit einem wohlhabenden, aber langweiligen Geschäftsmann und liebte den Reiz ihrer geheimen, nächtlichen Tätigkeit. Sie war oft alleine und ihr Mann war selten zuhause. Aurora war einsam. Sie und Giusti hatten schnell zusammengefunden. Sie kannten sich beide nur unter ihren Decknamen und so sollte es auch bleiben. Dadurch sollte die Beziehung unverfänglich sein.

Giusti jedoch war schnell abhängig von der fast zehn Jahre älteren Frau geworden. Er holte nun nach, wofür er in seinem Karrierestreben zuvor keine Zeit gehabt hatte. Sie zeigte ihm, wie das Leben funktionierte und hatte nur zögerlich akzeptiert, dass es Schattenseiten eines Hochglanzlebens gab, die hingenommen werden mussten. Bisher hatte immer alles reibungslos funktioniert. Es war ein Drahtseilakt, doch er war bereit das Risiko einzugehen, solange es sich lohnte. Giusti verließ den schwülen Raum und begab sich in seine Umkleidekabine. Er nahm eine heiße Dusche und zog sich seine Alltagskleidung wieder an. Er versicherte sich, dass er nichts vergessen hatte und verließ das Etablissement. Die Torwächter sahen ihm grimmig nach. Aber das taten Sie immer. Ein junger Mann, der über zu viel Geld verfügte, war ihnen suspekt. Giusti trat auf die Straße. Der Wind hatte aufgefrischt und blies kalt durch die Straßen. Herumliegender Müll wurde in die Luft geschleudert und wirbelte die Straße hinunter. Hinter kaum einem der zerbrochenen Fensterscheiben brannte Licht. »Morpheus?«, hörte er eine Stimme. Er drehte sich um. Aurora näherte sich. Sie trug einen edlen Mantel, der perfekt zu ihren langen, schwarzen Haaren passte. Sie war eine echte Schönheit. Ihr leicht gebräunter Körper schimmerte im Licht der Straßenlaternen wie Bronze. Sie sah viel jünger aus, als sie tatsächlich war. Er liebte sie, wusste aber nicht ob sie das gleiche empfand wie er. Giusti traute sich nicht, sie zu fragen. Zu sehr fürchtete er sich davor, sie für immer an jemand anderen zu verlieren. Er hatte sich sehr verändert, dies merkte er selbst. Während seines Studiums und seiner ersten Jahre als Jurist war er ein arroganter Intrigant gewesen, der jeden aus dem Weg geräumt hatte, der sich ihm in den Weg stellte. Köpfe waren seinetwegen gerollt. Ihn hatte es nicht gekümmert, ob er mit seinem Handeln Leben zerstörte, das einzige, wonach er sich richtete, war, nach ganz oben zu kommen. Seit er in der Strafabteilung tätig war, hatte sich sein Leben gewandelt. Er trug die Verantwortung für die Sicherheit einer ganzen Stadt. Menschen hingen von ihm ab. Zum ersten Mal war er sich dieser Verantwortung bewusstgeworden. Sie hatte ihn zu einem besseren Menschen gemacht.

»Komm, wir laufen ein kleines Stück. Ich habe uns ein Taxi zum *Imperial* gerufen«, er nahm sie in den Arm und spürte die Wärme ihres Körpers.

Sie verließen schnellen Schrittes die Scherbengegend der Stadt. Seine Sinne waren auf Alarm geschaltet. Misstrauisch scannte er die ganze Zeit über die Umgebung und achtete auf auffällige Bewegungen in den Schatten. Seine Hand ruhte an seiner Hüfte, an der der Revolver hing und nur darauf wartete, abgefeuert zu werden. Aurora schmiegte sich an ihn. Die Nacht war kühl und der Himmel wolkenlosen. Ein voller Mond schien auf sie hinunter und leuchtete sie an, als wären sie Teil einer Bühne. *Il Mondo è un teatro – ma solo siamo gli attori*, dachte Giusti, als er zum Himmel hinaufsah. »Du wirkst so nachdenklich. Muss ich mir Sorgen machen?«, fragte Aurora und gab ihm einen Kuss auf die Wange.

»Nein...nein, es ist alles in Ordnung. Ich habe im Moment viel zu tun«, wiegelte Giusti ab. Sie beließ es dabei. Sie bogen auf eine tagsüber viel befahrene Straße ab, die auf den hell erleuchteten Bahnhof zuführte. Plötzlich registrierte Giusti hinter ihnen eine schnelle Bewegung. Er hatte die ganze Zeit über das Gefühl gehabt, dass ihnen jemand folgte, hatte aber nichts gesagt, da er Aurora nicht unnötig verunsichern wollte. »Der Taxifahrer müsste bald kommen. Hier steht er doch immer schon«, sagte Aurora. In ihren Worten schwang Sorge mit. »Ich weiß, ich weiß. Ich kann es mir auch nicht erklären«, meinte Giusti. Sie liefen vorsichtig weiter. Aurora deutete in eine Seitenstraße. »Dort steht das Taxi.« Giusti war verwundert.

Warum stand das Auto dort? Er hatte stets dem Taxi mitgeteilt, es solle an einer größeren Straße halten. Sie gingen langsam darauf zu. Der Motor lief und die Scheinwerfer beleuchteten die gegenüberliegende Hauswand. Als sie nahe genug waren, um einen Blick in das Taxi zu werfen, stieß Aurora einen spitzen Schrei aus und klammerte sich an Giustis Arm.

»Sch...schau. Er...« *Der Taxifahrer war tot.* Seine Leiche hing im Fahrersitz. Er schien überrascht worden zu sein. Das Fenster auf seiner Seite war heruntergelassen. Die Mundwinkel waren zu einem grotesken Lachen aufgeschlitzt worden. Doch viel schlimmer als das: Seine Augen fehlten. Wo sie eigentlich sein sollten, klaffte nur eine leere blutige Höhle.

»Was hat das zu bedeuten? Sag doch etwas!«, Aurora war sichtlich aufgelöst und klammerte sich an seinen Arm. Giusti versuchte ruhig zu bleiben. Doch seine Stimme zitterte. »Wir sollten so schnell wie möglich von hier verschwinden und die Polizei alarmieren. Ich...«, er brach ab. Ein grelles Blitzlicht erhellte für einen Augenblick die Straße, wie von einer Kamera. Eine Gestalt war aus der Dunkelheit an sie herangeschlichen und hatte sich auf ihn geworfen. Er schlug zu Boden und der Aufprall presste ihm die Luft aus der Lunge. Sterne kreisten vor seinen Augen. Er war benommen. Der Angreifer wandte sich Aurora zu. Er hatte eine spitze Machete hoch erhoben und ging drohend auf sie zu. Eine rote Maske, wie man sie an Karneval in Venedig sah, verdeckte sein Gesicht. Seine schwarze Kleidung verdeckte seinen Körper und es war nahezu unmöglich ihn zu identifizieren. Aurora konnte nicht mehr schreien und verbarg sich heiser schluchzend hinter ihrem langen Mantel. »Bitte nicht, bitte nicht...«, wimmerte sie. Giusti konnte vor Schmerzen kaum atmen. Doch er hatte noch genug Kraft, um den Revolver hervorzuziehen. Der Angreifer holte mit der Klinge aus und wollte damit Auroras Hals treffen, als sich ein Schuss löste.

Der Angreifer zuckte zurück. Ein Wunde klaffte an dessen Schulter. Für einen kurzen Moment rutschte der Ärmel des Täters hoch und gab den Blick auf eine stilisierte Sonne frei, die sich auf dem Handgelenk befand. Aurora griff die Gestalt an und biss ihr in den Hals. Der Verwundete brüllte vor Schmerz auf, doch er schüttelte Aurora mit unglaublicher Kraft von sich und verschwand in der Nacht. Aurora rannte ihm nicht nach, sondern eilte zu Giusti, dessen Kopf furchtbar blutete. Sie riss ein Stück Stoff aus ihrem Mantel heraus und verband damit die Wunde. Von Ferne hörte er Polizeisirenen. Giusti schloss die Augen. Er konnte sich kaum bei Bewusstsein halten. Minuten später trafen die Carabinieri in voller militärischer Uniform ein. Einer der Männer erkannte den Staatsanwalt. »Procuratore, was tun Sie mitten in der Nacht hier draußen? Hatten Sie nicht selbst allen Bürgern der Rat gegeben, sich um diese Uhrzeit in ihren Häusern aufzuhalten?«

»Das erkläre ich Ihnen ein anderes Mal. Bringen Sie mich zu einem Arzt und zwar schnell. Diese Frau hat mich eben gefunden. Man muss mich wohl ohnmächtig geschlagen haben«, sagte er.

Aurora spielte das Spiel mit. »Das stimmt, Signore. Dieser Mann lag blutend auf der Straße und ich habe noch eine Gestalt weglaufen sehen.«

Der Beamte notierte sich die Aussagen auf einem Block. »Wir werden Ihre Aussagen noch einmal genau notieren. Vito, bring den Mann zu einem Arzt«, wies er einen anderen Beamten an, der geflissentlich nickte. »Kommen Sie mit, Signore. Diese Wunde sieht übel aus.«

Giusti hatte eine leichte Gehirnerschütterung und einige Prellungen erlitten. Aurora war mit einem Schreck davongekommen. Die Carabinieri hatten ihre Aussagen aufgenommen. Giusti würde sich einiger unbequemer Fragen seines Vorgesetzten aussetzen müssen. Aurora würde er wohl eine Zeit lang nicht wiedersehen können. Sie hatten sich mit versteinerten Gesichtern in der Nacht getrennt. Einige Tage später bestellte ihn der Oberstaatsanwalt in dessen Büro. Wie ein schuldiger Schüler saß er auf dem kleinen Stuhl vor dem massiven Schreibtisch. Er fixierte Giusti und trommelte mit den Fingern auf den Schreibtisch. Im Hintergrund tickte eine Uhr. Minuten vergingen, ohne dass ein Wort fiel. Endlich fing der Mann an zu sprechen und sein Ton war vernichtend. »Procuratore Giusti, worin sind Sie da nur wieder geraten? Mitten in der Nacht in einem sinisteren Teil des Bahnhofsviertels, mit einer fremden, stark geschminkten und leicht bekleideten Frau? Am besten stelle ich dazu keine Fragen...«

Giusti konnte sich nicht zurückhalten. »Es ist nicht so wie sie denken. Die Frau hat mich nur auf der Straße...«

Marinelli hob mahnend die Hand. »Ich kann mir schon denken, was wirklich passiert ist. Halten Sie mich nicht für dumm! Und ersparen Sie mir die Details! Am schlimmsten ist, dass die ganzen Zeitungen voll damit sind.« Wie zum Beweis hob der Mann ein Bündel Zeitungen hoch, alle mit derselben Überschrift: *Staatsanwalt angegriffen – Wer ist noch sicher?*

Der Mann legte die Zeitungen ab und sah wieder Giusti an. »Sie haben mit Ihrer abenteuerlicher Aktion viel Schaden angerichtet. Die Öffentlichkeit ist verunsichert wie nie zuvor. Wenn sogar ein Staatsanwalt angegriffen wird, wer ist da noch sicher? Ihren Aussagen zufolge kann der Täter nur der Bildermörder gewesen sein, daran besteht gar kein Zweifel. Und Sie, dessen härtester Widersacher, lässt sich einfach von ihm überfallen. Sie glauben gar nicht, wie ironisch das ist!«

Giusti schwieg. Er wusste, dass er die Sache nur schlimmer machen würde. Zum Glück berichteten die Nachrichten nicht von Aurora. Sie war nur in einem Nebensatz erwähnt worden. Sein Ruf hätte massiv darunter gelitten.

»Ich bin wirklich versucht, Ihnen bis auf Weiteres sämtliche Fälle zu entziehen und verlässlicheren Kollegen zu übertragen«, Marinelli klopfte auf ein dickes Buch auf seinem Schreibtisch, direkt neben einer Fotografie des aktuellen Staatspräsidenten. »Leider sind Sie mein fähigster Staatsanwalt in diesem Laden. Was soll ich nur mit Ihnen machen?« *Eine rhetorische Frage,* dachte Giusti und schwieg weiter.

»Vielleicht gehe ich zu hart mit Ihnen ins Gericht. Schließlich haben Sie kein Verbrechen begangen, sondern wurden Opfer. Wenn auch sehr leichtsinnig. Immerhin ist es das erste Mal, das ein Opfer überlebt hat. Durch Ihr Phantombild haben wir zum ersten Mal Anhaltspunkte.«

Giustis Miene hellte sich ein wenig auf. Sein Vorgesetzter fuhr fort: »Ich werde Sie für ein paar Wochen freisetzen und die Sache selbst in die Hand nehmen, bis Gras über die Sache gewachsen ist. Ich denke, Ihnen ist der Druck zu Kopf gestiegen. Keine Sorge, die Ausdauer kommt mit der Erfahrung.«

»Sie wissen, dass der Bildermörder mein Fall ist.«

»Das weiß ich, Giusti. Aber im Moment sehe ich keine Zukunft darin. Besonders nicht darin, dass es *Ihr* Fall ist.«

»Signore Marinelli, da wäre noch etwas: Als dem Bildermörder kurzzeitig der Ärmel hochrutschte, da habe ich etwas auf seinem Handgelenk gesehen. Eine Art *Sonne*.«

Als Giusti dies sagte, entglitt dem Oberstaatsanwalt für einen Augenblick der Gesichtsausdruck.

»Das mag sicher nichts weiter heißen«, sagte Marinelli und stand hektisch auf.

»Es wäre besser, wenn sie nun gehen. Nutzen Sie die Zeit, Procuratore. Und beherzigen Sie Ihren eigenen Rat. Lesen Sie, gehen Sie spazieren…Florenz hat doch so viel zu bieten. Das nächste Mal erwarte ich mehr von Ihnen.« Nachdem der Staatsanwalt konsterniert die Tür hinter sich geschlossen hatte, zog Marinelli sein Smartphone aus der Innentasche seines Jacketts und wählte die Nummer, die er in den vergangenen Wochen sehr häufig angerufen hatte. Er hielt das Gerät an sein Ohr und wartete einige Zeit. Das Läuten schmerzte in seinen Ohren. Endlich nahm jemand ab, doch dieser jemand wartete nur auf eine Antwort. Nur das Atmen einer Person am anderen Ende der Leitung war zu hören. »Gemini«, sagte der

Oberstaatsanwalt. Eine Stimme sagte: »Ich leite Sie weiter. Einen Moment, bitte.« Ein Klicken ertönte.

»Haben Sie ihn vom Fall abgezogen?«, fragte eine andere Stimme, die verzerrt klang.

»Ja, habe ich. Hören Sie, ich...«

Die Stimme unterbrach ihn. »Es wird nie vorbei sein. Oder wollen Sie etwa, dass Ihr schmutziges – ich sage nicht kleines, denn das ist es nicht – Geheimnis an die Öffentlichkeit kommt? Ein Oberstaatsanwalt, der sich gewisse Filme ansieht, die er selbst in Auftrag gegeben hat, um sich damit zu erregen?«

Marinelli biss sich auf die Lippe. Sie platzte auf und blutete. »In Ordnung«, sagte er zerknirscht. Ein heiseres Lachen drang durch die Leitung. Ein Pusten war zu hören, als stieß jemand Zigarrenrauch aus. »Sehr gut. Sie werden wieder von mir hören.« Dann legte die Person auf. Der Oberstaatsanwalt machte sich wieder an die Arbeit. Auf seinem Schreibtisch lag die Akte über Ermittlungen gegen ein Drogenkartell.

Wochen verstrichen ereignislos. Frustration schlich sich bei Giusti ein. Ihm waren die Hände gebunden. Sein Vorgesetzter hatte ihn einer unbedeutenden Abteilung zugeteilt, die sich mit einfachen zivilrechtlichen Fällen beschäftigte. Es war Dienst nach Vorschrift und genügte in kleinster Weise der intellektuellen Leistungsfähigkeit von Staatsanwalt Roberto Giusti, der mit »Summa cum Laude« promoviert hatte. Man hatte seinen Stolz gebrochen. Die Kollegen sahen ihn hochmütig an und berichteten betont laut über ihre jüngsten, spannenden Fälle. Giusti hielt es nicht mehr lange aus.

Noch immer dachte er an den Bildermörder, der unbehelligt durch die Straßen streifte. Erstaunlicherweise ebbte die Mordwelle auf einmal ab.

Die Stadt atmete auf und die Staatsanwaltschaft auch. Wieder wurden einige Verdächtige verhört. Um die Bewohner von der Durchschlagkraft der Justiz zu überzeugen, wurde gegen einen sogar ein Verfahren eröffnet. Die Lage entspannte sich ein wenig. Zögerliche Normalität kehrte in Florenz ein. Das Polizeiaufgebot wurde zurückgefahren. Zwar patrouillieren die Carabinieri und die Staatspolizei weiterhin die Straßen, aber ein weiterer Mord blieb aus. Während die allgemeine Bevölkerung davon ausging, der Täter sei gefasst und würde zur Rechenschaft gezogen, wussten die Sicherheitsbehörden, dass der Fall noch längst nicht abgeschlossen war. Der wahre Täter war immer noch auf freiem Fuß. Giustis Vorgesetzter heimste den Ruhm dafür ein, dem Treiben des Bildermörders ein Ende gesetzt zu haben. Sogar auf der Titelseite eines bekannten Magazins war sein Konterfei zu sehen. Giusti dagegen wurde nicht einmal erwähnt und kochte in stiller Wut vor sich hin. Die Öffentlichkeit würde ihn als den Versager in Erinnerung behalten, der es geschafft hatte, sich von dem überfallen zu lassen, gegen den er eigentlich Anklage erheben sollte.

Es war die schlimmste Demütigung in seiner Karriere. Eines Abends – es war kurz vor Dienstschluss – fand er die Bürotür Marinellis unverschlossen vor. Giusti wandte sich im Gang um. Niemand beobachtete ihn. Er schob die Tür vorsichtig einen Spalt weit auf. Der Raum war leer. Die Schreibtischlampe brannte jedoch noch. Jetzt war die Gelegenheit greifbar. Seit Wochen hatte er den Verdacht, Marinelli sei nicht der Saubermann, als der es sich immer präsentierte. Lautlos betrat Giusti das Büro und lehnte die Tür wieder an. Er streifte Handschuhe über, die er stets mit sich führte. Er hasste Keime. Vorsichtig durchsuchte er die Schubladen des großen Schreibtischs. Neben den zu erwartenden Ermittlungsakten fand sich dort ein ominöser, schwarzer Umschlag mit einem aufgedruckten, perforierten Sonnenzeichen. Giusti hob die Augenbrauen. Er öffnete den Umschlag.

Darin befand sich ein USB-Stick, der mit »Für Sie, mein Freund« beschriftet war. Giusti schaltete den Computer auf dem Schreibtisch ein, kopierte den Inhalt des USB-Sticks auf seinen eigenen und schaltete den Computer wieder aus, um keinen Verdacht zu erwecken. Er schob den USB-Stick zurück in den Umschlag und versteckte ihn in der Schublade. Plötzlich hörte er Stimmen. Hastig stand er auf, öffnete die Tür zum Nebenzimmer und schlüpfte hindurch. In diesem Moment öffnete sich die Bürotür und Marinelli trat in Begleitung eines anderen Mannes, den Giusti nicht namentlich kannte, den er aber bereits häufiger in den Gängen des Justizpalasts gesehen hatte. Das Büro Marinellis hatte schallgedämpfte Wände, sodass Giusti nicht hören konnte, was die beiden Männer besprachen. Ihre ausladenden Gesten deuteten jedoch darauf hin, dass es um etwas Wichtiges ging. Giusti nutzte die Gelegenheit und verschwand durch die Tür des Nebenzimmers. Er eilte zu seinem Büro und steckte den USB-Stick in den Rechner. Es befand sich nur eine einzige Datei darauf. Giusti klickte darauf. Es war ein dunkler Raum zu erkennen, der langsam erleuchtet wurde. Darin stand ein Bett. Und auf diesem Bett – gefesselt und mit verbundenen Augen – lag Marinelli, bis auf die Unterwäsche bekleidet.

Eine Frau in einem Overall aus glänzendem Leder stand über ihn gebeugt, mit einer Peitsche in der Hand. »Willst du es?«, brüllte sie Marinelli an. »Ja, ich will«, stöhnte dieser. Sie ließ ihre Peitsche, deren Enden mit scharfkantigen Spitzen versehen waren, auf ihn niederfahren. Seine Schreie waren derart laut, dass Giusti die Lautstärke verringern musste, um keinen Verdacht zu erregen. Die Sequenz setzte sich für fünf Minuten fort.

Am Ende des Videos wurde der Bildschirm schwarz und in weißen Lettern wurde ein Spruch eingeblendet: »Erinnere dich an dein Versprechen.« Unter dem Satz wurde eine stilisierte Sonne abgebildet. Giusti schaltete den Bildschirm aus. *Ein Sextape?* Wurde der Staatsanwalt erpresst? Er hatte seine Zweifel. Es konnte kein Zufall sein, dass Marinelli gerade heute die Anklage gegen einen mächtigen Wirtschaftsboss hatte fallen lassen.

Der Inhalt dieses Videos war sicherlich der Grund dafür gewesen. Dieses mysteriöse Sonnenzeichen hatte er schon häufiger in Florenz gesehen.

Während eines Interviews war einem Politiker der Ärmel hochgerutscht und für einen Augenblick war das Zeichen der Sonne deutlich zu sehen gewesen. Der Mann hatte es schnell wieder unter seinem Hemd verschwinden lassen. Auch der Bürgermeister hatte ein derartiges Mal, dass sich unauffällig hinter dessen Haaransatz verbarg. Bildeten sie eine geheime Gesellschaft, deren Treueid darin bestand, etwas Kompromittierendes von sich dem Bund preiszugeben, als Treueschwur sozusagen?

Dieses Video war gefährlich. Diese Spur führte bis in die höchsten Ebenen des Staates. Giusti ahnte, dass er hier etwas ganz Großem auf der Spur war.

Neben seiner Arbeit las er weiter in Viscontis Studie über Verbrecher. Er wunderte sich oft, warum er dieses Buch nicht schon während seiner Ausbildung gelesen hatte. Der Bildermörder war – wie viele andere Serienmörder – süchtig von der Aufmerksamkeit, die seine Taten generierten.

Ohne sie würde es sich nicht lohnen, zu morden. Umso mehr fragte sich Giusti weswegen der Mörder so abrupt das Morden eingestellt hatte. Mit jedem Morgen wurde die Stadt zuversichtlich und gewann nach und nach die Lebendigkeit und Leichtigkeit zurück, die sie so einzigartig machte. In der sommerlichen Wärme zog es die Menschen auf die wunderbaren Plätze der Stadt, in den Schatten eines Cafés oder eines Eissalons. Giusti seufzte. Er würde sicherlich andere Gelegenheiten haben, sein ungeheures Talent unter Beweis zu stellen. Nach der Arbeit fuhr er häufiger noch mit dem Fahrrad in die Innenstadt und entspannte in der Nähe der alten Denkmäler der Zeit, als Florenz noch eine unabhängige Republik war.

Sein Apartment lag auf der Nordseite des Arno. Als er eines Abends die Flusspromenade entlangfuhr, hielt er kurz an, um die Aussicht zu genießen. Das Wasser glitzerte im Schein der untergehenden Abendsonne. Ein Bild für die Ewigkeit. Eine Viertelstunde stand er nur an die Mauer gelehnt und träumte. Er wollte sich gerade zurück auf sein Fahrrad schwingen, als ihm etwas auffiel. Einige Meter weiter endete die Mauer und ging in ein Geländer über, das zum Wasser hinunterführte. Dort glänzte etwas.

Er stieg vorsichtig die glitschigen Treppen hinab, um nachzuschauen. Am Fuß der Treppe schwappte klatschend das Wasser gegen die Stufen. Algen überzogen den Sandstein. Dort lag ein größerer Müllsack. Giusti trat näher und drückte gegen den Sack. Etwas Weiches befand sich darin. Er wagte es nicht, den Müllsack zu öffnen, denn er ahnte bereits, was sich darin befand. Er rief die Polizei. Die Zeichen wiederholten sich, denn an den Sack getackert befand sich ein Bild des Opfers.

Bündnisse

Die Nachricht von Georges Tod erschütterte den Reisenden zutiefst. Erst vor wenigen Tagen war er aus dem Krankenhaus entlassen worden. Er fühlte sich schwach, leer und ausgezehrt. Da sein Palazzo ausgebrannt war, hatte er sich vorläufig in ein Hotel eingemietet. Die Tabletten, die man ihm gegen die Schmerzen verschrieben hatte, machten ihn müde und er kam tagelang kaum aus dem Bett. Die einzige gute Nachricht, die er während seiner Tage, die er an sein Bett gefesselt war, erhalten hatte, war die, dass die Mordserie des berüchtigten »Bildermörders«, der in Florenz sein Unwesen getrieben hatte, überraschend abbrach. Doch die Freude währte nicht lange. Es war an einem Mittwochmorgen gewesen, als das Telefon in seinem Hotelzimmer geklingelt hatte. George war tot. Man hatte seine verunstaltete Leiche am vorigen Tag im Arno gefunden. *Amato,* war der erste Gedanke des Reisenden. Doch er besaß keinerlei Beweise dafür. Noch weniger dafür, dass der Bildermörder, auf den die Hinweise deuteten, etwas mit dem schwerreichen Verleger zu tun hatte. Zurück blieben nur Ungewissheit und Angst. Der Reisende war niedergeschmettert. Erst nahm man ihm seine Geliebte, dann seinen ältesten Freund und schließlich seinen wunderschönen Palazzo. Wer konnte so grausam sein und ihm das antun?

Verzweifelt mit der Welt ballte der Reisende seine Faust gen Himmel. Er war nur noch ein Schatten seiner selbst, seine bescheidene neue Existenz, die er sich in Florenz, der Stadt der Kunst aufgebaut hatte, restlos zerstört. Die schönen Erinnerungen, die er wie Schätze bewacht hatte, wurden allmählich von Dunkelheit überdeckt, die sich über seine Seele legte.

Ihm gierte es nach Vergeltung. Georges Tod ließ ihn ratlos zurück. Der Mörder war wieder aktiv. Seine Vernunft sagte ihm, er solle schnellstmöglich aus der Stadt verschwinden und die vergangen Monate einfach vergessen, aber er ertrug den Gedanken daran nicht, Amato damit das Spielfeld zu überlassen. Doch noch eine weitere Sache bereitete ihm Sorgen: Er bekam seit Tagen wieder diese Anrufe. Seit er in Florenz war, hatte er Dutzende erhalten. Nie hatte er abgehoben und er würde es in Zukunft auch nicht tun. Insofern es überhaupt für ihn eine Zukunft gab. Die einzige Zeitlinie, in der er sich sehen konnte, war die, in der er Gerechtigkeit fand.

Dazu musste er das Netz aus Lügen und Täuschungen durchschlagen, in das er seit dem Tag seiner Ankunft eingewebt worden war. Sein verstorbener Freund hatte ihm einen letzten Hinweis hinterlassen. In der Nacht, nach der der Reisende den Kontakt zu George verloren hatte und in der dieser vermutlich ermordet worden war, hatte er den Reisenden ein letztes Mal angerufen. Einige Stunden später hatte ihn dann eine Textnachricht mit kryptischem Inhalt erreicht:

Amato

Straße

Schriftsteller

Geheim

Prozession

Ahriman statt Mithras

Bildermörder

Terror

Angst

Anscheinend war Amato ein Mitglied eines mysteriösen Kults, der dem Gott der Finsternis Ahriman huldige und nicht dem Lichtgott Mithras und irgendwie mit dem Bildermörder in Verbindung stand. Aber die Nachricht konnte auch etwas komplett Anderes heißen.

Die Staatsanwaltschaft Florenz lud ihn in der darauffolgenden Woche ins Justizministerium ein, um ihn über die aktuellen Ermittlungen der Polizei zu informieren. Ein Taxi brachte ihn vom Hotel zum Justizpalast. Am Eingang empfing man ihn freundlich und mitfühlend. Eine Sekretärin geleitete ihn zum Büro des zuständigen Oberstaatsanwalts. Sie öffnete die Tür und wies ihn hinein. Ein kräftiger Mann Ende fünfzig saß hinter dem Schreibtisch und erhob sich der Würde seines Amts entsprechend. Er bot dem Reisenden die Hand zur Begrüßung und schüttelte mit starkem Griff die des Reisenden. »Nehmen Sie doch Platz. Bitte! Möchten Sie ein Getränk? Tee, Kaffee, Espresso?«

»Einen doppelten Espresso nähme ich gerne«, der Reisende nahm auf dem Stuhl hinter dem beeindrucken Schreibtisch Platz. Dieser war fast so breit wie die riesige Fensterfront hinter dem Staatsanwalt. Der Oberstaatsanwalt drückte auf einen roten Knopf auf seinem Schreibtisch und sprach in ein Mikrofon.

»Einen doppelten Espresso und einen Darjeeling-Tee mit ein wenig Zitrone in Besprechungszimmer eins.«

Wenige Minuten später wurde die Tür geöffnet und eine attraktive Praktikantin – die der Oberstaatsanwalt seinem intensiven Blick nach zu urteilen nicht unbedingt nach fachlicher Qualifikation ausgewählt hatte – betrat den Raum und balancierte ein Tablett in der einen und einen Stapel Papiere in der anderen Hand. »Signori, hier der Espresso und der Tee«, sie stellte das Tablett auf dem Schreibtisch ab und verließ den Raum. Weißes

Licht fiel dem Reisenden in die Augen und unterstrich die Machtposition seines Gegenübers. »Nun. Ich habe keine guten Nachrichten für Sie. Ihr Bekannter George Wellesley, geboren 1982 in Oxford, Großbritannien, wurde von einem Täter ermordet, der in der Presse als »der Bildermörder« bezeichnet wird und dessen Tatmuster auch in diesem Fall vorliegt. Ist Ihnen das bekannt?«, der Reisende nickte. »Die Ermittlungen der Polizei verliefen bisher wenig erfolgreich. Die Indizien sind kaum zielführend. Es tut mir leid zu sagen, aber ich vermute, dass wir den Mord an Ihrem Bekannten nicht aufklären können werden. Wir haben es hier mit einem Täter zu tun, der sich allen Zugriffsmöglichkeiten der Strafverfolgung entzogen hat. Ich kann Ihnen aber trotzdem versichern, dass wir alles in unserer Macht Stehende tun werden. Wir lassen sich nicht im Stich.«

»Was ist mit dem Feuer in meinem Palazzo? Wie gehen die Ermittlungen dort voran?«

Der Staatsanwalt schüttelte den Kopf. »Tut mir leid. Auch dort ließ sich nichts Definitives finden. Eine Entführung zweifellos, aber die Drahtzieher bleiben im Dunkeln. Da wir nicht viel über Ihre...Partnerin herausfinden konnten, war ein Ansatz von der Seite ebenso nicht möglich. Uns bleibt nur Ihre Aussage und die Aussage Ihrer Nachbarn. Beide jedoch...«, er schlug mit einer Hand auf einen Aktenstapel neben seiner Teetasse, »helfen nicht weiter.«

Der Reisende war wütend. Er musste sich beherrschen, um den Staatsanwalt nicht geradewegs anzuschreien. »Gibt es überhaupt etwas, was Sie mir mitteilen und mir tatsächlich weiterhilft?«

Etwas Unerwartetes geschah. Der Mann beugte sich über den Schreibtisch zu ihm hinüber.

»An Ihrer Stelle würde ich nicht so viele Fragen stellen. Seien Sie froh, dass Sie mit Ihrem Leben davongekommen sind. Vielen anderen wäre es nicht so glücklich ergangen, finden Sie sich damit ab!«, zischte der Staatsanwalt und lehnte sich zurück. Er fuhr im Plauderton fort:

»Nun, die Testamente Ihrer Bekannten wurden verlesen. Der Notar wird Ihnen in den kommenden Tagen die entsprechenden Unterlagen zusenden. Ansonsten kann ich nicht viel für Sie tun. Die Beerdigung auf dem *Cimitero degli Inglesi* ist für kommenden Sonntag angesetzt, aber das wissen Sie sicherlich bereits. Mir bleibt nur, Ihnen mein herzliches Beileid auszusprechen. Haben Sie noch Fragen?«

Der Reisende war unzufrieden. Doch er schluckte seinen Ärger hinunter. Gegen die Mühlen der Bürokratie konnte er kaum bestehen. »Nein«, antwortete er zerknirscht, »halten Sie mich bitte über die Ermittlungen auf dem Laufenden. Ich glaube, ich habe ein Recht darauf.«

»Das haben Sie«, meinte der Mann merkwürdig gelassen.

Der Oberstaatsanwalt führte den Reisenden vor die Tür und wünschte ihm alles Gute. Dann zog er sich ohne ein weiteres Wort in sein Büro zurück. Der Reisende war pikiert. Er war wie ein Schuljunge behandelt worden. Er ballte die Hände zur Faust. Wenn ihm schon die Justiz nicht helfen konnte oder wollte, würde er die Dinge selbst in die Hand nehmen. Der Reisende ging kopfschüttelnd zum Lift. Roberto Giusti kam in diesem Moment mit einem Stapel Akten unter dem Arm aus einer Besprechung und sah noch wie sich die Tür des Fahrstuhls schloss. Er fragte die Sekretärin des Oberstaatsanwalts, um wen es sich hierbei handelte. »Das ist der Amerikaner, dessen Palazzo vor ein paar Wochen abgebrannt ist und der dabei seine Freundin verloren hat. Er war eben beim Chef wegen des Mordes an diesem Engländer. Scheint ein Freund des Verstorbenen gewesen zu sein.«

Giusti erinnerte sich an den Brand. In der Nacht zuvor hatte jemand einen Scheiterhaufen vor Giovanni Amatos Palazzo entzündet und dessen Bücher darin verbrannt. Der Brand am nächsten Tag im Palazzo des Amerikaners, der nach Polizeiberichten erst im Sommer nach Florenz gezogen war, hatte einen noch tragischeren Hintergrund. Eine Tänzerin, die Freundin des Mannes, war entführt und in das Haus eingesperrt worden, während man es in Flammen gesetzt hat. Der Mann hatte versucht, sie zu befreien. Sie ist bei der Rettungsaktion gestorben und der Mann musste sich mit schweren Verbrennungen in eine Klinik einliefern lassen. Als die Nachricht vom Tod der Tänzerin an die Öffentlichkeit gedrungen war, kam es zu Ausschreitungen. Hunderte Menschen versammelten sich auf den Piazzen und trauerten um die Tänzerin, die Giusti selbst schon einmal live erlebt hatte. Sie war der schwarze Schwan aus »Schwanensee«. Sie und ihr Tanzensemble waren am gleichen Tag umgekommen, die aufgehängten Leichen der Tänzerinnen hatte man in einem alten Fabrikgebäude außerhalb der Stadt gefunden. Am nächsten Tag war die Geschichte auf der Titelseite jeder Zeitung. Dem schwarzen Schwan galt jedoch eine besondere Hinwendung: Die Menschen beteten sie wie eine Heilige an und das religiöse Fieber erfasste bald mehr und mehr Menschen. Einige hatten den Geist der Tänzerin über der Stadt schweben sehen und waren in einen Zustand quasi-religiöser Ekstase gefallen. Bald verlangte man gar ein Staatsbegräbnis und nachdem die Proteste täglich an Zulauf gewonnen und gedroht hatten, das öffentliche Leben der Stadt lahmzulegen, hatte der Bürgermeister zögerlich zugestimmt. Der Leichenzug hinter dem wunderschönen Sarg der Tänzerin war die größte Versammlung an Menschen, die

Giusti je gesehen hatte. Tausende Menschen liefen in schwarzer Trauerkleidung durch die Straßen. Der Staatsanwalt sah seine Chance. Er musste den Amerikaner sprechen. Vielleicht wusste er mehr.

Er wandte sich wieder der Sekretärin zu und sprach in verschwörerischen Tonfall:

»Sie haben bestimmt dem Gespräch zugehört. Wann findet das Begräbnis des Engländers statt?«

Sie winkte in gespielter Empörung ab. »Wo Sie nur wieder hindenken, Procuratore. Aber ja, ich habe Teile des Gesprächs aufgeschnappt. Wenn ich mich nicht irre, kommenden Sonntag auf dem Cimitero degli Inglesi.«

»Vielen Dank. Ich weiß, dass ich auf Sie zählen kann«, sagte Giusti. Die Beerdigung des Ermordeten bot ihm die einmalige Gelegenheit, mit dem Mann zu sprechen. Zwar hatte ihm Marinelli damals versprochen, den Bildermörder scharf zu verfolgen, aber anscheinend versank dieses Versprechen immer tiefer in einem bürokratischen Sumpf. Ermittlungsergebnisse verschwanden auf mysteriöse Weise, Durchsuchungsbefehle wurden auffällig oft nicht bewilligt. Für diese Informationen zum Stand der Ermittlungen hatte Giusti einige Gefallen einfordern müssen. Ohnehin verwunderte ihn die Handlungsweise der Abteilungsleiter. Verfahren wurden ohne guten Grund eingestellt, Beweismittel willkürlich archiviert. Umso mehr wunderte es Giusti, dass es quasi unter dem Radar eine ganze Reihe von Fällen plötzlichen Verschwindens gegeben hatte. In den letzten Monaten, sogar Jahren waren immer wieder Männer verschiedenen Alters spurlos verschwunden und nie wieder aufgetaucht. Die Staatsanwaltschaft hatte in keinem der Fälle ermittelt, sondern die Zuständigkeiten an andere Behörden abgegeben. Giusti runzelte irritiert die Stirn, als er durch die Dokumente las, die er sich heimlich aus den Archiven beschafft hatte. Irgendetwas stimmte hier ganz gewaltig nicht. Unter jedem der Dokumente sah er das mächtige Siegel seines Vorgesetzten. Es schien, als wollte der Oberstaatsanwalt etwas vertuschen.

Der Reisende kochte innerlich, als er den Justizpalast verließ. Er ballte seine Hände zu Fäusten, sodass seine Knöchel weiß hervortraten. Seine Nasenflügel bebten und die Leute auf den Straßen machten einen großen Bogen um ihn. Er ging in die Innenstadt und setzte sich in ein Café an einem belebten Platz. Er winkte ungeduldig die Bedienung zu sich. »Eine Flasche Grappa, bitte«, verlangte der Reisende nachdrücklich. Der Ober hob skeptisch die Augenbraue.

»Eine *ganze* Flasche, Signore?«, wiederholte er die Bestellung.

»Ja, Sie haben richtig gehört, eine *ganze* Flasche Grappa. Und das schnell.« Die Bedienung sah zum azurblauen Himmel hoch, aus dem die Sonne herunterstach. Er stellte die Order des Reisenden nicht weiter in Frage, sondern nickte beflissen und eilte davon. Dem Reisenden war es egal, was sie kostete. Er fühlte sich, als hätte man ein Stück aus ihm herausgeschnitten. Innerhalb weniger Wochen hatte er die beiden Menschen verloren, die am Nächsten gestanden und die ihm am Meisten bedeutet hatten. Er fühlte sich elendig. Der Verlust der beiden hatte ihm vor Augen geführt, dass er auch hier von Unglück und Tod verfolgt wurde.

Das Schicksal war ungerecht. Sein unruhiger Blick tanzte über die Piazza vor ihm. Aus dem Unglück heraus schienen die anderen Menschen immer voller Glück zu sein und so war es auch dieses Mal. Unzählige Paare hatten sich unter freiem Himmel versammelt und zelebrierten die Segnungen der Sonne. Sie lachten verliebt und schauten sich in die Augen, liebkosten sich.

Der Ober brachte dem Reisenden die Flasche des italienischen Tresterbrands, die er immer noch ein wenig zögerlich auf dem Tisch abstellte und auf eine Reaktion des Reisenden wartete. Gierig fühlte dieser sich das Glas bis zum Rand und goss das Getränk weniger wie ein Connoisseur, als ein Verdurstender in der Wüste seinen Rachen hinab. Er musste von der Schärfe lautstark husten und Tränen schossen ihm in die Augen. Er fühlte sich mit einem Mal so schrecklich einsam. Sein Leben lang war er vor allen Problemen davongelaufen und hatte sich nie umgedreht, um zu sehen, welchen Schaden er zurückgelassen hatte. Da schlug er einmal Wurzeln und schon waren die Karten wieder gegen ihn gedeckt.

Er war sich fast sicher, dass er Elena in dieser Menschenmenge sehen konnte, wie sie stolz über die Piazza flanierte. Er biss sich auf die Lippen. Seinen seelischen Schmerz konnte er fast körperlich spüren. Er war nun wieder ganz für sich. Einsamkeit konnte die schönste Droge der Welt sein und gleichzeitig war sie das gefährlichste Gift. Der Reisende hatte in seinem Leben zu viel von dem Gift gekostet, statt jedoch dagegen immun zu werden, richtete es größere Schäden an, als er sich je hatte ausmalen können. Der Platz begann sich nach der mittäglichen Siesta wieder zu füllen.

Wer lange an einem bestimmten Ort blieb, lernte zwangsläufig dessen Eigenheiten kennen. Der Reisende hatte viele Orte dieser Welt besucht und hatte dort versucht, so gut es ging mit der Stadt zu verschmelzen. Hier jedoch sah er den häufigen Menschentypus, dem ein schnelles Bild reichte, das er um die Welt schickte. Wie aufgezogene Roboter ratterten diese Leute durch die Stadt, liefen einer unsichtbaren Spur nach. Der Reisende schüttete sich ein weiteres Glas Grappa ein. Florenz war eine Stadt, die groß genug war, dass man sich anonym fühlen konnte, aber gleichzeitig klein genug war, um sich in das immerzu wandelnde Mosaik der Stadt einzufügen. Die Bewohner eilten nicht gehetzt über Gehsteige, sondern gingen einem gemäßigten Trott nach. Für sie schien es, als seien die Sorgen der Welt weit weg von ihnen. Stolz waren sie auf die glorreiche Vergangenheit ihrer Stadt. Der Reisende begann langsam den Grappa in seinen Gliedern und seinem Kopf zu spüren, wo er alles daran tat, seine Gedanken zu vernebeln. Wie ein Süchtiger schenkte er sich Glas um Glas ein und das tückische Nervengift des Alkohols linderte seinen Kummer. Seine Zunge wurde schwer. Er begann, willkürliche Passanten anzubrüllen und fuchtelte wild mit den Händen. Er wollte die Kontrolle über sich verlieren, für nichts mehr Verantwortung übernehmen. Jeder Tropfen brachte ihn diesem Ziel näher. Der Alkohol ließ ihn Höhen und Tiefen in direkter Abfolge erleben. Er schluchzte hysterisch, um im nächsten Moment in schallendes Lachen auszubrechen. Die Flasche leerte sich zusehends. In der Stadt fühlte er sich nicht geborgen. Er war heimatlos. Ein Fremder, der mit viel Geld versuchte, einem Lebensstil und einem Gefühl nachzueifern, dass nur aus Klischees bestand, genährt durch die Hoffnung auf ein sorgenfreies Leben.

Diese Einsicht kam mit dem letzten Zug der Flasche über ihn. Sein Kopf drehte sich und ihm wurde übel. Nirgends konnte er je zuhause sein, zu keinem Ort könnten seine Gedanken abdriften, wenn er nicht dort war. Er bezahlte lallend die Rechnung und torkelte auf den Platz, scheuchte kreischend Tauben auf, die vor ihm flüchteten. Er warf sich auf das Pflaster nieder und wälzte sich jaulend auf dem Rücken. Er wollte nicht mehr. Was auch immer man mit den Morden bezweckt hatte, ein Ziel hatten sie erfüllt:

Den armen Mann so nah wie möglich an den Wahnsinn zu bringen. Der Reisende sah noch, wie jemand mit den Carabinieri redete, die Blicke in seine Richtung warfen. Sie bahnten sich den Weg zu ihm. Er rappelte sich auf und stolperte davon. Erstaunlicherweise verlor er sich in den zahllosen, einsamen Gassen, von denen es in Florenz viele gab. Bald schon war er außer Sicht und die Polizisten mussten die Verfolgung einstellen. Der eigenartige Mann war verschwunden. Sie schüttelten missbilligend den Kopf und gingen zurück auf ihre Posten. Die Verletzungen, die er sich womöglich zuziehen würde, würden ihm eine Lehre sein.

Der Sonntag von Georges Beerdigung legte sich wie ein schwarzer Stein auf seine Seele. Er verabscheute Abschiede grundsätzlich, doch ein endgültiger Abschied wie dieser schmerzte ihn umso mehr. George Wellesley war lange Jahre sein einziger Vertrauter gewesen. Gemeinsam hatten sie vieles durchgestanden. Nur wenige besuchten Georges Beerdigung, die unter schier unerträglicher Hitze stattfand. Da waren drei Mitglieder seiner Fakultät, die er nicht kannte, sowie der zuständige Oberstaatsanwalt, der pflichtbewusst den Kopf gesenkt und die Hände gefaltet hatte. Ein Priester sprach eine kurze Totenmesse, erzählte aus Georges Leben und listete seine Verdienste für die Allgemeinheit auf. Dann wurde der Sarg mit dem entstellten Leichnam in das Grab hinuntergelassen. Der Reisende hatte es nicht ertragen können, ihn noch einmal anzusehen. »Asche zu Asche, Staub zu Staub«, sagte der Priester und warf eine Schaufel Erde hinunter. Die Anwesenden taten es ihm gleich. Die Glocke der nahen Kirche schlug zwölfmal und verkündete damit den Tod eines Menschen. Die Trauergäste blieben nicht lange und suchten die Kühle ihrer Häuser. Nur der Oberstaatsanwalt unterhielt sich noch kurz mit dem Reisenden. Der alte Priester bot dem Reisenden einen Kaffee und ein Trauergespräch an, doch er lehnte ab. »Sind Sie sicher?«, fragte der Priester. Der Reisende nickte nachdrücklich. Er blieb eine Weile vor Georges Grabstein stehen.

Es war ein schlichtes Grab aus weißem Marmor mit einer kurzen Inschrift. Der Reisende legte einen Strauß Blumen vor dem Grab seines Freundes nieder und wischte sich eine Träne aus den Augen. Er weinte nicht häufig, doch jetzt konnte er die überwältigenden Emotionen nicht länger zurückhalten. Raben saßen auf einem nahegelegenen Baum und krächzten spottend. Mit einem feindseligen Zischen vertrieb der Reisende sie. Er wollte alleine sein. Das Grab reihte sich ein in tausende andere Gräber an diesem Ort. Der Friedhof war im 19. Jahrhundert errichtet worden.

Viele Schriftsteller und Dichter, die Florenz als zweite Heimat gewählt hatten, lagen dort begraben. George war ein klassischer Gelehrter: Kultiviert, gepflegt und enthaltsam. Die Forschung war sein Leben. Als Sprössling des Landadels hatte er eine exzellente Ausbildung genossen, hatte sein Leben dann der Geschichte verschrieben, insbesondere der Antike.

Wiederholt hatte George den Wunsch geäußert, selbst in der Antike gelebt zu haben. *Vielleicht findest du die großen Geister an dem Ort wieder, wo du jetzt bist,* dachte der Reisende. Wind zog auf und wirbelte die Blätter vom Boden auf. Das Heulen des Windes klang, als würde jemand weinen. Wolken schoben sich vor die milde Sonne und warfen einen Schatten auf Georges Grab. Nun war der Reisende alleine. Er hatte endgültig sämtliche Brücken zu seiner Vergangenheit abgerissen. Gerade wollte er sich vom Grab abwenden, als sich eine Hand auf seine Schulter legte. Der Reisende wandte sich um. Er blickte in die dunkelbraunen Augen eines fremden Manns, der in einem edlen, anthrazitfarbenen Nadelstreifenanzug mit obligatorischen Pin der italienischen Flagge, geldurchtränkten Haaren und modischer Hornbrille vor ihm stand.

»Wer sind Sie?«, verlangte der Reisende. »Das ist eine private Veranstaltung.«

»Mein Name ist Doktor Roberto Giusti, Staatsanwalt der Italienischen Republik in Florenz.«

Der Reisende seufzte verächtlich. »Ein wirklich beeindruckender Titel. Ich habe schon Bekanntschaft mit Ihrem Vorgesetzten gemacht. Mein Vertrauen in die Behörden ist nachhaltig beschädigt. Es scheint, als wollten Sie nur Ihren eigenen Ruhm mehren, anstatt den Opfern und Angehörigen zu helfen.«

Giusti fasste in die Innenseite seines Jacketts. Er zog ein gefaltetes Papier hervor. »Wenn Sie erfahren wollen, warum nichts im Fall Ihres Freundes unternommen wird, lesen Sie sich das durch. Sehen Sie es als ein Zeichen meiner Aufrichtigkeit«, er gab dem Reisenden das Blatt. Dieser überflog es schnell und während er las, wurden seine Augen immer größer.

»Das...das ist ein Skandal!«, flüsterte der Reisende ungläubig. »Das Verfahren wegen Georges Mörder wurde einfach eingestellt?«

»Glauben Sie mir, ich bin genauso schockiert wie Sie«, sagte Giusti. »Ich hatte den Fall gegen den Bildermörder zuvor, bevor ich wegen eines unglücklichen...Zwischenfalls von meinem Mandat abgelöst wurde«, der Staatsanwalt räusperte sich.

Giusti kam der Reisende merkwürdig bekannt vor. Etwas an dessen Gesicht hatte er schon einmal gesehen. Es waren die Augen. Die smaragdgrünen, durchdringenden Augen kamen ihm bedrohlich vor. Er war der Mann gewesen, den er im *Club* gesehen hatte, zusammen mit der unbekannten Schönen. Giusti verzichtete darauf, den Reisenden darauf anzusprechen.

»Signore, ich weiß, dass die Justizbehörden korrupt sind, aber ich möchte Ihnen trotzdem meine Hilfe anbieten«, der Reisende fixierte Giusti misstrauisch. »Was haben Sie davon, mir zu helfen? Außer dem Ruhm, der an Ihrem Namen haften wird?«

»Ob Sie es glauben oder nicht, mir geht es um Gerechtigkeit. Der Bildermörder hat Florenz lange genug heimgesucht. Ich ermittle entgegen der Anweisungen und Vorschriften. Dass wir uns hier getroffen haben, ist geheim, haben Sie verstanden?«

Der Reisende war unsicher, was er von dem eingebildeten Staatsanwalt halten sollte, der scheinbar uneigennützig seine Hilfe anbot. »In Ordnung. Ich kann ihnen etwas erzählen, dass die Grundfesten der Stadt erschüttern könnte. Dokumente, die ich in Georges Wohnung gefunden habe«, sagte der Reisende mit vorgehaltener Hand. Giusti zog die Augenbrauen hoch.

»Sie haben Beweise der Polizei vorenthalten?«

Der Reisende nickte. »Sie könnten in falsche Hände geraten. Ich habe sie nicht dabei, aber wir können uns treffen. Ich schlage den Giardino Bardini vor. Morgen zur Mittagszeit.«

Giusti willigte ein. »So sei es.«

Giusti und der Reisende trafen sich wie verabredet am nächsten Tag an einem neutralen Ort in der malerischen Kulisse des Giardino Bardini im Viertel San Niccolò. Der Reisende hatte auf einer Parkbank Platz genommen und las unauffällig in einer Zeitung. Durch die terrassenförmige Anlage hatte man einen hervorragenden Blick auf die Metropole am Arno.

Der Reisende senkte die Zeitung, als er Schritte im Kies hörte. Giusti nährte sich scheinbar zufällig. Er wandte seinen Blick dem Garte zu und atmete entspannt aus.

»Ein wunderschöner Ort. Stört es Sie, wenn ich mich zu Ihnen setze?«, fragte Giusti und deutete auf den freien Platz neben dem Reisenden. Giusti zog das Schauspiel durch, da einige Leute durch den Park flanierten und er kein Misstrauen erwecken wollte. Sobald sie ungestört waren, holte der Reisende zusammengeheftete Papiere aus seiner Tasche.

»Das«, sagte er, »habe ich im Apartment meines Freundes gefunden versteckt unter einer losen Bodendielen. Ich bin der Polizei zuvorgekommen. Außer uns beiden weiß niemand davon.«

»Was steht darin?«

»George war von antiken Mysterien fasziniert, geradezu besessen, müssen Sie wissen.«

Der Reisende lächelte und dachte an George. Er hatte über einen herrlichen, schwarzen Humor verfügt. Warum er sich ausgerechnet den antiken Mysterien zugewandt und zu seiner Obsession auserkoren hatte, war ihm ein Rätsel. Mit seinem Verstand hätte er sich in weitaus prestigeträchtigere Gebiete vorwagen können. Seine Begeisterung ging so weit, dass er sein karges Gehalt vom Lehrstuhl in Büsten römischer und griechischer Römer sowie alte Papyri investierte. Dazu hatte er häufiger versiegelte Glasbehälter in Georges Regalen mit ätherischen Ölen und aromatischen Harzen gesehen. Vielleicht hatte dieser den antike Mysterien, die er studierte, nähergestanden als der Reisende je hätte annehmen können.

»Das ist ja schön und gut, aber was heißt das für die Ermordung Ihres Freundes?«

»George war an einer heißen Sache dran. Es ist wirklich bemerkenswert, was ich in den Unterlagen gefunden habe. Am häufigsten erwähnte er den

Mithras-Kult. Einmal erklärte er mir gegenüber, dass er Spuren dieses Geheimbundes im modernen Italien entdeckt hatte, sogar hier in Florenz. Und anscheinend hat der mächtigste Mann dieser Stadt damit zu tun.«

»Giovanni Amato«, antwortete Giusti wie in Trance.

»Richtig, der Mann, der meine Freundin umgebracht hat, der mich ruiniert hat und – da bin ich mir sicher – er war es, der meinen Palazzo in Brand hat stecken lassen. Er ist ein Monster!«

»Leider ist das nahezu unmöglich zu beweisen. Aber die Notizen ihres Freundes sind immerhin ein Anhaltspunkt. Ich werde mal diskret die Finanzgeschäfte Amatos überprüfen lassen, unter der Hand. Geld stinkt eben doch!«, sagte Giusti.

»Da wäre noch etwas: Ihr Vorgesetzter hat mich unterschwellig bedroht, als ich neulich bei ihm war. Er hat alles darangesetzt, mich einzuschüchtern.«

Giusti nickte zustimmend und machte ein gequältes Gesicht. »Das ist mir nichts Neues, glauben Sie mir. Der Mann ist gefährlich.«

»Ich muss Ihnen noch etwas erzählen, das Ihnen vielleicht weiterhelfen könnte«, begann der Reisende und zog sein Smartphone aus der Hosentasche. »Die letzte Nachricht von George. Anscheinend kurz bevor er ermordet wurde, hat er mir noch eine Nachricht zukommen lassen. So wie es scheint hat er einer geheimen Prozession in der Straße des Schriftstellers beigewohnt.« Der Reisende dachte zurück an die ersten Tage in Florenz, als er und George unwillentlich in die Straße geraten waren und einen surrealen Albtraum durchlebt hatten. »Sie huldigen anscheinend einem Gott namens ›Ahriman‹. Sagt Ihnen das etwas?«

Giusti war in Gedanken versunken. Sein Vater war selbst in Florenz geboren und aufgewachsen. *Die Straße des Schriftstellers.* Er hatte schon einmal davon gehört. Tief in den Windungen seines Gehirns wusste er, dass er diesen Ort kannte. Sein Vater hatte ihm immer davon erzählt, wie ein Priester vom Fegefeuer predigt. Dass er sich von einem Ort solchen Namens möglichst fernhalten solle. Als kleinem Kind hatten ihm die Geschichten seines Alters Albträume beschert.

»Staatsanwalt, geht es Ihnen gut?«, fragte der Reisende. Der Staatsanwalt wirkte abwesend.

»Ja, ja. Alles in Ordnung«, sagte dieser ein wenig zu laut. »Ich weiß, wovon Sie sprechen. Ahriman ist der Gegensatz zu Mithras. Ahriman steht für Zerstörung, für Leid, Tod und Elend. Er ist das, was Mithras mit der Tötung des Stieres überwinden wollte. Zu jedem Licht in der Welt gibt es Dunkelheit. Ich kenne mich ein wenig in antiker Mythologie aus.«

Der Reisende schwieg und knetete an seiner Unterlippe. Er tat dies häufiger, wenn er nachdachte. »Was ist nun aber, wenn auch der Bildermörder und dieser Geheimbund zusammenhängen und damit Amato?«, fragte er nach einer Weile. Giusti zögerte.

»Der Bildermörder ist anders als alles, was ich je erlebt habe. Ich kann mir nicht vorstellen, dass er mit Amato gemeinsame Sache macht. Was hätte ein angesehener Verleger davon, einen Mörder zu unterstützen? Dass in dieser Stadt eine Organisation existiert, die die Mächtigen kontrolliert…nun ja: Im Büro meines Vorgesetzten entdeckte ich vor kurzem einen USB-Stick mit einem eher…nun ja, *anzüglichen* Video. Darin kam das Symbol der Sonne vor. Und ebenjene Sonne ist das Symbol des Mithras-Ordens.«

»Ist vielleicht Amato der Kopf der Organisation?«, schlug der Reisende vor.

Giusti seufzte.

»Ich habe ein Nest aufgescheucht, das weiß ich. Wie sie vielleicht in der Zeitung gelesen haben, wurde ich selbst Opfer des Bildermörders. Dieser trug ein Sonnensymbol am Handgelenk.«

»Alles hängt zusammen!«, sagte der Reisende. Der Bildermörder ist Diener des Geheimbundes, den Amato, dieses Schwein, leitet!«

Ein Glühen trat plötzlich in die Augen des Reisenden. Giusti schwieg. Einen gewissen Reiz hatte die Theorie des Reisenden. Sie klang abenteuerlich, ja, aber was war in diesen Zeiten noch vernünftig? Die irrationale Logik dieses Gedankens war überwältigend.

»Ich werde die Spuren weiterverfolgen«, sagte Giusti schließlich. Der Reisende war ihm unheimlich geworden.

»Glauben Sie mir, Procuratore?«

»Ich...ich muss Ihnen eine Frage stellen«, wich Giusti aus, »waren Sie eigentlich vor einigen Tagen im *Club,* also...Sie wissen schon, was ich meine?«

Der Staatsanwalt räusperte sich verhalten. Der Reisende runzelte die Stirn und sah Giusti mit seinen unangenehmen, grünen Augen an. Es fühlte sich an, als würde ihm die Seele aus dem Körper gesogen.

»Club? Ich weiß nicht, wovon Sie sprechen. Ich lebe sehr zurückgezogen und verlasse nicht oft das Haus, gerade in diesen unsicheren Zeiten nicht. Ich habe in kurzer Zeit meine Freundin und einen guten Freund verloren. Meinen Sie, da ist mir nach Feiern zumute?«, antwortete er kalt. »Also noch einmal, Procuratore: Glauben Sie mir?«

»Der Verdacht liegt zweifellos nahe. Ich muss Ihnen allerdings sagen, dass es ziemlich schwer wird, etwas gegen Amato vorzubringen. Die Stadt hat ihm viel zu verdanken. Er hat viel für die Kulturdenkmäler getan.«

»Er ist ein Verbrecher, ein Mörder. Das kann die Wohltätigkeit doch nicht aufwiegen.«

Giusti nickte abwesend. Er nahm die Worte zur Kenntnis, aber ohne es zu sagen, wusste er, dass es der Reisende gewesen sein musste, den er vor einigen Wochen im *Club* gesehen hatte. Warum er es leugnete, war ihm schleierhaft. Es waren die Augen, die ihn verraten hatten. Sie konnten einfach nicht vergessen werden. Es waren grausame Augen.

Enthüllungen

Psychologisch war der Reisende ein Wrack. Der Tod von Elena und George hatte ihn stark mitgenommen. Seit dem tragischen Unfalltod hatte er nicht einmal die Ruinen seines Palazzos besucht. Er scheute vor dem Ort zurück, als läge ein unbestimmter Fluch darauf. Er erinnerte sich an das Angebot, dass Visconti auf seinem Krankenbett nach dem Brand abgegeben hatte.

»Wenn Sie Hilfe brauchen, kommen Sie zu mir. Wir bekommen das alles wieder hin«, hatte dieser gesagt und ihm freundlich seine Hand auf die Schulter gelegt. Visconti war daher wenig überrascht, als er den Reisenden einige Tage nach Georges Beerdigung abgekämpft und mit ungepflegtem Auftreten in seiner Praxis antraf. Ein stoppeliger Dreitagebart zierte sein Gesicht, seine Haare wirkten ungewaschen und Augen mit tiefen Augenringen schauten Visconti müde an. Der Reisende sah aus, als habe er tagelang nicht geschlafen. Die Praxis von Alessandro Visconti lag in einem der wohlhabenderen Stadtvierteln der Stadt und bereits auf dem Weg dorthin hatte der Reisende wegen seines verwahrlosten Aussehens verächtliche und mitleidige Blicke der Passanten geerntet. Eine alte Frau, die von ihrem Fenster im zweiten Stock aus die Straße beobachtet hatte, hatte ihm zugerufen: »Obdachlose wollen wir hier nicht sehen!« Es hatte ihn wenig gekümmert. Die Menschen, die ihn mit ihren Blicken straften, hatten nicht einmal eine Ahnung davon, was er durchgemacht hatte. Er verachtete sie für ihre Ignoranz. Auch sie würden sich nicht immer hinter dicken Mauern und hohen Zinnen verbergen können. Die Praxis lag im zweiten Stock eines modernen Stadthauses, das im römischen Stil erbaut war. Die Fassade war weiß gestrichen und nur wenig architektonischer Schmuck zierte die Außenwände. Rote Schindeln ruhten auf den Dächern und schlichte, schmiedeeiserne Balustraden reihten sich in den Stockwerken nebeneinander. Einzig das Eingangsportal zeigte ein wenig Verspieltheit, da zwei korinthische Säulen mit Akanthus-Blättern an deren Ende die schwere Eichentür säumten. Ein Klingelknopf aus Messing wies die Bewohner des Hauses aus. In großen Lettern stand dort: *Prof. Alessandro Visconti – Psychologische Praxis.* Der Reisende drückte auf den Knopf und im Haus schrillte es. Kaum eine Minute später wurde die Tür geöffnet. Eine angenehme Frische wehte aus dem Inneren des Hauses. Der Reisende trat über die Schwelle und wurde von einer in weiß gekleideten Dame über eine Treppe in die Praxis geführt. Während sie die gewundene Treppe hinaufstiegen, betrachtete der Reisende die ansehnliche Rückseite der Helferin, deren Hüfte rhythmisch hin und her schwang. Sie trug hohe Schuhe mit der verräterischen roten Unterseite. *Elena hatte diese Schuhe auch getragen.* Die Helferin wandte sich um und sah, dass der neue Patient sie anstarrte. Er sah schnell in eine andere Richtung, als er ihren Blick auf ihm ruhen sah. Sie lächelte. Visconti hatte, was Einrichtung anbelangte, einen ausgezeichneten Geschmack. Geschmackvolle Bilder in Blautönen an den Wänden zeugten von Kunstverständigkeit. Die Praxis brummte vor Aktivität. Weitere – ausnahmslos weibliche – Angestellte liefen klackend durch die Praxis, sortierten und besprachen diskret Akten. Es war unheimlich: An jeder der Frauen konnte er eine Sache erkennen, die Elena gehörte. Eine Brosche, ein Ring, die Haare. Setzte man alle dieser Mosaiksteine zusammen, so *war* die Praxis Elena. Der Reisende musste seine Tränen zurückhalten. Ein leichter Vanilleduft lag in der Luft. Die Frau führte ihn an den Empfangstresen und setzte sich dem Reisenden gegenüber. Sie strahlte ihn mit weißen Zähnen an. »Sie müssen der angekündigte Termin von Professor Visconti sein«, stellte sie korrekt fest. »Gehen Sie ruhig schon in Behandlungszimmer drei. Der Professor wird gleich bei Ihnen sein«, flötete sie in süßem Tonfall. »Möchten Sie einen Espresso oder ein Ristretto?«

»Ein Mineralwasser tut es auch«, antwortete der Reisende lakonisch. Die Helferin nickte höflich und sah ohne mit der Augenbraue zu zucken über die Unhöflichkeit hinweg. Nur eine Handvoll weiterer Patienten saß in einem komfortablen Wartezimmer, auf dessen zentralen Tisch sich Hochglanzmagazine türmten. Sie führte ihn in das besagte Zimmer, balancierte ein Tablett in der Hand und stellte es dort ab. Sie schloss die Tür und ließ den Reisenden allein. Der Raum war ebenso stimmig eingerichtet wie der Rest der Praxis. Deckenhohe Bücherregale auf beiden Seiten, den Schreibtisch vor dem Fenster stehend, ein einziger Ledersessel für den Patienten.

Der Reisende ließ sich nieder und genoss die Stille des Raumes, der zweifellos schallgeschützt war. Hin und wieder hörte er das Klicken eines Newtonschen Pendels, das auf dem Schreibtisch stand. Er hielt es an und schloss die Augen. Der Reisende bemerkte Visconti, bevor er diesen sah. Plötzlich drang ein intensiver Moschus-Geruch durch die sich öffnende Tür.

»Alessandro«, sagte der Reisende ohne sich umzudrehen.

»Es freut mich, dass Sie endlich den Weg hierher gefunden haben. Ich sehe schon, dass ich einiges zu tun haben werde«, bemerkte Visconti und ließ sich dem Reisenden gegenüber nieder. Visconti sah glänzend aus. Sein frischrasiertes Gesicht war braungebrannt und die zurückgehenden Haare waren ordentlich zur Seite gekämmt. Er trug ein offenes Hemd und eine weiße Leinenhose mit Lederslippern. An seiner rechten Hand prangte ein großer Siegelring, den er in Gesprächen immer wieder rieb. »Ich brauche Ihre Hilfe, Alessandro«, sagte der Reisende nach langem Schweigen.

»Es ist der Verlust Ihrer Freunde, nicht wahr?«, deutete Visconti.

»Nicht nur das«, der Reisende nahm einen Schluck aus dem Glas eiskalten Mineralwasser, das er, seit er den Raum betreten hatte, noch nicht angerührt hatte. »Ich fürchte mich.«

»Vor wem?«, Visconti lächelte sibyllinisch. Er wirkte mit einem Mal seltsam abwesend, fing sich jedoch schnell wieder.

»Vor Amato, Alessandro. Er will mein Leben zerstören«, sagte der Reisende mit heiserer Stimme. Eine Wolke schob sich vor die Sonne, die den Raum bis eben noch hell erleuchtet hatte und eine bedrückende Dunkelheit durchzog den Raum.

»Amato. Sie meinen den Schriftsteller?«

»Den Mörder von Elena. Den Mörder von George. Und vermutlich bald mein Mörder«, der Reisende ballte die Hände, dass seine Knöchel weiß hervortraten. Visconti wirkte ernsthaft besorgt.

»*Ihr* Mörder? Bekommen Sie Morddrohungen? Sie müssen die Polizei alarmieren.«

Der Reisende schüttelte den Kopf. »Nein, das ist es nicht. Ich bekomme keine Morddrohungen. In meinen Träumen sehe ich immer wieder mich selbst, wie ich Verbrechen begehe, blutige Taten. Ich höre immer eine tiefe Stimme in meinem Kopf. In letzter Zeit sehe ich immer häufiger meinen eigenen Tod. Ich ertrinke, ersticke in meinem eigenen Bett…Gestern habe ich meinen Tod am Strick in einer Kirche hängend gesehen. Die Träume…sie sind so detailreich, so echt! Ich sehe die hervortretenden Adern, das gebrochene Genick…es scheint so real!«, er klammerte sich hilflos an der Kante des Schreibtischs fest.

Visconti nickte professionell. »Es ist nicht unüblich, dass man selbst nach dem Tod von Nahestehenden Träume vom eigenen Tod hat. Es ist eine Form der Trauerarbeit – «

Der Reisende unterbrach Visconti. »Ich leide unter Schlaflosigkeit, kann mich morgens nicht im Spiegel ansehen. Ich bin unkonzentriert, vergesse von der einen auf die andere Sekunde, was ich tun wollte. Ich kann mir das alles nicht erklären. Das war vorher nicht so, erst seit den letzten paar Wochen.«

Nachdem der Reisende geendet hatte, schwieg Visconti für eine Weile. Es war so still, dass man das Ticken der Armbanduhr des Psychologen hören konnte. Unsicher, wie er beginnen sollte, beugte sich Visconti vertrauensvoll vor. »Ich tue es nicht gerne, aber ich muss Ihnen sagen, dass sich alles für mich nach einer beginnenden Schizophrenie anhört. Die Stimmen in Ihrem Kopf, die Konzentrationsprobleme...es deutet vieles darauf hin.«

Die Hände des Reisenden wurden schwitzig. »Wie meinen Sie das...Schizophrenie?«, er war sichtlich schockiert. Visconti hob zum Einwand die Hand. »*Aber* es ist noch unsicher. Ich kann mich genauso gut irren. Ich wollte Ihnen keine Angst bereiten. Was ich Ihnen jetzt vorschlage, erfordert viel Vertrauen in mich. Ich werde – Ihr Einverständnis vorausgesetzt – eine spezielle Therapie anwenden. In Ihrem Unterbewusstsein liegt etwas vergraben, das an die Oberfläche geholt werden muss.«

»Tun Sie alles in Ihrer Macht Stehende, um mich von diesen Qualen zu befreien«, erwiderte der Reisende sofort.

»Legen Sie sich bitte auf das Sofa dort.«

»Ganz wie bei Freud.« Der Reisende lächelte matt und tat wie geheißen. Er legte sich auf das bequeme rote Sofa, das ihm zuvor überhaupt nicht aufgefallen war. Visconti erhob sich und ging zu ihm hinüber und ließ sich auf einem Drehstuhl nieder. In einer Hand hielt er ein Klemmbrett.

»Versuchen Sie zu entspannen. Regelmäßig atmen. Schließen Sie Ihre Augen...«

Der Reisende fühlte sich seltsam benommen, als läge ein Schleier zwischen ihm und der Außenwelt. Die Stimme des Psychologen rückte in immer weitere Ferne, bis sie schließlich gänzlich verstummt war. Er hörte nur noch ein eigenartiges Rauschen. Vor sich sah er einen sich bis an den Horizont erstreckenden, perlweißen Sandstrand. Das Rauschen musste das Meer sein. Je weiter er lief, desto leiser wurde das Rauschen, egal wohin er sich wandte. Dann hörte er eine Stimme und drehte sich ruckartig um. Mitten auf dem Strand, umgeben von nichts anderem als dem unendlichen Sand, saß ein Mann auf einem Stuhl und sah ihn aus berechnenden Augen an. *Es war er selbst.* Der Mann glich dem Reisenden bis aufs Haar. »Wer bist du?«, fragte der Reisende. Sein Gegenüber grinste. »Ist das nicht klar? Ich bin der Andere.«

»Du siehst aus wie ich.«

»Haarscharf. Aber wir sind trotzdem verschieden.«

»Und wie unterscheiden wir uns?«

Der Andere erhob sich aus seinem Stuhl. »Schau mir in die Augen«, sagte er und zeigte auf sein Gesicht. Der Reisende trat näher und sah, dass die Iris des Anderen tiefrot war. Gegenüber seinem gepflegtem Äußeren wirkten seine Augen wie die eines Dämons. »Ich wachse in dir, mein Freund. Wie Unkraut wuchere ich in dir, meine Wurzeln schlagen nach überall hin aus. Wir teilen bereits einen Körper. Warum kapitulierst du nicht endlich? Es wird nicht mehr lange dauern«, sagte er mit unverhohlener Süffisanz.

Der Reisende wurde wütend und packte den Anderen am Kragen. Er schnaubte. »Wag' es ja nicht, noch einmal so mit mir zu sprechen.« Der Reisende stieß den Anderen grob zurück, holte aus und ließ seine linke Faust auf die Nase des Anderen niederkrachen. Die Nase brach mit einem ekelhaften Knacken. Blut quoll aus dem blutigen Klumpen hervor. Der Andere taumelte nach hinten, während der Reisende zufrieden zuschaute und sah, wie der Andere in einen Nebelschleier taumelte und dort verschwand.

»Können Sie mich hören?«, hörte der Reisende eine Stimme. Er schlug die Augen auf. Über ihn hatte sich Visconti gebeugt. Der Reisende blinzelte und sah aus den Augenwinkeln noch wie Visconti eine kleine Blechdose in seine Tasche steckte. »Wie geht es Ihnen?«, fragte er.

»Sehr gut«, gab der Reisende zu. Die Stimmen in seinem Kopf waren zwar nicht verschwunden, aber leiser geworden, sodass sie mit den Geräuschen der Umgebung verschwammen. »Das freut mich«, sagte Visconti lächelnd. »Wir wiederholen die Therapie über die nächsten Wochen. Ich verschreibe Ihnen noch dieses«, er fingerte in seiner Brusttasche herum, »Medikament. Es wird Ihnen garantiert helfen.« Er zog einen Papierstreifen hervor und überreichte ihn dem Reisenden. »Ich weiß nicht, wie ich Ihnen danken soll«, gab der Reisende zu. Visconti winkte ab. »Ach, lassen Sie das. Unter Freunden tut man das eben.«

In den nächsten Wochen ging es dem Reisenden allmählich besser. In den Wachzeiten konnte er seine Psyche vollständig kontrollieren, nur in der Nacht, wenn er keinen Einfluss auf sein Bewusstsein hatte, überfielen ihn Gefühle der Beklemmung und spontane Anfälle von Paranoia, durch die er aus dem Schlaf gerissen wurde. Immer dann zog er die Vorhänge der

Fenster zu, schloss alle Türen und vergrub sich unter seiner Bettdecke. In Viscontis Praxis ging er ein und aus. Mittlerweile war ihm klargeworden, dass Visconti hauptsächlich Wohlhabende Personen behandelte. »Irgendwie muss ich ja über die Runden kommen«, hatte Visconti verschlagen zugegeben und seine Zigarette im Aschenbecher ausgedrückt. Als Dank hatte der Reisende sich entschlossen, Visconti ein Geschenk zu bereiten.

Er kaufte in einem Fachhandel eine Kiste edler Zigarren und machte sich auf den Weg zu Viscontis Wohnung. Dessen Arbeitszeiten waren unregelmäßig und der Reisende war erfreut, Viscontis roten Alfa Romeo vor dessen Apartment stehen zu sehen. Er war froh, sich Visconti anvertraut zu haben. Dieser hatte seine Probleme stets mit der nötigen Diskretion und Kompetenz behandelt.

Der Reisende ließ sich von seinem noblen Hotel mit dem Taxi zum Apartment bringen. Er stieg aus und setzte seine Sonnenbrille ab. Gerade verließ eine Frau das Wohngebäude und der Reisende eilte hinüber. Er schob gerade noch einen Fuß in die Tür, bevor diese zufiel.

»Sagen Sie, ist Signor Visconti zuhause?«, fragte der Reisende die Frau.

»Ich habe ihn heute auf jeden Fall schon gesehen.«

»Vielen Dank.«

Der Reisende erklomm die Stufen des Treppenhauses. Viscontis Apartment befand sich im obersten Stockwerk. Zu seiner Verwunderung stand die Wohnungstür offen. Er schob sie langsam auf.

»Alessandro? Alessandro, sind Sie da?« Keine Antwort. Der Reisende fühlte sich unwohl dabei, einfach so in die Wohnung zu gehen, doch anscheinend hatte Visconti sie offengelassen, als erwartete er jemanden. Er betrat die Wohnung, die einen verlassenen Eindruck machte. Es roch nach

Desinfektionsmittel. Ein Paar Koffer standen gepackt im Flur. »Alessandro?«, rief der Reisende erneut. Es schien, als würde der Psychologe ausziehen. Im Wohnzimmer stapelten sich Umzugskartons. Die wunderschönen Bilder der Sfumatiker lagen unordentlich aufeinandergestapelt.

Der Reisende lächelte, als er das Bild *La Ballerina* sah. Noch immer zog das Bild, das über sechshundert Jahre alt war, seine Blicke auf sich. Er sah sich ein wenig in der Wohnung um. Ein weiterer Gang führte zum WC.

Dort befand sich jedoch noch eine weitere Tür, die dem Reisenden schon beim letzten Mal aufgefallen war. Im Gegensatz zu den anderen Türen war diese Tür mit einem Schloss versehen. Der Reisende drückte die Türklinke hinunter. Quietschend öffnete die Tür sich. Unschlüssig stand er vor dem Zimmer, aus dem rötliches Licht drang. Seine Neugier überwog und er ging hinein. Es war eine klassische Dunkelkammer. Er wusste nicht, dass Visconti ein Faible für die Fotografie besaß. Es roch intensiv nach Chemikalien. Auf einer Wäscheleine hingen Fotos, die noch entwickelt wurden.

Eine ganze Wand war dagegen mit Fotos beklebt. Eine Spiegelreflexkamera ruhte auf einer Kommode. Ein weißer Chemikerkittel hing auf einer Garderobe. Die Lampe, die das grelle, rote Licht erzeugte surrte in einer Ecke des Raumes. Die Bilder, die auf der Wäscheleine zum Entwickeln hingen, waren Fotografien der Stadt, der öffentlichen Plätze und des berühmten »Davids« von Michelangelo. Dann fiel sein Blick auf die Fotowand. Was er dort sah, versetzte ihn in Angst. Er spürte, wie sich sein Puls beschleunigte. Er sah *sich*. Es war unheimlich. Jemand hatte sein Leben bis ins kleinste Details seziert. Die Fotografien zeigten ihn unter der Dusche, in den Uffizien, auf dem Piazzale Michelangelo. Weitere Fotografien zeigten ihn im Café mit George. Viele Bilder zeigten ihn, wie er mit Elena schlief. Sie waren in verschiedensten Posen abgelichtet worden. Er konnte kaum glauben, dass Visconti diese Aufnahmen gemacht hatte. Es war einfach unmöglich. Der Reisende wüsste nun, dass ihn sein sechster Sinn nicht getäuscht hatte, als er damals die Fußspuren auf dem Nachbargrundstück gesehen hatte. Er war beobachtet worden und das schon seit einer halben Ewigkeit. In der Mitte der Wand stach jedoch eine Reihe Bilder hervor. Sie zeigten fremde Menschen an unterschiedlichen Orten. An einer Brücke, in einer Straße. Es waren die Opfer des Bildermörders. Und schließlich, in der Mitte seines Blickfelds war ein Bild, das die Welt des Reisenden mit einem lauten Knall zusammenbrechen ließ. Die Realisation kam langsam, kroch sich aus dem Unterbewusstsein heran und klammerte sich dann an ihn, dass er der Wahrheit nicht entkommen konnte. *Er war der Bildermörder.* Er hatte die Morde begangen. Er war das Monster von Florenz. Hatte dutzenden, unschuldigen Menschen das Leben genommen.

Ungläubig starrte er auf das Bild. Es zeigte ihn, wie er mit im Wahnsinn verzerrter Miene auf einen am Boden liegenden Mann einstach. Blut klebte an seinem Messer. Neben ihm lag eine Frau – tot. Eine große Lache hatte sich neben ihr ausgebreitet. Der Reisende auf dem Bild genoss sichtlich die Gewalt und hatte Freude daran, dem Mann Schmerzen zu bereiten. Der Reisende ekelte sich vor sich. Eine Welle aus Schuldgefühlen näherte sich ihm. Zurückgehalten wurde sie nur noch von der Frage, warum der Reisende an seine Taten keine Erinnerungen hatte. Er sah hinunter auf seine Hände. Das Licht der Dunkelkammer erzeugte den gruseligen Effekt, als klebte echtes, dunkles Blut an seinen Händen. Eine mörderische Lust durchfuhr seinen Körper und ihm entfuhr ein Stöhnen. Eine unglaubliche Kraft durchströmte seine Hände. Er fühlte sich mächtig und unbezwingbar. Ein Flashback erfasste ihn. Er sah sich selbst, wie er über eine

Frau gebeugt kniete und sie würgte. Er hatte den letzten Funken Leben aus ihr herausgepresst und es hatte ihm eine fast schon sexuelle Befriedigung verschafft. Ihren Körper hatte er in den letzten Zuckungen erschlaffen sehen. Er liebte es, ein Mörder zu sein. Wenn er könnte, würde er es immer wieder tun...Wie ein Kenner einen guten Wein degustierte, sich an einer Opernaufführung erfreute, so empfand er einen Mord. Der Reisende merkte nicht, dass er schrie. Er merkte nicht, dass das Animalische in ihm, sein dunkler Zwilling, mächtiger als sein Verstand geworden war. Alle Vernunft war nur ein billiger Lack, der das Toben seines anderen Ichs verdeckte. Zum ersten Mal sah er diesem Ich ins Auge: Wer auch immer das Foto geschossen haben mochte, verstand sich auf sein Fach. Das Foto war im Weitwinkel geschossen und umfasste alle Elemente des Grauens. Er fühlte sich an *Primavera* von Botticelli erinnert. Als lauschte er einer Symphonie von Nicoletti zu, wanderte sein Blick über die Einzelteile des Bildes und analysierte das, was er sah. Die toten Körper. Das irre Grinsen des Mannes auf dem Bild, der er war, den er jedoch nicht kannte. Es war das Gesicht einer fremden Person, die zufällig so aussah wie er. Eine Seite an sich, die er nie gekannt hatte. Die Knie des Reisenden brachen weg und er sackte zu Boden. Es waren die Visionen. Sie waren die Zeugen seiner nie einzulösenden Schuld. Unterdrückt von seinem Bewusstsein, hatten doch einige der Erinnerungen die unsichtbare Barriere überwunden. Er war der Bildermörder. Er war nachts durch die Straßen von Florenz geschlichen, mit einer geschärften Klinge, hatte unschuldigen Menschen aufgelauert, hatte sie lustvoll ermordet und war am nächsten Morgen in das Leben eines Hedonisten zurückgekehrt, das er zu führen glaubte. In ihm kämpften zwei Persönlichkeiten. Die eine, das war er, wie er sich selbst immer gedacht hatte, die andere war seine hasserfüllte, von Verbrechen zehrende Seite, die sich nachts in aller Heimlichkeit ausgelebt hatte. Vor der Wand stand ein großer Schreibtisch, auf dem sich bändeweise Bücher stapelten. Einige der Werke waren geöffnet und der Reisende ging langsam vor, um durch die Seiten zu blättern. Einige Passagen waren mit Markern unterstrichen. Es waren die Werke des verhassten Giovanni Amato. Visconti hatte versucht, die Verbrechen der »Helden« der Romane Amatos zu imitieren?

Doch wieso? Reichte es nicht, dass er beinahe komplette Kontrolle über den Willen eines Einzelnen gehabt hatte, dass diese Kontrolle derart stark war, um einen Menschen zu einem Instrument des Tötens zu formen?

Seine Gedanken waren leer, vollkommen erschöpft. Noch nie in seinem ganzen Leben hatte er sich so elend gefühlt, gedemütigt. Ein einziges Mal während seiner Flucht hatte er sich vergleichbar gefühlt. Er hatte alles zurückgelassen, um neu zu beginnen. Und nun begann sein Traum, sich von seiner quälenden Vergangenheit zu lösen, da begann ein erneuter Alptraum, eine seelische Folter. Es war wie ein Dammbruch. Mit einem Mal war seine gute Seite nicht mehr imstande, ihren bösen Zwilling zu unterdrücken. Mit Gewalt strebte dieser Zwilling an die Oberfläche seines Bewusstseins. *Ich bin du und du kannst es nicht leugnen. Akzeptiere mich als Teil von dir.* Der Reisende hielt sich in einem sinnlosen Versuch, die Stimme in seinem Kopf loszuwerden, die Ohren zu. Die Schreie der Verstorbenen füllten sein Gehör. Dutzende, erbarmungslose Richter hämmerten auf ihn ein und verurteilen seine Taten. Er würde sich nie wieder in die Augen sehen können. Er musste fliehen. Er konnte nicht länger hierbleiben. Er wollte sterben. In dieser Welt würde ihm keine Gerechtigkeit widerfahren. Als er den Raum der Verdammnis verlassen wollte, hörte er Schritte in der Wohnung. Er war nicht mehr alleine. Doch es half ihm gar nicht mehr, sich zu verstecken, denn man hatte ihn bereits entdeckt. »Du hast es also endlich herausgefunden. Nun, ich habe schon wesentlich früher damit gerechnet«, die Stimme lachte. Es war Visconti. Der Reisende stand von allen Seiten eingeschlossen am Ende des Ganges. Am anderen Ende zog sich ein langer Schatten auf dem Boden. Er schwitzte. Er wollte einfach nicht wahrhaben, was er in dieser Kammer gesehen hatte. Visconti ging langsam in den Gang und lehnte sich scheinbar entspannt an die Wand, als wäre es eine normale Konversation auf der Straße. Der Reisende merkte jedoch, dass sich Visconti gegenüber seinem sonstigen Auftreten verändert hatte. Er sah um Jahre gealtert aus und seine Augen wirkten scharf wie die eines Falken. Der Reisende hatte dieses Gesicht schon einmal gesehen.

»Wie überaus schade, dass alles jetzt bald enden wird. Es hätte gerne noch eine Weile so weitergehen können, ich habe mich nie besser amüsiert«, sagte Visconti mit einem diabolischen Grinsen.

»Was haben Sie mir nur angetan?«, presste der Reisende zwischen seinen Lippen hervor. Sein ganzer Körper zitterte. Ob aus Angst oder Wut, konnte man nicht sagen. »Etwas ganz Wunderbares habe ich mit dir angestellt, alter Freund«, Visconti klatschte begeistert in die Hände. »Ich habe dich zum perfekten Mörder gemacht. Den Teil deiner Seele zum Vorschein gebracht, dessen Stärke sich kaum kontrollieren ließ. Nichts wusstest du von deinen Taten und hast tagsüber ein angenehmes Leben als Privatier geführt. Was gibt es Besseres? In uns allen wohnt schließlich eine dunkle Seele, die Opfer verlangt...«

Der Reisende war unbeeindruckt. »Warum mussten dafür Menschen sterben? Sie sind doch krank!«

Visconti kam näher. Seine schlanke Gestalt verdeckte das wenige Sonnenlicht, das durch ein kleines Fenster hineinfiel. »Hast du nicht deine dunkle Seite genossen? Endlich diese lästige Moral los zu sein? Tun und lassen zu können, was *du* willst, was dein anderes Ich von dir verlangt? Gib es zu: Du willst niemand Anderes mehr sein.«

Widerstrebend musste der Reisende eingestehen, dass Visconti einen wunden Punkt traf. Oh ja! Er hatte die Macht genossen, die er über seine Opfer ausübte. Seine dunklen Begierden hatte er ungehemmt ausleben können und insgeheim war er dankbar, solange er sich daran berauscht hatte. »Ich bin ein gesuchter Mörder«, stieß der Reisende vorwurfsvoll hervor. »Sie haben mich dazu gemacht. Ich wollte das nicht!«, sagte er mit bebender Stimme.

»Ganz sicher?«, erwiderte Visconti emotionslos.

Bilder tauchten vor den Augen des Reisenden auf. Verdrängte Erinnerungen verbanden sich mit anderen und formten die schreckliche Wahrheit. Es war eine Offenbarung, als öffneten sich die Siegel der Welt vor ihm. Er verstand.

Nacht. Tiefe, finstere Nacht. Er saß auf der Terrasse seines Palazzo. Eine Person lag in seinen Armen. Sie streichelte seine Brust. »Was wäre, wenn du nie wieder Schuld haben müsstest? Dich nie wieder um Moral kümmern müsstest? Du deine eigene Welt gestalten könntest? Zu einer Größe anwachsen würdest, dass dein Name in die Geschichtsbücher einginge?«

Der Reisende sah die Person mit liebevollem Blick an. Er lächelte und küsste sie auf die Wange. »Und wie soll das möglich sein?«

»Ich weiß einen Weg. Du wirst einige Änderungen in deinem Leben sehen. Aber Sie werden es wert sein, glaub' mir«, sie drückte sich fester an ihn. Er sah ihr in die Augen. Sie waren eisblau.

»Elena?«, schrie der Reisende entsetzt auf. Visconti schwieg und der Reisende wusste, dass er recht hatte. Er war paralysiert. Sein Körper versagte ihm den Dienst. Elena, seine geliebte Elena sollte ihn verführt haben? Sie hatte ihn in eine Honigfalle gelockt, ihre Liebe war nichts Anderes gewesen als kalte Kalkulation. Doch warum hatte sie sterben müssen? Als hätte Visconti seine Antwort erahnt, beantwortete er seine Frage.

»Ja, Elena. Ein wunderschönes Mädchen. Wie hätte es auch anders kommen können? Sie ist meine Tochter. Mein Fleisch und Blut. Sie tat alles für mich, ihren Vater. Sie war geradezu abhängig von mir, ihrem mächtigen, übermenschlichen Vater.«

»Elena...Elena ist Ihre Tochter?«

»Habe ich das nicht eben gesagt?«, Visconti kicherte irre. »Aber nicht mehr. Sie musste sterben. Ich war es, der sie in deinen Palazzo eingesperrt hat. Ich habe dort Feuer gelegt. Sie musste leiden für ihren Verrat. Sie hat dich aufrichtig geliebt. Aber das konnte ich nicht zulassen. Sie sollte nicht viel mehr als ein Teil meines Plans sein. Dieser Plan ist größer als alles andere. Auch größer als das Leben meiner Tochter!«, Viscontis Stimme schwoll allmählich an. Der Reisende trat unwillkürlich einen Schritt zurück und stieß unabsichtlich gegen einen Sockel, auf dem eine Vase stand.

Sie schwankte kurz und krachte anschließend zu Boden, wo sie in tausend Stücke zerschellte.

»Siehst du? Egal, wohin du gehst, ziehst du Chaos und Zerstörung mit dir. Genau das habe ich aus dir gemacht. Denn ich bin der Herr über Florenz, der Fürst der Finsternis. *Ich* bin Giovanni Amato.«

Visconti hatte die Arme erhoben und den Kopf in den Nacken geworfen. Seine Zunge hatte er wie ein Besessener herausgestreckt. Die Sonne befreite sich in diesem Moment aus der Wolkendecke. Grelles Licht fiel in das Apartment und leuchtete Visconti an. Eine gespenstische, goldene Aura umgab ihn. Er schien in diesem Moment wie ein gefallener Engel, der ausgezogen war, um das Böse in die Welt zu bringen. Seine Worte donnerten in den Ohren des Reisenden. Der Mann, der vor ihm stand, den er für seinen Freund gehalten hatte, war in Wahrheit der Gott der Stadt, das blutrünstige Wesen, dem er sich angedient hatte. Der Reisende fühlte sich wie von einem Dolchstoß durchbohrt. Alle Puzzleteile fügten sich zu einem großen Bild zusammen. In der Mitte des großen Spinnennetzes saß Giovanni Amato, der Puppenspieler, dem ein Leben offenbar zu wenig gewesen war. Er begriff, dass Alessandro Visconti nur eine Kunstfigur war, die Gestalt eines modernen Intellektuellen. Alles machte einen Sinn. Ahriman, der Dämon der Zerstörung, das war Amato. Er betete sich selbst an.

Der Reisende spürte die Erniedrigung, die er erfahren hatte. Er war bloß eine Schachfigur gewesen. Was ihn umso mehr schockierte, war eine innere Kälte, die sich mehr und mehr in ihm ausbreitete. Er kannte dieses Gefühl nicht. Es war stärker, als alles, was er je empfunden hatte. Da war es: Das unauslöschliche Böse, das über die Monate in ihm gewachsen war und die Kontrolle über ihn übernahm. Er krümmte sich, kratzte mit seinen Fingernägeln seine Haut, bis sie blutete. Visconti sah fasziniert zu, als die Metamorphose vonstattenging.

»Wehre dich nicht, dann ist es schneller vorüber. Die Konditionierung ist so tief verankert, dass sie ein Teil deiner selbst geworden ist. Es ist faszinierend, was die moderne Wissenschaft mit dem Menschen machen kann«, sagte Visconti. Der Reisende stolperte vorwärts, um Atem ringend.

»Sie sind Amato?«, keuchte er.

»Ganz richtig. Ich bin der den du erst hasstest, den du aber bald schon in Ehren halten wirst.«

Der Reisende schnitt groteske Grimassen. Der Alp des Wahnsinns saß auf seiner Brust, er konnte ihn fast selbst sehen. Er stürzte zu Boden und schlug hart auf. Der Reisende war benommen. Er hörte weitere Schritte in der Wohnung. Eine andere Person hatte die Wohnung betreten. Spitze Schritte klackten auf dem Holzboden. Der Reisende hob langsam seinen Kopf. Sein Blick wanderte die roten High Heels hinauf, über die langen, schlanken Beine zum Gesicht der Frau, die über ihm stand. »Elena?«, flüsterte er, verwirrt von dem, was er sah. Er stand langsam auf. Die Frau, die vor ihm stand, ähnelte Elena bis aufs Haar. »Bist du von den Toten auferstanden?«, rief er ungläubig.

»Nein, ich bin auch nicht Elena«, sagte die Fremde. Der Reisende sah ihr in die Augen. Sie waren eisblau.

»Ich heiße Laura«, sagte sie lächelnd. Er erkannte Elena in ihr wieder. Doch im Gegensatz zu ihr, strahlte diese Frau eine düstere Dominanz aus.

Sie trug ein eng anliegendes, schwarzes Kleid. Ihre seidig glänzenden Haare fielen bis über die Schultern. Kein Makel war an ihrem Gesicht. Sie hatte mehr Kurven als Elena, deren graziler Körper ganz ihrer Profession als Tänzerin entsprochen hatte. Laura strahlte etwas eminent Böses aus, eine Verruchtheit und Verdorbenheit, die ihn erkennen ließ, dass diese Frau Macht über jeden haben konnte, wenn sie nur wollte. Er hörte ein Klicken. Sie zeigte mit einer Pistole auf ihn.

Keine Emotion regte sich in ihrem Gesicht. Sie würde ihn erschießen, wenn er eine falsche Bewegung machte. Sie hielt ihm die Waffe direkt an den Kopf und genoss sichtlich die Macht über Leben und Tod, die ihr in diesem Moment zukam. »Es ist schön, dich wiederzusehen. Ich habe dich vermisst.«

Die Angst war plötzlich aus ihm verschwunden. Er fürchtete nicht die Waffe, die kalt auf seiner Stirn drohte. Er lächelte. »Ich habe dich auch vermisst, Laura«, eine Willenlosigkeit lag in seiner Stimme. Er vergaß, dass es einmal ein Leben ohne Mord und ohne den enthemmten Rausch gegeben hatte. Er wurde eins mit dem Bildermörder, ein gieriges, lüsternes Wesen, das seiner Herrin gehorchte. Laura schien die Veränderung im Reisenden bemerkt zu haben. Sie nahm die Waffe von seiner Stirn. »Küss meine Füße«, sagte sie. Der Reisende tat es ohne Widerspruch. Sie und Visconti lachten über das, was sie geschaffen hatten. Laura umarmte Visconti.

»Danke Vater, dass ich das tun kann.« Visconti küsste die Stirn seiner Tochter. »Wir müssen los. Das große Finale wartet auf uns.« Sie führten den Reisenden mit sich, der Laura wie ein Sklave folgte, die sich wie eine Göttin fühlte. Sie verließen das Apartment von Visconti, der seine Identität als Psychologieprofessor hinter sich ließ und stiegen in eine schwarze Limousine, die vor dem Haus hielt. Die Scheiben waren verdunkelt und nur wenige Passanten würdigten sie eines Blicks. Die düster dreinblickenden Männer in schwarzen Anzügen, die trotz der hohen Temperaturen eisern wachten, schreckten jeden ab. Die drei stiegen in die Limousine, die sich zügig in Bewegung setzte. Der Schriftsteller saß auf der Rückbank. Auf seinem Schoß lag ein in feinstes Leder gebundenes Buch mit dem Titel »Nero«. Von Giovanni Amato.

Experimente

An die nächsten Stunden erinnerte sich der Reisende nur noch vage. Er saß lange mit verbundenen Augen in einer Limousine. Allmählich waren die Geräusche der Stadt um ihn herum verstummt, die Straßen waren holpriger geworden. Die zwei Sicherheitsleute saßen neben ihm und beobachteten ihn ständig. Seine Hände waren hinter seinem Rücken verbunden.

Selbst wenn er an Flucht gedacht hätte, war sie unmöglich. Sein Kopf hing resigniert auf seiner Brust. Seine beiden Persönlichkeiten, deren Spaltung in den letzten Stunden immer deutlicher geworden war, stritten noch immer in ihm. Eine Kakophonie aus Stimmen redete immerzu auf ihn ein.

Er wollte einfach nur noch schreien. Seine Persönlichkeit begann sich langsam selbst zu zersägen. Seine Gedanken waren anders als zuvor.

Er dachte nicht mehr an George oder an Elena. Er dachte nur noch an die wunderschöne Tochter des Verlegers. *Laura*. Seine vergangene Erinnerung lösten sich allmählich wie durch Säure auf und wurden an den Rand seines Bewusstseins gedrängt. Er erinnerte sich an Dinge, die er nie zuvor wahrgenommen hatte. An Nächte, die er mit Laura verbracht hatte.

Wie sie Drogen nahmen, nur um sich zu berauschen. Jetzt, wo die Wahrheit vor ihm lag, ergaben sich viele Dinge wie von selbst. Ihm war oft aufgefallen, dass Elenas Augenfarbe ständig gewechselt hatte. Von Grau zu Blau. Jetzt wusste er warum. Elena und Laura waren Zwillingsschwestern, die sich ihre Beziehung zu ihm geteilt hatten. Er war benutzt worden, aber auf eine ominöse Weise fühlte er sich gut dadurch. Er wusste schon gar nicht mehr, wie emotional abhängig er von Elena und Laura war. In der Limousine lief Tschaikowsky. Die Schwanensee-Suite. Plötzlich hielt der

Wagen sanft an. Der Reisende hörte, wie ein Fenster heruntergelassen wurde. Ein schneller Wortwechsel folgte, dann setzte sich der Wagen wieder in Bewegung. Etwa eine Viertelstunde später kam die Limousine endgültig zum Stehen. Türen wurden geöffnet und auch den Reisenden schob man unsanft heraus. Die Augenbinde wurde ihm noch immer nicht abgenommen. Die beiden Männer packten ihn an den Armen und schleiften ihn mit sich.

Nachdem er eine Weile über Kies gelaufen war, veränderte sich der Grund unter ihm und er wurde nun vorsichtig eine Treppe hinuntergeführt. Er wehrte sich nicht, wozu auch? Er hörte wie eine schwere Eisentür geräuschvoll geöffnet wurde. Man nahm ihm die Augenbinde ab und schubste ihn vorwärts in einen weiß gekachelten Raum hinein, der viel Ähnlichkeit mit einem Schlachthaus hatte. Ohne weitere Worte verriegelte man die Tür wieder. Der Raum hatte keinerlei Fenster. An der Decke waren hinter dicken Glasscheiben Neonlampen befestigt, die ein künstliches Licht spendeten. Ansonsten war der Raum bar jeder Einrichtung. Es war eine Zelle. Der Reisende setzte sich auf den kalten Boden.

Eine Sitzgelegenheit bot der Raum nicht. Mit nichts um ihn herum, forschte er in sich selbst. Er versuchte die Augen zu schließen und zu schlafen. Er glitt in einen traumähnlichen Zustand ab, aus dem er immer wieder aufwachte. Keine Uhr zeigte ihm die Zeit und er wusste, dass er schon bald jegliche Orientierung verlieren würde. Er wusste nicht einmal, wo er sich überhaupt befand. Seine Vermutung war ein Weingut außerhalb von Florenz, aber er konnte irgendwo sein. Schließlich hätte man ihn auch durch die Fahrt in die Irre führen können. Er versuchte sich an schöne Dinge zu erinnern. Seine Kindheit, seine Heimat, soweit es sie für ihn überhaupt gab. Sein ganzes Leben war er immer nur gerannt, gehechtet, vorangeeilt. Ein

Leben, das nicht lange durchzuhalten war. Er hatte ein Leben wie aus dem Bilderbuch geführt und war tief gefallen. Die Zeit vor Florenz schien auf einmal so weit entfernt. Indem er sein altes Leben und seinen alten Namen abgelegt hatte, war er zu einem Niemand geworden, zu einem heimatlosen Reisenden, der nirgendwo längere Zeit geblieben war. Nur Florenz, ja Florenz, dort hatte er sagen wollen:

»Moment, verweile doch!« Gefangen von einem psychopathischen Psychologen und Schriftsteller, war er einem ungewissen Schicksal ausgeliefert, über das er nicht mehr frei bestimmen konnte.

Später am Tag – es war unmöglich zu sagen, wann – öffnete sich die Tür seiner Zelle. In weiße Kittel gekleidete Männer und Frauen mit Mundschutz und kalten Augen betraten den Raum. Sie zwangen den Reisenden, sich komplett zu entkleiden und gaben ihm einen einfachen, weißen Overall, den er wie ein Sack überzog. Sie gaben ihm Essen. Sie fesselten ihn auf einen Stuhl, sodass er weder Hände, Arme, noch Beine bewegen konnte.

Dann verließen sie den Raum wieder. Der Reisende hatte ein ungutes Gefühl. Sein Kopf fühlte sich an, als würde er in Watte gepackt. Die Welt um ihn schien wie Öl zu zerfließen. Eine Stimme erscholl aus versteckten Lautsprechern. »Die Kunst ist alles. Alles ist Kunst. Kunst kennt keine Moral. Alles, was moralisch ist, ist keine Kunst. Kunst ist die Schöpfung. Alles ist Kunst.« Der Reisende wusste nicht, was es damit auf sich hatte.

Die kurzen Sätze wurden immer und immer wieder abgespielt. Eine monotone, einschläfernde Stimme las sie vor. Jedes Mal die gleichen Sätze und je öfter sie gesagt wurden, desto mehr wurden sie zur Wirklichkeit im Kopf des Reisenden. Die Sätze waren tagelang das einzige, was er hörte. Essen kam während der wenigen Stunden Schlaf, die ihm vergönnt waren. Niemand betrat den weißen Raum. Niemand verließ den weißen Raum.

Seine Fesseln saßen fest. Auch im Schlaf murmelte er nach einiger Zeit die Sätze und er begann, an sie zu glauben, als seien sie Teil einer höheren Wahrheit. Dann veränderte sich die Stimme. Sie wurde hetzerischer, aggressiver. Sie bellte regelrecht durch die Lautsprecher.

»Mord ist Kunst. Bilder sind Kunst. Tod ist Kunst«, bellte die Stimme im Befehlston. »Mord ist gut. Mord ist Kunst. Alles für den Einzelnen. Nichts für die Anderen. Du, ja auch du, bist ein Mörder. Es liegt in deiner Natur. Du warst immer so und wirst immer so sein. Widersetze dich nicht deiner Bestimmung. Liebe das tropfende Blut deiner Opfer.«

Der Reizentzug durch das nie wechselnde Umfeld hatte einen schrecklichen Effekt auf die Psyche des Reisenden. Schöne Erinnerungen an sein früheres Leben wurden immer seltener, stattdessen überwogen nunmehr die Erinnerung an seine Morde. Jede Einzelheit, jedes Detail, den Geruch des Blutes, das Kreischen seiner Opfer, alles hatte er sich behalten und filetierte die Gedanken genüsslich, berauschte sich regelrecht daran. Es wurde seine liebste Beschäftigung, die Morde wie einen Film in seinem Kopf zu schauen. Plötzlich kamen wieder Leute in den weißen Raum ohne Fenster und Sonne. Weiße Kittelträger brachten eine Liege, wie man sie in einem Krankenhaus fand und legten den Reisenden darauf. Grelles Licht wurde ihm in die Augen geleuchtet, Blut entnommen, dazu ein süßliches riechendes Serum gespritzt, das eine fluoreszierend blaue Farbe hatte. Täglich kamen sie und führten Experimente an ihm durch, versetzten ihm Elektroschocks, spritzten ihm Medikamente. Einmal zeigten sie ihm ein Bild eines Paares. Eine unbändige Wut stieg plötzlich im Reisenden auf, seine Hände ballten sich zu Fäusten und seine Fingernägel krallten sich ins

Fleisch. Sein Puls beschleunigte sich. Er wollte diese Leute töten. Grausam töten. Dann nahm der Kittelträger das Bild wieder weg und die rasende Wut, die er bis eben noch gespürt hatte, verschwand. Der Reisende schaute irritiert und die Frau mit Mundschutz, die über ihn gebeugt stand, kicherte leise. Gefährlich aussehende Nadeln und Bohrer wurden in Sichtweite aufgestellt, jedoch nur selten benutzt. Während einige der Kittelträger an ihm experimentierten, standen einige am Rande und machten Notizen auf Klemmbrettern. Er war diesen »Wissenschaftlern« vollkommen ausgeliefert. Er wusste nicht einmal, was sie ihm antaten. Sie sprachen weder untereinander noch mit dem Reisenden ein einziges Wort. Einmal, als die Schmerzen unerträglich wurden, schrie der Reisende und eine der Kittelträger hatte Mitleid. Sie sagte gedämpft durch den Mundschutz, sodass ihre Kollegen sie nicht hören konnten: »Im Namen der Medizin«. Dann stach sie wieder zu. Der Reisende kannte fast nur noch Schmerzen, nur kurz unterbrochen durch die immer gleichen Worte der Stimme durch die Lautsprecher. Ihm waren selbst die körperlichen Schmerzen lieber als die Stimme, deren Oberton stärker und stärker in Richtung Spott tendierte. Er begann, den Worten der Stimme zu glauben. Sie wurden sein Glaubensbekenntnis, sie wurden zum Dogma. Doch er war in ihrer Gewalt. Erst gefühlte Wochen später (es waren nur drei Tage vergangen) öffnete sich die Tür und ein bekanntes Gesicht trat herein. Laura. Sie trug ein atemberaubendes, jadefarbenes Kleid, das durch die ungewohnte Farbe in den Augen des Reisenden brannte. Der Reisende rief ihren Namen, doch durch den Knebel in seinem Mund hörte man nur ein unverständliches Geräusch.

Laura trat näher und stellte sich über ihn an die Liege. Sie lächelte. Eine Geste, die er lange nicht gesehen hatte. »Wie geht es dir?«, fragte sie. Der

Reisende erkannte längst nicht mehr die sarkastisch hochgezogenen Mundwinkel. Er schloss nur die Augen. Sie kannte die Antwort ohnehin.

Er sah in ihre eisblauen Augen, in denen sich auf wundersame Art und Weise all das widerspiegelte, was er lange nicht gesehen hatte. Die Natur, echte Menschen, menschliche Stimmen. »Ich hole dich hier raus«, sagte sie versöhnlich. »Erlöse mich von diesem Ort«, brachte der Reisende hervor.

»Ich will bei dir sein.« Sie streichelte seine Haare.

»Das wirst du, keine Sorge. Schon sehr bald. Du musst mir nur eine Frage beantworten: Würdest du mich töten?«

»Ja«, wisperte der Reisende entkräftet. Laura lächelte. »Und würdest du es genießen? Mir ein feines Messer in den Hals zu stechen, meine Adern zu öffnen, um genussvoll zuzusehen, wie das Leben aus mir weicht?« Die Augen des Reisenden begannen zu leuchten. »Ja, das würde ich. Ich würde das ganze aufnehmen, nur um es Wochen oder Monate später mir noch einmal ansehen zu können.« Er fuhr sich mit der Zunge über die Lippen.

Sein Blick war starr an die Decke gerichtet. Dann verließ Laura den Raum. Nicht lange danach hörte er wieder Schritte. Es waren die Kittelträger.

Doch dieses Mal wendeten sie keine erweiterten Experimente an, sondern lösten seine Fesseln, entfernten den Knebel und wiesen ihm durch die Tür den Ausgang. Seltsamerweise verspürte er keine Wut gegen seine Peiniger.

Im Gegenteil, er verspürte sogar eine Art *Dankbarkeit*. Noch immer regte sich Widerstand in ihm gegen das Monster, das von ihm Besitz ergriffen hatte. Er konnte klar denken und war ansonsten wie immer, doch er merkte, dass seine Gedanken finsterer als sonst waren, dass grässliche Taten ihm wie Routine erschienen. Er nickte den Leuten in Kitteln freundlich zu und sie nickten zurück. Laura nahm ihn, etwas unsicher gehend, bei der Hand und gab ihm die Gelegenheit, sich zu erfrischen. Er nahm eine heiße Dusche, um wenigstens die äußerlichen Narben seiner Gefangenschaft abzuwaschen, die Inneren blieben. Er zog sich frische Kleidung an und fühlte sich mehr als je zuvor wie ein neuer Mensch. Als er ins Freie trat, blendete ihn das ungewöhnlich freundliche Sonnenlicht. Er befand sich auf einem Landgut außerhalb der Stadt. Zypressen grenzten das riesige Grundstück ein. Der Himmel war blau. Die Blätter waren grün. Die Luft war warm.

»Komm mit mir. Ich habe etwas Schönes für dich zum Sehen«, sagte sie und führte ihn in ein rustikales, aus einfachen Steinen gemauertes Gebäude mit rotem Ziegeldach. Sie überquerten einen gepflasterten Innenhof. Innen war es angenehm kühl. Eine Klimaanlage summte angestrengt von irgendwo. Die Decken waren erstaunlich hoch und an den Wänden hingen lange Reihen von Porträts, offenbar die Ahnen Giovanni Amatos.

Ausnahmslos jedes der Gesichter trug einen finsteren Ausdruck und ihre Augen schienen den Reisenden zu verfolgen. Laura erzählte gelegentlich etwas über die Personen an den Wänden. Ihre Vorfahren waren Diplomaten, Dichter, Generäle und Adelige, die auf mehr oder minder furchtbarem Weg ums Leben gekommen waren. Der Boden war mit teuren Teppichen ausgelegt, die mit exotischen Mustern und Szenen aus fremden Mythologien bestickt waren. Im weiß-blau der Ming-Dynastie gehaltene Vasen standen auf Sockeln. Gemälde von Van Gogh und Claude Monet zierten die Wände und verliehen dem Landhaus eine Atmosphäre von exquisitem Geschmack und stiller Dekadenz. Das Anwesen strahlte Macht aus. Macht und das Geld, sich diese Macht zu erkaufen. Preise spielten keine Rolle.

Laura führte den Reisenden in einen geräumigen Salon, dessen freie Wände über und über mit Bücherregalen gefüllt waren. Alte, in Leder gebundene Bücher wandten dem Reisenden ihre Rücken zu. In der Mitte des Salons stand ein edler Tisch aus Mahagoni, der von einer Sitzgruppe aus Sesseln umringt wurde. »Setz dich doch, möchtest du etwas trinken?«, fragte sie in einen unschuldigen Tonfall, als wäre der Reisende ein einfacher Gast und kein misshandelter Gefangener.

»Ein...ein Wasser bitte.« Laura nickte und verließ den Raum. Nur wenige Minuten später kam sie mit dem Wasser zurück. Seine Kehle war wie ausgedörrt. Der Reisende nahm ihr mit zittriger Hand das Glas aus der Hand und trank es in schnellen Zügen aus. Eine Tür öffnete sich und Giovanni Amato trat in sommerlicher Kleidung und fröhlichem Gesicht in den Raum. Er wirkte entspannt und genehmigte sich ebenfalls ein Glas des Weins. Er sah jünger aus. Seine Haare hatten einen kräftigen Braunton und nur einige graue Stellen an seiner Schläfe deuteten auf sein Alter hin. Seine Wangen waren rot und er trug einen leichten Anzug aus Leinen.

»Hast du die letzten Tage genossen?«, fragte er den Reisenden ernst.

»Ja, absolut«, erwiderte dieser wahrheitsgemäß.

»Ich bin mir sicher, du hast einige Fragen. Du wirst in den nächsten Tagen Veränderungen erleben. Dein Leben wird komplett auf den Kopf gestellt werden und nichts wird so sein wie zuvor«, seine Augen leuchteten.

»Wie haben Sie das aus mir gemacht, was ich jetzt bin?«, fragte der Reisende.

»Du bist«, begann Amato, »der perfekte Mörder. Töten bereitet dir wie mir Freude. Die meisten Menschen fürchten sich vor dieser letzten, kalten Umarmung. Wir dagegen sind anders. Wir sehnen diesen Moment herbei, in dem das Herz anderer aufhört zu schlagen. Ich habe Dutzende wie dich erschaffen, aber bei dir war es etwas ganz Besonderes!«

»Was meinen Sie damit?«

»Ich habe immer zufällig Leute ausgesucht. Meine beiden Töchter waren mir dabei gerne behilflich. Laura besonders, denn sie ist wie ich. Elena, nun ja, hat Überzeugung benötigt. Aber Erpressung tut es doch immer«, er lachte auf, als hätte er einen vorzüglichen Scherz erzählt. »Ich habe sie abhängig von mir gemacht. Nichts konnte sie ohne mich tun. Sie hat dich zur Rebellion angestiftet. Dafür musste sie bezahlen. Sie hat die großartige Mission verraten, zu der ich angetreten bin: Romane in der Wirklichkeit zu schaffen. Menschen zu willenlosen Puppen zu machen, die auf mein Wort gehorchen und mir helfen, die Wirklichkeit zu verändern, damit ich einen Roman daraus erschaffen kann.«

Amato redete sich in Rage und der Reisende wurde vom eisernen Blick des Schriftstellers durchbohrt. Spitze Nadeln stachen in seinen Rücken.

»Ich habe irgendwann aufgehört, echte Romane zu schreiben. Eines Nachts vor vielen Jahren wurde ich Zeuge eines Gewaltverbrechens. Ich war fasziniert. Der Täter war ein einfacher Krimineller von der Straße, eine abgerissene Gestalt ohne Zukunft. Von diesem Tag an wuchs in mir eine Sucht nach solchen Taten. Ich dachte darüber nach, sie noch ästhetischer zu gestalten. Es tat so gut, Böses zu tun. Wie ein Drogensüchtiger seine Pillen einwirft, musste ich Verbrechen begehen«, er nahm einen Schluck Wein und ließ das Aroma auf seiner Zunge zergehen. »Ich wurde reich, sehr reich. Als Verleger verdiente ich Milliarden. Ich zog mich aus der Öffentlichkeit zurück und baute mir eine zweite Identität als Psychologie-Professor auf. Leider hast du diese Existenz beendet. Ich nehme dir das übel, muss ich sagen«, sagte Visconti im gleichen Tonfall, in dem er einem Mann die Kehle durchschneiden würde. »Du kannst meine Begeisterung verstehen, oder?«

Der Reisende wollte verneinen, aber schaffte es nicht, das zu sagen. Seine Wangen glühten vor Begeisterung über seine vergangenen Taten. »Oh ja! Das können Sie laut sagen! Wie sie um Gnade gewinselt haben...es ist fantastisch, Macht über Leben und Tod zu haben.«

Amato lächelte. Er hatte gute Arbeit geleistet. »Ich arbeite seit Jahren an meinem neuesten Projekt, ›Nero‹. Der römische Kaiser wird dir sicherlich etwas sagen. Heute Abend ist es endlich soweit. Der goldene Abschluss meiner Laufbahn. Mehr erreichen kann ich nicht«, er faltete die Hände.

Jemand klopfte an die Tür. Einer von Amatos stummen Dienern hob den Kopf hinter der Tür hervor und deutete auf den benachbarten Raum.

Amato nickte und richtete sich auf. »Komm bitte mit, es gibt Wichtiges zu besprechen.« Sie gingen hinüber in den anderen Raum. Der Diener schloss mit gesenktem Blick leise die Tür hinter ihnen. In der Mitte des Raumes stand ein langer Tisch aus dunklem Holz, an dem in Anzug gekleidete Männer saßen und den Reisenden skeptisch musterten. Amato erschien wie ein Exot in dieser illustren Runde. Der Reisende erkannte bekannte Figuren des öffentlichen Lebens, darunter sogar den Oberstaatsanwalt, den er getroffen hatte, bevor er Roberto Giusti kennengelernt hatte.

Dieser zwinkerte ihm zu. Der Reisende erkannte in den Augen der Anwesenden ihren Ehrgeiz, ihre Skrupellosigkeit. Dies waren Menschen, die vor nichts Halt machen würden. Er fand hier einen Schlag Mensch vor, der die Welt beherrschte. Sie alle hatten sich von Amatos Versprechen verführen lassen.

Obwohl er keine direkte Erinnerung an Begegnungen hatte, kannte er diese Männer. Einer war ein Industrieller, der seine Frau seit Jahren mit anderen betrog. Ein weiterer war Questore der Polizei, der auf zwielichtige Praktiken stand. Ein weiterer hatte erfolgreich einen Mord vertuscht.

Woher er diese Informationen hatte, wusste der Reisende nicht. Sie waren ihm einprogrammiert worden und hatten in den hintersten Winkeln seines Gehirns geschlummert, bis jetzt. Vor ihnen standen Whisky-Gläser.

Der Raum glich einem Hauptquartier. Ein großer Bildschirm war in die Wand eingelassen. Rüstungen aus der Renaissance und dem späten Mittelalter sowie gekreuzte Waffen an den Wänden komplettierten die martialische Ausstattung des Raumes. Zwei Sitze am Tisch waren noch frei.

Amato nahm am Kopfende Platz, der Reisende zu seiner rechten. Die Männer sahen Amato aufmerksam an. Der Reisende spürte, wie mächtig der Verleger eigentlich war. Er lehnte sich wortlos zurück und genoss das Schweigen.

Dann erhob er langsam das vor sich stehende Glas zum Toast in die Luft und trank es in einem Zug aus. Die Männer taten es ihm gleich. Für einen Moment war die Luft angespannt. Plötzlich begann Amato schallend zu lachen. Er schlug mit der Hand auf den Tisch. Sie sahen ihn verwundert an und tauschten Blicke aus. *Warum lachte der Mann über sie?* Einer der Männer würgte plötzlich und zog sich am Kragen, um sich Luft zu verschaffen. Sein Gesicht begann rot anzulaufen und seine Augen quollen hervor. Einer nach dem anderen würgte und rang um Atem. Amato sah dem Geschehen mit gelassener Miene zu. Die Männer wandten sich mit schreckensverzerrten Gesichtern ihm zu. *Warum?* Es dauerte keine zwei Minuten und sie kollabierten. Ihre Köpfe knallten hinunter auf den Tisch.

Alle waren tot. Vergiftet durch ein Glas Whisky. Der Reisende schaute entsetzt auf das Glas vor ihm. Doch er spürte nichts. Amato schnippte mit dem Finger. Als hätten sie nur darauf gewartet, schwärmten in schwarz gekleidete Kolosse herein, die die Toten von ihrem Platz hoben und mit sich schleiften. Sie schlossen die Türen hinter sich und der Reisende und Amato waren wieder unter sich.

Die ganze Szene hatte weniger als fünf Minuten gedauert. »Endlich sind sie weg. Ich konnte sie einfach nicht mehr ertragen«, Amato schüttelte angeekelt den Kopf. Er wandte sich dem Reisenden zu. »Hunger? In einer Viertelstunde gibt es Dinner.«

Das Essen nahmen sie zu dritt in einem separaten Raum ein. Laura hatte sich umgezogen und trug nun ein feuerrotes, nicht minder elegantes Kleid.

Amato erzählte freimütig Geschichten, die jeden anderen abgestoßen hätten, in diesem Rahmen aber großes Interesse erzeugten. »Das Gehirn ist eigentlich nicht sehr komplex. Gib ihm etwas, das Glückshormone ausschüttet und es wird alles tun, diese wiederzuerlangen, koste es, was es wolle! Ob Drogen, Sex oder Verbrechen. Wenn sie Lust erzeugen, dann ist das Gehirn bereits in eine Falle getreten. Das Böse, das ich das Gute nenne, kann dort ungehindert wuchern«, erzählte der Schriftsteller. Insbesondere seine Tochter schien begeistert und stellte begierig Fragen. Laura warf dem Reisenden immer wieder Blicke zu. Elena hatte er bereits vergessen. Sie war aus seinem Gedächtnis verschwunden wie ein Kiesel im Wasser untergeht. Es war, als hätte sie nie existiert. All ihre gemeinsamen Momente, ihre Küsse, ihre Nächte, all das war vergangen. Der Reisende bemerkte trotz der scheinbar gelösten Stimmung eine Spannung in der Luft. Die Frage quälte ihn, aber er wagte es nicht, zu fragen. Nach dem Essen begaben sie sich in den paradiesischen Garten des Anwesens, das auf einem kleinen Hügel lag. Von hier hatte man einen hervorragenden Blick auf die

Stadt. Die weltbekannte Kuppel des Doms und der Campanile stachen hervor. Von hier oben schien es, als habe sich die Stadt nicht verändert, als hätte sich die Welt unaufhörlich weitergedreht und hier sei die Zeit stehengeblieben. Amato seufzte beim Blick auf die Stadt. »Wunderschön, nicht wahr?«, sagte er. Der Reisende sah ihn an.

»Verraten Sie mir doch endlich, was Sie vorhaben!«, drängte er.

»In Ordnung«, sagte Amato. »Ich habe es zwar nie einsehen können, aber alles Leben geht einmal zu Ende. Lange habe ich mich dagegen gewehrt, doch ich weiß, dass Ahriman sich zu mir holen wird. Ich werde sterben. Es wird nicht mehr lange dauern.«

»Und was hat das alles mit mir zu tun? Ich bin ein Reisender, ich komme von weit her. Ich kenne Sie nicht –«

Amato unterbrach ihn. »Du weißt, dass das nicht stimmt. Erinnerst du dich an diesen Baum dort?«, er zeigte auf eine alte Pinie, deren verkrümmter Stamm einen großen Schatten warf. Er schloss die Augen und auf unerklärliche Weise roch es intensiv nach Pinien. Er war schon einmal hier gewesen. Vor vielen, vielen Jahren. Vor seinen Augen sah er lang vergessene Bilder. *Es war die Wahrheit.* Erinnerungen aus frühester Kindheit materialisierten sich vor seinen Augen. Er sah, wie Kinder unter dem Baum spielten. Er hörte Stimmen. Lachen. Die Kleinen liefen um den Baum herum. Er erkannte zwei Mädchen und einen Jungen. *Er war der Junge.* Wie durch eine verschwommene Linse entdeckte er noch mehr Menschen, die diese imaginäre Vergangenheit bevölkerten. Er sah seine Eltern, weitere Männer und Frauen, die an Tischen saßen und sich lebhaft unterhielten. *Seine Eltern waren auch hier gewesen?* Eines der Mädchen schubste ihn und warf ihn zu Boden. Sie lachte hämisch. Sie trat auf ihn ein. Der kleine Junge schrie, doch niemand kam ihm zu Hilfe. *Warum erinnerte er sich nicht daran?* Die Bilder verblassten wieder und verschmolzen mit ihrer Umgebung. Er war zurück in der Gegenwart. Amato sah ihn an, als wüsste er, was der Reisende gerade gesehen hatte. »Es gibt viele Dinge über dich und deine Familie, die du nicht weißt«, sagte er. »Du wirst sie herausfinden.«

Als sie die steinernen Stufen in den Garten herunterstiegen, nahm Amato den Reisenden beiseite. Er sprach in verschwörerischem Tonfall.

»Ich habe hier etwas für dich. Es ist mein Vermächtnis, mein letztes und bestes Werk.« Amato winkte einen der stummen Diener heran, der dem Reisenden eine Prachtausgabe eines Buches überreichte. Der Titel lautete: »Nero«.

Der Einband war golden umrandet und das Profil einer Stadt zierte das Titelbild. Der Reisende nahm das Werk schweigend entgegen und begann darin zu blättern. Zu Beginn jedes Kapitels war eine kunstvolle, in Schwarz-Weiß gehaltene Illustration in die Seiten eingefügt. Das erste Kapitel zeigte noch ein idyllisches Blumenfeld, das durch eine Straße geteilt wurde, die auf eine Stadt zuführte. Je länger seine Finger durch die Seiten fuhren, desto dunkler und obszöner wurden die Bilder. Eine tote Frau lag leblos auf einer umgestürzten Marmorsäule, das irre Gesicht eines Mannes war in Großformat auf das dicke Papier gebannt. Der Reisende schnitt sich mit dieser Seite in den Finger. Ein kleines Rinnsal Blut floss auf die Seite und färbte die Augen des Mannes rot. Er nahm das Buch mit in den Garten, der im toskanischen Stil gehalten war. Terrakotta-Ruinen verliehen dem Ort einen antiken Charme. Irgendwo rauschte eine Wasserquelle.

Wäre er kein Gefangener, wäre dieser Garten ein Paradies. Sie setzten sich in eine weiß lackierte Gartenlaube, die in Richtung Stadt gewandt war.

Hinter ihnen standen – die Hände dienstbereit hinter ihrem Rücken verschränkt – die stummen Diener Amatos und blickten ebenfalls auf die Stadt hinaus, die ruhig und nichtsahnend unter ihnen lag und langsam in den alltäglichen Schlaf abglitt. Viel Ruhe würde ihr nicht mehr bleiben.

Laura nahm neben dem Reisenden Platz und schmiegte sich an ihn. Minutenlang starrte er ins Nichts und es schien, dass er tot sei, als er die Augen schloss.

»Ich verstehe«, sagte er schließlich niedergeschlagen. »Es ist wohl notwendig.« Amato wusste, worauf er hinauswollte, antwortete jedoch nicht. Bald würde sich die Ahnung des Reisenden bestätigen. Er hatte die Gesetze der Welt verstanden. Bald schon würde er sie selbst schreiben.

»Heute Abend ist der große Tag! Und du darfst ihn miterleben«, Amato sog die abendliche Luft ein. Es duftete nach Blumen und Erde. »Noch zwei Stunden«, sagte Laura und strich versonnen durch die Haare des Reisenden. Der Reisende genoss es, obwohl sich etwas von ihm dagegen sträubte.

Allmählich brach der Abend über die Stadt hinein. Es wurde dunkler und die letzten Reste der Sonne verschwanden hinter den grünen Hügeln der Toskana. Der Reisende vernahm mit einem Mal Musik.

»Hörst du das auch?«, fragte er an Laura gerichtete. Sie spitzte die Ohren, verneinte jedoch.

»Ich höre nur den abendlichen Gesang der Vögel.« Der Reisende hörte genauer hin. Er kannte das Stück. Es war die *Coriolana* von Francesco Nicoletti. Lange hatte er dessen Musik nicht mehr in den Hügeln gehört.

Es hatte Momente in seinem Leben gegeben, da hatte er die Musik an den unwahrscheinlichsten Orten gehört. Im Garten seines Palazzos, in den Baumwipfeln seiner Heimat, sogar in Eis und Schnee. Nicoletti war ein

Teil seines Ichs. Nicolettis Stil war optimistisch und fröhlich, eingehegt durch eine Melancholie, die er zeit seines Lebens in seinem Herzen trug.

Doch die *Coriolana* war das Fanal einer Katastrophe. Sie war die *Dies Irae* der Musik. Nur ein mächtiges Orchester war imstande, das anspruchsvolle Stück zu vertonen. Die *Coriolana* war der epische Höhepunkt von Nicolettis Schaffen, obwohl sie seinem Werk diametral entgegenstand.

Es war ein Abgesang auf Rom und basierte auf der Legende des Römers Coriolanus, der sich aus Wut wegen der Verwehrung des höchsten Staatsamts – des Konsulats – Roms schlimmsten Feind anschließt und droht, die Stadt in Flammen zu setzen. Eine schlimme Ahnung erfasste ihn und sie war so unfassbar grausam, dass er sich weigerte, auch nur daran zu denken.

Seine Ahnung war zur Gewissheit geworden. Unter ihnen erstreckte sich eine weite Wiese in saftigen Grün. Dort saß die in weiß gekleidete Frau, die der Reisende das erste Mal in den Hügeln der Toskana hatte sitzen sehen, als er durch den Garten seines Palazzos gestreift war. Sie war gealtert. Noch immer war sie jung, aber ihrem Körper haftete eine gewisse Reife an.

Sie hielt eine Geige an ihrer Schulter und auf wundersame Weise schaffte sie es, die *Coriolana* ausschließlich mit der Geige zu spielen. Es musste Magie im Spiel sein, denn der Reisende hörte Trommeln, Pauken und Trompeten, die ihre feurige Fanfare bliesen. Der Wind, der durch die Bäume rauschte, schwoll mit der Musik an. *Es hatte begonnen.*

Er spürte wie sich die Luft veränderte. Eine unerklärliche Hitze zog auf. Der Gesang der Vögel verstummte in den Baumwipfeln. Der Himmel erschien als ein einziges, undurchdringliches Tuch, das über die Welt geworfen worden war.

Die Sterne verbargen sich in der pechschwarzen Masse. Laura drückte sich noch ein wenig fester an ihn, als wisse sie selbst, was auf sie zukam und sich trotzdem davor fürchtete. Der Reisende schaute zu Amato herüber. Der alte Mann saß mit festem Blick auf der Bank und beobachtete die Stadt unter ihnen. Er würde sterben, hatte er gesagt. Jeder müsste darüber froh sein, denn vielleicht könnte auf diese Weise dem Töten Einhalt geboten werden. Doch unbegreiflich für den Reisenden fühlte er eine tiefe Trauer in sich, um diesen in seinen Augen großartigen Künstler. Laura schien ungerührt dessen, was ihr Vater gesagt hatte. Sie hatte die Trauer bereits überwunden und sah in die Zukunft. Eine Zukunft mit *ihm*. Der Reisende wusste noch nichts von dem. Es wurde Nacht, doch die Wärme des Tages blieb. Still harrte der Reisende im Gras aus. Dann begriff er, dass es nicht die Luft war, die die Hitze trug. Es war Feuer. Erst jetzt erkannte er das volle Ausmaß des Wahnsinns des Schriftstellers. Die Stadt unter ihm, dieses Juwel der Geschichte, stand in Flammen! Grauschwarze Rauchfahnen züngelten in den Himmel empor. Grelle Feuerbälle stürzten sich auf die ahnungslosen Gebäude und verschlangen sie in furchtbarer Raserei. Inmitten des Feuers ragte der Duomo wie ein Fels in stürmender See. Amato genoss die Aussicht wie einen mitreißen Film. Er sah hinab auf die Krönung all seines Schaffens. Monatelang hatte er auf diesen einen Moment des Triumphs, hingearbeitet. *Ich habe dich übertroffen, Nero!*

Wie ein Phoenix würde sein Florenz aus der Asche steigen. Das schwarze Schwert des Feuers wütete in der Stadt. Sie musste für sein Vorhaben einen grausamen Preis zahlen. Er war nur zu gerne bereit gewesen, ihn zu entrichten. Amato war nun der Fürst der Finsternis. Er war eins mit seiner Literatur geworden. Realität und Fiktion waren nun nicht mehr auseinanderzuhalten. Jung war er gewesen, als er »*La Città Colorata*« schrieb, ein mehrere tausend Seiten dickes Werk, das ihn sein Leben lang nicht mehr loslassen sollte. Der ewige Streit zwischen Gut und Böse, zwischen Licht und Dunkelheit, war eines seiner zentralen Motive. Er hatte sich für die Finsternis entschieden. Sie musste gewinnen. Jeder, der ihm auf dem Weg zu diesem Triumph behilflich gewesen war, hatte sich durch die dunkle Seite verführen lassen. Gerade Menschen, die mit ihrem kleinen, unbedeutenden Leben frustriert waren und voller Unsicherheit in alle Richtungen nach Fluchtmöglichkeiten Ausschau hielten, waren seine Opfer und begierige Diener. Amato sah hinüber zum Reisenden, der Arm in Arm mit seiner Tochter den großen Brand bestaunte. Er liebte sie. Der alternde Schriftsteller lächelte innerlich. Dieser Mann wusste noch gar nicht, wozu er ihn gemacht hatte. Er würde die Vorzüge seines Lebens schon bald zu schätzen lernen und nicht mehr von ihnen lassen können.

Wie sich ein Süchtiger nach seiner Droge sehnte und alles unternehmen würde, um sie in die Hände zu bekommen, würde er der Lust am Bösen verfallen. Noch trug der Reisende einen zweifelnden Gesichtsausdruck, doch je höher die Flammen schlugen, je intensiver der Brandgeruch, desto eher würde er einknicken. *Flammen, verzehrt sie...* Sein altes Leben würde in weite Ferne rücken und er würde in seinem Neuen aufgehen. Er würde die große Aufgabe haben, sein Erbe weiterzuführen. Amato kicherte bei dem Gedanken daran. *Was wohl dessen Familie zu dem sagen würde, worin er sich verwandelt hatte?* Rache ist süß, dachte er. Erste Sirenen heulten.

Lichtblitze zuckten durch die Häuserschluchten. Panik schlug um sich. Es würde Tote geben. Amato rechnete fest damit. Er spuckte auf den Einzelnen. Nur das Kollektiv, das Gesamtkunstwerk zählte. Nie würde jemand mehr die Welt verstehen, so wie er es getan hatte. Die Mechanismen, die Gesellschaften zusammenhielten, die einzelne Personen aneinanderbanden; all das durchschaute er wie ein allmächtiger Schachspieler, der jeden Zug im Voraus erkennen konnte. Er nahm gierig alle Eindrücke dieser Nacht in sich auf. Es war seine letzte. Chaos, Zerstörung und Tod kannten keine Grenzen und fürchteten nichts. Florenz brannte. Anders als noch Boccaccio, der die Epidemie nur literarisch darstellen konnte, hatte er – Giovanni Amato – selbst das Unheil über die Stadt gebracht. Wie herrlich es doch war, über Leben und Tod zu bestimmen! Über Aufstieg und Fall einer Stadt! Die Wirklichkeit war unbegrenzt und Sprache war das Mittel, sie zu unterwerfen. Gedanken, die zur Realität wurden, verschafften ihm die größte Wonne. Seine Erben würden die Welt in seinem Namen verändern.

Und der Wind trug die Klagerufe der Sterbenden bis in die Wälder.

Der große Brand

Giusti wachte mitten in der Nacht auf. Es war zwei Uhr morgens und ihm schien, als habe er aus irgendeinem Grund den Wecker auf die falsche Uhrzeit eingestellt. Schlaftrunken blinzelte er in das grelle Licht der Anzeige.

Es war merkwürdig heiß in seiner Wohnung. Ein verbrannter Geruch wehte durch das geöffnete Schlafzimmerfenster. Seine Nackenhaare stellten sich auf. Eine fürchterliche Ahnung beschlich ihn. Er schlug die Bettdecke beiseite und eilte an das Fenster. Seine Finger verkrampften sich am Fensterbrett. *Das konnte nicht sein.* Das, was er sah, hatte er nie für möglich gehalten, es grenzte an Barbarei. *Florenz in Flammen.* Diese drei Worte verstörten ihn mehr als alles, was er je gehörte hatte. Bei seinem Amtsantritt als Staatsanwalt der Republik hatte er geschworen, der Gerechtigkeit Geltung zu verschaffen und Unheil für den Staat zu verhindern. Doch dies überstieg seine Vorstellungskraft. Er sah, wie die gesamte Häuserzeile brannte. Mehr noch: Am gesamten Horizont leuchtete ein rötlicher Widerschein. *Warum tat niemand etwas?* Er sah keine Löschtrupps, keine Rettungskräfte, die Verschüttete bargen. Die Luft war allmählich stickiger.

Qualm drang durch das geöffnete Fenster ein. Giusti befühlte die Wand: Sie war glühend heiß. »Ich muss hier raus«, sagte Giusti zu sich selbst. Er warf sich Kleidung über, die er hastig aus seinem Schrank zusammenklaubte und rannte das Treppenhaus hinunter. Taumelnd trat er auf die Straße. Er erkannte die Stadt nicht wieder. Tausende von Menschen strömten durch die Straßen, schreiend, gaffend, nicht wirklich erfassend, was gerade passierte. Ziegel stürzten von den Dächern und schlugen auf rennende Passanten nieder, die schreiend zusammenbrachen. Krachend kollabierten Gebäude. Staub wurde aufgewirbelt. Dichter Qualm trieb durch die Straßen. Es war ein Chaos. Einige Menschen fielen auf die Knie und hoben ihre Hände im Gebet. Von Ferne heulten Sirenen. Über ihnen kreisten Helikopter, deren Scheinwerferlicht durch den Rauch zu stechen versuchte. Staub und Putz schwebten durch die Luft. Giusti sah in die Höhe. Es schien als spien hunderte kleinere Vulkane ihre feurige Glut aus.

Ein Inferno, dessen Hunger keine Grenzen gesetzt waren, wütete durch die Stadt und verschlang Jahrhunderte der Geschichte. Giusti lief ziellos durch die Straßen. Er konnte einfach nicht begreifen, was passiert war.

Was hatte dieses Feuer ausgelöst? War es einer der häufigen Waldbrände, die durch den Wind auf die Stadt übergeschlagen waren? Giustis Gesicht verfinsterte sich. Oder war es das Werk eines Einzelnen? Ein teuflischer Plan? Seine Ohren waren durch den Lärm wie taub geworden. Er hörte nur noch seinen eigenen, inneren Herzschlag. Die Welt um sich nahm er durch einen Filter wahr. Giusti dachte an die Geschichten, die ihm seine Großmutter immer erzählt hatte, als er noch ein kleiner Junge gewesen war. Sie war in der Nähe von Neapel geboren und aufgewachsen und dort waren die Legenden um den Ausbruch des Vesuv im Jahr 79 noch allzu lebendig.

Die Bewohner der Städte um den Vulkan wussten, wann sie sich ihm nähern konnten und wann sie ihm besser fernbleiben sollten. Wenn Giusti die ihm entgegenrennenden Menschen sah, von grauer Asche überzogen, fühlte er sich an Pompeji erinnert, die Stadt, die unter einer meterdicken Schicht aus Asche und Staub begraben worden war. Er sah Kinder, die von ihren Eltern getragen und gezogen wurden. Er beobachtete eine Familie, die sich durch die Straßen kämpfte. Ihre Kinder schrien und stolperten und stürzten. In ihren Gesichtern stand die Angst geschrieben.

Noch Jahre danach würden Sie Albträume von dieser Nacht haben. Die Hitze und die Funken, die ein mörderischer Wind aus anderen Ecken der Stadt heran trieb, ließ sie immer wieder ängstlich nach hinten schauen. Giusti wäre zu ihnen gegangen, um zu versichern, dass alles in Ordnung, dass das Feuer bald vorüber sei. Doch er konnte dieses Versprechen nicht abgeben. Er sah nicht einen Beamten in den Straßen. Es herrschte Anarchie.

Er sah Banden von Menschen, die andere aus dem Weg stießen und in Wohnungen eindrangen und alles mit sich nahmen, dessen sie habhaft werden konnten.

Goldene Ketten schimmerten an ihren Hälsen und golden glänzten ihre Handgelenke. Niemand hinderte sich daran, um nicht in das Visier der gesichtslosen Masse zu werden, die sich hemmungslos bereicherte und alles, was wertvoll aussah, plünderte. Es herrschte Anarchie. Das Recht war außer Kraft gesetzt. Zum wirklich ersten Mal erkannte Giusti die Segnungen des Rechts, das dem Menschen die Zivilisation gebracht hatte. Das Recht hielt die Gesellschaft zusammen. Doch nicht nur das Recht, denn es vermochte das Streben des Guten nach Tugend nicht zu befriedigen.

Es musste auch Menschen geben, die das Recht verwirklichten. Menschen wie Roberto Giusti. Im Urzustand und unter dem teuren Lack der modernen Gesellschaft, war der Mensch immer noch ein rohes, gewaltsames Tier, das in Situationen wie diesen aus dem dunklen Gewölbe der Evolution hervorkam. Er trat zurück in den Hausflur, der vollkommen verwaist war. Noch stand das Haus stabil. Er zog sein Telefon aus der Tasche und wählte die Privatnummer des Polizeichefs. Keine Antwort. Des Bürgermeisters. Nichts. Mit zitternden Fingern tippte er zuletzt die Nummer seines Vorgesetzten ein. Er hob das Telefon an sein Ohr und wartete.

Und wartete. Schließlich brach die Verbindung ab. Keinen Verantwortlichen der Stadt konnte er erreichen. Sie hatten sich feige aus der Verantwortung gestohlen. Ein letzter Versuch blieb ihm. Sein Haus bebte bedenklich und aus den oberen Stockwerken vernahm er das Knarzen des Gebälks. Ihm blieb nicht viel mehr viel Zeit. Er rief den Reisenden an, seinen wichtigsten Zeugen im Anti-Korruptionsprozess, den er im Geheimen gegen seine Behörde gestartet hatte. Die fragwürdigen Zwischenfälle hatten sich in den letzten Wochen gehäuft. In einer Gesamtschau hatte er festgestellt, dass vor allem ehrgeizige Staatsanwälte, die noch an die Gerechtigkeit als Idee glaubten, mehr oder weniger direkt in ihren Ermittlungen ausgebremst wurden. Eine Kollegin hatte ihm heimlich eine grausige Geschichte erzählt: Um tatsächlich befördert zu werden, mussten die Staatsanwälte demütigende Rituale über sich ergehen lassen und sich kompromittieren. Ob etwas an dieser Erzählung stimmte, vermochte Giusti nicht festzustellen. Eine kalte Mauer des Schweigens umgab die oberen Etagen und die wenigen Informationen, die durchsickerten, dienten wohl eher der Abschreckung.

Er war sich jedoch sicher, dass die Oberen seiner Behörde korrupt waren und in den Taschen eines Mannes steckten: Giovanni Amato. Er musste es gewesen sein. Nur eine Person in der Stadt wäre zu so einer Tat imstande. Und doch wirkte diese Tat unglaublich.

Amato war Schriftsteller, er schaffte Kultur, zerstörte sie nicht. Verzweifelt steckte Giusti sein Telefon wieder ein. Der Reisende war ebenfalls nicht zu erreichen. Giusti fasste einen Beschluss. Er würde sich bis zum Rathaus durchkämpfen und die Geschicke der Stadt an sich reißen. Er würde nicht leichtfertig zusehen, wie dieses Juwel von Stadt einem grässlichen Feuer zum Opfer fiel. Sein persönlicher Ehrgeiz begriff die Möglichkeit, die sich in dieser Situation bot. Die Möglichkeit des Ruhms beflügelte seine Fantasie. Er rannte auf die Straße und bog auf die völlig verstopfte Hauptstraße ein, die sich in den letzten Minuten noch mehr gefüllt hatte. Autos hupten die Menschenmassen an, die sich langsam über die Wege schoben. Giusti nahm keine Rücksicht auf Passanten und drängte sie aus dem Weg. Er lief so schnell er konnte. Viel stand auf dem Spiel. Jahrhundertealte Kunstwerke und das Leben tausender Menschen.

Noch nie hatte Florenz eine derartige, existenzbedrohende Katastrophe erlebt. Als er durch die Straßen rannte, fühlte er sich an ein surrealistisches Bild von Salvador Dalí erinnert. Die Zeit schien dahinzufließen wie zäher Sirup, er selbst schien immer langsamer zu werden, je schneller er rannte, während alle um ihn herum unmögliche Geschwindigkeiten erreichten und an ihm in lange Lichtbahnen zerrissen vorbeizogen. In verlassenen Seitenstraßen erblickte er das Ausmaß der Verrohung: Menschen traten aufeinander ein, zückten Messer und schnitten sich gegenseitig die Kehlen durch. Menschen stürzten sich aus den oberen Wohnungen in den Tod, da das Feuer Ihnen alle anderen Fluchtwege versperrt hatte. Es waren Szenen des Grauens und Giusti musste sich zusammenreißen, um überhaupt weiterzulaufen. Es wurde immer schwieriger, in der dichten Luft zu atmen und mehr als einmal brach er hustend und keuchend zusammen. Die Piazza della Signoria war ein Höllenschlund. Der rußgeschwärzte Campanile ragte daraus hervor, wie der Dreizack des Teufels. Rauchschwaden wanden sich wie Schlangen darum. Seine Brüstung wirkte wie das aufgerissene Maul eines Löwen. Das Bild erinnerte ihn an die Figurine des Dämon Ahriman, die er einmal im Historischen Museum in Rom gesehen hatte. Man hatte sie im Mittleren Osten ausgegraben und auch noch heute jagte sie dem Betrachter einen Schrecken ein. Das Portal des Rathauses stand offen. Die Wärter waren geflohen. Er lief die Treppen hoch. Nur wenige Beamte taten noch ihren Dienst, redeten gewehrkugelschnell in ihre Telefone und unternahmen einen verzweifelten Versuch, die Rettungskräften zu koordinieren. Funken sprühten jedes Mal, wenn eine Leitung kollabierte.

Der Raum war ein einziges Chaos. Jeder lief unruhig im Raum auf und ab.

Die Leute brüllten sich gegenseitig an, als wäre der andere Schuld für das Unheil, das über die Stadt hineingebrochen war. Eine Frau war zusammengebrochen und lag unbeachtet auf den heißen Fliesen des Rathauses. Eine Blutlache breitete sich neben ihrem Kopf aus. Als Giusti über die Schwelle trat, sahen sie kurz auf und ein leichter Funken Hoffnung zeichnete sich in ihren Gesichtern ab. Giusti fragte nach dem Bürgermeister und erhielt als Antwort, dass dieser schon Stunden vorher die Stadt verlassen hatte und seitdem nichts mehr von ihm gehört worden war.

»Ist das Schlimmste vorbei?«, fragte Giusti. Ein Herr mittleren Alters mit angegrauten Haaren erhob sich. Seine Brille hing schief im Gesicht und seine Haare waren mit Staub bedeckt. Sein Gesicht war rot vor Aufregung. Sie arbeiteten unter Einsatz ihres Lebens. »Wir tun, was wir können, aber das Feuer ist wie verflucht: Jedes Mal, wenn irgendwo in der Stadt ein Gebäude gelöscht wird, fängt ein anderes an zu brennen! Wir haben einfach zu wenige Leute!«

»Beordern Sie alle verfügbaren Kräfte aus der Umgebung, aus Lucca und Livorno, nach Florenz«, befahl Giusti ohne zu zögern. Niemand stellte seine Autorität infrage. »Keine Stadt ist für einen solchen Ernstfall gerüstet. Das ist eine Katastrophe von biblischem Ausmaß. Wie sieht es mit der

Sicherheit der Bürger aus? Wie viele Tote gibt es bisher?«, Giusti musste brüllen, denn ständig klingelte ein Telefon. Die Krankenhäuser waren überlastet oder hatten keinen Strom.

»Bisher haben wir keine zuverlässigen Zahlen, aber wir gehen von mindestens eintausend aus. Mindestens zehnmal so viele Verletzte«, antwortete der Mann.

»Wann hat das Feuer angefangen? Ich bin vor wenigen Stunden aufgewacht und bin aus meiner Wohnung geflohen. In den Nachrichten wurde nichts vom Ausbruch berichtet.«

»Schwer zu sagen. Es kam nach und nach. Erst waren es nur ungewöhnlich viele Brände innerhalb einer Nacht, dann standen plötzlich die halbe Stadt in Flammen. Wir waren damit...überfordert«, räumte der Mann niedergeschlagen ein.

»Und die Kunstwerke? Wurden Sie rechtzeitig in Sicherheit gebracht?«, verlangte Giusti. Er musste sich ein Bild über die Lage machen.

Die Miene des Manns wurde ernst. »Wir waren dabei, als uns ein Feuer vom Hauptteil des Museums abschnitt. Vielleicht ein Drittel aller Werke ist sichergestellt. Der Rest ist immer noch da drin.«

Giusti schüttelte nachdenklich mit dem Kopf. »All die Toten...sorgen Sie dafür, dass jeder Tote und jeder Verschüttete gefunden wird! Und da wäre noch etwas: Sind auf der Piazza freie Rettungskräfte? Ich brauche zwanzig Männer, um in die Uffizien einzudringen. Florenz hat eine Geschichte zu verlieren! Das Feuer hat der Mensch vor zehntausenden Jahren gezähmt, es wird heute nicht anders sein!«, sprach Giusti mit Pathos und reckte seine Faust in die Luft. Es war nicht vielmehr als blasse Rhetorik, aber jede Art von Motivation gab diesen Menschen Zuversicht. »Wir werden nicht eher ruhen, bis jede Bürgerin und jeder Bürger dieser Stadt in Sicherheit ist.«

Sie machten sich an die Arbeit. Giusti ließ eine Art »Green Zone« auf der Piazza errichten, in der die Menschen Zuflucht suchen konnten. Der Platz war überlaufen mit Menschen. Dicht gedrängt saßen oder standen sie auf den heißen Steinen und warteten. Menschen, die zuvor noch ein anständiges, auskömmliches Leben geführt hatten, wurden nun in ihrer Unsicherheit auf sich selbst reduziert. Mehr hatten sie nicht. Ob das Feuer ihr Eigentum verschlungen hatte, war eine schreckliche Lotterie. Ihre Gedanken waren bei Freunden oder der Familie, die sich noch in den Flammen befand. Der Tod durch Verbrennen galt als einer der grausamsten Tode, die man sterben konnte. Das Feuer fraß sich nacheinander durch die Hautschichten und verdampfte alle Flüssigkeit, die durch die offenen Wunden austrat. War das Feuer gnädig, dann erlitt das Opfer einen Verbrennungsschock durch Flüssigkeitsverlust, durch den es schnell starb.

War das Feuer ungnädig, so war das Verbrennen eine qualvolle Tortur, bei der man zusah, wie der eigene Körper allmählich verkohlte. Wie Giusti durch die Reihen ging, roch er die Angst der hier Versammelten, den Schweiß und den metallischen Geschmack des Blutes. Immer wieder gellten Schreie über den Platz, wenn Verletzte notdürftig behandelt wurden.

Viele Krankenhäuser hatten keinen Strom. Medikamente konnten nicht gekühlt werden. Giusti sah ein junges Mädchen, das inmitten des Elends saß und still las. Ihr Gesicht war blutverschmiert. Er bewunderte sie für ihren Mut, ohne zu wissen, was ihr widerfahren war. Ihre Eltern hatten geschlafen, als das Feuer ausbrach. Es hatte sich durch die benachbarten Häuser gefressen, bis es die Gasleitung des Hauses erreicht hatte. Die Eltern waren sofort tot. Das Mädchen war in ihrem Zimmer eingeschlossen gewesen. Sie hatte geweint, bitterlich geweint, bis man sie durch das Fenster im dritten Stock gerettet hatte. Ihre Eltern würde sie nie wiedersehen. Sie war eine Waise.

Die Gebäude rund um den Hauptplatz der Stadt waren nahezu vollständig gelöscht, nur in den Nebengebäuden des Rathauses, in den Uffizien befand sich noch ein größerer, nicht kleiner werdender Brandherd. Bald schon war der Platz hoffnungslos überfüllt und Freiwillige verteilten Wasser und Lebensmittelreserven. Giusti sah in die Augen der Menschen, aus denen Trostlosigkeit sprach. Viele hatten ihr Hab und Gut verloren, waren über Nacht obdachlos geworden. Giusti ging durch die Reihen und sprach den Menschen Mut zu. Er umarmte Männer wie Frauen und spendete Trost. Er konnte nicht mehr tun, als mit seinen Worten die düsteren Aussichten zu bessern. Die Leute schimpften auf die Stadtoberen, die nichts getan hatten, um sie vor dem schrecklichen Brand zu beschützen, der bereits jetzt weite Teile der Stadt verwüstet hatte.

Die Rettungskräfte sammelten sich in einem Halbkreis um Giusti und blickten ihn mit rußgeschwärzten Gesichtern an. Der Staatsanwalt schlüpfte in eine feuersichere Uniform und setzte einen Helm auf. Die Männer warfen ihm anerkennende Blicke zu. Welcher Staatsanwalt würde sich schon in eine solche Gefahr begeben? Giusti wusste, dass in Situationen wie diesen man am Beispiel von sich selbst führen musste.

Sein Mut, sich in die Flammen zu wagen, steckte andere an und er hatte keine Zweifel daran, dass sie es schaffen würden, die Schätze der Stadt zu retten. Es ging nicht nur um ihn oder die anderen Helfer, sondern um das kulturelle und historische Erbe einer ganzen Nation.

Und die Flammen kannten keine Vergangenheit oder Zukunft und waren uneinsichtig gegenüber deren Wert. Sie fraßen sich durch die Abbilder der Vergangenheit und zerstörten die Beweise dafür, dass diese existierte.

Apokalypse

Wenige Stunden zuvor verließ eine schwarze Limousine das unauffällig in den Hügeln um die Stadt gelegene Anwesen Giovanni Amatos. Dichte Rauchschwaden zogen über das idyllische Land hinweg. Bauern und Bewohner anderer Städte reckten ihre Köpfe nach den Boten der Apokalypse, den Wolken, die über sie hinwegtrieben. Der Himmel war wie aus Teer und verklebte den sonst wunderschönen Blick auf die Sterne. Kein Licht drang durch die Dunkelheit und die Menschen zündeten Kerzen an, um nicht komplett von der Finsternis verschlungen zu werden. Die Limousine wandte sich schon bald Richtung Süden, nach Rom. Niemand achtete auf sie. Der Reisende saß steif wie eine Marmorstatue auf dem Rücksitz des edel ausgestatteten Wagens. Silber und Chrom glänzten überall. Laura bediente sich aus der Minibar und trank in einem Schluck das Monatsgehalt eines Arbeiters. Sie genoss diese Dekadenz. Dekadenz war alles, was sie kannte. Sie war damit aufgewachsen. Besitz und Status bedeuteten sehr viel für sie. Aber nicht nur Materielles zählte sie zu ihrem Besitz, nein, auch Menschen gehörten dazu. Keine Sklaven waren sie, aber doch auf eine Art vollkommen abhängig von ihr. So wie der Reisende, der, seit er das Anwesen verlassen hatte, nicht mehr gesprochen hatte. Zu unglaublich war ihm das vorgekommen, was ihm Amato nachdem der Brand ausgebrochen war, versprochen hatte. Laura lächelte bei dem Gedanken daran. Nicht nur war sie nun eine märchenhaft reiche Frau, sondern ebenso mit immenser Macht ausgestattet. Eine oberflächliche Wunde zierte ihre beiden Handflächen, aber dieses Opfer war sie nur allzu bereit gewesen, zu erbringen. Sie ballte ihre Fäuste und sofort suppte ein warmer Strahl Blut durch die schorfigen

Wunden. Unter ihrem rechten Auge befand sich ein weiterer Schnitt, der jedoch vom Fechten herrührte. Sie war eine Meisterin in dieser Kunst. Auf diesem Wege hatte sie auch den besten Freund des Reisenden Ahriman geopfert. Es war ihr nicht leichtgefallen, aber seinem Willen musste alles andere untergeordnet werden. Der Reisende trug ebenfalls die verräterischen Male, die darauf verwiesen, dass er nun ein Anderer war. Er hatte seine Handflächen ruhig und kontrolliert auf die Oberschenkel gelegt und starrte geradeaus. Neben ihm lag ein gebundenes Buch, das in belletristischer Art seine blutigen Taten schilderte. Er würde in den nächsten Monaten sehr häufig darin lesen.

Laura sah ihn an. Was sie an ihm so liebte, war sein melancholischer Gesichtsausdruck, der eine milde Güte ausstrahlte. *Welch' schöne Illusion war doch die Güte!* Sie kannte ihn gut, genauso gut wie ihn ihre Schwester gekannt hatte. *Dieses Miststück,* dachte sie. Zum Glück war sie aus dem Weg geräumt worden. Sie war aus dem ewigen Wettkampf schließlich als Siegerin hervorgegangen. Nicht zuletzt, weil sie ihrem Vater bereitwillig zu verschiedenen Diensten bereit gewesen war. Sie hatte Elena nie leiden können. Elena hatte eine gute Seele besessen. In vielerlei Hinsicht waren die Schwestern wie Tag und Nacht gewesen. Elena hatte früher oft gegen ihren Vater rebelliert. Mit unterdrückter Wut hatte Laura jedes Mal erleben müssen, wie der Reisende von ihr, von Elena geschwärmt hatte. Sie hatten sich den Reisenden geteilt. Doch nun würde eine neue Zeit anbrechen. Ihr Leben begann gerade erst. Den unbedingten Willen zur Macht hatte sie von ihrer Mutter, einer starken, selbstbewussten Frau geerbt. Der Reisende würde den Kult der Zerstörung und des Todes, den ihr Vater geführt hatte, weiterführen und die Botschaft Ahrimans in alle Himmelsrichtungen tragen. Die Welt würde ihr zu Füßen liegen.

Giovanni Amato hatte sich in das Landhaus zurückgezogen. In dieser stickigen Luft konnte man kaum atmen. Er stand vor dem Spiegel seines Ankleideraums und kämmte seelenruhig seine Haare und befeuchtete mit aromatischen Rasierwasser sein Gesicht. Es klopfte an der Tür.

»Herein«, rief er. Einer seiner stummen Diener trat ein. »Ich komme ja schon«, sagte er. »Nur nicht so ungeduldig! Ich lebe nicht mehr lange, die Zeit darf ich mir noch nehmen«, Amato lächelte. Er zupfte seine Kleidung ein letztes Mal zurecht und verließ den Raum. Mehrere gepanzerte Geländewagen parkten auf dem Hof. Männer in schwarzen Anzügen standen daneben und warteten auf ihn. Ein letztes Mal warf er seinen Blick auf sein Anwesen und dann auf die Stadt. Heute würde er sein blutiges Werk vollenden. Er fühlte das schwere Messer an seiner Hüfte. Er holte es hervor und schnitt sich mit einer schnellen Bewegung über die Handfläche. Der feine Schnitt war perfekt und sofort floss der rote Lebenssaft über seine Hand, tropfte auf den Boden und versickerte dort. *Welch ein Leben,* dachte er sich und bestieg den Wagen. Die Männer sprangen auf die Vordersitze und warfen den Motor an, dessen mächtiges Brummen im Innenraum vibrierte. Sie verließen das Anwesen über die mit Kies bestreuten Wege.

Dichte Pinienwälder zogen an ihnen vorbei. Schon oft war er abends durch die duftenden Gehölze gewandelt und hatte im nächtlichen Mondlicht den Ausblick auf die alte Landschaft genossen. Diese Nacht war dunkler als alle, die er je erlebt hatte. Nur das Licht der Geländewagen leuchtete den Weg. Amato sah durch die Heckscheibe hinaus, bis das Haus hinter den Bäumen verschwand. Nun gab es kein Zurück mehr.

Die Wagen brachten Amato sicher und ungestört bis weit in die Stadt hinein. Auf dem Weg kamen ihnen zwar immer wieder andere Autos entgegen, ihre Fahrer starrten jedoch auf die Fahrbahn und umklammerten die Lenkräder, anstatt darauf zu achten, wer ihnen entgegenkam. Sie navigierten zwischen den brennenden Häusern hindurch und hielten in der Nähe der Uffizien. Alles lief nach Plan. Hier befanden sich die Objekte seiner Begierde. Zufrieden stellte er fest, dass sich das Feuer schon weit ausgebreitet hatte. Die Sicherheitskräfte würden mit Sicherheit damit beschäftigt sein, die Brände zu löschen. Amato hatte einen wahrhaft meisterhaften Plan ersonnen, um die Stadt in Brand zu setzen. Seine Handlanger hatte er über das gesamte Stadtgebiet verteilt. Sie hatten alle zur selben Zeit zugeschlagen. Immer wenn ein Löschtrupp wieder abgezogen war, hatten sie erneut Feuer gelegt. Welche Macht er gespürt hatte! Niemand würde sein zerstörerisches Werk stören. Er stieg aus und zog sich eine Atemschutzmaske über den Kopf. Er atmete tief ein und sog klare Luft durch die Nase.

Die gefährlichen Partikel wurden gefiltert. Die Geländewagen verschwanden schnell wieder und ihre Insassen würden einem neuen Herrn dienen. Nicht einmal wandte sich Amato um und hielt geradewegs auf das gotische Gebäude zu. Die aufragenden Flammen verdeckten ihn. Eine der seitlichen Eingangstüren war bereits durch das Feuer geschwächt worden und er musste nur einmal kurz dagegentreten, damit sie mit einem Krachen in sich zusammenfiel. Er lief in das Gebäude hinein.

Die Luft war heiß und stickig. Doch noch hatte das Feuer nicht alle Stockwerke erreicht. So schnell es sein Körper zuließ, hechtete Amato die Stufen hinein. Für sein Alter war er in exzellenter Form und sein athletisch gebauter Körper schien wie geschaffen für diese Aufgabe. Seine Schritte hallten laut auf den Marmorstufen wider und je höher er stieg, desto schneller schlug sein Herz.

Wie alles begann, so sollte es auch enden. Sein Ziel war eine kleine, nahezu vergessene Abteilung der Kunstsammlung der Uffizien in einem der höheren Stockwerke, in die sich nur die wenigsten, wenngleich fachkundigsten Touristen verirrten. Von weiter weg hörte er Schreie und laute Rufe. Er zuckte innerlich zusammen. Anscheinend befanden sich Sicherheitskräfte im Gebäude, um die Kunstwerke zu retten. Er beschleunigte seine Schritte umso mehr. Das Zeitfenster war kritisch. Ein ohrenbetäubender Schlag im unteren Geschoss ließ ihn vermuten, dass das Gebälk langsam einstürzte. Die Detonation ließ ihn kurz wanken und seine Knie drohten unter der Wucht nachzugeben. Endlich erreichte er schwer atmend den entscheidenden Treppenabsatz. Er blieb kurz stehen und schnappte nach Luft. Er sah nach rechts und nach links und stellte fest, dass der Gang komplett verwaist war. Sein Ziel war nahe. Er nahm seine letzten Kräfte zusammen und bog nach rechts in den Gang ab. Durch die Fensterreihen konnte er sehen, wie das Feuer allmählich die Uffizien erreichte. Wie eine unüberwindbare, rot-orangene Wand wälzte es sich auf ihn zu. Er hetzte über die brandheißen Fliesen. Dann – endlich – erschienen vor ihm die Gemälde, die er sein Leben lang schon hatte zerstören wollen.

Er hatte bereits den Reisenden einige Bilder anderswo vernichten lassen, doch er hatte es nie geschafft, in die Uffizien einzudringen. Vielleicht hätte er es tun können, doch er wollte sich diesen Moment für den Schluss aufsparen. Amato wollte nicht die *Geburt der Venus* oder *Primavera* vernichten, nein, sein Ziel waren die Bilder der Sfumatiker. Wenn er nicht überleben sollte, dann sollten es diese Bilder auch nicht. Sie waren wie ein rotes

Tuch für ihn. Wenn er irgendwo auf einer Auktion oder im Katalog eines Kunsthauses eines der Bilder gesehen hatte, hatte er es sofort aufgekauft, meist für ein Vielfaches des eigentlichen Wertes. Amato war geradezu besessen von diesen Bildern. Es hatte einen einfachen, wenn auch grausamen Grund. Als kleines Kind – unschuldig und der Welt gegenüber aufgeschlossen – hatte man ihn in einem brennenden Haus allein gelassen.

Seine Eltern waren früh verstorben und da er keine anderen nahen Verwandten hatte, war er in die Obhut von Pflegeeltern gegeben worden.

Doch »Obhut« war ein grausamer Euphemismus. Sie behandelten ihn schlecht, gaben ihm wenig zu essen, schlugen ihn für die kleinste Verfehlung. Das Paar hatte noch weitere Kinder, einen Sohn und eine Tochter, die sich dem jungen Giovanni gegenüber wie Tyrannen benahmen. Nicht einen Tropfen Liebe brachten sie ihm entgegen. Eines Abends hatten sie früh das Haus verlassen und Amato alleine gelassen, während er schlief.

Seine Zimmertür war aus unerklärlichen Gründen verschlossen. Auch wenn Amato vermutete, dass seine Pflegeeltern dafür verantwortlich waren, brachte ihm diese Erkenntnis keinen Nutzen, denn er hatte keine Möglichkeit zu fliehen. Die Bilder mit den verwaschenen Linien hatten ihn ausgelacht. Sie würden nicht verbrennen, er dagegen schon. Er war zu schwach gewesen, um aus dem Fenster zu klettern, zu klein, um Hilfe zu rufen und zu ängstlich, um überhaupt etwas zu tun. Verzweifelt und von Angst überwältigt hatte er auf dem immer heißer werdenden Boden des Zimmers gesessen. Rauch war unter der Türschwelle ins Zimmer gekrochen, wie die gierigen Finger eines Monsters. Sie hatten nach ihm gegriffen und ihn gequält. Niemand kam, um ihm zu helfen und niemanden schien es zu interessieren, dass er allein in dem kleinen Zimmer saß und die heiße

Glut des nahenden Feuers auf seinen zarten Wangen spürte. Mit schreckensverzerrten Miene hatte er gewartet, auf Rettung oder auf das *Ende*, was das in den Augen eines kleinen Jungen auch bedeutete. Das Feuer hatte die Tür niedergerissen und war in den Raum eingedrungen.

Der Junge hatte geschrien, sich gewehrt, das Feuer angebrüllt, bis er heiser war, doch es war nur kurz zurückgewichen, im Scherz, um sich dann erneut in voller Wucht auf ihn zu stürzen. Er war aufgesprungen, war zum Fenster gerannt und hatte mit schier übermenschlichen Kräften das schwere Fenster hochgeschoben und war auf den Sims geklettert, das Feuer wartend hinter ihm. Er hatte nach unten gesehen. Es ging dort mindestens zehn Meter in die Tiefe. Ein Sprung in den sicheren Tod. Die Flammen hatten ihn verhöhnt, ihr verächtliches Wispern hörte er noch heute in seinen Ohren. Doch er war gesprungen. Und wie durch ein Wunder hatte ihn die dichte Hecke unter ihm aufgefangen und ihn vor dem Tod bewahrt.

Sein Gesicht war zerkratzt gewesen, seine Haut blutig und aufgerissen, aber er hatte überlebt. Verwundet und verstört, aber er hatte überlebt. Er schwor blutige Rache. Stoisch ertrug er die Gewalt der Familie und wartete, bis er alt genug war, um zu fliehen. Doch vorher vollzog er seinen Feldzug der Rache. Er tötete seine Pflegeeltern mit einem scharfen Küchenmesser im Schlaf. Der Dreizehnjährige durchtrennte den beiden die Kehlen. Welche Wonne er dabei empfand! Endlich zahlte er ihnen die Demütigungen heim. Seine »Geschwister« traf es noch schlimmer. Sie wurden regelrecht zu Tode gefoltert. Langsam und entwürdigend.

Dann verschwand Amato. Der Mord an der Familie konnte nie aufgeklärt werden. Diese Lektion, alleine zu sein, vollkommen der Feindseligkeit und Bösartigkeit der Welt ausgeliefert zu sein, hatte er bis zum heutigen Tag, bis in die brennenden Gänge der Uffizien in Florenz nicht vergessen.

Es war der Tag gewesen, an dem er entschlossen hatte, dass er, um in der Welt überhaupt zu überleben, so böse und teuflisch werden musste wie sie selbst. Die Menschheit war furchtbar egoistisch und Altruismus in seinen Augen bloß ein kokettes Verhalten. Brav wie man es von ihm verlangte, hatte er seine obszönen und finsteren Gedanken hinter einer bürgerlichen Fassade verborgen, die in Wahrheit nicht vielmehr als eine Farce gewesen war. Im Krankenhaus hatten an den Wänden wieder die Bilder gehangen.

In einer unkontrollierbaren Panikattacke hatte er sich von den lebensrettenden Schläuchen losgerissen und die Bilder in Stücke gerissen. Er wäre fast gestorben. Die Bilder schienen ihn zu verfolgen. Sein ganzes Leben lang hatten sie ihn mit den Erinnerungen an jene peinigende Nacht malträtiert. Irgendwann – als er bereits reich und mächtig war – hatte er beschlossen, es den Bildern heimzuzahlen. Er hatte jedes Exemplar, ob Original oder Druck, das er finden konnte, auf einen großen Haufen gestapelt und angezündet. Genüsslich hatte er zugesehen, wie die Bilder Flüche gegen ihn ausgestoßen hatten und ihr Öl sich langsam und qualvoll zersetzte.

Jetzt hatte er die Gelegenheit, sein Zerstörungswerk abzuschließen. Es war ironisch, dass der Reisende die Werke der Sfumatiker so gemocht hatte. Mit knirschenden Zähnen hatte er sich in seiner Rolle als Alessandro Visconti zusammenreißen müssen, während er den Lobeshymnen des Reisenden gefolgt war. Amato ging auf die Abteilung zu, in der sich die Bilder befanden. Er lächelte. Sein Name würde überleben, er war auf jemand anderen übergegangen. Professor Alessandro Visconti dagegen würde sterben. Es war ein eigentümliches Gefühl, zu sterben und gleichzeitig zu überleben. Er holte das lange, scharfe Messer mit abgeknickter Spitze aus der ledernen Schwertscheide. Er fuhr mit der glatten Seite über seine Handfläche. Es war schon alt und hatte ihm gute Dienste geleistet. Er sah auf die

Werke, die vor ihm an der Wand hingen. Amato bleckte die Zähne und hob die Klinge, die in der rötlichen Glut des nahen Feuers wie das Werkzeug des Teufels glänzte. Dann stach er zu und mit einem martialischen Schnitt riss die Leinwand des Gemäldes. Ihm war, als könne fast er die Schreie hören, die das Bild ausstieß. Eine Woge des Glücks überschwemmte Amato. Nach und nach und mit tödlicher Präzision vernichtete er immer mehr Werke, riss die Leinwände auseinander und mit schäumendem Mund lachte er irre. Das Beste bewahrte er sich für den Schluss auf. Ein großes, anderthalb Mal anderthalb Meter großes Werk, das durch einen dünnen Glasrahmen geschützt war. Eine lächerliche Hürde. Nachdem er alle Fetzen auf einen Haufen geschichtet hatte und in Brand gesetzt hatte, machte er sich daran, den Glasrahmen zu entfernen. Die Mauerwerke waren durch den Brand gefährlich in Mitleidenschaft gezogen worden und der Mörtel saß locker. Er riss die Schrauben mit einiger Gewalt aus der Wand und trennte das Bild vom Glas. Triumphierend sah er auf das Gemälde hinab. Es zeigte die eine leicht bewaldete Landschaft, hügelige Landschaft, in deren Mitte sich ein Tempel an einen Hügel schmiegte.

Das Bild zeigte eine Nacht. In hauchdünnen Strichen waren die Namen der Gestirne eingetragen. Vor dem Tempel brannte ein großes Feuer, um das Menschen glücklich tanzten. Sie fassten sich an den Händen und bildeten einen großen Kreis um das lodernde Feuer, das aus der tiefen Dunkelheit der Landschaft hervorstach. Der größte Teil des Bildes fokussierte sich jedoch auf zwei junge Frauen, die sich lasziv inmitten eines von Blättern und Efeu überwachsenen Pavillons räkelten, sich mit ihrer einen Hand die Scham bedeckten und sich mit der anderen verführerisch durch die Haare fuhren. Die eine Frau verfügte über blondes, elfengleiches Haar und besaß einen blassen Teint, während die andere Frau dunklere Haare hatte und ihre Haut in einem leichten Bronzeton schimmerte. Trotz ihres erkennbar unterschiedlichen Aussehens waren die beiden als Zwillingsschwestern zu erkennen, die Tag und Nacht verkörperten. Geister und andere, durchsichtige Gestalten umkreisten die Frauen. Ihre Augen waren nach hinten gedreht und nur noch das Weiß ihrer Augäpfel war dem Betrachter zugeneigt. Das Bild hieß *Die Geisterbeschwörerinnen*. Ein Druck dieses Bildes war es gewesen, mit dem er in dem brennenden Raum eingeschlossen gewesen war. Es war das letzte, das er noch zerstören musste.

Die Hitze war stärker geworden und seine Haut schlug bereits schmerzende Blasen. Doch Amato spürte nichts mehr. Er war immun gegen jeden Schmerz. In ihm kochte nur ein unauslöschlicher Hass. Er holte mit dem Messer hoch aus und wollte zustechen, als er eine Stimme rufen hörte:

»Lassen Sie das Messer fallen!«

Amato sah auf. Etwa zehn Meter von ihm entfernt stand ein Mann in der Uniform der Feuerwehr, mit hochgeklapptem Visier. Die Augen des Mannes tränten von der Hitze. Er hielt eine Pistole direkt auf ihn gerichtet. Amato seufzte, ließ das Messer aber weiter gefährliche nahe über dem Bild schweben.

»Wer sind Sie?«, fragte der Mann unverwandt.

»Ich bin der Bildermörder«, antwortete Amato und zog symbolisch seinen Hut. »Stets zu Diensten« Er machte einen spöttischen Knicks vor Giusti.

»Sie sind der Bildermörder?«, der Mann war erstaunt und schockiert zugleich. Amato erkannte in seinem Gegenüber den aufsässigen Staatsanwalt, den ihm der Oberstaatsanwalt von Florenz beschrieben hatte, nachdem er diesen kaltgestellt hatte. *Hatte ihn die Gerechtigkeit letztlich doch eingeholt?* Er wollte es nicht glauben. Das Böse gewann immer. Bis ans

Ende der Zeit würde das Böse die Wurzel des Guten aus dem Boden reißen.

»Ja, ich bin der Bildermörder. *Ich!* Das Feuer, die Morde, all das ist allein mein Werk. Und niemand kann es mir wegnehmen. Die Pinselstriche sind gesetzt, die letzten Zeilen geschrieben. Das ist das letzte Werk des großartigsten Schriftstellers, den die Welt je gesehen hat«, Amatos Augen funkelten bedrohlich und der Staatsanwalt wich instinktiv einen Schritt zurück. Ihm kamen die durch das Feuer verzerrten Gesichtszüge bekannt vor. Er hatte sie in einem Buch gesehen. Einem ganz bestimmten Buch. *Psychologie des Verbrechens.* Das war es. Der Mann, der mit einem tödlichen Messer ein Bild bedrohte, war niemand anderes als der Psychologie-Professor Alessandro Visconti, ein geachteter Bürger der Stadt Florenz.

»Signor Visconti? Aber wie...? Ich verstehe nicht...Sie haben doch eine ganze Studie über das Verbrechen verfass...Jetzt sind Sie nicht viel besser als diejenigen, die Sie in Ihrem Buch beschreiben!«, stieß er jubilierend aus.

»Und Sie sind Roberto Giusti, ehrgeizigster, wenngleich eitelster Staatsanwalt von Florenz«, kommentierte Amato listig. »Psychologen sind gute Mörder. Sie kennen ihre Opfer, können Ängste und Sorgen aus ihren Augen lesen. Sie sind die wahren Magier der heutigen Zeit. Nachts ergötzen sie sich heimlich an den kleinlichen Psychosen ihrer Patienten, tauschen sich mit Kollegen aus. Wir fühlen uns wie Götter. Wir können Leute ohne mit den Augenbraue zu zucken über die Klippe des Wahnsinns stoßen oder zu neuen Höhen bringen. Und wissen Sie: Manchmal versuchte ich es meinen Patienten noch viel schlechter gehen zu lassen, bis sie als zuckende Nervenbündel mit widerlicher Sabber auf den Lippen in einer Ecke hechelten. Das war die größte Freude für mich«, Visconti warf lachend den Kopf in den Nacken. »Das können Sie sich ja gar nicht vorstellen!«

Giusti keuchte. Diese Kreatur hatte jeden Anspruch auf das Menschsein verloren. Vor ihm stand ein Monster in Menschengestalt, das nicht einmal einen Hehl aus seinen Schandtaten machte, sondern sie als unendliches Vergnügen darstellte. Die Hände des Mannes warfen hässliche Schatten an die Wände. Sie wirkten wie scharfe Krallen, bereit ihm die Kehle zu zerfetzen, sollte er einen falschen Schritt tun.

»Ich«, exklamierte Amato, »bin die Stimme des Teufels. Des Herren der Unterwelt. Ich bringe Tod und Elend über die Menschen.« Er hielt inne.

»Das ist mein Glaubensbekenntnis.«

Wie zur Bestätigung loderte das Feuer hinter ihm auf.

»Warum mussten diese Menschen sterben? Sie waren unschuldig«, fragte Giusti, bemüht darum, ungerührt zu wirken, um sich dem verschlingenden Charisma des Mannes zu entziehen.

»Das waren keine Menschen, sondern *Studienobjekte*«, wandte Amato ein, als sei dies eine nüchterne, wissenschaftliche Argumentation. »Ich wollte Menschen im größten Moment ihres Glücks töten, um sie zu studieren und zu sezieren. Gerne auch lebend...Ich habe gerne Paare getötet. Ich kann es nicht leiden, andere Menschen glücklich zu sehen. Es macht mich krank. Ich kann anderen kein Glück gönnen. Diese Liebe. Diese Zuneigung. Erbärmlich. Ich konnte sie einfach nicht am Leben lassen.«

»Sind Sie überhaupt ein...ein Mensch?«, stammelte Giusti. Im Widerschein des Feuers sah das Gesicht des Manns aus wie das eines Dämons. Weiße, spitze Zähne zeigten sich, als er lächelte. Die Augen waren zu grotesken Schlitzen verzerrt aus denen ein unheimliches Licht quoll. »Das können Sie sich selbst überlegen«, sagte dieser. Giusti wandte sich um, ohne die Pistole von Amato wegzudrehen. Das Feuer drang immer weiter vor. Sie hatten in den vergangenen Stunden hunderte Kunstwerke in feuerfeste Kisten verpackt.

»Geben Sie auf. Was können Sie jetzt noch bewirken? Florenz brennt. Ich muss nur den Abzug durchdrücken und dann ist es aus. Sehen Sie das doch ein!«

»Egal, was Sie tun oder lassen. Dieses Bild wird zerstört werden. Diese Kunstwerke werden dem Vergessen anheimfallen. Ich bin ein Märtyrer für das Böse«, sagte Amato und wie er dies sagte, schien es, als schwellte das Feuer zustimmend an. »Die Flammen sind meine Kinder.« Giusti wunderte sich, wie der Mann in dieser Hitze ohne Schutzkleidung überleben konnte und scheinbar unbeschadet in den Flammen stand.

»Legen Sie das Messer weg. Sie sind festgenommen«, wiederholte Giusti. Die Zwecklosigkeit seiner Drohung begriff er, als Amato mit dem Messer ausholte und zustach.

Ein Kreischen ging durch den Gang, als er die Leinwand zerteilte. Giusti drückte den Abzug. Ein Knall ertönte und erschütterte seinen Arm. Die Kugel traf Amato, ohne dass dieser zuckte, mitten in den Brustkorb. Obwohl Giusti bloß auf den Arm gezielt hatte, war die Kugel von ihrem Ziel abgetrieben. Doch er sank nicht auf die Knie, er wankte nur und hackte mit brachialer Gewalt weiter auf das Gemälde ein. »Stirb, stirb, stirb! Feuerkreis, dreh dich!«, flüsterte er immer wieder manisch. Der Mann musste seinen Verstand verloren haben. Die Hitze wurde nunmehr für Giusti unerträglich und er klappte sein Visier herunter, das ihn von den heißen Dämpfen abschirmte.

Der Mann schien ihn kaum zu beachten. Er schoss noch einmal. Wieder kein Effekt. Es schien, als sei Visconti unverwundbar. In diesem Moment brach eine der hölzernen Deckenstreben und krachte auf den Boden und zerbarst. Holzsplitter schossen in alle Richtungen und bohrten sich in den Körper des Bildermörders. Das Gebäude bebte bedrohlich. Er musste jetzt fliehen, wenn er noch lebend hier herauskommen wollte. Giusti drehte sich auf dem Absatz um und sprintete der rettenden Treppe entgegen. Der Bildermörder warf allerlei Flüche auf ihn. »Ja, verschwinde nur! Das Feuer wird auch dich irgendwann holen! Es wird dich von innen heraus verbrennen! Verbrennen, hörst du?« Giusti zwang sich, den Blick nach vorne zu richten und sich nicht umzusehen. Aus den Augenwinkeln sah er noch, wie der Bildermörder mit erhobenen Armen vom Feuer umfangen wurde und dem Priester einer mystischen Religion gleich seinen eigenen Tod herbeirief.

»Wir sehen uns in der Hölle wieder, Giusti!«, brüllte der Mann fanatisch durch das Feuer. »Dort sehen wir uns alle wieder!«

Seine Augen glühten wie heiße Kohlen. Er wirkte kaum mehr menschlich und der Anblick jagte Giusti einen heißen Schauer über den Rücken.

Die Worte stachen direkt in sein Herz. Die Haut des Mannes verfärbte sich durch die Hitze. Er wirkte grässlich entstellt. Giusti musste würgen, als ihm der beißende Geruch von verbranntem Fleisch in die Nase stieg.

Das frenetische Brüllen und ekstatische Kreischen des Mannes, als das Feuer ihn verzehrte. ließ ihn die Nackenhaare aufstellen. Es war kaum auszuhalten. Am Treppenabsatz erwartete ihn einer der Feuerwehrmänner, der ihn skeptisch ansah. »Was ist das für ein Brüllen dort oben?«, fragte er.

»Es klingt wie der Ruf des Teufels«, fügte er verängstigt hinzu.

»Das erkläre ich Ihnen später. Wir müssen so schnell wie möglich hier raus. Das Dach macht es nicht mehr lange mit. Der Laden bricht bald zusammen!« Wie zum Beweis ging erneut ein Beben durch das Gebäude und Putz rieselte von den Wänden. »Das lasse ich mir nicht zweimal sagen«, der Mann bellte einige Befehle und die restlichen Männer kamen mit Kisten beladen aus benachbarten Gängen herbeigelaufen. Sie rannten ohne auf die Stufen zu achten die Treppen hinunter. Knirschen und Knarzen im Gebälk kündigte die drohende Katastrophe an. Die Luft war an einigen Stellen so heiß, dass das Glas der Fenster in dicke Tropfen schmolz. *Die Hölle muss genauso sein,* dachte Giusti. Und der Bildermörder war der leibhaftige Herr dieses Höllenkreises. Im letzten Moment verließen sie die Uffizien durch einen Seitenausgang, dessen tragende Säulen erbebten.

Über ihnen brach der Palast endgültig zusammen. Wie ein Kartenhaus kollabierten die oberen Stockwerke und stürzten auf die Darunterliegenden. Eine riesige Aschewolke wurde aufgewirbelt. Nur das unterste Stockwerk aus Stein hielt. Blaues Licht flirrte durch die Luft. Die Feuerwehr tat ihr Möglichstes, um den Brand zu löschen, doch es half wenig. Das Feuer wehrte sich hartnäckig. Giusti stützte sich auf seinen Knien ab und keuchte. Man reichte ihm Wasser, das er gierig hinunterschluckte. Seine Kehle war wie ausgetrocknet und brannte von der heißen Luft. Er hustete.

Die eingeatmeten Gase ließen seinen Blick hin- und her tanzen. Die Fensterreihen des noch stehenden Gebäudes wirkten wie die roten Augen des Ahriman, des uralten Gottes. Es war das erste Mal in Giustis Leben, dass er die Anwesenheit einer höheren Macht spürte. Die Vernunft in ihm schob es auf die Dehydration, doch tief im Innersten blieb die Angst. Dieses Mal mochte die Finsternis triumphiert haben. Giusti würde sich nicht geschlagen geben. Er sah auf die Menschen, die auf dem Platz vor den brennenden Uffizien lagerten und ungläubig die Szene verfolgten, die sich vor ihren Augen abspielte. Hier starb ein Wahrzeichen der Stadt. Er schwor sich, diese Menschen zu beschützen. Nie wieder sollte ein derartiges Unglück über die Stadt hereinbrechen, die Giusti in den letzten Stunden umso mehr ins Herz geschlossen hatte. Die Güte und Hilfsbereitschaft der Menschen im Angesicht der Katastrophe hatte ihn zutiefst beeindruckt. Das knappe Wasser wurde solidarisch aufgeteilt; Alte, Schwache und Kinder bekamen den größten Anteil. Mütter hüllten ihre Kinder in Decken, um sie vor den Grausamkeiten abzuschirmen, die sich vor ihnen ereigneten. Menschen schrien aus voller Kehle ihren Schmerz heraus. Bei einigen waren ganze Glieder verkohlt. Feuer war ein destruktiver Dieb. Es nahm, was ihm gefiel, es verschlang, was es zu fassen bekam.

Konnte man es bändigen, war man trotzdem im Pech. Denn das Feuer gab nie zurück, was es einmal genommen hatte. Eine Katastrophe wie diese zeigte die Abhängigkeit des Menschen von Besitztümern, für die er bereit wäre, zu sterben. Giusti sah, wie Menschen in bereits brennenden Treppenhäuser stürzten und nie wiederauftauchten. Ihre verkohlten Überreste würde man später inmitten von staubigen Trümmern finden.

Das Feuer war ein Gleichmacher. Es führte vor Augen, dass Privilegien genau das waren, was sie meinten: Erworbene, keineswegs angeborene Begünstigungen. Ob jung oder alt, reich oder arm, jeder fiel den gierigen Fingern der Flammen gleichermaßen zu Opfer.

Auch die Werkstatt des Spalanzani wurde ein Raub der Flammen. Der alte Mann rannte mit Tränen in den Augen in das Gebäude, um einige seiner Schätze zu retten. Man sah ihn nie wieder. Roberto Giusti dachte an die zahllosen Einzelschicksale, deren Verläufe sich in dieser Nacht kreuzten. Das Gute brauchte starke Fürsprecher wie ihn. Am Himmel brach allmählich der Morgen an und mildes Rot kündete vom neuen Tag, der eine veränderte, traumatisierte Stadt vorfand. Erst im Morgengrauen würde das volle Ausmaß des Grauens bekannt werden; erst dann wären allmählich die Toten gezählt. Giusti senkte ehrfürchtig den Kopf. Er musste dankbar sein, dass er überlebt hatte. Das Feuer hätte genauso gut ihn treffen und im Schlaf überwältigen können. Es hätte keine Vorwarnung gegeben und er wäre bei lebendigem Leibe verbrannt. Der grinsende Schädel Viscontis hätte wie ein Geist über ihm gehangen und ihn mit schallendem Gelächter verhöhnt. Giusti hatte nicht gewonnen, das wusste er. Das Monster von Florenz hatte den Sieg mit ins Grab davongetragen.

Und der brennende Teufel lachte bis zum letzten Augenblick, ehe er unter Tonnen von Stein begraben wurde. Es war Friede in seinem Geist und Ruhe in seinem Herzen. Ein letzter Atemzug befreite ihn von allen Sorgen und Nöten. Sein Erbe würde nicht vergessen werden. Die Geschichte würde ihm einen Platz in ihren Reihen gewähren. Großes hatte er vollbracht und sein Name würde durch die Lande hallen, als der, der die Apokalypse über Florenz gebracht hatte.

Epilog – Persephones Garten

In den nächsten Wochen hatte Giusti viel zu tun. Die öffentliche Ordnung in Florenz war nahezu zusammengebrochen und er hatte große Mühe, sie wiederherzustellen. Nachdem sich der Brand gelegt und die letzten Rauchwolken sich verzogen hatte, waren viele Menschen wieder in die Stadt zurückgekehrt, oft nur, um mit leeren Blicken auf die Trümmer ihrer Existenz zu sehen. Der Schaden war wesentlich größer als ursprünglich angenommen. Das Feuer hatte fast zweitausend Opfer gefordert. In den Ruinen der Uffizien hatte man die Leiche eines alten Mannes gefunden, dessen Haut sich schwarz wie die einer Moorleiche verfärbt hatte. Seine Augen waren wie durch ein Wunder unversehrt verblieben und niemand konnte ihrem hypnotisierenden, wahnsinnigen Blick lange standhalten. Giusti hatte keinen Zweifel daran, dass dies die sterblichen Überreste Alessandro Viscontis waren. Erleichtert trat er an die Presse und verkündete das offizielle Ende des Bildermörders. Er hatte nur ein wenig aufgehellte Gesichter erwartet, was angesichts der jüngsten Katastrophe nur allzu verständlich gewesen wäre, doch stattdessen schlugen ihm ehrlicher Jubel und Applaus entgegen. Die Menschen juchzten vor Freude. Sie konnten nun wieder in Ruhe leben. Die ganze Welt kannte nun die Geschichte des mutigen Staatsanwalts, der sich den Flammen entgegengestellt hatte und in den Stunden größter Krise die Ruhe bewahrt hatte. Wenn die Menschen ihn nunmehr auf den Straßen sahen, grüßten sie ihn freundlich. Giusti übernahm trotz seines jungen Alters die Staatsanwaltschaft von Florenz und wurde als Favorit für die nächste Bürgermeisterwahl gehandelt, nachdem nahezu die ganze Elite der Stadt durch ein mysteriöses Ereignis das Leben verloren hatte und nicht mehr aufzufinden war. Manche handelten ihn gar als den nächsten Ministerpräsidenten. Der Staatspräsident sprach lobend über ihn. Namhafte Magazine aus dem In- und Ausland baten um Interviews und sein Konterfei zierte die spiegelnden Cover. Jedes Mal, wenn er seinen Namen las, durchfuhr ihn eine stolze Genugtuung. Das Leben wendete sich zum Besseren für ihn, auch in privater Hinsicht. Giusti hatte inständig gehofft, dass Aurora den Brand überlebte und sie hatte es: Sie ließ ihm die Nachricht zukommen, dass sie sich von ihrem Ehemann, der ihr nur noch als geistloser, langweiliger Plutokrat erschienen war, scheiden ließ. Sie war längst noch nicht alt genug, um sich nicht noch auf ein Abenteuer einzulassen und Giusti sehnte sich nach dem Moment, sie wieder in seine Arme schließen zu können. In ein paar Monaten könnten sie auch offiziell zusammen sein. Sie war gleich am nächsten Tag zu ihm gekommen und sie hatten sich lange umarmt und geküsst. Sie waren einfach nur froh, überlebt zu haben. Das Schicksal, das kein Reich und kein Arm kannte, hatte viele Familien und Beziehungen auseinandergerissen. Die Regierung in Rom versprach zudem schnelle und unkomplizierte Katastrophenhilfe, um die materielle Not der Bewohner zu lindern. Florenz, die zarte Blüte des Arno, würde schon bald wieder in voller Pracht erstrahlen.

In den Wirren nach dem »Großen Brand«, wie er von den Bewohnern bald schon genannt wurde, hatte Giusti ganz vergessen, wie es dem Reisenden ging, der ihn ursprünglich auf die Spur des Mithras-Ordens gebracht hatte; ein Ansatz, der jedoch im Sande verlaufen war. Zwar waren die Verstrickungen der Stadtoberen, die nur langsam aufgedeckt wurden, weitreichender als er je annehmen konnte, doch Verbindungen zu einem Geheimbund konnte er beim besten Willen nicht entdecken. Seit Wochen hatte er nicht mehr von ihm gehört. Es war gut möglich, dass er den Brand nicht überlebt hatte und irgendwo unter Schutt unentdeckt begraben lag. Er hatte das Geständnis von Visconti und in den privaten Aufzeichnungen des Psychologen, die man in seinem Büro an der Psychologischen Fakultät entdeckt hatte, waren die Daten der Morde und Randbemerkungen penibel notiert. Es bestand kein Zweifel an seiner Schuld, auch wenn Giusti Restzweifel blieben. Der Mann konnte unmöglich die ganze Stadt in Brand gesteckt haben. Ein Zufall konnte das Feuer nicht gewesen sein. Die geradezu meisterhafte Orchestrierung des Brandes, der genau dort zuschlug, wo niemand war, um zu helfen, musste der kranken Fantasie eines Genies entspringen. Er schrieb immer und immer wieder einen Namen auf kleine Zettel: *Amato*.

Der Mäzen hatte der Stadt große Spenden zugewandt, um die Not der Bevölkerung zu erleichtern. Warum sollte er erst die Stadt anzünden, um dann ihren Bewohnern zu helfen? Je mehr er über die Geschichte nachdachte, desto widersprüchlicher wurden die beteiligten Akteure. Trotz intensiver Nachforschungen war es Giusti nicht gelungen, den florentinischen Verleger in irgendeiner Weise mit Korruption oder ähnlichen Verbrechen in Verbindung zu bringen. Die auffällige Unauffälligkeit Amatos und seine Philanthropie auf der anderen Seite erweckte Misstrauen. Einer der reichsten Männer Italiens, wenn nicht sogar der Welt war wie ein Phantom. Wenige Wochen nach dem Brand veröffentlichte Amato ein kleineres Werk, das landesweit Aufsehen erregte. Es trug den Titel »Nero« und war im Stile der Selbstbetrachtungen Mark Aurels geschrieben, mit dem Unterschied, dass hier Nero während des Brand von Roms sprach. Die merkwürdige Koinzidenz des Werkes und des Brandes ließ Gerüchte aufgekommen, die angesichts der hervorragenden schriftstellerischen Qualität und der überschwänglichen Kritiken im Feuilleton schnell wieder verstummten. Bald gab auch Giusti erschöpft auf. Immerhin hatte er den Bildermörder gefasst.

Eines Abends saß er auf dem Balkon seines Apartments und öffnete sein Notebook. Er hatte einen guten Bekannten bei Interpol. Aus reiner Neugier rief er ihn an. »Francois, ich habe hier etwas für dich. Überprüfe bitte mal einen Mann. Ich schicke dir ein Bild von ihm. Nein, mehr habe ich nicht. *Merci*.«

Giusti scannte das Bild des Reisenden ein, das er einmal heimlich geschossen hatte. Eine Viertelstunde später erreichten ihn einige verschlüsselte Unterlagen auf seinem Justizserver. Tatsächlich hatte sein Freund Akten gefunden, deren Fahndungsfoto dem Reisenden ähnelte. Die Akten jedoch zeigten einen bärtigen, wesentlich älter aussehenden Mann, als dass dies der Reisende sein könnte. Ein irrer Blick lag auf dessen Gesicht.

Die Kleidung war grob und ganz und gar nicht vornehm, so wie Giusti den Reisenden kennengelernt hatte. Eine bestechende Ähnlichkeit war jedoch nicht zu übersehen. Der Mann war ungefähr zu der Zeit abgetaucht, zu der der Reisende in Florenz angekommen war. Doch angeblich war dieser Mann schon längst tot. Offiziell bei einem Brand umgekommen. Giusti runzelte die Stirn angesichts der langen Liste der vermuteten Verbrechen, die mit dieser Person in Verbindung gebracht wurden. Da war der nicht vollständig aufgeklärte Mord einer jungen Frau, mehrere Betrugsfälle und ein Sexualdelikt. Vier weitere Morde werden mit dem Mann in Verbindung gebracht, der über das gesamte Bundesgebiet der USA unter immer verschiedenen Namen aufgetreten ist. Giusti las ungläubig die Ermittlungsakten. Die Taten, die dort beschrieben wurden, waren scheußlich.

Ein externes Gutachten schrieb dem Mann verschiedene Zwangsstörung zu. Er *musste* morden. Giusti konnte es nicht fassen. Der Reisende war ihm als anständiger, ehrlicher Mensch erschienen. Hinter jedem Menschen verbarg sich ein düsteres Geheimnis. Giusti fröstelte. Vielleicht war dies alles nur Zufall, ein ärgerlicher Zufall, hinter dem sich nichts Weiteres verbarg. Er klappte das Notebook zu und legte es auf den Tisch. Vergangenes war vergangen. Es gab gute Gründe, um in die Zukunft zu sehen.

Seine gemeinsame Zukunft mit Aurora, seine neue Position…Er lehnte sich in seinem bequemen Korbstuhl zurück und genoss die Kühle des Abends, das Hupen der Autos in den Straßen und den Windzug, der ihm um die Nase strich. Zum ersten Mal seit langem war er zufrieden und verlangte nach nichts Weiterem. Die Sonne versank hinter den Häusern und tauchte die Stadt in goldenes Licht. »Moment, verweile doch!«, sagte Giusti und schloss die Augen.

Weiter im Süden Italiens, in einer herrschaftlichen Villa auf Capri, der alten Insel des Kaiser Tiberius, spielte sich eine ganz ähnliche Szene ab. Der Reisende trat durch einen in der abendlichen Brise flatternden Vorhang auf die Terrasse des riesigen Anwesens, das sich an der Südküste der Insel hinter dichten Wäldern verbarg. Die salzige Luft des Meeres stieg ihm in die Nase und reinigte seine Sinne. Er blickte hinab auf den terrassenförmig angelegten Garten, durch den kleinere Flüsse verliefen. Dies war Persephones Garten. Dicht gepflanzte, mit saftigen roten Früchten behangene Granatapfelbäume erstreckten sich soweit das Auge reichte. Andere Bäume trugen Oliven, Orangen und Zitronen, die in voller Blüte standen und in der Sonne schimmerten. All das gehörte nun ihm. Er war der

Herr über dieses Land. Er stieg die marmornen Stufen hinab und ging weiter über das weiche Gras, das leise raschelte. Riesenhafte Bäume ragten am Wegesrand auf. Die Sonne kitzelte ihn an der Nase. Seine Seele fühlte sich unbeschwert an. Alte, von Pflanzen bewachsene Statuen zierten den Weg hinunter an die Küste. Götter, Satyrn und Nymphen folgten seinem Weg und lächelten auf ihn hinab. So musste es sich als Halbgott anfühlen. Eine Hälfte von ihm stand festen Fußes auf dem Erdboden, die andere strebte in unendliche Höhen. Vergessen waren die Sünden der Vergangenheit. Er war nun in einem neuen Leben. Er gelangte an die Klippe, an der eine enge, sich durch Felsvorsprünge windende Treppe hinab zum Strand führte. Die Sonne spiegelte sich im Wasser und die tanzenden Schaumkronen glitzerten wie kleine Edelsteine. Das klare Wasser schwappte rauschend an das Ufer. Der Reisende ging die letzten Stufen hinab und spürte den feinen Sand unter seinen Füßen. Mächtige Felsen säumten den Strand wie Wächter. Er spürte keinen Schmerz. Er war eins mit dem Meer. Die glühend rote Scheibe der Sonne schwebte nur knapp über dem Wasser und ihr entgegen stand eine Frau, deren Gestalt sich im Sonnenlicht abzeichnete. Sie tanzte im Sonnenuntergang, drehte sich und sprang durch den Sand. Der Reisende lächelte.

»Laura!«, rief er der Frau entgegen. Sie hielt inne und drehte sich zu ihm um.

»Du bist es! Sieh an, wie schön es hier unten ist!«, sagte sie. Er kam näher und nahm sie in den Arm. Er packte sie und hob sie auf den Arm. Sie fing an zu lachen.

»Lass mich runter!«, rief sie. Der Reisende trug sie und watete in das Wasser. Als es tief genug war, ließ er sie vorsichtig ins Wasser hinunter. Sie spritzte dem Reisenden in gespielter Empörung Wasser ins Gesicht. Er jagte ihr durch das angenehme Wasser nach und erwischte den Zipfel ihres Kleides. Er zog sie zu sich heran. Sie wehrte sich nicht. Er neigte seinen Kopf zur Seite und küsste sie leidenschaftlich. Ihre nassen Körper klebten aneinander, unzertrennlich verbunden. Sie schlang ihre langen Beine um seinen Körper und presste ihre Hüfte an die seine. Eine Wärme durchzuckte seinen Lendenbereich. »Später«, sagte er und dachte an die heißen Nächte, die sie in den letzten Wochen ganz alleine in dem riesigen Palast verbracht hatten. Unter dem blauen Tuch des spätsommerlichen Himmels hatten sie ihre gemeinsame Zukunft gefeiert. Sie küsste das unauffällige, sonnenförmige Mal auf seiner Stirn. »In Ordnung.«

Sie schwammen zurück zum Strand. Das Meer versuchte sie zurückzuhalten und der Sog des Wassers wurde stärker, doch sie erreichten unbeschadet den Strand und ließen sich nieder. Lachend von der Erschöpfung sahen sie einander an.

»Ich liebe dich«, sagte der Reisende. »Ich dich auch«, erwiderte Laura.

Er sah in ihre eisblauen Augen, die an diesem Abend voller Wärme und Herzlichkeit waren. Er tastete nach ihrer Hand und fand sie. Sie drückte seine Hand und schmiegte sich an ihn. Sie legte ihren Kopf auf seine Brust.

Gemeinsam sahen sie auf das weite Meer hinaus, das sich bis an den Horizont zog, bis es dort von Dunst verschlungen wurde. Laura zog einen Ring von ihrem Finger und hielt ihn gegen die Sonne. Er war wunderschön. Der Ring war aus Platin gefertigt und ein reiner Saphir war darin eingefasst. Sie besaß ihn seit sie denken konnte. Doch jetzt hieß es nach vorne schauen.

Sie würde bald selbst zwei neue Ringe schmieden.

Sie würden ihre Träger an ein Versprechen erinnern, dass sie einmal selbst geben musste. Sie ballte ihre Hand zur Faust und schleuderte das Schmuckstück dann mit aller Kraft in die Fluten. Sie schaute ihm nach, bis er versank. »Jetzt sind wir nur noch zu zweit«, flüsterte sie dem Reisenden ins Ohr.

»Wir sind reich, jung und mächtig. Wir können alles tun, wonach es uns verlangt. Die Welt wird unsere Dienerin sein. Schließlich haben wir eine große Aufgabe, ein Erbe.« Der Reisende nickte. Dunkle Gedanken reiften bereits zur Vollendung. Die Grausamkeit, die sich auf seinem Gesicht abzeichnete, ließ es Laura ganz warm ums Herz werden. *Er ist so wie mein Vater,* dachte sie. Er wurde wie *er*. Mit jeder Minute, die sie gemeinsam verbrachten, veränderte er sich. Nachts war er ihr zu Diensten wie ein höriger Diener. Dafür gestand sie ihm zu, hart mit ihr umzugehen. Sie genoss seine Energie und seinen starken Willen. Sie wurden eins. Sie hatte es nie es ertragen, Elena glücklich zu sehen. Ihr toter Körper lag nun von kalter Erde umhüllt in einem schmucklosen Grab.

Sie dachte an ihren verstorbenen Vater – den großartigsten Mann, den sie je gekannt hatte. Wie sehr sie ihn vermisste. Doch er hatte sein Schicksal freiwillig gewählt und ein nobles Opfer für die Kunst erbracht. Sie wusste, dass ihm das Leben immer mehr zur Qual geworden war. Irgendwann würde sie ihm nachfolgen und wieder mit ihm vereint sein. Bis dahin hatte sie den Reisenden. Ein diabolisches Grinsen entstellte ihre edlen Züge. Sie würden noch viel Freude miteinander haben. Glück und Freude mussten aus den Herzen anderer vertrieben werden, bis dort noch Kälte und Einsamkeit herrschte und jeden warmen Gedanken verbannte. Sie seufzte.

Wie sehr liebte sie doch ihr Leben! Der Reisende war endlich zufrieden. Die langen Jahre der Flucht und der Jagd auf ihn hatten ihn psychisch und physisch erschöpft. Jetzt konnte er ruhen und die Rückkehr des größten Geistes vorbereiten, den die Welt je gesehen hatte, ein Mann von beispielloser, ästhetischer Abscheulichkeit und Gewaltsucht. Er würde die Welt mit neuen großartigen Werken in Ekstase versetzen. Denn er war der neue *Schriftsteller*, Träger eines stolzen Namens, den schon viele vor ihm getragen hatten. Die ersten Worte waren bereits geschrieben.

Und Sturmfluten und tosende Winde würden über das Land ziehen. Ein fahler Reiter würde kommen, um durch seine Hand den kalten Hauch des Todes zu bringen. Eine bleiche Königin war seine Gefährtin. Zusammen waren sie die Zwillinge der Dunkelheit. Die Welt würde sie zu fürchten lernen. Die Schreibfeder des Schicksals war grausam.